공작님을 재단하는 우아한 방법

공작님을 재단하는 우아한 방법 4

초판 1쇄 인쇄 2018년 9월 13일
초판 1쇄 발행 2018년 9월 20일

지은이 나르얀
발행인 오영배
기획 박성인
책임편집 박주애
디자인 권지연
제작 조하늬

펴낸곳 (주)삼양출판사 · 피오렛
주소 서울시 강북구 도봉로 173
대표 전화 02-980-2112 **팩스** / 02-983-0660
편집부 전화 02-980-2116 **팩스** / 02-983-8201
블로그 blog.naver.com/dan_gul
출판등록 1999년 3월 11일 제9-00046호

ISBN 979-11-283-9524-6 (04810) / 979-11-283-9520-8 (세트)

+ 이 도서의 국립중앙도서관 출판시도서목록(CIP)은 서지정보유통지원시스템홈페이지(http://seoji.nl.go.kr)와 국가자료공동목록시스템(http://www.nl.go.kr/kolisnet)에서 이용하실 수 있습니다. (CIP제어번호: 2018025607)

fioret 은 (주)삼양출판사의 로맨스 판타지 문학 브랜드입니다.

공작님을 재단하는 우아한 방법

IV

나르얀 장편소설

fioret

Contants

27. 선발제 개막식 … 007

28. 첫 번째 미션 … 075

29. 두 번째 미션 … 147

30. 최종 미션 … 203

31. 피날레 … 311

외전. 그 후의 이야기 … 365

완결 후기 … 479

27.
선발제 개막식

댕, 댕, 댕!

황실 드레스메이커 선발제의 전야제를 알리는 종소리와 함께 곳곳에서 세계 전통 의상을 입은 무희들과 기사들의 행진이 시작되었다.

거리에는 황실에서 고용된 마법사들이 밤하늘에 불꽃을 수놓기도 했고, 분수대에서 물 쇼를 선보였다.

황성에서는 벌써부터 들이닥치는 각국의 접견 인사들로 인해서 분주했다. 음악이 흐르고, 산해진미가 끝없이 날라졌다.

기다란 황금빛 보가 둘러진 탁자에는 황제와 황후를 중심으로, 리마와 폴스, 칼리온까지 각국의 귀빈들과 왕족들이 앉아 있었고, 그다음 테이블에는 이번 선발제의 심사 위원으로 발탁된 인원들이 쭉 둘러앉아서 시선을 교환하고 있었다.

샤를 황제는 내내 웃음꽃을 피웠고, 그 곁에서 황후도 따라서 미소를 지었다. 아픈 황태자를 대신해서 2황자인 티온과 황녀 마리안이 의젓하고 사이좋은 모습으로 나와 있어, 라이몬드의 빈자리가 조금이나마 채워졌다.

황후의 외모를 그대로 물려받은 티온은 올해 아홉 살로 누나인 마리안보다 두 살 아래였고, 개구진 인상이었다.

마리안은 금발에 푸른 눈을 가진 포동포동한 소녀였다. 황실의 귀여운 오누이 덕분에 어색한 분위기가 보다 화기애애하기도 했다.

"티온 황자님께서 무척이나 의젓하십니다."

상냥한 인상의 폴스 왕국 왕자가 제 동생을 보는 듯 귀엽다는 얼굴로 그리 말했다.

"감사합니다. 폴스의 ……문트 왕자님께서도 무척 멋지십니다."

중간에 그의 이름을 까먹고 말았지만, 티온의 제법 겸손 어린 말에 모두들 흐뭇한 웃음을 터뜨렸다. 그러나 화기애애한 대화가 오가는 동안에도 홀로 고고히 웃음 한 점 없이 앉아 있는 여성이 있었다.

냉기가 풀풀 도는 흑발의 새침한 미녀로, 말은 없었지만 그녀의 아름다운 얼굴 때문에 모두가 주목하고 있었다. 황후 역시 호기심이 들어 질문을 던졌다.

"이슈터 공녀, 이번 선발제에 참가한다는 소문이 돌고 있는데 사실인가요?"

"그렇습니다. 황후 전하."

"오, 그렇군요. 솜씨가 무척 궁금합니다."

"곧 보시게 될 것입니다."

"당찬 모습이 보기 좋군요."

이슈터 공녀의 눈에는 호기로움과 또렷한 자신감이 들어차 있었다. 그건 아름다운 외모로 인한 것이 아니었다. 그녀에게는 이번 드레스 선발제에서 자신 있다는 강한 야심이 있었다.

여리고 어린 아가씨처럼 보이지만, 리마의 사람들은 동안인데다 겉보기보다 단단하고 강단이 있었다. 실제로 그녀는 스물일곱 살이었지만, 겉으로는 십 대처럼 보이기도 했다.

또한 손재주가 능한 리마인들 중에서도 이슈터는 직물 짜기부터 시작해, 재봉 재단에 관해서는 천부적인 자질을 타고 태어났다. 모후로부터 어린 시절 전문적인 교육을 받은 터였다. 그런 이슈터를 왕족들은 물론, 심사 위원도 신비롭다는 듯 힐끔힐끔 눈여겨보았다.

여자임에도 단단한 몸과 차가운 인상, 움직임 하나에도 군더더기가 없었고 웬만한 일에는 미동조차 없었다.

흘깃 공녀 이슈터를 바라본 콜린의 첫인상은 이러했다.

'엘리샤 녀석과는 정반대의 스타일이네.'

실력으로는 어떨지 몰라도 성격적으로는 물과 불 수준이 될 것만 같은 예감이 들었다. 엘리샤와 만나면 재미있는 그림이 나오지 않을까.

한편 심사 위원들이 있는 테이블에서도 점잔 빼던 이들이 하나둘씩 입을 열기 시작했다. 가장 먼저 입을 연 것은 산돼지 같은 자바로티 후작이었다. 그가 은근한 곁눈질로 이슈터 공녀를 바라보면서 말했다.

"공녀님의 실력이 궁금하지 않습니까? 심상치 않은데요? 누구의 추천서를 받으셨으려나?"

심사 위원들을 자바로티 후작이 한 바퀴 주욱 돌아보았다. 그러자 짧은 머리가 인상적인 한 여성이 손을 가벼이 들었다.

"접니다."

마치 남성처럼 느껴지는 슈트 차림이었지만, 몸의 굴곡은 여지없이 그녀가 여성이라는 것을 보여 주고 있었다. 목소리 또한 저음이었지만 분명 여성이었다.

자바로티 후작이 흥미롭다는 듯 눈동자를 굴려 그 여성을 바라보았다.

"호, 개성적인 옷차림이시군요. 실례지만 자기소개를 좀 부탁드려도 되겠습니까?"

"노르두아에서 온 첼시 드 란토 백작입니다. 그쪽은?"

"아, 흠흠. 저를 모르시오?"

자바로티가 제 수염을 매만지면서 내심 기분이 상했다는 투였다. 그러나 정작 기분이 정말 상한 건 첼시 쪽이었다.

"소개도 없었는데 알 턱이 있을까요?"

주변인의 시선을 의식한 듯, 자바로티가 헛기침을 하고는 입을 열었다.

"저로 말할 것 같으면, 제국을 대표하는 수도 아를렌의 상권과 교역을 책임지는 블랙 카우 길드를 운영하고 있는, 자바로티 드 데스몽드 후작이올시다."

그 잘난 척과 허풍이 가득한 말투에는 '어떠냐, 나는 이렇게 우월한 인간이다!' 라는 느낌이 팍팍 풍기고 있었다.

그러자 내내 잠자코 있었던 엘리노어 드 카일리 후작 부인이 쓰게 웃으면서 말했다.

"아하, 낯익은 이름이다 싶었어요. 후작께서 바로 전설의 그분이시군요."

그녀가 코담배(향기를 맡는 방식의 가루담배)가 든 화려한 원형통을 내려놓으면서 한숨을 내쉬었다. 차 애호가인 카일리 후작 부인이 대화를 길게 나누고 싶지 않은 상대가 있을 때는 이 담뱃갑을 꺼내 놓곤 했다.

당장 타 지역 상업 길드 쪽에 발 담근 사람들의 이야기를 조금 듣기만 해도, 거대 길드인 블랙 카우의 악행과 횡포가 얼마나 악독한지 알 수 있었다.

"그 지옥 같은 통행료와 도로세, 수수료 좀 어떻게 해 보세요, 라고 누군가 말하더군요."

카일리 후작 부인의 거침없는 발언에 자바로티 후작이 흠칫 놀랐다. 더 듣고 있다가는 뇌물 이야기까지 흘러나올 것 같아서 조마조마한 터였다. 바로 옆 테이블에 황제가 있기 때문이었다.

"아니 도대체 그, 그자가 누구요? 우리 길드는 제국의 상업 발전을 위해서 전부 정당한 절차에 의한 세금을 걷고 있는데……."

"그런 자가 한둘이 아니라서요. 감당하실 수 있겠어요?"

자바로티 후작에 맞서는 엘리노어의 눈빛에서 불꽃이 튀겼다.

"대체 부인은! 어느 지역 출신이시오?"

"테본의 엘리노어 드 카일리입니다만?"

큰 소리를 낸 걸 후회하는 듯 자바로티가 재빨리 목소리를 낮추었다.

"크흠? 테본에는 기억나는 상업 길드가 없소만…… 아니 테본이라면 추워서 아무것도 없는 구석이 아니오?"

자바로티의 머릿속에 기억나지 않는 상업 길드라면, 둘 중 하나였다. 진짜 작은 잔챙이 길드거나, 제게 뇌물을 가져다준 적 없는 길드일 것이다.

그때 황후의 목소리가 들려왔다.

"어머나, 테본은 제 고향이랍니다. 자바로티 후작께서는 테본에 한 번도 왕래하신 적이 없으신가요?"

"엡? 아, 아니 그것이 저…… 제가 추위를 많이 타는지라, 무척 추운 기후라 하니 직접 가 보지는 못했습니다. 핫핫하."

"의외로군요. 후작께서 풍채가 좋으셔서 추위에 끄떡없으신 줄 알았답니다."

황후가 그리 말하면서 엘리노어에게로 시선을 주었다.

"카일리 후작 부인, 오랜만에 보니 너무 좋군요. 부인께서 주신 차 생각이 종종 날 때가 있어요. 참, 사교 모임은 별일 없나요?"

"아, 이번에는 지난번 드린 차보다 더 많은 것을 챙겨 왔답니다. 아, 저희 사교 모임에서 이번 드레스 선발제의 강력한 우승 후보도 나왔는걸요, 후후!"

"우승 후보라고요? 그게 누구인가요?"

친근한 두 사람의 사이에 한 번 이목이 집중되고, 카일리 후작 부인이 흘린 우승 후보라는 말에 또 한 번 이목이 집중되었다.

자바로티마저 궁금함을 참지 못하고 되물었다.

"그게 대체 누구요?"

카일리 후작 부인이 매력적인 미소를 지으면서 대답했다.

"그걸 미리 알면 재미없잖아요? 힌트를 드리자면 어디 있든, 무얼 만들든 표가 예쁘게 나는 사람이에요."

* * *

많은 사람이 전야제를 즐기기 위해서 시내로 나갔지만, 엘리샤는 조용히 별장에서 지내고 있었다.

펑, 펑!

창밖에서 들려오는 폭죽 터지는 소리에 사용인들도 들떠 있었다. 별장 밖에서 구경을 하고 돌아온 리나도 엘리샤에게 와서 말했다.

"마님, 정말 밤하늘에 화려하게 수를 놓고 있어요. 한번 구경해 보세요."

"그래요?"

"네에."

엘리샤가 별장 이 층에 있는 테라스로 나가 보았다. 멀리서도 보일 정도로 화려한 불꽃들이 꽃 모양으로 연신 터지고 있었다.

퍼엉!

등 뒤에서 느껴지는 포근함에 엘리샤는 뒤를 돌아보았다. 어느새 테라스로 나온 루자크가 엘리샤의 등을 폭 껴안았다.

"아름답군. 당신의 마법보다는 못하지만."

루자크의 말에 엘리샤는 입가에 미소를 지었다.

"내일이면 정말 시작이에요."

"생각보다는 긴장한 얼굴이 아니로군."

엘리샤 역시 스스로 놀라울 정도로 담담한 상태였다.

"아직 실감이 안 나서 그런 걸지도 몰라요."

루자크가 엘리샤와 시선을 맞추고는 말했다.

"당신은 잘해 낼 수 있을 거야. 늘 그래 왔던 것처럼."

"응. 나 역시 커다란 도전이에요. 이번에는 테일러 키트를 사용하지 않을 참이거든요. 진짜 내 실력을 가늠해 보고 싶어요. 얼마나 보잘것없어질지 모르겠지만, 그래도 커다란 대회에서 한번 확인해 보고 싶어요. 어디까지 나아갈 수 있는지 말이에요."

엘리샤의 보라색 눈동자가 출렁거렸다. 고요하면서도 잠잠한 그 안은 깊이를 가늠하기 어려우리만치 깊었다. 루자크는 엘리샤의 이마에 입을 맞추었다.

"그런 마음가짐이라니 당신이 더욱 존경스러워지는군. 무엇이 되었든 당신에게 커다란 보탬이 되는 경험이 될 거야. 내가 장담하지."

"당신의 그 말이 듣고 싶었어요. 아무리 힘든 일도 루자크가 잘될 거야, 잘해 낼 거야. 그렇게 말해 주면 나 안심이 되어 버려요."

"잘될 거야. 잘할 수 있을 거야, 엘리샤."

루자크가 귓가에 속살거렸다. 그것은 마치 마법이 걸린 주문처럼 마음속까지 퍼졌다.

'잘될 거야, 잘할 수 있을 거야.'

엘리샤는 루자크의 품에 몸을 파묻었다. 그가 나누어 주는 이 따뜻함을 잃어버리지 않으려면 이렇게 해야만 할 것 같았다.

* * *

오월의 첫날이 곧 밝았다.

온 나라가 경사스러운 분위기에 휩쓸렸던 탓일까. 이른 아침인데도 도시 전체는 고요함이나 정적 없이 부산스럽고 활기가 가득 찼다.

여행자들로 인해 여관마다 방은 하나도 없었고, 하다못해 식사를 하기 위해서 들른 식당도 발 비빌 틈이 없었다.

커다란 가방에 파묻히다시피 한 소녀 쵸엘이 호박색 눈동자를 깜빡거리면서, 제 시종이 어서 식당을 찾아오기를 기다렸다.

꾸루루루.

위장이 앞뒤로 들러붙은 모양인지, 아우성이었다. 오후 한 시까지는 성 루카의 탑까지 가야 하는데 아직까지 숙소는커녕 아침도 못 먹었다니, 그야말로 아슬아슬했다. 이러다가 길에서 자게 될지도 모르겠다. 그런 걱정을 하면서 죠엘이 청명한 하늘을 올려다보았다.

집 떠나자마자 고생이라더니, 그 말이 딱이었다.

"아가씨, 다녀왔습니다."

"식당은? 배고파서 돌아가실 것 같아!"

이런 때조차도 침착한 시종이 말했다.

"길모퉁이를 돌면 그나마 줄이 적은 식당이 하나 있습니다."

"거기라도 갈까?"

"하지만 메뉴가 마음에 안 드실 것 같습니다."

"메뉴고 자시고 지금은 나뭇가지라도 씹어 먹을 수 있어! 헤르마인에서 마차 타고 오는 동안, 육포 먹은 게 전부잖아."

"그렇지요. 하지만 그 식당은……."

"그래도 먹자. 메뉴가 뭐길래?"

죠엘이 간절한 말투로 양손을 꼭 붙잡고 저보다 키가 훌쩍 큰 시종을 바라보았다.

"토끼 고기입니다."

시종의 대답에 죠엘은 식욕이 다 떨어졌다는 얼굴을 하였다. 그와 더불어 작년에 기르다 죽은 토미가 생각났다.

"……우우, 하필 왜 토끼야? 다른 식당은?"

"다시 찾아봐야 할 것 같습니다."

"차라리 길거리 음식이라도 찾아보는 게 낫지 않을까……."

"어? 저기!"

"응?"

"죄송합니다. 토끼 꼬치구이네요."

시종의 말에 허탈해진 얼굴로 죠엘이 주린 배를 움켜잡았다. 기운이 하나도 없어서 그대로 쓰러질 지경이었다.

"아가씨, 괜찮으신가요?"

"안 괜찮거든! 시장에서 과일이라도 사 먹자."

"알겠습니다. 잠깐 여기 벤치에 앉아서 기다리세요."

시종이 냉큼 시장으로 달려갔다. 성 루카의 탑이 바로 앞에 보이는 벤치라서 벌써부터 참가자로 보이는 몇몇 사람들이 모여 있었다.

킁킁, 킁.

자신도 모르게 향긋한 냄새가 폴폴 나는 곳을 따라서, 고개를 돌렸을 때였다.

굉장히 화사한 그림이 펼쳐져 있었다. 벤치에 앉아 있는 예쁘장한 분홍 머리 소녀가 바스켓에서 야채와 고기를 끼운 납작한 빵을 맛있게 먹고 있었다.

사각형의 네크라인을 가진 빨간색 깅엄 체크와 흰색의 면 레이스가 조화로운 캉캉스타일의 드레스가 산뜻했고, 아이보리색 챙모자에도 빨간색 띠가 둘러져 있어서 조화로워 보였다. 봉긋하게 부푼 퍼프소매에도 흰색 레이스가 촘촘히 달려 있었다.

그녀가 먹는 음식도, 옷들도, 풍기는 분위기까지도 사랑스러워서 죠엘은 문화적 충격을 받고는 그 자리에서 멍하니 있었다.

“……설마 진짜 사람일까?”

문득 입 밖으로 말을 내뱉어 버린 것을 알아차렸을 때에는 그 인형이 자신을 빤하게 바라보고 있었다. 맑고 투명한 보라색 눈동자가 햇살에 빛나 더욱 초롱초롱했다.

눈이 마주치자 쏟아지는 눈웃음.

순간 죠엘은 저 소녀와 친구가 되고 싶다는 생각이 들었다. 용기를 내서 말을 걸어 볼까 하는 순간, 소녀의 곁으로 누군가 다가왔다. 소녀의 드레스며 머리칼을 정돈해 주는 걸 보아하니, 아마도 시종인 듯싶었다.

저 소녀는 숙소가 있겠지?

죠엘이 부럽다는 얼굴로 계속 바라보자, 힐끔거리던 소녀가 다가와 말을 걸었다.

“꼬마야. 혹시 괜찮으면 이것 먹지 않을래?”

소녀가 바스켓에서 빵을 꺼내어서 하나 내밀었다. 하나가 더 있던 모양이었다.

죠엘은 쉬이 대답을 하지 못하고 가만 고개를 주억거렸다. 허겁지겁 절반을 먹어 치우고 나자 왠지 쑥스러워졌다.

“저런, 배가 아주 많이 고팠나 보다.”

죠엘은 어째서 소녀가 제게 다가왔는지 그제야 알 것 같았다. 불쌍해 보였던 거였다.

죠엘이 늦게나마 대답했다.

“빵 고, 고마워요. 잘 먹었어요.”

“입에 맞아서 다행이다.”

"너무 맛있게 잘 먹었어요."

사실 남은 절반도 다 먹고 싶은데, 제 시종에게도 좀 나누어 주고 싶었다.

"그래, 근데 부모님이나 보호자는 어디에 있니?"

한층 가까워진 소녀에게서는 상큼한 과일 향과 꽃 향이 나는 듯했다. 자신은 마차 여행으로 더러워져 씻지도 못한 상황이라 좀 창피했다.

또한 소녀는 자신을 어린아이로 보고 있는 것 같았지만, 그다지 신경이 쓰이지 않았다. 아니 평소라면 화를 내겠는데 왜 이 아이에게는 못 내겠지?

"보호자가 필요한 나이는 지났는걸요. 저도 성인이거든요. 열여덟 살이니까!"

죠엘이 씩 웃으면서 갈색의 단발머리를 손으로 훑어 내렸다. 그러자 휘둥그레진 눈동자로 소녀가 사과했다.

"앗, 그랬군요. 미안해요. 아이인 줄 알고 나도 모르게."

"괜찮아요. 자주 있는 일이에요. 그런데 그거 아세요?"

"네?"

"당신 굉장히 상큼해요. 아를렌의 아가씨들은 전부 당신 같은가요?"

죠엘의 거침없는 칭찬에 소녀의 얼굴이 발그레 물들었다.

"으응? 어머나, 칭찬을 들어 버렸네요. 저야말로 그쪽이 굉장히 귀엽다고 생각했어요. 마치 다람쥐같이 귀엽고 조그맣다고요."

소녀가 활짝 웃으며 대답했다. 그때 사과를 사러 갔던 시종이 돌아왔다.

"아가씨, 이거라도 드세요."

죠엘의 손에 들린 먹음직스러운 빵을 본 시종은 의아한 얼굴이 되었다.

*　　*　　*

"온종일 여행자 여관을 찾아서 헤맸는데 빈방은 없지, 배는 굶주렸는데 식당도 찾지 못해서 난감했어요. 당장 오늘부터 드레스 선발제에 참가해야 하는데 말이죠. 영애는 혹시 숙소를 구했나요?"

"아, 네. 저도 드레스 선발제에 참가하기 위해서 왔어요. 남편의 별장이 수도에 있어서 그곳에 머물고 있고요."

"허억, 나, 남편이 있으시군요."

"결혼한 지 얼마 되지 않았어요."

"그렇구나. 나는 헤르마인에서 온 버베나 남작가의 죠엘이라고 해요. 세계 제일의 재봉사를 꿈꾸고 있죠."

엘리샤가 빙그레 웃었다. 그러고 보니 헤르마인 출신 사람은 처음 보는 듯했다. 아를렌의 서부에 위치한 헤르마인은 광산으로 유명한 지역이기도 했다.

문득 죠엘이 자그만 손을 내밀었다. 엘리샤가 그 손을 잡으면서 말했다.

"테본에서 온 엘리샤 드 펜블렌이에요. 세계 제일의 재봉사라니, 나와 꿈이 같네요?"

"어랏. 라이벌이네요, 우리. 근데 펜블렌가라고요? 무려 펜블렌? 그럼 공작 부인이란 말씀이세요?"

엘리샤가 가볍게 고개를 끄덕였다.

"굉장해……."

죠엘이 갑자기 벤치에서 일어나 어찌할 바를 모르겠다는 몸짓을 했다. 엘리샤는 그녀를 진정시키기 위해 팔을 붙잡아 다시 벤치에 앉혔다. 이렇게 도와주고 싶고, 보살펴 주고 싶은 아이는 또 처음이었다.

다람쥐처럼 올망졸망 귀여운 인상처럼 하는 행동도 너무 귀여웠다.

"공작 부인이라고 해도, 나도 평범한 십 대인걸요. 드레스 만들기를 좋아하는."

"나도, 나도 그래요! 자요. 이 사과라도 좀 드세요."

죠엘이 시종이 사 온 사과를 내밀었다. 엘리샤는 죠엘이 건넨 사과를 받아 아삭 깨물었다.

"맛있네요."

죠엘이 엘리샤를 따라서 사과를 베어 먹었다. 마주 보면서 사과를 나누어 먹는 것뿐인데 그렇게 마음이 편할 수가 없었다.

"오늘 신세를 많이 졌어요. 우리는 숙소를 좀 더 찾아보다가 와야겠어요. 조금 이따 선발제에 통과해서 다시 만나요!"

죠엘이 꾸벅 인사를 하고는 시종과 함께 짐을 나누어 들었다.

그녀의 자그만 덩치에는 안 맞는 무척이나 커다란 봇짐이 무거워 보였다.

"아, 저기 잠깐만요!"

"네?"

"괜찮다면 남편의 허락을 받아 볼게요. 혹시 숙소를 구하지 못한다면, 이리로 오세요."

엘리샤가 종이에 펜으로 간단한 지도를 그렸다. 왜 이렇게까지 해 주고 싶은지는 모르겠지만, 왠지 뭐랄까 도와주고 싶어.

그러자 죠엘이 별안간 화들짝 놀라면서 손사래를 쳤다.

"흑, 아니에요. 한번 신세 졌는데 또, 폐를 끼칠 수는 없어요."

죠엘이 한사코 거절하는 탓에 결국 엘리샤도 뜻을 접고 말았다.

"그렇다면 행운을 빌게요, 죠엘."

"엘리샤도요. 우리 꼭 다시 만나요!"

"네."

"꼭이요."

죠엘과 반갑고도 아쉬운 작별을 하곤 엘리샤는 근처에 있던 리나에게 손짓하면서 말했다.

"리나. 식사 다했어요."

리나가 엘리샤에게 서둘러 다가왔다.

"마님, 아까 그분도 드레스 선발제 참가자인가요?"

"네, 너무 귀여운 아가씨에요. 드레스 선발제에서 다시 만났음 하네요. 나랑 동갑이래요. 안 믿기죠?"

"마님도 상당히 동안이신데, 그분은 정말 놀랍네요. 제가 봐도 열세 살 정도로밖에 보이지 않았어요."

"네, 이름은 죠엘이래요. 아직 숙소를 구하지 못했다는데 괜히 나도 걱정이 되네요."

"상냥한 우리 마님, 너무 걱정 마세요. 잘되겠지요."

"네, 그러기를요. 그럼 우린 이만, 성 루카의 탑으로 이동해 볼까요?"

"그러시는 게 좋겠어요. 이미 줄이 많을 것 같아요."

리나의 예상대로 성 루카의 탑 앞에는 주최 측에서 아무도 나와 있지 않았고, 길게 줄을 선 사람들만 장사진을 이루고 있었다.

"한참 기다리셔야겠어요."

리나가 걱정스러운 얼굴로 말했다. 하지만 엘리샤는 자연스럽게 착 하고, 가방에서 레이스를 뜨는 실과 바늘을 꺼내 들었다.

"바느질을 하면 시간이 금세 흐를 거예요."

엘리샤는 부지런히 손을 놀렸다. 장미면 장미, 백합이면 백합, 포도송이에 이르기까지 무엇이든 금세 레이스를 뜨는 그녀의 솜씨에 사람들이 하나둘 모여들었다.

"예뻐라."

"믿을 수 없는 솜씨네요."

사람들의 시선을 느낀 엘리샤는 그저 살포시 웃기만 했다.

"저분은…… 펜블렌 공작 부인이시잖아요?"

"펜블렌 공작 부인?"

누군가 엘리샤를 알아보자, 사람들이 술렁거렸다.

"테본의 유행을 선도하는 분이래요."

"어머나!"

테본에서의 소문이 이리도 먼 수도까지 흘러들어 왔다니, 놀라웠다.

"공작 부인께서 만든 드레스가 그렇게나 아름답다던데, 기대할게요!"

몇몇은 같은 참가자이면서도 엘리샤를 응원하기도 했다.

"응원 감사합니다. 부인도 건승하시길 빌어요."

쿵, 쿵.

뿌우우―!

성 루카의 탑 앞에 낯설고 이국적인 큰 짐승이 모습을 드러냈다. 회색빛 덩치는 산만 하고 코가 무척이나 길었으며, 귀도 넓었다.

쿵, 하고 한 발자국을 뗄 때마다 땅이 울려서 그 누구도 앞을 가로막을 수 없었다. 짐승의 등에 설치된 비단 의자에는 긴 베일을 둘러쓴 흑발의 미녀가 타고 있었다.

"저, 저게 뭘까요?"

리나도 깜짝 놀라서 엘리샤에게 말했다.

"저 동물은 코끼리군요. 리마 공국에선 코끼리를 마차나 말 대신 이용한다고 해요. 하지만 워낙에 희귀해서 왕족이나 되어야 이용할 수 있을 텐데, 저 사람은 아마도 공국의 공녀일 확률이 커요."

엘리샤의 대답을 들은 리나가 고개를 주억거렸다.

"그렇군요. 세상에, 정말 놀랍고 신기하네요."

리나의 말처럼 많은 사람들도 눈을 동그랗게 뜨고 코끼리를 구경하고 있었다. 어떤 사람은 너무 놀라서 코끼리가 다가오자 멀찍이 물러나 몸을 피하기도 했다.

그러나 코끼리에도 마부 같은 시종이 있어서 밟힐 일은 없었다. 마부 외에도 코끼리의 뒤를 이어서 공녀의 시녀들 서너 명과 호위가 뒤를 따르고 있었다.

그 기세에 눌린 사람들은 멍하니 그녀를 바라보았고, 공녀임을 알아보고 예를 표하면서 인사를 하는 사람들도 있었다.

"저분이 바로 리마의 공녀님이시래요. 엄청난 미인에다가 카리스마가 대단하네요."

"재주가 뛰어난 리마인들 중에서도 손꼽힐 정도로 실력이 자자한 분이라고 하던걸요."

"눈을 감고도 드레스를 만들었다는 일화 들어 보셨어요?"

"제 생각에는 이슈터 공녀께서 이번 드레스 선발제에서 우승을 할 것 같아요."

어떤 부인이 그렇게 말하는 것을 들은 엘리샤는 기대에 찬 얼굴로 다시 한 번 리마의 공녀를 주목했다.

'굉장한 실력자일까? 궁금하다.'

눈에 띄는 참가자들이 속속들이 모이는 가운데, 시간은 흘러 열두 시가 되자 드디어 주최 측 사람들이 모습을 보였다.

길게 줄을 선 사람들은 어림잡아 보아도, 근 백여 명에 육박했다. 이렇게 많은 사람들이 통과를 했구나 싶어서 내심 놀라웠다. 저절로 정신이 번쩍 드는 것 같았다. 이 많은 사람들 중에서는 살아남는 일조차 버거울 것 같았다.

엘리샤는 가방 속에 들어 있는 제 이름으로 수를 놓은 확인증을 다시 한 번 매만졌다. 점차 뜨거워지는 열기 속에서 참가자들을 살펴보는 것만으로도 시간은 금세 흘러갔다.

그중에서 아는 얼굴을 발견하기도 했다. 드레스 선발제 위원회가 슬슬 움직이는가 싶더니, 기다란 벨벳 카펫이 순식간에 깔렸고, 뒤를 이어서 금빛 사자의 문장이 그려져 있고, 둥근 돔이 달린 황실 마차 여러 대가 도착했다.

그중 가장 선두에 있는 마차 한 대에서 늘씬한 여성이 내렸다. 와인색의 긴 머리카락을 늘어뜨린 아이레나가 짙은 바이올렛 빛깔의 고혹적인 드레스를 입고 나타났다. 살랑이는 봄바람에 나부끼는 드레스와 머리카락이 흡사 여신과도 같았다.

“오래 기다리셨습니다, 여러분! 저는 황실 드레스메이커 아이레나라고 합니다. 더불어 본 선발제의 사회를 맡았습니다. 잘 부탁드립니다.”

아이레나가 꾸벅, 인사를 하자 순식간에 사람들이 환호성을 보냈다.

“드레스에 대한 열정 하나로 한자리에 모인 여러분들에게 거는 기대가 크답니다. 지금부터 줄을 서신 그대로 이곳에서 첫 포문을 열겠습니다. 하나! 둘! 셋!”

아이레나가 숫자를 세자, 줄을 선 사람들을 따라 주최 인원들이 기다란 리본을 치기 시작했다.

"참가자분들은 리본 안으로 줄을 서 주시기 바랍니다. 첫 심사는 제가 직접 하겠습니다."

잠시 후 누군가 그녀에게 하늘색 드레스 선발제 안내 책자를 가져다주었다.

"여러분, 다들 이것을 받으셨죠?"

아이레나가 책자를 들어 보이면서 말했다.

"첫 번째 시험으로 안내 책자에 수수께끼가 있었을 겁니다. 여기서 장담컨대, 여러분의 절반 이상이 통과하지 못하고 탈락하게 되실지도 모릅니다. 아니, 어쩌면 그 이상일지도 모르겠습니다."

아이레나의 아름다운 얼굴은 일말의 감정도 없었다. 어느 한 쪽으로 치우침 하나 없이 저울로 잰 듯이 말이다. 신이 관대하지 않은 것처럼, 정해진 규율에 의해서 정답자들은 그녀가 인도를 할 것이고, 정답이 아니라면 가차 없이 버려질 터였다.

아이레나가 마련된 자리에 앉았다. 곧 진행을 돕는 주최 위원단이 참가자를 한 명 불러 앞으로 나오게 했다.

첫 참가자를 향해 시선을 준 아이레나가 말했다. 긴장한 모습이 역력한 첫 참가자는 무척이나 떨고 있었다.

"첫 번째 시험은 이것이었죠. '본디 나의 것이지만, 다른 사람이 더 많이 사용합니다.' 이게 무엇이었는지 첫 번째 참가자에게 답을 구해 보도록 할까요?"

아이레나가 첫 참가자에게 시선을 주었다.

"그, 그건 돈입니다! 돈은 제 것이지만, 제 가족들이 훨씬 더 많이 사용하거든요."

그러자 아이레나가 고개를 저었다.

"흐음, 아니에요. 탈락하셨습니다."

두 번째, 세 번째, 여섯 번째까지도 아이레나가 원하는 대답이 나오지 않았다. 일곱 번째 참가자인 오스번 영애가 자신만만하게 외쳤다.

"정답은 이름이에요. 분명 내 것인데 다른 사람이 내 것을 불러 주니까요."

그제야 아이레나가 자리에서 일어섰다.

"그렇다면 확인증을 좀 보여 주시겠어요?"

"네? 여기요."

확인증의 앞뒤를 확인한 아이레나는 여지없이 말했다.

"탈락하셨습니다."

그러자 줄을 선 사람들의 대다수가 술렁이기 시작했다. 분명 정답이 이름인 건 맞을 텐데, 탈락했다니 상황이 이상하게 돌아간다고 느낀 터였다.

"정답은 분명 이름이 맞지 않습니까?"

일부 사람들이 손을 들고 항의했다.

"이름이라는 답만 가지고 온다면, 완벽한 정답이 아닙니다. 시간 관계상 제가 일일이 눈으로 확인하는 대신에 제대로 된 정답을 가져오지 못하신 분들은 줄에서 스스로 빠져 주시기 바랍니다."

그러자 과반수 이상이 줄에서 빠져나가고 말았다. 확인증을 확인하는 과정에서 몇 명이 또 탈락했고, 순식간에 순서는 엘리샤 앞까지 오고 있었다.

뒤를 돌아보니 이제 남은 사람은 삼십여 명이 채 되지 않았다.

"이제 곧 마님의 순서에요!"

엘리샤가 고개를 주억거렸다.

"걱정 말아요, 리나. 자신 있어요."

엘리샤는 리나와 꼭 붙잡고 있던 손을 놓았다.

"그럼 다음 참가자 나와 주세요."

아이레나가 호명하자, 엘리샤가 나가서 차분히 인사하고는 가죽 가방 안에서 자신의 이름을 자수로 새겨 넣은 삼각형의 확인증을 들어 보였다.

아이레나가 눈을 크게 뜨면서 말했다.

"조금 더 가까이 와 보세요."

"네."

엘리샤가 한발 다가갔다. 아이레나는 진행을 하던 도중 처음으로 미소를 선보이면서 말했다.

"엘리샤 드 펜블렌. 드레스메이커 선발제의 첫 시험을 통과하셨습니다. 축하드립니다. 앞으로도 더 많은 재능을 보여 주시길 바랍니다. 덧붙이자면, 체인스티치 솜씨가 무척 꼼꼼하고 단단합니다. 다음이 더 기대됩니다."

엘리샤는 그제야 은근히 긴장되어서 애매하게 벌리고 있던 입을 닫고는 인사했다.

"감사합니다."

첫 합격자가 된 엘리샤를 눈여겨보는 사람이 여럿 있었다. 주최 위원장이었던 카론 후작을 비롯해 심사 위원들의 추천서를 받은 참가자들이었다.

이슈터는 얼굴을 가리고 있던 베일을 걷고는, 엘리샤의 얼굴을 확인했다. 엘리샤의 실력이 예사롭지 않다는 것을 본능적으로 직감할 수 있었다. 자신과 만나게 되리라는 것도.

와아아!

첫 합격자가 나오자, 탈락한 사람들은 확인증을 간과했던 것을 떠올리면서 놀라움에 박수를 쳤다.

엘리샤 다음으로 통과한 사람은 방랑자 세이딘이었다.

"세이딘 랑 알리카스, 자수 실력은 거칩니다만 통과하셨습니다. 축하드립니다."

"고맙습니다!"

세이딘은 꾸벅하고 인사했다. 통과한 사람들은 차례대로 대기석에 앉게끔 되어 있었다.

세이딘을 알아본 엘리샤가 '어?' 하고 소리를 내자 눈이 마주쳤다.

"……어? 분홍 머리."

"그때 과자점 맞지? 다시 만났네. 통과 축하해."

"그러게. 이제부터 시작인 걸 뭐."

엘리샤가 놀랍고 반가운 얼굴로 인사했지만, 세이딘은 대수롭지 않다는 듯 그저 고개를 끄덕이고는 엘리샤의 옆자리에 털썩하고 앉았다.

엘리샤는 어깨를 으쓱하고는 다음 통과자에게 주목했다. 엘리샤의 눈이 빛나면서 멀리 손을 흔들었다. 바로 카일리 후작 부인의 사교 모임에서 만났던 레이디 그레이스 포였기 때문이었다.

“그레이스 포 합격 축하드립니다. 부인께서는 최고령자 합격자가 되실 것 같습니다. 앞으로도 좋은 모습 보여 주세요.”

“네, 최선을 다해서 대회에 임하도록 하지요.”

레이디 그레이스 포를 만나자마자 엘리샤는 꼭 껴안으며 축하를 해 주었다.

“이렇게 다시 뵙네요. 너무 축하드려요, 부인!”

“여기 나오면 우리 공작 부인을 다시 만나게 될 줄 알았지요, 후후.”

레이디 그레이스가 엘리샤의 등을 쓸면서 말했다. 마치 손녀를 만난 것처럼 눈가와 입가에는 마냥 반가움이 깃들어 있었다.

우와아!

다시 좌중들이 놀라는 소리에 엘리샤는 고개를 돌렸다. 리마의 공녀가 내민 확인증은 그야말로 화려함의 극치였다. 본래 새하얀 색이었을 그것은 금색의 스티치로 바탕색이 전부 바뀌어 있었고, 그 위에 남색으로 ‘이슈터 폰 로이트’라는 이름이 유려한 서체로 자수가 놓여 있었다.

뿐만 아니라, 뒷면에는 엘노아 제국과 리마 공국의 문장을 나란히 배치해 두 나라의 우호적인 관계를 바란다는 의미까지 내포하고 있었다.

아이레나 역시 좀 놀란 표정이었다.

"굉장히 화려한 확인증을 가지고 오셨군요. 실력도 놀랍고, 안에 담긴 의미도 놀랍습니다. 이슈터 폰 로이트, 축하드립니다. 대회에서 어떤 활약을 해 주실지 기대가 사뭇 커집니다."

"……감사합니다."

짧게 인사하고 대기석으로 들어가는 내내 모두가 이슈터의 존재감 때문에 흥분하고 있었다. 신분과 실력, 미모까지 어느 것 하나 빠짐이 없었다. 그만큼 다방면에서 돋보이는 참가자였다.

엘리샤 역시 감탄이 절로 나오는 솜씨였다.

'정말 대단하다. 왠지 자극이 되는걸.'

그 뒤로 합격과 탈락 사이에서 참가자들이 갈렸다. 합격자들이 한 명씩 호명될 때마다 부지런히 지켜보았지만, 엘리샤가 찾는 사람은 아직 보이지 않았다.

이제 대기 줄은 마지막 한 명이 남아 있을 뿐이었다.

"드디어 마지막 참가자가 남았군요."

아이레나의 말을 들은 엘리샤가 전전긍긍해하고 있을 때였다.

"엘시 에드, 열아홉 번째, 마지막 합격자가 되셨습니다. 자, 이제……!"

그때 아이레나의 목소리를 뚫고, 카랑한 목소리가 울렸다.

"자, 잠깐만요! 죠엘 버베나 이제 막 도착했어요. 지각해서 죄송합니다. 죄송합니다."

귀여운 단발머리 소녀가 커다란 짐을 둘러매고 헐레벌떡 나타났다. 죠엘이 나타나자, 엘리샤는 겨우 숨을 돌렸다.

"휴우, 왔구나. 다행이야."

다음 진행을 하려던 아이레나가 제자리에 다시 앉아서 말했다.

"좋아요. 진짜 마지막 참가자가 오셨군요. 그럼 첫 번째 시험의 답을 가져오셨는지, 어디 확인증을 보여 주시겠어요?"

"네."

그렇게 대답한 아이레나가 제 주머니를 뒤적거리다가, 갑자기 표정이 안 좋아졌다.

"어? 분명 여기에 두었는데……."

그러자 멀리서 그녀의 시종이 손짓 발짓을 하기 시작했다. 그걸 알아챈 죠엘이 제 이마를 탁 쳤다.

"아! 가방!"

가방을 열어 맨 앞부분을 확인한 죠엘은 꾸깃꾸깃해진 확인증을 펼쳐서 아이레나에게 보여 주었다. 둥글고 귀여운 필체로 자수가 놓여 있었다.

"여기 있어요."

"죠엘 버베나, 드레스메이커 선발제 스무 번째로 통과하셨습니다. 축하드립니다. 다음부터는 시간을 꼭 엄수해 주세요."

"네, 명심하겠습니다. 감사합니다!"

죠엘이 대기석으로 가자 엘리샤가 다가와 손을 잡아 주었다.

두 사람은 마치 예전부터 잘 알고 있었던 사람처럼 다정하게 손을 잡고는 놓을 줄을 몰랐다.

"너무 축하해요, 죠엘."

"하마터면 통과 못 할 줄 알았어요. 엘리샤도 축하해요."

죠엘을 끝으로 통과된 참가자는 정확히 스무 명이었다.

이어서 아이레나가 자리에서 일어서더니 말했다. 그녀의 표정과 목소리 톤 모두 매우 진지한 탓에 참가자들은 긴장을 바짝 한 얼굴이었다.

"첫 번째 시험을 통과하신 합격자 여러분, 진심으로 축하드립니다. 여러분은 수천 명의 참가자들을 물리치고 이 자리에 서 있습니다. 자, 저쪽을 보세요. 저 황실 마차에 나누어서 타시면 되겠습니다. 이제 마차를 타면 이번 선발제가 열릴 황실로 향할 것입니다. 한 가지 알려드릴 사항이 더 있습니다. 황실로 가게 되면, 숙소를 배정받고 선발제가 열리는 동안 그곳에서 지내게 될 것입니다."

아이레나의 말에 참가자들이 서로의 얼굴을 바라보면서 깜짝 놀랐다. 사전에 고지한 사항이 아니었던 터였다.

엘리샤 역시 좀 놀라긴 했지만, 대수로운 일은 아니었다.

반면에 죠엘은 기쁜 내색이 가득했다.

"우와, 새로 구한 숙소가 엄청 좁고 지저분했는데 살았다."

"잘됐네요."

엘리샤가 가볍게 맞장구를 쳐 주었다.

"자, 그럼 인사를 짧게 하고 서서히 이동해 볼까요. 개인 짐은 가방 한 개까지만 가능합니다."

조심스러운 분위기에 참가자들은 제 시종들에게 다가가지도 못하고, 멀리서 눈인사를 하고 있었다. 참가자들의 짐들은 한 번에 모아서 마차에 실리기 시작했다.

드디어 본격적인 드레스 선발제가 시작되는 모양이었다. 엘리샤는 저만치 멀리서 자신을 지켜보고 있는 리나를 향해서 손을 흔들었다. 리나 역시 손수건을 흔들며 입 모양으로 뭐라고 말하고 있었다.

'마님, 힘내세요.'

리나의 메시지에 엘리샤는 입 모양으로 말했다.

'힘낼게요.'

리나 역시 알아들었는지 미소로 답해 주었다. 이제 참가자들이 하나둘 마차에 오르기 시작했다.

죠엘이 말했다.

"엘리샤, 우리 저기 끝에 있는 마차에 탈까요?"

"좋아요."

엘리샤는 자연스럽게 죠엘, 그리고 그레이스 부인과 함께 제일 마지막에 있는 황실 마차에 올라탔다.

황실 마차는 총 네 대였는데, 그중 세 대에 참가자들이 나누어서 탔다.

마차의 내부는 생각보다 더 넓고 컸다. 펜블렌가의 마차도 화려하고 큼직한 편이었는데, 황실 마차에 비하면 소박한 편이었다.

"엘리샤, 이것 봐요. 푹신하네요."

죠엘이 바닥을 발로 톡톡 구르면서 말했다. 푹신하게 깔린 붉은색 카펫에는 금사로 자수가 놓여 있었다.

뿐만 아니라 의자도 붉은 벨벳이었고, 누울 수 있을 정도로 널찍했다. 커튼도 카펫과 같이 새빨간 색에 금색 수술이 늘어져 있었다. 마치 황족이라도 된 듯한 기분이 들어 엘리샤도 양손을 마주 잡으면서 감탄했다.

"정말 신세계에요."

"살다 보니 이런 영화도 다 누려 보네요."

엘리샤와 그레이스 부인이 각각 마차의 감상을 더했다. 그들은 내내 기분이 좋았다.

엘리샤가 탄 세 번째 마차에는 다른 이들도 같이 있었다. 세이딘과 이슈터, 엘시였다.

엘리샤와 죠엘, 레이디 그레이스 세 사람이 나란히 친근하게 앉아 있는 것과는 대조적으로 세 사람은 주변 사람의 얼굴조차 보지 않은 채 눈을 감고 있거나 차창 밖을 바라보았다.

"드디어 출발이에요!"

어린애처럼 잔뜩 들떠 있는 죠엘이 엘리샤를 마주 보며 까르르 웃자, 이슈터가 약간 거슬린다는 표정이었다.

"……."

이슈터의 기색을 살핀 엘리샤가 죠엘에게 입술에 손가락을 대면서 주의를 주었다.

"우리만 탄 게 아니니까 목소리를 줄이는 게 좋겠어요, 죠엘."

"알았어요."

엘리샤의 말에 귀 기울인 죠엘이 끄덕였다.

죠엘이 입을 다물자, 마차 안은 한없이 정적으로 가라앉았다. 마주 보고 앉아 있는데 이렇게 물끄러미 있는 것도 좀 어색하다는 생각이 든 엘리샤가 먼저 입술을 열었다.

"안녕하세요. 너무 우리만 이야기한 것 같아요. 이렇게 만났는데 인사라도 나누면 좋겠네요. 우선 저는 테본에서 온 엘리샤 드 펜블렌이에요. 음, 제 머리 색처럼 분홍색을 가장 좋아하고, 분홍 장미는 더 좋아해요."

엘리샤가 제 소개를 하면서 보스스 웃었다.

"역시 그럴 줄 알았어, 분홍 머리."

잠자코 입을 다물고 있던 세이딘이 픽 웃으면서 말했다.

이어서 죠엘이 기다렸다는 듯 입을 열었다.

"엘리샤의 머리 색은 마카롱처럼 달콤하고 예뻐요. 나는 헤르마인에서 왔고, 이름은 죠엘 버베나에요! 좋아하는 건 귀여운 동물들이고요."

"그래요. 마차에서 이렇게 다 함께 만난 것도 인연이니까요. 나도 테본 출신이고, 그레이스 포랍니다. 좋아하는 건 해 질 녘 노을 보기랍니다. 황성의 노을은 어떨지 궁금하네요."

죠엘과 그레이스도 거들었다. 가장 나이가 많은 그레이스 부인이 입을 열자, 나머지 침묵을 지키던 사람들도 귀를 열며 반응을 보이고 있었다. 그레이스 다음으로는 세이딘이 소개를 시작했다.

"나는 칼리온 출신이고, 이름은 세이딘 랑 알리카스…… 이에요."

존댓말이 어색한지 세이딘이 뒤늦게 말을 덧붙였다. 쥬엘이 장난스럽게 물었다.

"그럼 좋아하는 건요?"

"초코."

"에엑? 의외에요."

"푸우, 맞아요. 지난번 쿠키점에서 만난 적이 있었는데, 초콜릿 맛 마카롱을 잔뜩 사던걸요."

엘리샤의 고발에 세이딘이 간단히 말했다.

"초코라면 얼마든지 먹을 수 있어."

"단순한 입맛이네."

엘리샤가 놀리듯 말하자, 그가 고개를 저으면서 말했다.

"아니야. 이래 봬도 미, 미싯가다."

엘리샤가 고개를 설레설레 저으면서 말했다.

"혹시 미식가를, 말하려던 거?"

끄덕끄덕. 세이딘이 단어를 잘못 말한 게 민망한지 볼이 붉었다.

'이 사람 엄청 특이해. 그래도 나쁜 사람 같지는 않네.'

다음으로 입을 연 것은 공녀 이슈터였다.

"리마 공국에서 온 이슈터 폰 로이트에요."

"공녀님께서는 말씀을 낮추셔도 된답니다."

그레이스 부인이 말했지만, 공녀는 별다른 미동이 없어 보였다.

"괜찮습니다."

양옆 사람들의 카리스마에 기가 눌려 있었던 남자가 그제야 말했다.

"마법 아카데미 출신의 엘시 에드입니다."

"그럼 마법을 할 줄 아나요?"

죠엘이 눈을 동그랗게 뜨고 묻자, 엘시는 로브 깃을 세우면서 말했다.

"물론이지요."

"와, 저 마법사는 처음 봐요. 신기해라."

"마법사라는 것이 흔한 것이 아니니 그렇죠."

그의 말투에는 거만함이 배어 있었지만, 거슬릴 정도는 아니었다. 엘리샤는 그저 조금 씁쓸할 뿐이었다. 후천적으로 마법을 배운 마법사들은 명예와 지위가 높은 데 반해, 선천적으로 마력을 타고난 마녀들은 숨어서 지내야 하는 사회가 불공평했다.

엘리샤도 마법사인 척 마법들을 배웠다고 할까, 하다가 그만두었다. 마녀의 마법은 마법사의 마법보다 훨씬 더 다채롭고 다양했다. 마법사가 부리는 마법의 종류나 숫자는, 엘리샤가 하는 마법들의 절반 수준도 안 될 터였다.

서로 인사를 나누고 얼굴을 익히는 동안 황실 마차는 어느덧 벨벳 성의 관문을 앞두고 있었다.

벨벳 성의 하늘색 우아한 자태가 드러나자, 모두 차창 밖을 바라보았다. 엘리샤 역시 처음은 아니었지만, 감회가 새로웠다.

황성이 처음인 사람들은 아름다운 정원이며, 건축물에 감탄을 흘렸다. 하지만 엘리샤와 이슈터는 제자리에 앉아 있었다. 무심결에 이슈터와 눈이 마주쳤다. 진홍색의 눈동자가 루비처럼 예뻤다.

엘리샤가 웃어 보였지만, 이슈터는 왠지 할 말이 있는 것 같은 얼굴로 빤히 바라보았다.

'내 얼굴에 뭐가 묻었나?'

문득 궁금해진 엘리샤가 생각했다.

* * *

'내, 내가 정말로 합격하다니 믿을 수 없어.'

한편, 다른 마차에 탄 헬레나는 다소 의기소침한 얼굴로 앉아 있었다. 유난히 자신감 없는 태도는 자신이 진짜 합격할 줄은 추호도 몰랐던 터였다.

자바로티 후작이 일러 준 대로, 확인증에 제 이름을 수놓으면서도 그것이 정답인 줄 인지하지도 못했다.

—헬레나 드 바이든, 시험에 통과하셨습니다. 축하드립니다.

아이레나의 축하 인사를 들은 후에야 실감이 나서 마구 떨리기 시작했다. 헬레나는 가방에서 급하게 쿠키를 뒤적거리더니 입 안에 넣었다. 옆자리에 앉은 사람들이 그녀를 힐끔거렸지만, 멈출 수가 없었다.

심리적으로 불안정할 때면, 먹지 않고는 배길 수가 없었다. 그와 더불어 그녀의 머릿속에는 코넬리아가 지시했던 내용도 떠올랐다.

—헬레나, 날 좀 도와줘. 드레스 선발제에서 분홍 머리를 만나게 되면 내게 어떤 수단이든 연락해 줘. 걔가 내 의붓 동생이지만 정말, 정말 못된 애거든. 걔가 잘되는 꼴은 두고 볼 수가 없으니 날 도와줘. 헬레나, 넌 나의 가장 친한 친구잖아?

* * *

루자크는 접견실에서 황제와 황후를 알현하기 위해 기다리는 중이었다. 그러다 문득 드레스 선발제로 나서던 엘리샤가 마차 위로 오를 때 그 모습이 선연하게 떠올랐다.

마치 제 품에서 고이 간직하던 작은 새를 너른 숲으로 떠나보내는 기분마저 들었던 것은 어째서일까.

그래도 잘한 일이겠지. 무엇보다 엘리샤 본인이 원하는 일이었다. 엘리샤가 원하는 일은 누구보다도 자신이 원하는 일이 된다. 당연해 마지않는 법칙. 그런데도 왜 이렇게 가슴 끝이 시리고 안타까워질까.

분명 괜찮을 거라 생각, 아니 마음먹었는데 곧 엘리샤와 멀리 떨어져 지낼 날이 돌아온다는 게 견디기 어려워지기 시작했다. 게다가 그것이 몇 년이 될지도 모른다.

적어도 삼 년 이상이겠지.

'……젠장.'

루자크의 속눈썹이 괴로움에 파르르 떨렸다.

"황제 폐하와 황후 전하께서 드십니다."

시종장의 말에 루자크가 고개를 들었다. 그 순간 그는 다른 사람으로 변했다. 한 여자를 사랑하는 남자가 아닌, 제국의 공작으로서.

"그간 강녕하셨습니까, 폐하."

"어서 오게. 어째 수척해 보이는군, 펜블렌 경."

공작을 바라보며 샤를 황제가 말했다.

"아닙니다, 폐하. 드레스 선발제가 백성들에게 호응을 일으키고 있어서 기쁩니다."

"자네의 원조가 이번 선발제에 많은 기여가 되었네. 카론 후작의 보고를 들었지. 그런데, 귀여운 공작 부인은 같이 오지 않았나 보구나."

"아, 그녀 역시 아를렌에 와 있습니다. 곧 만나 뵙게 되실 것 같습니다."

"음?"

황제가 궁금증 가득한 얼굴이 되자, 황후가 눈치를 채곤 부드러이 웃었다.

"어머, 공작 부인도 드레스 선발제에 참가하는 모양이구나. 잘되었다. 어쩐지 예사 솜씨가 아닌 것을 진즉 알아보았단다."

"예, 맞습니다."

이제 더는 숨길 이유가 없었으니 루자크도 솔직히 고했다.

"허, 이런. 그랬었구나. 허허! 펜블렌 공작가의 두 내외가 안팎으로 기여를 하는구나. 보기 좋도다."

황제가 너털웃음을 터뜨렸다.

잠시 후, 알현을 끝내고 나오려는데, 황후가 루자크에게 넌지시 이야기했다.

"루자크, 잠시 나랑 좀 걷자꾸나."

"예, 전하."

황후와 함께 루자크는 황성의 정원 산책로에 들어섰다. 황후가 멀리 내다보는 방향은, 황태자궁이 있는 곳이었다. 루자크는 내심, 그녀가 라이몬드의 이야기를 꺼낼 것이라는 것을 예측했다.

"루자크, 라이몬드가 병석에서 일어나지를 못하고 있단다."

"그렇습니까."

어찌 보면 냉랭하게 느껴질 만치 루자크의 대답은 무감각했지만, 황후는 내색하지 않았다. 어렴풋이 그들의 사이가 그다지 좋지 않다는 것은 눈치채고 있던 터였다.

"혹, 테본에서 무슨 일이 있었던 것은 아니겠지?"

"아니요, 황태자 전하께서는 아무 문제없이 본성에 다녀가셨던 걸로 기억합니다. 그런데 그날 왜 그렇게 불쑥 찾아오셨는지는 모르겠습니다. 저도 없는, 본성에 말입니다. 그 당시 제 아내만이 있었습니다."

"그래? 정말 이상하구나."

"……."

루자크는 잠시 침묵하다가 말을 다시 꺼냈다.

"실은……."

"그래, 계속해 보렴."

"아닙니다. 아무것도."

"무슨 일이 있었던 거니?"

"황태자 전하께서 제 아내를 두고, 고 아드리안 영애를 닮았다는 말씀을 하신 적이 있습니다. 노파심인 줄은 알지만……."

루자크는 말끝을 이었다.

"아니, 그럴 리가. 그 애가 죽은 지 얼마나 오랜 세월이 흘렀거늘. 게다가 하등 상관없는 공작 부인을 두고, 그런 이야기를 했다니 믿을 수가 없구나."

"저 역시 귀를 의심했습니다."

루자크가 그리 덧붙이자 황후의 얼굴에 그늘이 졌다.

"……미안하구나. 이제 다시는 라이몬드가 공작 부인과 접촉하는 일이 없도록 나도 주의를 기울이마. 또한 그것은 라이몬드 본인에게도 좋지 않은 일이야……."

"그렇습니다. 황태자 전하께서 한시라도 빨리 쾌차하시기를 빌겠습니다."

"고맙다. 루자크."

"아닙니다. 그럼 개막식에서 뵙겠습니다."

"그래, 먼저 가 있으렴. 나는 라이몬드를 한번 만나고 와야겠구나."

나라의 큰 행사가 열리는 날이다. 황태자가 온전한 모습을 보여야 병약해졌다는 소문을 잠재울 수 있을 터였다.

* * *

마차에서 내리자마자 참가자들을 기다리고 있는 건 아이레나가 아닌, 황성 시녀장이었다. 과거 공작 부인으로서 그녀에게 따끔하게 말을 해 주었던 기억이 떠올랐다. 그 때문인지, 그녀는 엘리샤에게는 옅은 미소까지 지어 보였다.

"어서 오십시오. 저는 황성의 시녀장입니다. 참가자 여러분께서 머무르실 숙소를 안내해드리겠습니다."

그러나 다른 사람에게는 그리 친절하게 굴지 않았다.

"잠시만요. 황실과 어울리는 옷차림이 아닙니다. 조금 더 예의를 갖춰 주시지요."

가장 먼저 그녀의 눈 밖에 난 것은 세이딘이었다. 아무리 드레스 선발제 참가자라고는 해도, 황성에서 상의를 탈의하고 있는 것은 예의에 한참 어긋나는 차림이었다.

결국 세이딘은 마차에 실었던 짐에서 다른 옷을 꺼내 입은 후에야, 함께 이동을 할 수 있었다.

제법 삼엄한 분위기에 나머지 참가자들도 숨을 골랐다.

숙소로 지정된 곳은 아네모네 궁이라는 곳이었다.

"와! 내가 황성에서 머물게 될 줄이야."

참가자들은 호화로운 황실의 숙소에 환호를 터뜨렸다. 엘리샤는 예전에 장미궁에서 머문 적이 있었기에 그리 놀랍지는 않았다.

장미궁에 화사하고 아름다운 정원이 딸려 있는 것에 비해서 아네모네 궁은 정원은 없지만 내부의 규모가 더 널찍했고, 여러 사람이 둘러앉아서 이야기를 나눌 수 있는 커다란 응접실이 있었다.

시녀장이 한 명씩 이름을 불러 방을 지정해 주었다.

"엘리샤 드 펜블렌 님."

"네."

"건너편에 보이는 세 번째 방을 쓰시면 됩니다."

"감사합니다."

엘리샤가 짐을 들고, 세 번째 방으로 이동했다. 은은한 미색과 노란색의 침구와 가구가 어우러진 귀여운 느낌의 방이었다.

"침대가 두 개네. 한방에 두 명씩 쓰는 걸까?"

엘리샤가 그렇게 중얼거리자, 곧 방문을 열고 익숙한 단발머리 소녀가 고개를 빼꼼 내밀었다.

"어? 엘리샤!"

"죠엘, 우리 정말 인연인가 봐요."

"그러니까요. 이건 보통 인연이 아니라고 봐요! 친구가 될 운명 같은 걸지도요!"

두 사람이 반가움에 손을 맞잡고 까르르 웃었다.

죠엘이 짐을 옮겨 놓고는 방을 둘러보았다.

"마치 공주님이라도 된 것 같아요."

"맞아요. 황성에는 진짜 공주님도 계실 거예요."

한 번도 본 적은 없지만, 황태자 라이몬드 외에도 형제나 자매가 더 있을 터였다.

개막식이 열리는 저녁까지는 서너 시간 정도 여유가 있었고, 잠시 휴식이 주어졌다. 덕분에 짐을 풀고 나서, 모두가 응접실로 모여 앉았다.

처음에는 서먹하던 참가자들도 적응을 마치고 한결 밝아진 얼굴들이었다. 간단히 서로를 소개한 후로는 마음이 맞는 사람들끼리 여기저기서 이야기꽃이 피었다.

그러나 그런 대열에 합류하지 않겠다는 뜻을 보이듯, 이슈터는 소개가 끝나자마자 제 방으로 들어가 버렸다. 그 모습을 본 누군가가 입을 열었다.

"공녀님은 우리가 불편하신가 본데요?"

"나 같아도 갑자기 평민들이랑 같이 지내려면 불편할 것 같군요."

마차에서 공녀의 옆자리에 앉았었던 엘시가 말했다.

"맞아요."

잠자코 사람들의 이야기를 듣고 있던 엘리샤가 말했다.

"그거야 알 수 없죠. 공녀님은 그냥 조용한 성격일지도 몰라요."

"어머나, 상냥하기도 하셔라."

"개막식은 저녁에 열린다고 하니까, 그때까지는 각자 쉬는 것도 좋겠어요."

"저도 좀 쉬고 싶어요."

"간밤에 긴장되서 한숨도 못 잤어요."

엘리샤의 말에는 모두 공감하는 바였다. 첫 시험 통과를 하고, 숙소까지 배정받으니 한결 긴장감이 풀리는 감이 있었다.

그때, 엘리샤를 물끄러미 바라보는 소녀가 있었다. 주근깨 가득한 얼굴에 포동포동한 얼굴, 어쩐지 자신감이 없고 쑥스러움을 잔뜩 타는 성격 같았다. 이름이 아마 헬레나였을 것이다.

엘리샤가 그녀를 향해 싱긋 웃었다.

"안녕하세요, 헬레나."

"아…… 아, 안녕하세요, 공작 부인."

"여기서는 호칭은 사용하지 않으니까 이름을 부르도록 해요."

"네, 에…… 엘리샤."

"제게 뭔가 할 말이 있나요?"

"아, 아뇨."

헬레나가 과도하게 부인했기에, 엘리샤가 고개를 갸웃거렸다.

'원래 말을 더듬는 사람 같지는 않은데…….'

"그럼 실례할게요."

방으로 돌아온 엘리샤는 침대에 누워 눈을 감았다. 어쩐지 아이처럼 마음이 붕붕하고 들뜨는 건 사실이었다.

드디어 시작이야. 긴장되고 걱정되는 마음과는 다르게 설레고 흥분되었다.

개막식이 기다려지는 또 다른 이유가 있었다. 바로 코넬리아가 만인이 보는 앞에서 창피를 당하는 일이었다. 예측대로 잘 당해 주었으면 좋겠는데.

'코넬리아 성격이라면 아무리 불편해도 그 드레스를 죽어도 포기하지 않을 거야. 조금 기대되네.'

엘리샤는 자신도 모르게 생글 웃고 말았다.

* * *

개막식 행사가 열리는 곳은 황성에서 가장 규모가 큰 메인 정원이었다. 저녁 시간이지만 아를렌의 해는 무척 길었기에 아직도 날이 밝았다. 정원 곳곳에는 꽃과 비단으로 장식된 기둥들과 태피스트리들이 걸려 있었고, 드레스 선발제를 상징하는 색색의 천들이 늘어져 있었다.

그 가운데 이번 드레스 선발제의 심사 위원인 아이레나와 콜린이 직접 제작한 의상들이 마네킹에 입혀져 있었다. 의상들은 그저 옷이라고 표현하기에는 부족했다. 마치 하나의 예술 작품 같았다.

실크며, 다마스크, 벨벳, 브로케이드와 같은 고급 천들도 있었고, 흔하게 볼 수 있는 면이나 리넨도 있었다. 그야말로 가지각색의 천들이 정원 위를 아름답게 장식했다.

보석을 주렁주렁 매달아 놓은 나무도 있었고, 모자걸이처럼 온통 모자만 걸려 있는 나무도 있었다.

오늘만은 각지에서 몰려온 귀족들뿐 아니라, 백성들에게도 황성의 정원을 개방했던 터라 그야말로 발 디딜 틈이 없었다.

행사를 위해서 궁중 악단이 끊임없이 음악을 연주했다. 간간이 오페라 가수들이 나와서 노래를 부르기도 했는데, 맑고 시원한 저녁 공기에 흩어지는 음색이 아름다웠다.

선발제 주최 위원단들은 사람들에게 드레스 선발제를 상징하는 하늘색 벨벳 리본을 하나씩 나누어 주었다.

나라의 큰 축제가 벌어지자, 아이 어른 할 것 없이 사람들의 눈은 총총히 빛났다.

구름 떼 같은 관중들 사이로 꽃으로 장식한 이국식 가마가 지나가자 환호성이 더욱 커졌다. 황가의 행렬이 시작되었던 터였다.

와아아!

황제 폐하 만세!

황후 전하 만세!

황태자 전하 만세!

황제와 황후가 가마 위에서 손을 흔들었고, 백마를 탄 황태자 라이몬드가 뒤따랐다. 제2황자인 티온과 황녀 마리안은 귀여운 조랑말을 타고 있었다.

특히 그동안 공식 석상에 얼굴을 비치지 않던 라이몬드는 다소 수척해진 낯빛이었지만, 여전히 금빛 사자라는 수식어가 부족하지 않을 만큼 위용을 뿜어냈다.

벨벳 단추를 목 위까지 채우고, 금사로 늘어진 어깨 견장이 달린 상의는 그의 덩치를 더욱 돋보이게 해 주었다.

황태자의 등장에 그동안 그를 애타게 기다려 온 사교계의 아가씨들이 시선 집중을 했다. 그중에는 빨강 머리 코넬리아도 있었다.

"기필코 황태자 전하를 만나야 해!"

기세 좋게 일어나긴 했지만, 코넬리아는 괴로운 얼굴로 드레스 자락을 들고 있었다.

"왜 그러느냐, 코넬리아?"

레오나드 백작이 딸의 돌발 행동에 놀라 물었다.

"저기 황태자 전하가 드디어 나오셨어요. 오늘은 꼭 만나 뵈어야 해요."

그동안 두 번이나 황성 행사가 있었지만, 그때마다 번번이 황태자의 모습을 보기가 어려웠었다. 게다가 개인적인 접견도 전부 거절한 상태라 코넬리아는 잔뜩 안달이 나 있었다.

"차례가 올 것이다. 때를 기다리거라."

그러나 코넬리아의 얼굴은 어딘가 무척 간지러워 참을 수 없는 사람처럼, 안색이 푸르죽죽했다.

"안 돼요, 한시라도 빨리 만나지 않으면. 으윽."

'드레스 안쪽에 뭐가 잔뜩 심어져 있는 것 같단 말이에요.'

차마 진실을 토로하지 못한 채, 코넬리아는 끄응, 긴 신음을 삼켰다. 오늘 아침 드레스를 입자마자 비명이 터졌었지. 드레스 안쪽에 뭐가 들어 있는지 까슬까슬하고 따갑고, 간지러웠다.

'따가워 미치겠어!'

처음 입는 순간부터 불편함을 느꼈지만, 이미 개막식에 이 드레스를 입기로 정해 놨던지라 급하게 입을 만한 다른 드레스도 마땅히 떠오르지 않았다. 어쩔 수 없는 선택이었다. 또 그만큼 이걸 포기하고 싶지 않았다.

드레스의 디자인은 그야말로 완벽하게 코넬리아의 마음에 들었고, 사실 따가운 것 정도는 좀 참으면 된다고 생각했다.

조금이라도 덜 따갑기 위해서, 드레스 안쪽에 다른 천을 대고 일부러 페티코트도 두꺼운 것으로 입었다.

하지만 그걸로 부족했던 모양이었다. 드레스를 입고, 움직이면 움직일수록 작고 촘촘한 가시들이 온몸을 찔러 댔다. 특히, 엉덩이 부위는 자리에라도 앉으면 초토화되는 것 같았다.

코넬리아는 괴로움에 몸부림치면서도, 아름다워 보이겠다는 열망 하나로 참고 또 참았다.

잔을 데리고, 사람들이 없는 한적한 곳으로 간 코넬리아가 찡그리면서 말했다.

"아우, 잔! 헝겊 좀 더 구해다 줘 봐. 엉덩이 때문에 미칠 것 같아."

"……네, 아가씨. 이를 어째. 곧 구해 올게요."

잔이 급히 주변을 돌아보다가, 황실 시녀에게 헝겊을 구해다 달라고 요청했다.

"이걸 엉덩이 쪽에 좀 더 넣을까요?"

"응, 빨리빨리!"

코넬리아가 다그쳤다. 엉덩이가 불룩 튀어나온 것처럼 보였지만 아를렌에서는 버슬 디자인이 한창 유행이니 상관없었다.

코넬리아는 곧장 행렬이 지나간 쪽을 향해서 다시 걸음을 옮겼다. 황태자를 보다 더 가까이 만날 수 있게.

높다랗게 꾸며 놓은 자리에는 황제와 황후를 비롯해서 황가의 일원들이 앉는 좌석이 따로 마련되어 있었다. 하늘하늘한 금빛 천들이 캐노피처럼 드리워져 하늘을 가려 주고 있었다.

황가의 일원들이 착석하고 나자 황제가 모여 앉은 사람들을 향해서 외쳤다.

"경사스러운 축제 자리에 이렇게 모두가 모여 주었으니 짐은 무척이나 기쁘게 생각하고 있소. 본 대회를 통해서 장차 이 나라를 이끌어 갈 뛰어난 인재가 발굴되길 바라는 바요. 엘노아의 아름다운 석양 아래서, 드레스 선발제의 화려한 막을 올려 보겠소!"

와아아!

샤를 황제의 말이 끝나기가 무섭게, 관중들에게 일제히 보드라운 실크 두루마리가 떨어졌다. 보라색, 빨간색, 노란색 등 색색의 실크는 사람들에 의해 두루마리가 점점 풀리면서 그들의 머리를 뒤덮었다.

멀리서 보면, 실크들이 길게 펼쳐지면서 볼거리를 자아냈다. 그다음은 음악에 맞추어 원색의 드레스를 입은 무희들의 춤과 퍼레이드가 이어졌다.

딱히 별 감흥이 없던 루자크는 슬쩍 밀려오는 피로에 억지로 실눈을 뜨고 있었다. 이 행사에 참석하기 위해서 이른 시간부터 엘리샤에게 응원 인사도 제대로 건네주지 못한 채 황실로 입궁해야 했다.

루자크는 황실과 드레스 선발제 주최 위원단 측 사이에 자리에 앉아 있었다. 카론 후작이 감명 깊은 얼굴로 개막식을 지켜보면서 루자크에게 말을 걸었다.

"참으로 뜻 깊은 행사입니다. 저들을 보십시오. 모두 저렇게나 기뻐하고 있습니다. 그야말로 온 백성이 즐기는 축제인 것 같습니다."

그는 생각보다 감상적인 사람인 모양이었다.

"폐하도 기뻐하시는 것 같군요."

다소 따분한 투로 루자크가 적당히 대꾸를 해 주었다.

그때였다. 뒤늦게 마차를 타고 도착한 심사 위원들이 좀 더 단이 낮은 자리에 착석을 하기 시작했다.

루자크가 그쪽을 힐끔 바라보았다. 콜린 자작과 눈이 마주쳤다.

루자크가 잠시 몸을 일으키곤 그를 향해 물었다.

"자작, 참가자들은 어디에 있는 거지?"

콜린이 뜻밖이라는 듯 초록빛 눈을 크게 뜨면서 말했다.

"글쎄요. 저도 아직 보지 못해서 말입니다."

"그렇군."

엘리샤의 소식이 궁금했는데. 루자크의 얼굴에 안타까운 빛이 돌았다.

"송구하지만 공작 부인께서 참가를 잘하셨는지도 모르겠습니다. 각하께서는 알고 계신 것 아닙니까?"

엘리샤의 소식이 궁금한 건 콜린도 피차 마찬가지였다. 루자크가 답답하다는 얼굴로 말했다.

"아직 초반이라서 정보 공유가 제대로 되지 않았나 보군. 물론 그녀는 참가는 잘했네."

그러자 그들의 이야기를 듣고 있던 아이레나가 엷은 미소를 띠곤 말했다.

"참가자들은 황궁 숙소를 배정받고, 이제 이리로 오는 중일 거예요. 걱정 마시지요."

"아, 고맙소."

루자크가 짧게 인사를 하곤 다시 고개를 돌렸다. 그러자 이번에는 카론 후작이 그에게 또 말을 건넸다.

"아, 공작 부인께서 드레스 선발제에 참가하셨다는 사실을 저도 오늘에야 알았습니다. 왜 진즉에 말씀을 하지 않으셨는지요."

카론 후작은 더 배려를 해 줄 수 있었는데, 라고 생각하며 아까워했다. 게다가 공작 부인 정도라면 드레스 선발제의 홍보 대사 차원으로도 제격인 인물이었다. 이국의 공녀보다는 그래도 자국의 영향력 있는 인물이 훨씬 더 좋은 인상으로 다가갈 수 있다는 것이 그의 계산이었다.

그리 머리를 굴리고 있는 후작에게 들으라는 듯, 루자크가 나직이 말했다.

"그녀는 최대한 조용히 참석하기를 바랐던 것 같습니다."

"그, 그렇습니까."

곧 무안해진 카론 후작은 입을 다물었다.

얼마 후, 황실 마차 세 대가 또 들어왔다. 참가자들이 타고 있는 마차였다. 이십 명의 참가자들 중에서 루자크는 푸른 눈을 굴리면서 단번에 엘리샤를 찾아내고는, 함박 미소를 터뜨렸다.

"저기 있군."

자신도 모르게 입 밖으로 큰 소리를 내 버렸다.

"흠흠."

덕분에 주변 사람 모두가 알게 되고 말았다.

'엘리샤, 여기야, 여기!'

그녀는 자리를 찾아서 앉는 동안 주변을 여러 번 두리번거리면서도 자신이 있는 방향은 보지 못했다. 루자크는 아쉽고도 안타까운 마음에 엘리샤가 있는 곳만을 뚫어지게 바라보았다.

'눈이 마주치면 손을 힘껏 흔들어 줄 텐데…….'

그 진심이 통했을까?

엘리샤의 옆에 있던 갈색 머리 소녀가 그녀를 톡톡 치며 가르쳐 준 모양이었다.

엘리샤가 고개를 돌려 드디어 자신을 바라보았다. 맑게 빛나는 보라색 눈이 저를 바라보자 활짝 웃었다. 멀리서 봐도 예뻤다.

엘리샤가 하얗고 자그만 손바닥을 들어 손을 흔들어 보였다.

루자크도 힘껏 손을 흔들었다. 분명, 평소의 공작이었다면 하지 않았을 행동이었다. 두 사람의 분홍빛 분위기를 주변에 앉은 사람이라면 읽지 않을 수가 없었다.

* * *

멀리 있었지만 마음 깊숙이 그의 눈빛이 스며들었다.

떨어지게 된 지 고작 반나절밖에 지나지 않았는데도 오랜만에 본 것처럼 반가웠다.

그의 다정한 눈빛이 이렇게 말하고 있었다.

'이제 시작이야. 잘할 수 있을 거야, 엘리샤.'

무희들의 춤이 끝나자, 심사 위원들 중 아이레나가 대표로 일어서서 말했다. 그녀의 오렌지색 드레스가 유난히 강렬했다.

"황실 드레스메이커 선발제의 심사 위원 대표 아이레나입니다."

그녀가 공손하게 손을 모아, 황제와 황후, 그리고 관중들에게 인사를 했다.

"제가 참가했을 때가 엊그제 같은데 벌써 오 년이라는 시간이 훌쩍 지났네요. 이번 선발제에서 진정한 드레스메이커를 만날 수 있으면 좋겠습니다. 이번 선발제의 주인공들인 참가자 여러분 역시 이 자리에 함께 기다리고 있습니다."

와아아!

아이레나의 소개에 참가자들이 사뭇 긴장한 얼굴들이었다.

그녀가 참가자들 모두에게 잠시 일어나 달라는 제스처를 취했다.

그러자 참가자들이 일어났다.

"여러분들은 이제부터 황실의 명예를 걸고, 본 드레스 선발제에 최선을 다해 임해 주시길 바랍니다. 참가자들에게 격려의 박수 부탁드립니다."

참가자들을 향한 관중들의 박수가 쏟아졌다.

그다음은 황후의 격려사가 이어졌고, 다음은 황태자 라이몬드의 짧은 인사가 이어졌다.

이제 보다 자유로운 분위기로 행사가 이어졌다.

야외 정원에 울려 퍼지는 경쾌한 왈츠 음악에 맞춰서 둥그렇게 둘러싸인 남녀들이 손을 맞잡았다. 마을 축제에서나 볼 수 있을 법한 춤이었지만, 오늘은 황제가 강조하는 모두의 축제이니만큼 귀족들도 함께였다.

그리고 황후의 등에 떠밀려 나온 라이몬드가 단상 아래로 내려와 남녀 무리에 끼자, 귀족 영애들이 너도나도 그의 뒤를 따라 합류했다.

'화, 황태자 전하! 아니 저것들이?'

코넬리아도 이에 질 수 없었다. 후작 영애고, 나발이고 다 치워 버리고 그녀는 곧장 라이몬드의 옆자리를 향해 돌진하기 시작했다.

"어머, 어머머!"

"아얏, 왜 이러세요."

"루비츠 영애?"

여기저기서 앓는 소리가 들려왔다. 그걸 모두 무시한 채 기어이 라이몬드의 옆자리에 다가선 순간이었다.

"황태자 전하!"

코넬리아는 가능한 가장 예뻐 보일 수 있는 미소를 지으면서 입술을 열었다. 라이몬드의 적갈색 눈이 하찮은 것을 보았다는 듯, 아래로 향했다.

"황태자 전하, 몸은 좀 쾌차하셨어요? 제가 안 그래도 병문안을 가려던 차였는데, 이렇게 모습을 뵈니 너무 좋아요. 호호호."

코넬리아가 그리 말하면서 자연스럽게 황태자의 손을 덥석 붙잡았으나, 이내 그가 손을 쳐 냈다.

"……내 몸에 멋대로 손을 대다니 무례하군. 누구지?"

"전하?"

코넬리아가 눈썹이 슬쩍 아래로 처지자, 라이몬드가 입매를 비틀어 올렸다.

"아하, 누군가 했더니 루비츠 영애로군?"

"아아, 기억하시는군요. 네, 코넬리아 드 루비츠랍니다."

코넬리아의 얼굴에 다시 화색이 돌았다.

때마침 음악이 시작되었고, 기대에 찬 얼굴로 바라보는 시선들 탓에 별수 없이 라이몬드가 코넬리아에게 손을 내밀었다.

코넬리아는 설렘 가득한 얼굴로 그의 손을 붙잡았다. 가장 아름다운 드레스를 입고서, 황태자의 손을 잡으니 기분이 훨훨 날아가는 듯했다.

춤이 시작되는 것을 만인이 지켜보았다. 특히, 황태자와 코넬리아에게로 모두의 시선이 쏟아지는 건 당연지사였다.

엘리샤는 멀리서 지켜보면서 속으로 생각했다.

'제법이네. 따가워서 견디기 힘들었을 텐데.'

거리만 조금 더 가까웠더라면 마법으로 쐐기풀을 더 자라게 했을 텐데 그 점이 조금 아쉬웠다.

그때였다.

수염을 가다듬던 황제의 우렁찬 목소리가 울려 퍼졌다.

"헛헛허! 어디, 우리 공작 부부의 춤도 한번 보고 싶구나. 황태자 옆으로 가서 시범을 한번 보여 주는 게 어떻겠는가?"

"그리하겠습니다."

루자크가 기다렸다는 듯, 엘리샤가 있는 곳으로 성큼성큼 걸음을 옮겼다. 그러곤 앞으로 와 장갑 낀 손을 내밀었다.

"레이디, 저와 춤추시겠습니까?"

"물론이에요, 각하. 폐하의 명을 거역할 수는 없지요."

엘리샤가 꽃잎이 퍼지듯 웃음을 피웠다.

"하하하!"

황제가 그런 두 사람을 흐뭇하면서도 부러운 듯 바라보았다. 그러곤 황후에게 저런 며느리를 언제 볼 수 있는지 연신 이야기를 꺼냈다.

엘리샤는 루자크의 에스코트를 받으면서, 라이몬드와 코넬리아가 있는 무리를 향해 걸어갔다.

'만세, 감사합니다, 폐하! 고마워요, 루자크.'

많은 사람의 시선이 그들 부부에게도 쏟아졌다. 루자크는 짙은 녹색의 슈트를, 엘리샤는 에메랄드색의 드레스를 입어서였을까. 꼭 이렇게 될 줄 알고 맞춰 입고 나온 것처럼, 잘 어울리는 한 쌍이었다.

"이렇게라도 가까이에서 보니까 좋군."

루자크의 달콤한 목소리가 엘리샤의 귓가를 파고들었다. 순간 코넬리아에게 복수를 하는 일에만 너무 집중해 있던 탓에 엘리샤는 그의 말에 뒤늦게 반응했다.

"나도 좋아요."

"무사히 통과했군. 축하해."

은은하게 스며드는 다정한 눈빛에 엘리샤가 고개를 끄덕였다.

"고마워요. 아침에 제대로 인사도 나누지 못하고 헤어져서 아쉬웠어요."

"내 맘이 딱 그러했어. 그런데 라이몬드 춤 상대가 루비츠 영애로군."

엘리샤가 자꾸 그쪽을 바라보는 것을 알아차렸는지 루자크가 먼저 말을 꺼냈다.

"네, 그러네요. 지금부터 벌어지는 일은 살짝 모른 척해 주면 고맙겠어요."

엘리샤가 루자크에게 윙크를 하면서 말했다. 의아한 눈빛이면서도 루자크가 고개를 끄덕였다.

"감히 여부가 있겠소?"

엘리샤와 루자크가 무리에 합류하기 위해서 다가설 적에는 진행되던 춤곡이 더욱 경쾌해지는 타이밍이었다.

코넬리아는 라이몬드의 손을 맞잡고 한창 춤에 집중하느라 다가오는 두 사람을 보지 못했다.

'지금이야.'

엘리샤는 서서히 가까워지는 코넬리아를 바라보면서, 노래하듯이 주문을 외웠다.

'무럭무럭 생명의 키다리 춤!'

주문이 끝나기가 무섭게 코넬리아의 드레스 내부에 깔려 있던 쐐기풀이 꿈틀꿈틀거리면서 자라났다.

"흐윽?"

코넬리아의 표정이 매우 묘해졌다. 따가워 죽겠는데 이걸 말로 할 수도 없고, 덕분에 그녀의 자세는 더욱 엉거주춤 이상해지고 있었다.

루자크와 엘리샤는 박자를 기다리면서 왈츠 대열에 합류해 들어갔다. 박수를 치고, 손을 마주 잡으면서 엘리샤가 코넬리아를 슥 바라보았다.

엉덩이 부분에 가장 많은 쐐기풀이 들어 있었기에 코넬리아는 마치 볼일을 보는 자세처럼 엉덩이를 쑥 뺀 채였다. 자연히 움직이는 동작은 부자연스러울 수밖에 없었다.

한편, 코넬리아는 그야말로 죽을 맛이었다. 당장이라도 이 드레스를 벗어 던지고 싶은데, 이러지도 저러지도 못하고 있었다. 차라리 다른 드레스를 입을 걸 후회만 수십 번째 들었다.

다음 춤 동작은 코넬리아도 박자를 맞추면서 손을 맞잡고 턴을 돌 차례였다.

찌이익!

코넬리아의 리듬이 현저하게 느려진 터라, 라이몬드가 그녀의 드레스 밑단을 밟은 모양이었다.

"이런, 미안하군……!"

"아, 으읏, 괜찮아요. 그럴 수도 있…… 엄마야!"

코넬리아는 엉덩이 부근이 시원해지는 느낌에 소리를 질렀다.

"꺄악! 난 몰라!"

"왜 그러는 것이오?"

후드득.

코넬리아의 엉덩이 부근이 뜯겨져 나갔고, 덕분에 그녀의 엉덩이에 채워 놓았던 헝겊도 빠져나왔으며, 속에 입은 페티코트가 만천하에 드러났다. 페티코트 사이사이로 속살들이 다 보였다. 너무나도 창피한 나머지 코넬리아는 그대로 바닥에 주저앉았다.

그러자 엉덩이를 파고드는 쐐기풀의 따가움에 코넬리아가 절규했다.

"앗, 따거, 흐어어엉!"

이를 본 라이몬드가 고개를 돌리면서 말했다.

"이게 도대체 무슨……."

주변에서도 코넬리아를 보면서 쑥덕거렸다.

"세상에나. 저게 다 뭐죠?"

"보는 내가 다 화끈거리네요."

"루비츠 영애였나요? 앞으로 얼굴 들고 다니기 힘들겠어요."

모두의 비웃음 속에서 코넬리아는 더 이상 참을 수 없다는 듯, 라이몬드에게 자그맣게 말하면서 도망쳐 버렸다.

"저, 전하. 도저히…… 흑, 제발 무례를 용서해 주세요!"

"됐으니 빨리 가시오."

황태자는 코넬리아에게 어서 사라지라는 듯 손을 내저으면서 말했다. 황제와 황후도 놀라서 입이 벌어졌다.

"저게 무슨 망측한 일인지……."

황후가 말을 채 잇지 못한 채 고개를 저었고, 황제는 혀를 차는 소리를 내었다.

누구보다 가장 경악한 건 부모인 레오나드 백작과 소피아였다. 주변에 앉아 있던 귀족들조차도 코넬리아가 왜 저러는 것이냐고 묻는가 하면 예법이나 옷차림이 격에 떨어진다는 등의 무례한 말도 서슴지 않았다.

가문의 명예가 굴러떨어지는 소리가 들리는 것 같았다. 그들은 창피함에 더 이상 얼굴을 들고 앉아 있기가 뭐했다.

달아나면서, 급기야는 드레스를 벗어 던진 코넬리아는 제 시종인 잔과 우여곡절 끝에 만났다.

서둘러 루비츠가의 마차로 올라탄 코넬리아는 그제야 눈물을 쏟아 내기 시작했다.

그녀가 자랑으로 여기던 붉은 머리카락은 엉망으로 헝클어져 있었고, 드레스 뒤쪽은 속옷 차림이 되어 차마 못 볼 지경이었다.

"끄흑, 쟈아안!"

"아가씨이."

코넬리아와 쟌이 서로를 향해 부둥켜안고 울기 시작했다.

"황태자 전하 앞에서 그 꼴을 보였으니, 이제 내 인생은 끝났어…… 이제 집 밖으로는 한 발자국도 나오지 않을 거야!"

"아가씨, 사람들은 금방 잊을 거예요."

쟌이 위로했지만 코넬리아의 기분은 좀처럼 나아지지 않았다. 울다가 짜증 내다가 화내다가 신세 한탄을 반복했다.

"아, 저놈의 드레스 갖다 버릴 거야. 잠깐, 그러고 보니 엘리샤 계집애가 내 드레스에 무슨 짓을 해 놓은 거 아냐? 그러지 않고서는! 이렇게 드레스에 따가운 풀이 잔뜩 박혀 있을 리가 없잖아."

드레스를 살펴보면서 코넬리아가 투덜거렸다. 쟌이 고개를 갸웃거렸다.

"그런데 코넬리아 아가씨, 오늘 아침까지만 해도 이렇게 풀로 뒤덮여 있지는 않았잖아요?"

"그러니까! 대체 어떻게 된 거야. 게다가 찢어지기까지 했어. 그 계집애가 무슨 수를 쓴 걸 거야. 이건 온전히 엘리샤 탓이야!"

코넬리아가 제 엉덩이에 박힌 쐐기풀을 떼어 내면서, 이를 바드득 갈았다.

* * *

루자크는 그 소란을 보고도, 정말이지 입도 뻥끗하지 않았다. 난리가 나는 통에도 이곳에 모인 남녀들은 쉬지 않고 계속 왈츠를 췄다.

엘리샤는 생각보다 코넬리아가 더 호되게 망신을 당한 것 같아서 속이 다 시원했다. 더군다나 그토록 좋아하는 황태자 라이몬드 앞에서 그런 꼴을 보였으니, 며칠 동안은 이불을 뻥뻥 차면서 끙끙 앓을 모습이 눈에 선했다.

어쩌면 자신을 찾아와 드레스에 대해서 항의를 할지도 모르겠지만, 엘리샤는 그저 아무것도 모른다는 얼굴로 어깨만 으쓱거려 주면 될 뿐이었다.

'어리석은 코넬리아. 이제는 부디 얌전히 지내길 바라.'

엉망이 된 몰골로 달아나는 코넬리아의 뒷모습을 보면서 엘리샤는 속으로 그리 생각했다.

코넬리아로 인해서 흐트러진 분위기는 곧 무마되었지만, 황태자의 심기가 자못 언짢아 보였기에 모두 루비츠 영애는 황실의 눈 밖에 날 것이라고 떠들고 있었다.

이윽고 커다란 재단 천을 함께 가르는 개막식의 마지막 순서까지 끝났다.

황제는 오늘만은 밤새도록 연회를 베풀 것을 허락했다. 그 덕에 소와 돼지, 닭을 오백 마리 넘게 잡을 수 있었고, 칠백 통이 넘는 포도주가 누구에게나 베풀어졌다.

오늘 밤만은 누구나 풍족한 음식과 연회를 즐길 수 있었다. 평민도 고가의 비단옷을 걸쳐 볼 수 있도록 특별히 허락된 날이었다.

자유로운 연회 분위기가 이어지자, 루자크는 왈츠곡이 끝났음에도 엘리샤의 손을 놓아주지 않았다.

한 귀퉁이의 테이블에서 두 사람은 포도주잔을 기울였다. 루자크의 입맛에는 너무 달콤한 술이었지만, 질이 떨어지지는 않았다.

포도주로 목을 축인 엘리샤가 말했다.

“루자크. 아무래도 이렇게 만날 수 있는 기회는 드물어질 것 같아요.”

그가 고개를 끄덕였다.

“어쩌면 마지막이겠지. 엘리샤, 나는 곧 테본으로 돌아가야 해. 선발제를 끝까지 지켜보고 싶지만 멀리서 응원하지.”

“잘 알고 있어요. 각하께서는 영지를 위해서 돌아가야 한다는 것. 이렇게라도 만날 수 있어서 얼마나 고마운지 몰라요.”

“나 역시 그래. 뜻밖의 소중한 시간이 허락된 것 같아서.”

말을 마친 두 사람은 가만히 두 눈을 맞추면서 정답게 손을 잡았다. 가볍게 들뜬 저녁 바람에 엘리샤의 머리칼이 흔들리며 그의 뺨을 때렸다.

풋, 하고 동시에 자연스럽게 터지는 웃음.

언제나 처음 만나는 것처럼 설레었다. 심장이 또 하나 있더라도, 오롯이 그녀에게 내어 줄 정도로 바빴다. 루자크는 문득 떠오른 듯 물었다.

"참가자들 분위기는 어때? 실력 있는 사람들이 모였나?"

"네, 혹시 루자크도 봤어요? 리마에서 오신 공녀님 실력이 굉장해요! 그녀의 솜씨가 지금까지는 제일 궁금한 거 같아요. 물론 나머지 사람들도 그렇지만요."

신이 나서 재잘거리는 엘리샤를 보고는 루자크가 말했다.

"그렇군. 리마의 공녀가 왔다는 소식은 들었지만 보진 못했어."

"얼굴도 엄청나게 예쁘다고요."

"내 앞에서 그런 이야긴 소용없는 것 알잖아. 내 눈에는 당신이 세상에서 제일 예쁘니까."

그리 말하면서 루자크가 엘리샤의 보드라운 손등을 매만졌다.

"그런 말 해 주는 사람은 역시 당신뿐이에요."

엘리샤가 배시시 웃었다.

"귀에 못이 박히도록 해 줄게. 그나저나 생각보다 기가 죽지 않아서 다행이군. 제법 해 볼 만할 것 같아?"

"그건 아직 모르겠어요. 그렇지만 나 최선을 다해서 해 보려고요."

"그래, 그게 내가 아는 엘리샤지."

그때 테이블을 지나가는 아는 얼굴이 보였다. 콜린이었다.

"자작이로군."

"그러네요."

동시에 두 남자가 눈이 마주쳤고, 루자크가 손을 들어 그를 불렀다. 콜린이 다가왔다.

"두 분의 달콤한 시간을 방해할까 봐 그냥 지나가려 했습니다만."

"어머, 당신이 그런 배려도 할 줄 알았군요? 잘 부탁드려요, 콜린 폴드 심사 위원님."

엘리샤가 웃으면서 농담하자 콜린이 정색하곤 초록 눈을 가늘게 뜨면서 말했다.

"추천서는 써드렸지만, 이후는 본인 재량입니다. 공작 부인, 통과는 하셨으니 앞으로 어떻게 살아남을지가 관건일 겁니다."

"……음, 살벌한 대회가 되겠군."

"그 말을 들으니, 급격하게 의지가 꺾이네요."

"그거 실망입니다. 더 활활 불태우셔도 모자를 판에."

이윽고 콜린이 싱긋 웃자, 루자크가 두 사람의 잔에 와인을 채워 주면서 말했다.

"자, 이러지들 말고 건배를 하지. 엘리샤의 건승을 위해서!"

"살아남으십시오. 이 말밖에는 못 드리겠습니다."

"네! 그럴 거예요. 한 번뿐인 기회니까요."

짠, 하고 세 사람의 유리잔이 부딪쳤다.

"그럼 대회에서 다시 뵙겠습니다."

콜린이 인사를 하곤, 테이블을 떠났다. 그는 여러 테이블을 돌면서 인사를 하고 있는 모양이었다.

루자크도 괜스레 신경이 쓰였다.

"엘리샤, 내가 너무 당신을 독점하고 있었나 보군. 다른 참가자들과도 시간을 보내도록 해."

"아, 루자크."

그의 깊은 배려에 엘리샤는 마음이 촉촉해졌다.

"그럼 조금만 더 당신 얼굴을 보다가 갈래요."

엘리샤의 말을 들은 루자크의 얼굴이 한껏 애틋해졌다.

"그렇게 나오면 내 마음이 바뀔지도 몰라."

"네?"

"보내 줄 때 가란 말이지."

싱긋, 그가 코를 찡긋거렸다. 독점욕이 치덕치덕 발려진 푸른 눈동자는 여전히 빛났다. 그의 눈을 보며 엘리샤가 못내 대답했다.

오래 있으면 있을수록 좋으면서도 한편으로는 마음 한구석이 아쉬우니까 차라리 가뿐하게 저를 보내 주려는 남편의 마음이 와 닿았다.

"알았어요. 그만 갈게요."

"잘해 낼 거라 믿어."

"응, 최선을 다할게요."

엘리샤와 루자크는 가볍게 뺨에 베이비 키스를 나눈 후, 헤어졌다.

엘리샤가 테이블을 떠나간 뒤였지만, 루자크는 한참 동안 그녀의 뒷모습에서 시선을 떼지 못했다.

* * *

참가자들이 모여 있는 테이블을 두리번거리자 죠엘이 엘리샤에게 손짓했다.

"엘리샤! 여기에요."

"아, 여기 있었군요?"

"네, 실은 아이레나 심사 위원님께서 다녀가셨거든요."

"앗, 그랬군요."

"그나저나 공작 각하처럼 근사한 분이 남편이시라니, 너무 부러워요. 아까 춤추는데 정말 동화 속 한 장면이었어요."

죠엘이 눈을 반짝거리면서 손을 마주 잡고 이야기했다. 그러자 다른 참가자들도 고개를 주억거리면서 말했다.

"맞아요. 그런 근사한 분과 결혼한다면 하루하루가 행복할 거야. 그렇죠?"

"밤낮으로 행복할 거예요."

일부 참가자들이 사춘기 소녀들처럼 엘리샤를 둘러싸고 깍깍거렸다. 엘리샤의 얼굴이 빨갛게 달아올랐다.

"그만들 놀리세요. 다들 멋진 분과 인연이 닿아 있을 거예요."

레이디 그레이스 포가 모두의 잔에게 포도주를 한잔씩 따라주고는 말했다.

"사실 나는 이번 선발제에서 배운다는 생각으로 나왔어요. 모두 힘내라는 의미로 한잔씩 해요."

"좋아요."

포도주를 들이켜고 나자 다들 어색했던 분위기가 풀렸던지 슬슬 이야기를 꺼냈다. 특히, 엘시는 제일 말이 없었는데 이제는 가장 말이 많은 축에 속했다. 그중에서도 자신이 잘 아는 마법에 대해서는 아주 자신 있게 말했다.

"마법은 모든 것을 가능케 하는 신비한 힘이자, 그야말로 살아 꿈틀대는 생명과 지성의 복합체지요!"

"호오, 그렇군요. 정말로 마법이 모든 것을 가능하게 하나요?"

엘시의 말에 엘리샤가 묻자, 그가 의외라는 듯 대답했다.

"물론이죠. 아직 연구가 부족하고 스펠을 전부 발굴하지 못해서 그렇지, 마법학의 세계는 무궁무진합니다! 지금도 끝없이 발전하고 있으니까요. 잘 모르시겠지만 이건 진짜라고요."

"그래요. 잘 모르지만 마법은 위대하고, 누구에게나 공평한 것 같아요."

엘시의 잘난 척에 엘리샤가 적당히 맞장구를 쳐 주었다.

그때 참가자들 테이블로 아이레나가 찾아왔다. 왠지 그냥 인사차 온 것이 아니라는 것을 알 수 있었기에 모두 잡담을 멈춘 채, 일순 고요해졌다. 그녀가 양피지 하나를 내밀고는 말했다.

"드레스 선발제 그 본격적인 첫 번째 미션 안내를 전달합니다. 누가 대표로 받으시겠어요?"

자연스럽게 아이레나와 눈이 가장 먼저 마주친 엘리샤에게로 양피지가 건네졌다.

"감사합니다."

"다 함께 확인해 주세요."

"네."

아이레나는 할 말만을 마치고, 슥 사라졌다. 엘리샤가 손에 담긴 양피지 두루마리를 들고 참가자들을 바라보았다.

"미션이 도착했어요."

레이디 그레이스 포가 말했다.

"네, 미션부터 확인해 봐야 할 것 같군요."

엘리샤가 고개를 끄덕이고는 양피지를 펼쳐 그것을 읽어 내려가기 시작했다. 엘리샤 주변으로 곧 사람들이 둥글게 모였다.

"여러분, 연회가 곧 끝나 갑니다. 오늘 밤, 열 시에 신들의 정원 앞에서 모여 주시기 바랍니다. 앞으로 미션과 결과 발표는 늘 이 장소에서 열릴 것이니 참고해 주세요."

참가자들은 경악한 얼굴로 투덜거렸다.

"말도 안 돼. 개막식 첫날부터 미션이라니……."

모두 들떠 있던 기분을 가라앉힌 채, 걸음을 옮겨 각기 숙소로 돌아갔다.

28.
첫 번째 미션

약 한 시간 후.

참가자들은 다 함께 모여서 미션 발표 장소로 걷고 있었다. 차츰 깊은 정원으로 들어가자, 주위는 제법 어두웠다.

"아무래도 이게 필요하겠지요? 라이트(Light)!"

파앗!

어두운 밤 속에서 엘시가 라이트 마법으로 빛을 비추었다. 저 멀리 신들의 정원임을 상징하는 신들의 조각상이 장엄한 자태를 뽐내고 있었다. 길을 잃을 걱정은 하지 않아도 되었다.

"와아, 멋져요. 엘시!"

죠엘이 감탄하자, 엘시가 어깨를 으쓱거렸다.

"일상에서 아주 유용한 마법이죠."

“정말로 그래요. 큰 도움이 되고 있어요.”

다른 영애의 말에 그의 어깨는 더욱 솟았다.

“뭐 이 정도를 가지고. 일단 갑시다.”

마법으로 잘난 척하는 엘시가 자못 귀엽게 느껴지기까지 해서, 엘리샤는 그저 빙긋이 웃을 뿐이었다. 메인 정원에서는 아직도 사람들이 축제를 즐기고 있는지 그쪽만 환하게 빛나고 있었다. 죠엘이 말했다.

“케이크 진짜 맛있었는데, 한 조각 더 먹고 올 걸 그랬어요.”

그녀의 말에 세이딘이 고개를 주억거렸다.

“초콜릿 쿠키도.”

엘리샤가 피식 웃으면서 말했다.

“두 사람도 참. 나중에 내가 정말로 맛있는 과자점을 알려 줄게요!”

엘리샤는 로즈 부인의 과자점을 떠올리면서 말했다. 수도에 다시 오게 되어서 기쁜 것 중 하나는 로즈 부인의 과자점에 다시 갈 수 있다는 사실이었다.

“좋아요, 엘리샤. 언제 갈까요?”

“초콜릿이라면 언제나 환영.”

두 사람은 이미 과자점에 가는 상상을 하는 듯했다.

“두 사람 의외의 공통점이 있네요?”

엘리샤가 웃으며 말했다. 그때 잠자코 있던 이슈터가 가느다란 손가락을 들어서 가리켰다.

“……저건.”

그곳에는 아이레나와 함께 콜린이 서서 참가자들을 기다리고 있었다. 언제 가져다 놓았는지, 그들의 뒤에는 세 개의 마네킹이 있었는데 각기 다른 디자인의 여성복 드레스가 입혀져 있었다.

"저 옷들이 이번 미션에 관한 건가 봐요."

엘리샤가 슬쩍 자그맣게 말했다. 이슈터가 고개를 끄덕이면서 날카롭게 눈을 빛냈다.

"생각보다 단순한 미션은 아닐 거예요."

엘리샤 역시 동감하는 바였다.

모두들 잔뜩 긴장한 가운데, 심사 위원들 앞에 걸음을 멈췄다. 주변에는 역동적인 모습의 여러 신들의 조각상이 울창한 나무들과 어우러져, 더욱 웅장한 분위기와 위압감이 함께 느껴지기도 했다.

심사 위원들은 그중에서도, 전쟁의 신 앞에 서 있었다.

"참가자 여러분, 어서 오십시오."

아이레나가 입술을 떼었다.

"이렇게 빨리 미션을 받으실 줄 몰랐을 거예요."

"네!"

"틈이 없어요!"

죠엘이 그렇게 외치자 한바탕 웃음이 쏟아졌지만, 아이레나와 콜린이 웃지 않았던 터라 모두 웃음을 거뒀다.

"물론 개막식은 기쁜 날입니다만, 여러분은 즐기러 오신 것이 아닙니다. 그럼 주목해 주세요. 지금부터 첫 번째 미션을 소개해 드리겠습니다. 제 옆에 계신 분은 바로 수석 디자이너이신 콜린 폴드 자작이십니다. 콜린 심사 위원께서 미션에 대해서 본격적으로 설명해 주실 겁니다."

아이레나의 소개에 콜린이 말을 이어받았다. 그는 특유의 시니컬한 투로 말했다.

"안녕하십니까. 콜린 폴드입니다."

와아!

환호성과 함께 일부에서 박수가 흘렀다.

콜린이 고개를 간단하게 끄덕였다. 물론 얼굴엔 미소 한 점 없이 이성적인 얼굴이었다.

"여러분도 저처럼 최고의 옷을 만드는 사람이 되기를 바랍니다. 뒤를 보시면 세 개의 마네킹이 있습니다. 이건 무슨 뜻일 것 같습니까?"

콜린의 질문에 누군가 손을 번쩍 들었다. 마법사 엘시였다.

"세 옷 중에 한 벌씩 선택해서…… 음, 만드는 것이 아닐까 생각합니다."

콜린은 고개를 끄덕이지 않은 채, 말했다.

"반은 맞고, 반은 틀립니다."

엘시가 그 말에 머리를 긁적였다.

"여러분이 보기에 옷이 어떤 상태입니까?"

그가 진지하게 주변을 둘러보면서 다시 질문하자 모두 침묵으로 일관했다. 무슨 뜻인지 도저히 가늠하기 어려웠다. 엘리샤는 드레스를 다시 관찰했다.

드레스 세 벌은 전부 여성스럽고 장식성이 큰 옷들이었다. 게

다가 이미 훌륭한 상태로 마감 처리까지 완벽하게 되어 있었다.

그것은 즉, 이미 완성된 상태의 드레스였다. 더 손댈 것이 없었다. 엘리샤가 조용히 대답했다.

"드레스는 이미 완성된 상태에요."

그러자 콜린이 고개를 끄덕이면서 드레스 앞을 지나갔다.

"맞습니다. 드레스는 여기에서 더 손댈 것 없이 이미 완성된 상태입니다. 하지만, 이 아름답고 우아한 드레스들을을 남성복 디자인으로 재해석하여 만든다면 어떻게 되겠습니까? 해야 할 일이 무척 많아질 겁니다."

콜린의 말에 다들 반응했다.

"헉."

"저걸 어떻게 남성복으로 만들지?"

참가자들은 깜짝 놀라서 웅성거리기 시작했다.

"일단은 세 벌의 드레스 중에서, 각각 마음에 드는 디자인을 고르면 되겠습니다."

그러나 여성스러운 디자인을 남성복으로 만든다는 것에 충격을 먹었는지 아무도 쉬이 고르지 않고 있었다.

그만큼 바로 선택하기에는 어려운 일이긴 했다.

엘리샤는 다시금 세 벌의 드레스를 제대로 살펴보았다.

첫 번째 드레스는 찬란한 금색의 색백 드레스였는데, 양어깨에는 흰색의 퀼팅이 호박 모양처럼 커다랬다. 이 드레스를 남성복으로 만든다면 궁정용이나 예복으로만 입어야 할 정도로 화려한 의상이 만들어질 것이다. 황족이나 되어야 이런 옷을 입을 수 있을 것 같았다.

두 번째 드레스는 네크라인의 리본이 눈을 사로잡는 남색 폴로네즈 드레스로, 금장 단추가 포인트였다. 이걸 남성복으로 만든다면 제법 깔끔한 디자인이 탄생할 것 같았다. 하지만 이 드레스는 세 드레스 중에서 가장 쉬워 보여서 많은 사람들이 무난하게 선택하리라는 예상이 되었다.

'이건 너무 인기가 많아서, 사람이 몰릴 것 같아.'

그렇게 되면 상대적으로 더욱 뛰어나게 만들어야 돋보일 수 있을 것이다. 엘리샤는 마지막 드레스를 살폈다.

세 번째 드레스는 자주색의 벨벳 드레스로, 드레스의 라인이 몸매를 살려 주며 끝부분은 물고기의 꼬리처럼 미끈한 피쉬테일(fishtale) 장식이 달린 디자인이었다.

차분하면서도 기품 있는 스타일로 마네킹에는 진주 목걸이가 같이 걸려 있었다.

엘리샤는 단번에 세 번째 드레스가 마음에 들었다. 하지만 이번 미션의 조건이 이것뿐인 걸까? 왠지 뭔가 더 있을 것 같다는 생각이 들었다.

그때 콜린이 모두를 둘러보면서 말했다.

"마음의 결정을 했으면, 선택한 드레스 앞에 서 주십시오."

그의 말이 떨어지기가 무섭게 사람들이 줄을 서기 시작했다. 엘리샤의 예상대로 두 번째 드레스에 가장 많은 사람들이 줄을 섰다.

첫 번째 금색 드레스에 선 사람은 엘시와 세이딘 단 두 명이었고, 두 번째 남색 드레스는 헬레나와 레이디 그레이스 포를 포함한 총 열다섯 명, 세 번째 자주색 드레스는 엘리샤와 이슈터가 섰다.

그러나 아직도 드레스를 고르지 못하고 있는 사람이 있었다. 바로 죠엘이었다.

"죠엘 버베나 양. 아직 드레스를 고르지 못했습니까?"

"아, 고, 고를게요."

죠엘이 뒤늦게 두 번째 드레스에 서려 했지만 콜린이 고개를 저었다.

"아쉽게도 그 드레스는 열다섯 명으로 정원이 다 찼습니다. 다른 드레스를 고르는 게 좋겠습니다."

콜린의 말에 죠엘은 어찌해야 할 바를 모르겠는지 호박색 눈동자만 데룩데룩 굴리면서 몸을 떨었다.

나머지 두 벌의 드레스는 너무 화려해서 부담스러운 모양이었다. 엘리샤는 떨고 있는 죠엘이 가여워 살짝 속삭였다.

"죠엘, 너무 어렵게 생각하지 말아요. 어떤 드레스를 고르든 죠엘이 만들고 싶은 옷을 만들면 되는 거니까요."

"……."

그녀가 고개를 끄덕였다.

'고마워요, 엘리샤.'

엘리샤의 말에 용기를 얻은 죠엘은 다시 두 벌의 드레스를 살피곤 최종적으로, 자주색 드레스 앞으로 가서 섰다.

"세 번째 드레스로 하겠습니다."

죠엘이 한결 씩씩해진 태도로 대답하자 콜린이 고개를 끄덕였다.

"좋습니다. 드레스 선택이 끝났으니, 한 가지 비밀을 더 알려 드리겠습니다."

"비밀?"

일부 참가자들이 동요했다. 엘리샤와 이슈터는 그럴 줄 알았다는 듯 잠자코 있었다.

"세 벌의 드레스마다 각각 의뢰인이 다릅니다. 여러분은 그 의뢰인을 직접 만나서 그들이 원하는 옷을 제작하면 됩니다. 작업에 필요한 모든 재료나 인력은 얼마든지 제공될 것입니다. 방직기도 있고, 유능한 방직 길드의 일원들도 대기하고 있습니다. 그들은 여러분의 의견에 따라서 기술을 제공해 줄 것입니다."

"그, 그게 정말인가요? 그러면 첫 번째 미션에 걸리는 시간은 얼마나 되나요?"

"총 사흘을 드리겠습니다."

누군가의 질문에 모두가 기함했다. 그렇게 빠른 시간 내에 의복을 제작할 수 있다는 건 상상도 할 수 없는 일이었다. 단 두 사람을 제외하고는.

콜린이 말을 이었다.

"내일은 여러분에게 의복 주문을 의뢰한 의뢰인을 직접 만나게 될 겁니다. 첫 번째 의뢰인은 티온 데 바르체스. 바로 제2황자님이십니다."

어쩐지 이번 미션의 조건이 여기서 끝이 아니라는 예측은 했었기에 엘리샤는 다소 담담한 표정이었다. 그러나 하마터면 황자님의 의복을 만들 수도 있었다는 사실에 죠엘은 십년감수한 표정이었다.

정작 첫 번째 드레스를 선택한 세이딘은 아무렇지 않아 보였고, 엘시는 긴장한 기색이 역력했다.

"두 번째 의뢰인은, 이번 드레스 선발제의 심사 위원이기도 한 자바로티 후작입니다."

"우우!"

자바로티 후작의 풍채와 성정을 알고 있는 사람들은 탄식했다. 이미 자바로티 후작을 앞서 만난 적이 있는 이슈터 역시 낮게 중얼거렸다.

"최악은 면했군."

그녀의 말을 들은 엘리샤와 죠엘은 영문을 몰라서 서로의 얼굴을 마주 보았다.

"세 번째 의뢰인은, 궁정 음악가인 루브 알린스 경입니다."

음악가의 의복을 만드는 일이라, 어쩐지 상상이 잘 가지 않았지만 새로운 일이 주는 기대감이 엘리샤의 마음을 쿵쿵 울렸다.

"각자 의뢰인들을 찾아가서 그들의 요구를 충족시키고 마음에 꼭 드는 의상을 만드는 것이 이번 미션의 주된 과제입니다. 그럼 수고 많으셨습니다."

"감사합니다."

참가자들이 다소 긴장한 상태로 콜린과 아이레나에게 인사를 했다. 아이레나는 의뢰인의 이름이 적힌 카드를 각 참가자들 무리에게 한 장씩 나누어 주었다.

숙소로 흩어진 참가자들은 곧장 잠을 청했다. 내일 아침부터 다시 미션이 시작되니, 숨 돌릴 시간도 없었다. 침대에 먼저 드러누운 엘리샤에게 죠엘이 말을 걸었다.

"엘리샤…… 자요?"

"아뇨, 아직요."

"저어, 아까는 정말 고마웠어요. 중요한 순간에 저는 약간 우유부단하거든요. 엘리샤의 말이 많은 도움이 되었어요."

죠엘이 쑥스러운지 그리 말했다. 엘리샤는 고개를 저으면서 말했다.

"아녜요, 죠엘. 스스로의 선택에 용기를 가져요. 항상 자신을 믿어요. 그러면 뭐든지 조금 더 쉬워질 거예요."

엘리샤의 말에 감격했는지 죠엘은 양손을 맞잡곤 귀를 기울였다.

"엘리샤아, 고마워요. 엘리샤는 부드러우면서도 참 강한 사람인 것 같아요."

"죠엘을 보면 예전의 내가 떠올라요."

루자크를 만나기 전의 자신은 무슨 일이든지 잔뜩 긴장했었는데, 이제 조금은 여유와 자신감을 가지게 되었다. 무엇이든 해낼 수 있다면서 엘리샤가 하는 모든 일에 응원과 격려를 해 주었던 루자크였다.

'그 사람 덕분에 나는 여기까지 온 거야.'

엘리샤는 눈을 꼭 감았다.

'고맙고 사랑해요.'

*　　*　　*

황실 드레스 선발제 2일째.

다음날 아침 식사를 마친 엘리샤와 쥬엘은 이슈터의 방문을 두드렸다.

"당신들은 무슨 볼일이죠?"

이슈터의 진홍빛 눈동자가 두 사람에게 차갑게 내려앉았다.

"아, 우리는 의뢰인을 만나러 가려고요. 괜찮다면 이슈터도 함께 가시겠어요?"

"나와 같이……?"

"네. 우리 세 사람만 같은 의뢰인이니까. 한 번에 듣는 게 좋잖아요."

"우리가 경쟁 상대라는 건 인지하고 있겠죠?"

이슈터가 차갑게 물었다. 엘리샤는 쥬엘을 바라보면서 대답했다.

"물론 잘 알고 있어요. 불편하다면 이슈터는 따로 만나러 가셔도 좋아요."

"잠깐만 기다려요."

같이 가지 않겠다고 할 줄 알았는데, 뜻밖에도 이슈터는 금세 채비를 마치고 나왔다.

엘리샤보다 한 뼘이나 키가 큰 그녀는 머리부터 발끝까지 모두 검은색 의복을 입고 있었는데, 긴 코트처럼 생긴 드레스에 부츠 차림이라서 중성적으로도 보였다.

"특이하고 멋진 의상이네요."

"내가 제일 아끼는 옷이에요."

엘리샤의 칭찬에 이슈터가 나지막이 대답했다.

어떻게 보면 검사처럼 보이기도 하는 옷으로, 상당한 미인인 이슈터의 하얀 얼굴을 보다 도드라지게 만들었다. 공녀라고 해서, 무척 화려한 것을 좋아하는 줄 알았는데 생각보다 그녀는 심플함을 추구하는 것 같았다.

"엘리샤, 엘리샤. 루브 알린스 경은 어떤 사람일까요?"

"글쎄요. 만나 보면 알게 될 거예요."

엘리샤가 죠엘에게 미소로 답해 주었다. 죠엘은 오렌지색의 널찍한 칼라가 달린 퍼프소매의 블라우스와 튜닉 형태의 원피스를 입고 있었다.

그러고 보면 두 사람은 참 다른 이미지를 가지고 있었는데, 이슈터는 말이 없고 조용하지만 강하고 차분해 보였다. 셋 중에서는 가장 성숙하고 다가가기 어려운 스타일이랄까.

죠엘은 낯선 상황에서는 소심하면서도, 익숙하거나 마음에 드는 사람에게는 씩씩하고 활발한 면모를 지니고 있었다. 키가 작고 귀여워서 막내처럼 챙겨 주고 싶은 이미지이기도 했다.

또 그녀는 반바지와 원피스, 하이넥 부츠 같은 아이들처럼 활동적인 옷들을 좋아했고, 긴 드레스는 아예 입지 않았다. 서로 다른 두 사람이지만, 둘 다 엘리샤에게는 좋은 이미지로 다가오고 있었다.

세 사람이 움직이는 동안, 다른 참가자들의 모습이 보였다. 두 번째 드레스를 선택한 참가자는 총 열다섯 명이나 되었기에 준비도 한참 걸리고 있었다.

레이디 그레이스 포를 향해 손을 흔들어 준 후 엘리샤는 죠엘, 이슈터와 함께 긴 복도로 따라 나갔다.

반면에 세이딘과 엘시는 보이지 않는 걸로 봐서 이미 움직인 모양이었다.

궁정 음악가인 루브 알린스 경을 만나기 위해서는, 음악가들의 연습실을 찾아가야 한다는 정보를 황실 시녀에게서 전해 들었다.

제3연습실에 다다르자, 오늘의 의뢰인이 모습을 드러내었다. 흰색의 꼬불거리는 가발을 착용한 탓에 착각할 뻔했지만, 루브 알린스는 서른 살도 되지 않은 청년이었다.

그는 세 사람이 도착하자, 피아노에서 몸을 일으켰다.

세 사람 중 나서지 않을 것 같던 이슈터가 가장 먼저 입술을 열었다.

"안녕하세요. 우린 드레스 선발제 참가자들입니다. 저는 이슈터, 이쪽은 엘리샤, 그리고 죠엘이라고 해요."

루브 알린스가 웃으면서 맞이했다.

"네, 제가 이번 의뢰인입니다. 여러분들을 기다리고 있었습니다. 드레스는 확인하셨지요?"

"자줏빛 벨벳 드레스요, 네. 우아한 드레스였어요."

엘리샤가 기억을 더듬으면서 말했다.

"맞습니다."

루브 알린스가 고개를 끄덕이면서 말했다.

"제가 의뢰 드릴 기본적인 내용은…… 황제 전하의 탄신제때 입을 연주용 의상을 부탁드리고 싶습니다."

죠엘이 주머니를 뒤적거리더니 펜과 종이를 꺼내서 메모를 하기 시작했다. 이슈터는 간단히 고개를 끄덕이고 나서 디자인에 관해서 여러 가지 질문했다.

"특별히 선호하는 디자인이나 꺼려 하는 디자인이 있으신가요?"

"너무 답답하게 조이는 옷은 좋아하질 않습니다. 크라바트도 마찬가지로 넉넉한 것을 좋아합니다. 코트도 너무 무거운 것은 불편합니다."

다음은 엘리샤가 질문했다.

"실례지만 피아노 무대는 독주이신가요?"

"아니요, 다른 사람과 함께합니다. 아리아를 부를 소프라노도 있고, 바이올린 연주자도 함께입니다."

"그렇군요."

엘리샤의 눈이 커졌다.

'이건 꽤나 중요한데, 그렇다면 다른 사람들의 의상과도 조화롭게 어울리는 것이어야 해. 저 여성용 드레스는 그럼, 소프라노의 의상일 가능성이 커.'

"여성용 드레스는 소프라노분의 의상입니까?"

이슈터도 같은 생각을 한 모양인지 예리하게 질문했다. 루브 알린스가 눈을 동그랗게 뜨고는 웃으면서 말했다.

"아아, 맞습니다. 여러분께는 못 당하겠군요."

"그렇군요."

엘리샤와 이슈터가 뜻밖의 수확을 얻었다는 눈빛을 교환했다. 두 사람이 활발하게 질문을 하는 모습에 자극받은 죠엘도 무언가 생각이 났는지 손을 들었다.

"저, 저도 질문이 있는데요! 알린스 경은 주로 어떤 곡들을 연주하시나요?"

"밝고 서정적인 곡들이 가장 많고, 황제 폐하의 위용과 웅장함을 찬양하는 곡도 있습니다."

"아하, 그렇군요."

죠엘의 질문도 알아 두면 좋을 지식이었다. 그 밖에도 치수를 재고, 의복 디자인에 대한 이런저런 이야기를 나누고 나자 자연스럽게 마무리되는 분위기가 되었다.

"열심히 의복 제작에 힘쓸게요, 여러모로 감사합니다."

엘리샤가 대표로 인사를 하고는 루브 알린스와의 만남을 마쳤다.

"끄응차, 이제 숙소로 돌아가 볼까요?"

"두 사람은 먼저 돌아가세요. 난 따로 둘러볼 곳이 남았으니까."

이슈터가 그리 말하고는 어디론가 스윽 사라졌다.

"우와, 이슈터는 정말 완벽함을 추구하는 것 같아요. 굉장하다."

죠엘의 말에 엘리샤도 고개를 주억거렸다.

"우리도 뭔가 해야 할 것만 같은 기분이네요. 아, 그러고 보니 무대에서 연주하시는 모습을 살짝 구경하고 싶어요. 죠엘, 오후에 작은 음악회가 있다고 하던데 같이 갈래요?"

"좋아요, 알린스 경의 무대를 보면 분명 도움이 될 거예요."

* * *

엘리샤 일행과 헤어진 이슈터가 찾아간 건, 참가자들에게 제공되는 작업 공방이었다. 그곳에는 재봉에 필요한 최고급의 재료와 방직기, 도구 등이 있었고 관리를 하는 사람이 한 명 있었다.

그곳을 슥 둘러본 이슈터는 관리인에게 물었다.

"선발제 참가자입니다. 1인당 사용 가능한 방직기와 길드의 인원은 어느 정도인가요?"

"1인당 방직기는 최대 2대이고, 인원은 3명입니다."

"그렇군요. 가장 경험이 많은 사람들은 누구누구가 있죠?"

"아, 모두 경험이 많고 노련한 실력자들입니다. 형평성을 위해서 그건 미리 알려드리지 않습니다."

"그런가요? 알겠습니다. 언제부터 가능하죠?"

"최종으로 완성된 옷본을 가져오시면 바로 가능합니다."

"좋아요."

이슈터가 고개를 끄덕이고는, 작업 공방을 빠져나갔다. 공방이 숙소와는 그리 멀지 않은 거리에 있던 탓에 나오는 길에 엘리샤, 죠엘과 다시 마주쳤다.

“아, 작업 공방에 다녀온 모양이네요? 안의 시설은 어때요?”

“쾌적해요.”

“그렇구나. 어서 옷을 만들고 싶네요.”

“두 사람은 확인하지 않을 건가요?”

죠엘이 대답을 쉬이 못하자, 엘리샤가 대답했다.

“옷본을 확정한 다음, 확인하려고요.”

엘리샤의 대답에 이슈터가 말했다.

“그렇군요. 아까도 느꼈지만 제법 감이 좋네요.”

“저, 말인가요?”

엘리샤가 스스로를 가리키면서 묻자, 이슈터가 긴 흑발을 쓸어 올리면서 말했다.

“그래요, 엘리샤 당신. 생각보다는 단단한 것 같아서 기대가 되네요.”

이슈터가 그 말을 남기곤, 제 방으로 쏙 들어갔다.

“응?”

엘리샤가 보라색 눈동자를 끔벅거렸다. 왠지 모르지만, 그건 자신도 이슈터에게 느끼고 있었다. 서로가 서로의 상대가 될 수도 있다는 것을.

‘이런 게 정말로 라이벌일까?’

숙소로 돌아온 엘리샤는 아까부터 머릿속을 부유하던 정보들을 차곡차곡 정리하고, 끄집어내기를 반복하면서 옷본을 스케치했다.

이제 테일러 키트는 없었다. 모든 것은 자신의 손으로, 스스로의 힘으로 해야 했다. 손에 쥔 펜이 쉴 새 없이 날아다녔다.

'디자인도 중요하지만 피아노에 앉아서 손을 자유자재로 움직이려면 의복의 착용감이 중요해.'

착용감을 중시하면서도 딱 떨어지는 슈트의 핏을 살릴 수 있는 그런 옷감을 선택하는 것이 좋았다. 소프라노의 드레스에서 가장 포인트가 되는 세 가지는 광택이 도는 옷감, 자주색, 피쉬테일 장식이었다. 하지만 남성복에서는 활용하기가 어려웠다.

차라리 과감하게 생략하고, 함께 연출했던 진주 목걸이로 시선을 돌려 진주 단추를 다는 것도 좋을 것 같았다.

벨벳 드레스였다고 해서, 똑같이 벨벳을 선택할 필요는 없다. 게다가 아래가 트인 여성용 드레스와는 다르게 남성용 슈트가 벨벳이면 자칫 너무 더울 수 있었다.

광택이 도는 직물은 여러 종류가 있었지만, 가장 눈앞을 아른거리는 건 새틴이었다. 무척이나 보드라운 촉감 덕분에 안감에도 자주 사용하는 옷감이었다.

엘리샤는 소재를 자주색 새틴으로 지정하고는, 전체적인 형태를 잡았다. 필요에 따라서 적당히 벨벳도 활용하면 될 것이다. 남성 코트 중에도 뒷부분이 제비꼬리처럼 길게 갈라지는 형태인 테일 코트(Tail coat)가 있었다.

"테일 코트는 더블 단추를 여미지 않는 것이 보통이니까, 웨이스트 코트의 V자가 보이도록 맞춰 입는 것이 보기 좋을 거야."

코트와 웨이스트 코트, 하의까지 전부 자주색으로 맞추면 일반 의복으로는 과한 느낌이지만 무대용으로는 적당했다.

거기에다 리넨 셔츠와 폭이 넓은 크라바트, 포켓치프(Pocketchief)까지 전부 흰색으로 하고, 첫 번째 단추에 진주를 달면 한결 통일감이 살 것이다.

"루자크에게도 정말 잘 어울리겠다."

그러고 보니 그는 이렇게 화려한 색상의 의복을 좋아하지 않았지만 입는다면 누구보다 잘 어울릴 터였다.

자신도 모르게 그의 생각을 해 버린 엘리샤의 볼이 빨개졌다.

"다시 집중하자."

엘리샤는 구상대로 슥슥 그려 나간 옷본을 다시 살피면서 아까 만나면서 물어본 치수 정보를 조정했다.

의뢰인의 요구대로 타이트하지 않은 핏을 만들기 위해서는 여분이 있으면서도 핏은 자연스럽게 나올 수 있게 하는 것이 관건이었다.

그래도 루자크의 옷을 만들어 준 경험이나, 사용인들의 의복을 만들어 주었던 것들이 토대가 되어서 남성복을 만드는 것에도 거부감이 없었다.

*　　*　　*

한편 첫 번째 드레스를 선택한 세이딘과 엘시는 티온 황자와 한창 접견 중이었다. 그 나이 또래의 아이들이라면 모두 그렇겠지만 티온의 호기심은 하늘을 찔렀다.

칼리온 출신의 커다란 가위를 가지고 다니는 세이딘이나, 마법 아카데미 출신의 엘시 모두 티온의 호기심을 자극하기 좋은 상대였다. 티온은 눈이 초롱초롱해졌고, 세이딘은 가위로 천을 슉, 가르는 모습을 보여 주었다.

"자자, 황자님. 이제 마법도 보셨고, 재단 가르는 모습도 보여 드렸으니 의복에 대한 이야기를 해 볼까요?"

"마지막으로 그대가 워터 마법 한 번만 더 보여 준다면요."

티온이 방긋 웃으면서 말했다.

"크흑. 저, 정말 마지막입니다. 황자님."

"물론이에요, 헤헤."

엘시는 스스로를 마법사라고 소개한 것을 처음으로 후회하고는, 시동어를 준비했다.

두 번째 드레스를 선택해 자바로티 후작을 접견하던 참가자들도 곤란한 얼굴들이었다. 대놓고 예쁜 영애들의 질문에만 똑바로 대답을 해 주는 것만으로도 모자라서 후작은, 치수를 재 달라면서 어린 영애를 와락 껴안는 등 희롱을 하고 있었다.

보다 못한, 레이디 그레이스 포가 나서서 항의했다.

"후작님, 의뢰에 관련된 내용에만 집중해 주실 수 없을까요?"

"뭐요? 뭐가 잘못되기라도 했소?"

"치수는 제가 재드리고 싶은데요."

"지금 여기 영애들이 아주 잘하고 있지 않은가. 나이가 들었으면 곱게 얌전히 있을 것이지. 내가 심사 위원이라는 사실을 잊었소? 당신 이름이 뭐더라. 그레이스 포? 꼭 기억해 두지."

자바로티가 눈을 부릅뜨면서 레이디 그레이스 포를 노려보았다.

"……정말로 잊고 싶네요. 후작님 같은 분이 드레스 선발제의 심사 위원이시라니!"

"저, 할망구가 노망이 났나?"

"황실 선발제에서 일어나서는 안 될 일이 벌어지고 있는 것 같군요. 이 이상으로 불필요한 행동을 하신다면 저는 정식으로 이 일을 주최 측과 황실에 알릴 겁니다."

레이디 그레이스 포의 단호한 태도에 자바로티가 그녀를 불러 세웠다.

"자, 자자, 잠깐! 알겠소, 내 치수는 나의 시종이 적어 줄 거요. 또, 뭐가 필요하지?"

황실에 알리겠다고 하자, 후작은 순한 양처럼 변했다. 다른 참가자들이 레이디 그레이스 포를 향해서 엄지를 치켜세웠다.

"어떤 의복을 원하는지 간단히 알려 주세요."

"뭐, 보다시피 내가 살집이 좀 있으니 뱃살을 가려 주고, 날씬해 보이는 의복이 좋겠소."

"그렇군요. 잘 알겠습니다. 저희는 이만 돌아가지요."

레이디 그레이스 포가 그리 말하자, 그녀의 뒤를 따라서 열네 명이 우르르 나갔다.

자바로티 후작에게 당했던 영애가 말했다.

"간신히 살았어요. 그레이스 부인이 아니었다면 정말 끔찍한 일이 벌어졌을지도 몰라요."

"후작도 황실의 눈치를 보고 있으니 쉽게 다시 그런 행동을 하지는 못할 거예요."

* * *

짹짹짹.

이른 아침이었지만 차창 사이로 햇살이 피부를 찌를 만치 따가웠다. 이 무지막지하게 청명한 날씨는 이곳이 수도임을 깨닫게 만들어 주었다.

루자크는 반사적으로 몸을 일으켰다. 엘리샤 없이 일어나는 아침은 도무지 익숙해질 수가 없었다.

그녀의 온기, 그녀의 작은 품에서 전해 오는 것들은 무어라 표현하기 힘든 감정을 샘솟게 만드니까.

테라스를 열고 나가자, 화사하게 핀 장미들이 싱그러운 얼굴로 맞이하고 있었다. 이슬이 맺힌 꽃송이들에게서 누군가의 그림자를 떠올린 그는 곧장 발걸음을 돌렸다.

그리고 황실 시종을 부르지 않은 채로 스스로 가운 차림에서 단정한 슈트로 갈아입고, 황제를 알현했다.

간밤에 무슨 일이 일어났는지 일찍 잠자리에 든 그로서는 알 수 없었지만 제국의 태양은 그야말로, 마지못해 왕좌에 앉아 있었다.

"……폐하, 괜찮으십니까?"

"아아, 괜찮다. 괜찮고말고. 어제만큼 기쁜 날이 없었으니. 들려오는 소문에 의하면 펜블렌 공작 부인이 테본 사교계에서 좋은 평가로 자자하더군."

"그렇습니다."

"이번 선발제에서 좋은 모습을 보여 줄 것이라 기대하고 있네."

"그녀라면 충분히 그럴 겁니다."

"오호."

황제가 곁눈질을 하면서 공작의 얼굴을 다시금 살폈다. 평소 겸손하기 그지없는 그였기에, 이런 발언은 더욱 놀라웠다.

"공작의 이런 모습은 처음 보는구나. 진심을 다해서 그녀를 믿고 사랑하는군."

황제가 흐뭇한 얼굴로 말하자, 루자크는 조용히 고개를 주억거렸다. 그러나 무언가를 떠올렸는지 이내 황제의 얼굴이 자못 불편해졌다.

"허. 같은 루비츠 가문의 여식이건만, 어째서 붉은 머리 영애는 그 모양이 되었을꼬. 쯧쯧!"

황제가 대놓고 엘리샤의 언니인 코넬리아를 두고 혀를 찼다.

루자크는 황제에게 인사를 고하고, 안돌프와 함께 황성을 나와 곧장 별장으로 향했다. 수도를 떠나 영지로 돌아가기 전, 재정비를 하기 위함이기도 했지만 리나에게 일러둘 말이 있었다.

"체임버리 양."

"예, 각하."

"당분간 마님은 기다리지 말도록. 이번 드레스 선발제는 황성 안에서 쭉 진행하게 될 거고, 그곳에서 지내는 것 같더군. 걱정하고 있을까 봐 알려 주려고."

"아아, 사실 마님께서 첫 관문을 통과하실 때 그 소식은 들었답니다. 그래도 배려해 주셔서 감사합니다."

"아, 그랬었군."

"예. 마님께서는 잘해 내실 거예요."

"알고 있어. 자네도 너무 전전긍긍하지 말고, 여유로운 시간을 보내길. 이런 기회는 흔치 않아."

"알겠습니다. 추가로 내리실 분부는 없으신가요?"

"마님이 돌아오거든, 내게 곧장 편지 달라고 전해 줘."

"푸훗, 물론이에요. 제가 말씀드리지 않아도 마님께서 먼저 쓰실 거랍니다."

"두 번 강조해도 좋겠군."

"그럼 훗날 테본에서 다시 뵙는 날까지 건강하세요, 각하."

"자네도 마찬가지일세. 건강 유의하게나. 마야에게도 안부 전해 줘."

"네, 그녀는 시장에 갔어요."

"잔소리는 안 듣고 가겠군."

루자크가 피식 웃고는, 마차로 오르기 전 뒤를 보면서 말했다.

"그리고 랜디어스 경의 휴가 말인데, 이 별장이 괜찮을 것 같군.”

“예에? 그게 무슨 말씀이신지…… 각하?”

리나가 당혹스러운 얼굴로 되물었지만, 어느새 마차의 문은 닫혀 있었다. 말 위에서 리나를 내려다보던 안돌프가 피식하고는 말했다.

“체임버러 양도 둔감한 편이십니까?”

“아뇨, 저는 그런 말 처음 들어요. 아니, 가이시 경 당신까지 무슨 말씀들을 하시는 거예요?”

“갈 길이 멀어서 이만 실례하겠습니다.”

안돌프가 웃으면서 손을 흔들었다. 사라지는 그들을 배웅하면서 리나가 투덜거렸다.

“아니, 거기에서 갑자기 왜 랜디어스 경이 나오는 걸까? 그 남자 오늘 귀가 좀 간지럽겠는데.”

그럼에도 어느새 그녀의 뺨은 발갛게 홍조가 피어올라 있었다.

* * *

“이제 음악회가 시작하려나 봐요.”

죠엘이 엘리샤의 귓가에 소곤거렸다. 두 사람은 들뜬 얼굴로 경청했다.

무대 위로 루브 알린스를 비롯해서 소프라노와 바이올리니스트도 함께 올랐지만, 오늘은 피아노 단독 공연인지 그들은 짧은 곡 하나를 연주하고 무대를 내려갔다.

엘리샤는 세 사람이 만들어 내는 음악이 너무나 아름답다는 생각이 들었다.

'바이올리니스트까지 세 사람이 함께한 팀이라는 걸 나타내는 패션 소품을 더해 주는 게 좋을 것 같아.'

조화로운 선율이 귓가에 맑게 울려 퍼졌다. 잔잔하게 깔리는 피아노 선율이 특히 봄바람처럼 상쾌한 기분마저 들었다. 마음이 정화되는 좋은 연주였다.

하지만 짧은 곡을 함께한 이후에는, 루브 알린스의 단독 연주가 이어졌다. 엘리샤는 이 틈을 놓치지 않고, 그가 피아노를 치는 자세나 습관 등을 자세히 관찰했다.

루브 알린스가 오늘 입은 짙은 회색 의상은 분위기와 몹시도 어울리지 않았고, 높고 뾰족하게 올라온 칼라가 무척 불편해 보였다.

'높은 칼라는 불편해하는구나. 체크해 두자.'

음악회가 끝날 때까지 엘리샤는 죠엘과 함께 그의 무대를 경청하면서 의복에 대한 아이디어로 머릿속을 채웠다.

이윽고 무대가 끝나자, 두 사람은 미리 준비한 들꽃 한 다발에 리본을 묶어서 그에게 전해 주었다.

"멋진 연주 잘 들었어요."

엘리샤와 죠엘이 연주를 들었다는 것을 몰랐는지 루브 알린스는 깜짝 놀라면서도 즐거워했다.

"아, 연주회에 와 주셨군요? 왠지 부끄럽군요. 감사합니다."

이때 엘리샤와 죠엘의 모습을 유유히 지켜보는 시선이 있었다. 흰색의 로브를 둘러쓴 사람이었다.

두 사람이 완전히 이 공간을 벗어나는 것을 확인하곤 재빠르게 걸음을 옮겼다. 루브 알린스에게 다가선 흰색 로브를 입은 사람이 입술을 열었다.

"실례지만 잠깐 인터뷰가 있겠습니다, 루브 알린스 경."

* * *

루브 알린스의 의복 디자인에 대한 가닥이 어느 정도 잡혔다. 엘리샤는 이리저리 머리를 굴리면서 스케치를 시작했다. 한 시간 만에 옷본을 완성해 냈다. 옷본이 되었으니 이제 실제 작업에 돌입해야 할 시간이었다.

"죠엘, 나는 이제 작업 공방에 한번 가 보려고요."

"어랏? 벌써요?"

죠엘이 놀라서 눈을 동그랗게 뜨고 물었다. 그녀는 아직도 구상을 제대로 하지 못한 모양이었다.

"엘리샤는 옷본을 완성한 거예요?"

엘리샤가 조심스레 고개를 끄덕였다.

"네, 음악회를 보기 전부터 어느 정도 구상을 해 두었는데 보고 나서 정리가 완벽하게 되었어요."

"와아, 엘리샤는 천재인가 봐요. 먼저 다녀와요. 난 좀 더 고민해 볼게요."

"알겠어요. 힘내요, 죠엘."

종이 위에 이것저것 잔뜩 그리면서 머리를 굴리는 죠엘을 도와줄까 하다가, 그건 죠엘을 위하는 길이 아니라는 생각에 엘리샤는 조용히 방을 나갔다.

'그녀 스스로 해낼 수 있을 거야.'

작업 공방에 가 보니, 벌써 이슈터가 맨 뒷자리를 선점하고 있었다. 그녀는 2대의 방직기와 3명의 직공에게 지시를 내린 것인지 분주하게 움직였고, 책상에는 옷본과 옷감들, 재봉 도구들이 나열되어 있었다.

엘리샤는 이슈터와 눈이 마주치자 반갑게 눈인사를 했다.

"벌써 작업을 시작하고 있다니, 깜짝 놀랐어요. 아마 이슈터가 참가자들 중 가장 먼저 의복을 완성하겠어요. 정말 빠르시네요."

"……당신도 제법 그런 편이군요. 그럼."

"아, 미안해요. 작업에 집중하세요."

이슈터가 살짝 고개를 끄덕였다. 그러고는 다시 자신의 옷본으로 고개를 돌려 집중을 하기 시작했다. 작업에 돌입한 이슈터는 눈빛부터 달라져 있었다.

옷본을 한 번 보고 곧장 옷감을 갈랐고, 그걸 직공들에게 주면서 작업을 시켰다. 마치 그들은 오래전부터 호흡을 맞춰 온 것처럼 리드미컬하게 움직였다.

일할 때의 그녀는 정말 행동이 빠르고, 착착 맞춰져 있는 사람처럼 계획대로 움직이는 것 같았다. 다음에 무얼 할지를 미리 계산하는 사람처럼 말이다.

'왠지 멋있어.'

엘리샤는 속으로 그리 감탄하면서 관리인에게 다가갔다.

"저도 재봉 도구가 필요한데요."

"예, 재봉 도구는 준비해드리지요. 방직기나 직공들도 대기하고 있습니다. 1인당 2대의 방직기와 3명의 직공들의 도움을 받을 수 있고요."

"음, 저는 그럼 한 분의 도움만 받을게요."

잠시 고민하던 엘리샤가 그리 말하자, 관리인이 깜짝 놀란 듯 되물었다.

"일손이 부족하지 않겠어요?"

"네, 괜찮아요. 문제없어요."

엘리샤가 생긋 웃으면서 말했다. 이슈터 역시 엘리샤를 힐끔 바라봤다. 엘리샤는 직공들에게 스스럼없이 다가서더니 말했다.

"저를 도와주실 한 분, 계신가요?"

직공들은 서로의 얼굴만을 빤히 바라본 채 쉬이 나서지를 않았다. 보통 세 사람이 해야 할 일을, 한 사람이 전부 해야 할 것이라고 판단했던 터였다.

아무도 나서는 사람이 없자, 엘리샤가 다시 말했다.

"재단부터 가봉에 이르기까지, 제가 전부 할 생각이고 보조 정도로만 필요해요. 우선은 저와 마음이 잘 맞는 사람이면 좋겠어요."

엘리샤가 눈을 반짝이면서 그리 어필하자, 나이 든 직공들은 눈을 피했다. 그들 중, 열여섯 살 정도로 보이는 어린 직공이 손을 들었다.

"제가 도와드릴게요."

엘리샤가 고개를 끄덕였다.

"좋아요. 이름이 샐리군요."

그녀의 이름표를 확인한 엘리샤가 이어서 말했다.

"지금부터 옷감을 고를 거예요. 같이 가요."

엘리샤는 샐리와 함께 작업 공방과 붙어 있는 옷감이 가득한 창고로 갔다.

"와!"

엘리샤는 짧게 탄성했다. 그곳에는 원단별로 각각 십여 가지 이상의 색상이 있었다.

'황실 선발제라서 역시 다르구나.'

원단도 전부 최상급 이상의 재질을 갖추고 있었다.

'콜린도 여길 보았으면 샘이 났겠다.'

그만큼 엘리샤 또한 이 원단 창고가 탐이 났다. 이렇게 다양하고 고운 원단들을 가지고 있는 것만으로도 행복할 것만 같은 기분이었다.

나중에 마법의 옷감으로, 여기 있는 옷감들을 하나씩 만들어서 진열해 둘까?

엘리샤는 번뜩 그런 생각을 하면서 배시시 웃었다.

자주색의 새틴 옷감도 종류가 여럿 있었다. 엘리샤는 그중 세

가지 정도를 고르고, 벨벳 옷감 두 가지도 선택했다. 추가로 셔츠와 크라바트, 포켓치프에 사용할 옷감과 단추, 새틴 리본 등을 골랐다.

얼마나 오랫동안 원단을 고른 것인지, 엘리샤가 공방으로 돌아왔을 때는 다른 참가자 세 명이 어느새 도착해 있었다. 그들과 짧게 눈인사를 나누고 자리에 앉은 엘리샤는 재단 가위부터 잡았다.

"샐리, 이것 좀 붙잡아 주세요."

"네."

사악, 하고 옷감을 단번에 가른 엘리샤는 패턴별로 분류해서 재단하기 시작했다. 평소보다 긴장을 한 탓인지, 가장 중요한 테일 코트는 나중으로 미루고, 웨이스트 코트와 하의부터 시작했다.

한참 동안 집중한 것 같았다. 엘리샤는 주위에서 무슨 소리가 나는지도 의식하지 않은 채 오로지 패턴을 맞추는 일에만 전념했다.

이슈터가 먼저 앞서 나갔다는 생각에 더욱 열심히 하고 싶었다.

그동안 시간이 흐르면서 작업 공방에는 다른 참가자들이 서서히 모여들기 시작했다.

어느새 저녁 식사 시간이 될 때쯤, 엘리샤는 허기 때문에 급피로감이 몰려왔다. 어린 직공인 샐리도 지친 모양이었다.

"오늘은 이만하죠."

엘리샤의 말이 떨어지기가 무섭게 샐리는 인사를 하곤 달려 나갔다.

엘리샤는 자신의 작업 책상과 마네킹을 커다란 천으로 덮어 놓고는 숙소에 들렀다. 죠엘은 어떻게 됐을까?

"죠엘? 분명히 작업 공방에 오지 않았는데, 숙소에도 없네. 먼저 식사하러 간 걸까?"

황성 식당에 다다르자, 레이디 그레이스 포와 세이딘, 엘시가 그녀를 향해 손을 들었다. 엘리샤는 레이디 그레이스 포 옆자리로 가서 앉았다. 그녀가 친근하게 말했다.

"작업은 수월하게 되고 있나요?"

"네, 그럭저럭요. 자바로티 후작은 어땠어요?"

"아유, 말도 마세요. 엘리샤는 그를 선택하지 않아서 천만다행이에요."

"무슨 일이 있었나요?"

늘 우아한 레이디 그레이스 포가 다른 사람을 욕하는 건 처음 보는 일이었다. 자초지종을 들은 엘리샤도 기가 딱 막혀서 입을 벌리고 말았다.

"세상에. 말도 안 돼요. 어떻게 그런 자가 심사 위원으로…… 자격이 없는 인간이군요."

자신이 당한 일처럼 몸을 바르르 떠는 엘리샤를 보고, 레이디 그레이스 포가 말렸다.

"진정하세요. 일단 그는 드레스 선발제의 심사 위원이고, 내가 엄포를 놓았으니 더 이상 함부로 굴지는 않을 거예요."

"네, 일단은 지켜보겠어요."

엘리샤가 이를 갈면서 스튜를 푹푹 떠먹기 시작했다. 황성의 요리사가 만든 것이라 무척 훌륭한 맛이었지만, 엘리샤는 아무래도 본성의 요리에 길들여진 듯싶었다.

"아, 혹시 죠엘을 못 보셨어요? 숙소에도 없고 공방에도 없는데……."

"죠엘이라면 아까 어디론가 달려가던걸요."

"그래요?"

엘리샤가 고개를 갸웃거렸다. 아직도 옷본을 구상하지 못한 건 아닌지 걱정이 되었다.

"저는 죠엘을 찾으러 가야겠어요. 세 사람은 먼저 작업 공방에 가세요."

그러자 레이디 그레이스 포가 말했다.

"같이 가요. 어차피 저녁 먹고 잠시 숨 돌릴 겸 쉬려고 했어요."

"고마워요, 부인."

"시간이 괜찮으면 두 사람도 함께 죠엘을 찾으러 갈래요?"

레이디 그레이스 포가 세이딘과 엘시에게 묻자, 그들도 흔쾌히 수락했다. 식사를 마치고 다들 죠엘을 찾기 시작했다. 레이디 그레이스 포와 엘시는 건물 안을, 엘리샤와 세이딘은 건물 밖을 살펴보기로 했다.

"죠엘! 죠엘! 어디 있어요?"

엘리샤가 애타게 불렀지만 죠엘은 모습을 보이지 않았다. 초콜릿을 오도독 깨물던 세이딘이 볼을 부풀리면서 말했다.

"아무래도 여긴 없는 것 같아."

엘리샤도 힘없이 고개를 주억거렸다.

"대체 어딜 갔을까? 아까 죠엘을 그냥 두고 먼저 공방에 나오는 게 아니었는데."

그러자 세이딘이 말했다.

"죠엘은 어린애가 아니야. 어딘가에 있다가 보란 듯이 다시 올 거야!"

그가 자신의 터번을 눌러쓰면서 해맑게 웃었다.

"그럴까?"

"응. 죠엘을 믿어 보자."

처음으로 세이딘이 덩치에 맞게 믿음직스러워지는 순간이었다.

"고마워. 세이딘. 덕분에 마음이 좀 진정됐어. 내가 나중에 초콜릿 한턱 살게."

"그 말 지금 어디 적어 둘까."

"약속 지킬 거니까 안 그래도 돼."

"어디 그런 사람이 한둘인 줄 알아? 나 외국인이라고 속이는 사람, 많았어!"

"뭐?"

엘리샤는 아차 싶었다. 마냥 해맑아 보이는 세이딘에게도 그런 우여곡절이 있었구나. 사람은 누구나 다른 어려움을 가지고 있었다. 죠엘에게도 분명 그런 게 있을 터였다.

"이만 돌아가자."

"응."

두 사람이 숙소로 돌아갈 때는 이미 날이 한참 어둑해져 있었다. 세이딘이 하품을 늘어지게 하면서 엘리샤에게 대충 손을 흔들었다.

"근데 쟤는 왜 이렇게 나한테 편하게 굴지?"

분명 친한 사이도 아니고, 성격이 잘 맞는 것 같지도 않았다. 그렇다고 그의 행동이 거슬리지는 않았다.

엘리샤가 숙소에 들어서자, 거짓말처럼 죠엘이 호박색 눈을 반짝이면서 그녀를 맞이했다.

"엘리샤, 어디 다녀왔어요?"

"죠엘……"

엘리샤는 죠엘을 보자마자 가슴에 폭 안았다.

"응? 엘리샤? 왜 그러지?"

"걱정 했어…… 죠엘."

"정말요? 미안해, 그렇지만 기쁘다. 내가 사라져도 걱정해 줄 누군가가 있다는 게."

"바보. 그런 말이 어디 있어요?"

죠엘이 엘리샤의 등을 토닥이면서 말했다.

"나 계속 여기 와서 실수만 하고, 아무것도 아닌 것 같았는데 엘리샤 덕분에 알게 됐어. 고마워."

"뭐예요, 그게."

"우리 반말하자. 친구니까."

"응. 그러자."

두 소녀가 고개를 끄덕이고는 눈을 빛냈다.

"쵸엘, 옷본은 완성했어?"

엘리샤의 물음에 쵸엘이 배시시 웃으면서 둘둘 말려진 종이를 한 장 슥 꺼내 보였다.

"물론."

"와, 드디어 옷본을 완성했구나. 축하해. 그럼 어서 작업 공방에 가 보자. 안타깝게도 쵸엘이 꼴등이지만."

"이익, 정말로?"

"그래도 괜찮아. 지금부터 열심히 하면 돼."

"응."

* * *

둘째 날 밤이 되자, 참가자들은 슬슬 조급함을 느꼈는지 첫날보다도 더 열심히 옷을 만들었다. 그도 그럴 것이 다른 참가자들이 일하는 속도나 작업물들이 뻔히 눈에 보였던 탓이었다.

엘리샤도 남들보다 뒤늦게 시작한 쵸엘을 응원할 겸, 함께 새벽부터 일어나 공방으로 들어섰다. 쵸엘이 신나서 중얼거렸다.

"우리가 아마 일 등일 거야."

그러나 안을 보니 이슈터가 혼자 나와서 작업을 하고 있었다. 아직 직공들은 나오지 않은 모양이었다.

그러고 보니 이슈터는 어제 가장 늦게까지 작업 공방에 남아 있었다고 들었다.

"좋은 아침이에요."

"와아, 대단해요. 우리가 일 등일 줄 알았는데."

이슈터가 조용히 고개를 들었다.

"안녕."

엘리샤는 설마 하는 얼굴로 물었다.

"혹시 어제 날 샜어요?"

이슈터가 가볍게 고개를 끄덕이면서 대수롭지 않게 말했다.

"나흘이라는 시간을 제대로 활용하려면 그래야죠."

"……윽. 그런가요."

엘리샤와 죠엘은 서로의 얼굴을 마주 보았다. 둘 다 잠이 많아서 찔린 표정이었다. 사실 이슈터의 말이 맞았다. 일반 사람의 속도라면 사흘 안에 의복을 완성하지도 못할 가능성이 무척 높았다.

방직기나 직공의 손을 빌린다고 해도, 본인의 마음대로 착착 일이 진행되기란 힘들었다.

두 사람은 각기 자리로 돌아가서 작업에 임했다.

본격적인 아침이 시작되자, 나머지 참가자들도 하나둘씩 모였다. 웨이스트 코트와 하의는 이제 어느 정도 가봉이 끝난 상태였고, 가장 복잡한 테일 코트가 남아 있었다.

'어려울 거 없어. 차분히 하자.'

엘리샤는 바늘귀에 실을 끼우면서 정신을 가다듬었다. 몸판과 칼라 부분, 어깨, 팔통 부분을 따라서 큼직큼직한 패턴부터 맞추어 놓고, 시침핀으로 고정을 시켜 놓았다. 핏은 역시 낙낙한 것으로.

안감도 부드러운 새틴을 사용해서 착용감을 높일 생각이었다.

째깍째깍, 시계가 정오에 다다를 즈음이었다. 문이 열리면서 작업 공방 안으로 콜린이 들어섰다.

미션에 관한 내용을 전달하려는 건 아닌 것 같았고, 한결 편안하게 참가자들의 작업물을 살펴보면서 조언을 하려고 들른 듯싶었다.

가장 먼저 이슈터 앞에 선 콜린이 턱을 매만졌다. 초록빛 눈이 무척이나 가늘어지기도 했다. 한눈에 보기에도 그녀는 다른 참가자들보다 몇 보는 더 앞서 있었다.

셔츠와 웨이스트 코트를 제외한 슈트 한 벌이 거의 가봉을 앞두고 있었던 터였다. 엘리샤와 견줄 만큼 빠른 속도였다.

"진행이 무척 빠른 편이군요? 옷본을 한번 볼까요?"

이슈터가 옷본을 콜린에게 보여 주었다. 제법 꼼꼼한 옷본이었다. 화려하고 고급스러운 디자인이나 원단 선택, 바느질 솜씨와 빠른 속도까지 그 어느 것 하나 모자람 없이 균형이 잘 잡힌 실력을 갖춘 참가자였다.

"빈틈이 없군요. 디자인부터 바느질 솜씨, 시간 관리도 철저한 것 같고."

"……감사합니다."

무언가 조언을 해 주러 들렀는데, 딱히 조언을 해 줄 것이 없을 정도로 흠잡을 데가 없었다.

'이 정도로 안정적으로 일을 진행하려면, 시간이 많이 들었을 텐데 완성도가 높군.'

콜린은 속으로 생각하면서 다른 참가자에게로 걸어갔다. 다른 사람들은 그야말로 난리였다.

사실 이슈터가 비정상적일 정도로 작업 속도가 빠른 편이었다. 평범한 사람이라면 제 시간 안에 의복을 만들어 내는 것은 무리일 터였다. 참가자들의 평균적인 속도를 보자면 상의를 절반도 만들어 내지 못하고 있었다.

하지만 이번 미션은 일부러 시간을 부족하게 준 것이기 때문에 예상한 결과이기도 했다.

재단에 탁월한 솜씨를 보여 주었던 세이딘은 직공들과의 소통이 전혀 안 되고 있는 것인지 아예 혼자서 작업을 하고 있었다.

"왜 직공들과 하지 않는 겁니까? 혼자서는 내일 밤까지 완성하는 건 무리일 텐데."

"차라리 혼자가 편해요."

"음…… 완성을 하지 못한다면 아무 소용이 없습니다. 그들에게도 일을 분배하는 게 좋을 겁니다. 게다가 여기 이런 수를 놓은 문양은 절대로 혼자서 해내기 어렵습니다. 삭제하는 걸 추천해요."

"……."

세이딘의 의뢰인은 티온 황자였고, 옷본에도 화려한 수가 가득했다. 스스로의 능력보다 버거운 의복을 선택하기도 했고, 옷의 디자인 역시 그런 것을 선택한 듯싶어 콜린의 고개가 기울어졌다.

콜린의 의견을 들은 세이딘은 잠시 고민하더니 맞는 말이다 싶었는지 말했다.

"그게 좋겠네요. 고마워요. 심사 위원님."

"고집 부리지 않아서 좋군요."

콜린이 웃으면서 다른 참가자에게로 시선을 돌렸다. 같은 티온 황자의 옷을 만들고 있는 엘시는 세이딘과는 반대였다. 그는 직공들과 방직기를 최대한으로 활용하고, 스스로는 작업을 감시하거나 지시만 하고 있었다. 그의 뒤로 스윽 다가간 콜린이 속삭였다.

"지금 한 명이라도 손을 놀고 있으면 안 될 것 같은데요?"

"으악, 깜짝이야! 아, 아, 아뇨. 조금만 쉬었다가 할 예정이었습니다. 일단은 총 지휘를 하는 사람은 저니까 쭉 지켜보고 하려고 했어요."

화들짝 놀라면서도 말투는 유들거렸다. 엘시가 급하게 도구를 붙잡고는 하는 척을 시도했다.

"어디부터 꿰매야 하는지 알긴 하는 겁니까?"

"그야 당연하죠. 하하. 제가 원래 누가 보고 있으면 떨려 하는 스타일이라서."

콜린은 못 미더운 눈빛이었지만 어디 결과물이 어떻게 나올지 두고 보기로 했다.

다음은 죠엘 차례였다. 죠엘은 처음부터 끝까지 부산스러웠다. 원단을 고른 것도 몇 차례나 뒤집었고, 부자재를 바꾸기도 했다. 콜린이 찾아갔을 때도 그녀는 무엇부터 만들어야 할지 몰라서 어수선해 보였다.

"어느 것을 만들고 있습니까?"

콜린의 물음에 죠엘이 버벅거렸다.

"코트부터요. 아, 아니 하의부터 만들고 있어요."

그녀 말대로 책상과 마네킹에는 이리저리 늘어진 패턴들이 있었다. 하지만 모양을 잡아 가는 것이 아니었기에 정체가 뭐인지도 알 수가 없었다.

"한 가지씩 정해서 하는 게 좋겠습니다. 먼저 코트와 웨이스트 코트의 치수를 조정하는 게 좋겠는데."

"아, 네, 맞아요! 심사 위원님 의견에 전적으로 동의해요. 감사해요!"

정신 사납지만, 몹시도 밝고 긍정적인 소녀였다.

콜린은 마지막으로 엘리샤의 책상으로 다가갔다.

"옷본부터 좀 볼까요?"

"물론이에요."

엘리샤가 내민 옷본을 훑어본 콜린이 그녀를 슥 바라보았다. 그의 입매가 말아 올려졌다.

"스타일이 바뀌었나요? 디자인이 굉장히 심플해졌습니다."

"과거에 지나치게 화려함을 버리라고 조언해 주신 적이 있었잖아요."

"확실히 그랬었죠. 그 점은 칭찬해드려야겠군요."

엘리샤는 고개를 주억거렸다.

"감사해요. 게다가 이미 새틴이라는 원단 자체가 광택이 돌고 화려하니까 디자인은 최대한 간결하게 하려고 했어요."

콜린이 말없이 흐뭇한 미소를 지었다. 엘리샤의 대답이 마음에 들었던 터였다.

"작업은 잘되어 갑니까?"

"하의와 웨이스트 코트는 가봉을 마쳤고, 이제 가장 중요한 테일 코트를 하고 있어요."

그 부분에서는 콜린이 납득하지 못하겠다는 듯, 말했다.

"속도가 빠른 걸 알지만 방직기 하나도 없이, 직공도 한명뿐이군요?"

"네, 방직기보다는 제 손을 직접 쓰는 게 마음이 놓여요. 기계보다 제가 못하지는 않다고 생각해요. 기계로 하다 보면, 살짝 옷감이 밀리는 감이 있었어요. 오차가 생길 때마다 전부 뜯어내고 다시 만드느니 그냥 제가 만들려고요."

엘리샤의 대답을 들은 콜린은 그제야 납득했다는 뜻으로 고개를 살짝 끄덕였다.

"한 번에 제대로 만들어 보겠다, 그런 뜻이군요. 하지만 운이 나쁘면 굉장히 힘들어질 수도 있습니다. 심사 위원들은 한정 없이 기다려 주지 않을 겁니다."

"네, 그 점은 명심하겠어요."

진한 초록빛 눈동자에서 진심으로 엘리샤를 걱정하는 마음이 느껴졌다.

'고마워요, 콜린.'

미션 종료 시간은 내일 밤 자정.

적어도 내일 저녁까지는 의복을 완성시켜야만 했다. 엘리샤는 다시 작업에 집중했다.

*　　*　　*

콜린이 회의실에 들어서자, 일제히 그를 향해 시선이 집중되었다. 회의실에는 아이레나를 기준해서 시계 방향으로 자바로티 후작과 카일리 후작 부인, 첼시 백작이 앉아서 이야기를 나누고 있었다.

아이레나가 기다렸다는 듯 말했다.

"폴드 자작님, 어서 오세요."

콜린은 첼시 백작 옆의 빈자리로 가서 앉았다. 그 순간까지 모두들 그를 향한 시선이 떨어지지 않았다.

"중간 점검을 다녀오시니 전반적으로 어땠어요?"

아이레나의 물음에 모두들 호기심 가득한 눈초리였다.

"아무리 인력이나 방직기가 있다고 해도, 사흘 만에 의복을 제작한다는 게 쉬운 일은 아니지요."

첼시 백작이 그리 말했다. 그러자 카일리 후작 부인이 쿡, 웃으면서 말했다.

"우리 좀 더 솔직해져야 하는 것 아닌가요? 솔직히 사흘 만에 의복을 완성한다는 건 기적에 가깝다고요. 우리들에게도 어려운 미션이 될 테니까요."

"예, 예상대로 대부분 의상을 완벽하게 완성하기에는 어려울 것으로 보입니다."

콜린의 대답에 각각 다른 질문을 쏟아 냈다.

"역시 그렇군. 하긴, 사흘 만에 의상을 제작한다니 아무리 거적때기라도 어려운 일이지."

자바로티가 어깨를 으쓱하면서 말하자, 다음은 아이레나가 말했다.

"본래 이번 미션의 취지는 의복의 완성도에 있었던 건 아니었습니다. 의뢰인이 원하는 것을 캐치해 내는 능력과 기존 드레스를 남성복으로 제작하는 작업을 얼마만큼 소화해 내느냐, 그것이 관건이었지요."

콜린 역시 고개를 끄덕였다.

"그렇습니다. 하지만 대부분은 모두라는 말이 아니죠. 의복을 완성해 낸다면, 추가로 가산점이 붙을 수밖에 없습니다."

"그렇다면 의상을 완성할 참가자가 있다는 이야기군요?"

첼시가 물었고, 카일리 후작 부인은 누구인지 알 만하다는 얼굴로 흐응, 하고 중얼거릴 뿐이었다.

"예, 두 명 정도는."

"두 명이라고요?"

콜린의 대답에 카일리 후작 부인도 놀라서 그의 얼굴을 돌아보았고, 첼시 백작의 반응도 비슷했다.

"공녀님 말고 한 명이 더 있다고요?"

그들의 말을 잠자코 듣고 있던 아이레나가 말했다.

"미션 결과가 기대가 되네요. 각 의뢰인들을 찾아다니면서 의견을 들어 볼 때도 꽤 재미있는 이야기들을 많이 들었거든요."

그녀가 단아하게 미소를 지었다.

* * *

깊은 밤이었다.

헬레나는 주변을 두리번거리면서 정원을 가로질렀다. 거의 모든 참여자가 작업 공방에서 의복 제작에 몰두하고 있는 시간이었다.

"쉿, 여기야, 여기!"

정신없이 정원을 헤매고 있는데 누군가 헬레나의 손목을 홱 잡아끌었다.

선발제 개막식에서 망신을 당한 뒤로, 코넬리아는 집밖으로 한 발자국도 나서지 않다가 헬레나가 보낸 전갈을 받고는 머리부터 발끝까지 푹 눌러쓴 채 황성으로 들어왔다. 얼굴을 보이고 들어왔다가는 모두에게 비웃음을 살 것이 분명했으므로.

헬레나는 깜짝 놀란 채 말했다.

"코, 코넬리아?"

"그래, 나야."

코넬리아가 헬레나의 팔을 꼭 붙잡으면서 말했다. 헬레나가 걱정스러운 어조로 물었다.

"그날 일은 정말 유감이에요."

"아악, 짜증 나. 나도 매우 유감이야. 그것 때문에 내가 이렇게 얼굴도 못 들고 다니고 있다구. 이건 전부 엘리샤 그 계집애가 꾸민 게 틀림없어! 헬레나, 엘리샤 계집애는 찾은 거지?"

폭풍이 몰아치듯 짜증을 쏟아 낸 코넬리아가 헬레나를 다그쳤다. 그러자 어색한 얼굴로 헬레나가 고개를 끄덕였다.

"찾았어요, 분홍 머리를 가진 예쁜 공작 부인."

"……이 멍청한! 내 앞에서 걜 칭찬하는 거니?"

코넬리아는 열통이 터진다는 듯 제 가슴을 쾅쾅 두들기면서 말했다. 놀란 헬레나가 입을 벌리면서 말했다.

"코, 코넬리아? 오늘 조금 무서워요."

겁먹은 헬레나의 모습에 코넬리아가 후우, 하고 숨을 내쉬고는 표정을 바꾸면서 말했다.

"아니, 아니. 이건 너에게 화가 난 게 아니야. 봐 봐, 헬레나. 내가 그날 황태자 전하를 비롯해서 황제 폐하와 황후 전하, 그리고 온 세상 사람들 앞에서 웃음거리가 되고 말았어. 너라면 어떨 것 같아?"

"……많이 창피하고 괴로울 것 같아요."

"그렇지. 난 지금 정말 죽고 싶을 정도로 비참하고 괴로워! 거리를 다닐 때마다 사람들이 내 욕을 하고 있는 것 같단 말이야."

코넬리아가 양손으로 얼굴을 감싸 쥐면서 흑흑 흐느끼는 척을 시작했다. 그 모습에 마음이 동해진 헬레나가 순진하게 눈동자를 굴리면서 말했다.

"저기, 코넬리아. 그럼 이제 어쩌면 되죠?"

"응, 귀를 좀 줘 봐."

헬레나의 귀에 대고, 코넬리아가 음흉한 얼굴로 속살거렸다.

*　　*　　*

하루가 어떻게 지나갔는지도 모를 정도로 정신이 없었다. 엘리샤는 분주하게 눈과 손을 움직였다. 눈이 침침하고 따가웠다. 마지막으로 대화라는 것을 해 본 건 세 시간 전, 직공 샐리에게 테일 코트의 꼬리 부분을 붙잡아 달라는 부탁이었다.

"흐아아암."

꼬박 날을 샌 탓에 여기저기서 하품이 쏟아졌고, 이미 참지 못하고 작업 책상에 엎어지고, 쓰러진 참가자들도 꽤 많았다.

이제 오후, 일곱 시.

테일 코트의 포인트가 되어 줄 진주 단추까지 꿰매고 나자 엘리샤는 겨우 실과 바늘을 놓을 수가 있었다. 오랫동안 골무를 끼고 있어서 빨갛게 부운 손가락도 그제야 자유를 찾았다.

그동안 테일러 키트를 사용하고 있어서 잘 몰랐지만, 바느질을 하는 일은 고된 노동이었다. 본성에서도 내내 재봉을 연습했지만, 이번 미션만큼 자신을 몰아친 적은 없었다.

시간이 없다. 시간이 없다.

머릿속으로 계속 그 생각만 했던 것 같다. 이제 미리 준비한 크라바트와 포켓치프까지 마네킹에 입히고 나니 작업은 정말 끝이었다.

엘리샤가 제작한 건 루브 알린스가 입을 의복 슈트 한 벌, 그와 함께 합주하는 동료의 몫으로 제작한 자줏빛 헤어 리본과 스톡까지 포함되어 있었다.

'겨우 해낸 것 같아.'

엘리샤는 작업을 하는 내내 자신도 모르게 초조한 기분으로 이슈터를 연신 바라보고 있다는 걸 깨달았다. 그리고 작업을 마친 지금도 마찬가지였다.

이슈터는 엘리샤보다도 한 시간 앞서서 완성한 의복을 이리저리 연출하고 있었다. 구두와 모자까지 준비를 해 온 모양이었다.

'준비성이 굉장하다.'

그야말로 사람만 데려다 놓으면 끝날 정도로, 완벽했다.

'어떻게 저렇게 빠른 속도를 내면서도 완벽하게 마쳤을까. 이슈터는 방직기도 이용하고, 직공도 세 명을 모두 받았긴 했지만, 그래도 이 정도로 빠른 사람은 처음 봤어.'

사실상 의복 완성을 포기한 몇몇 참가자들이 혀를 내두르기도 했다.

"이슈터는 정말 완벽해요. 모자와 구두라니, 생각도 못 했어요."

"다른 건 몰라도 속도 면에서는 우리랑 차원이 다른 존재 같은데요. 많은 사람이 코트 하나조차도 완성 못 하고 있는데…….”

그러나 사람들이 자신을 두고 떠들건 말건, 이슈터는 여전히 어떻게 하면 의복을 매력적으로 연출할 수 있는지에 대해서만 생각을 하고 있었다.

“아뇨, 엘리샤도 완성했어요!”

기지개를 켜던 죠엘이 불쑥 그렇게 외쳤다. 그러자 떠들던 사람들이 엘리샤에게로 시선을 돌렸다.

“맞아요, 엘리샤도 완성해 냈잖아요? 게다가 엘리샤는 일손도 한 명뿐이었는데! 대단해요, 두 사람은 정말.”

제게로 시선이 쏠리자, 엘리샤의 볼이 새빨개졌다.

“죠엘…….”

“엘리샤, 부끄러운 게 아니잖아. 헤헤.”

“뭐, 그건 맞아. 죠엘은 얼마만큼 된 거야?”

“……웨이스트 코트는 포기할까 봐. 대신에 나에게는 비장의 무기가 있다구.”

“비장의 무기?”

“그건 아직 완성이 안 되어서 못 보여 줘. 이따 심사에서 지켜봐 줘. 엘리샤는 가서 좀 쉬어. 두 시간밖에 못 잤잖아!”

“응, 힘내! 할 수 있어.”

죠엘이 다시 팔을 걷어붙이고 작업에 돌입하는 모습을 보고는, 엘리샤가 몸을 돌렸다.

잠시 바깥바람을 쐬고 싶어서 공방을 나가려던 엘리샤는 왠지 완성된 의복이 신경 쓰였다.

누구를 의심하고 싶지도 않았지만, 무방비 상태로 놔둘 수도 없었다. 마침 저녁을 먹고 돌아온 샐리를 본 엘리샤가 손을 흔들었다.

"미안하지만 샐리, 잠깐만 의복을 지켜봐 줄래요? 금방 돌아올게요."

"네."

이제 일이 끝났다고 생각했는지 샐리는 힘없이 대답했다. 엘리샤는 그녀의 자그만 손에 조개 모양의 머리핀을 쥐여 주었다.

"샐리한테 잘 어울릴 것 같아요. 선물이에요."

"예? 이런 건 안 주셔도 되는데……."

"대신에 제가 자리를 비운 동안, 의복을 잘 지켜 주세요."

"네, 걱정 마세요!"

머리핀이 마음에 든 모양인지 샐리는 그것을 이리저리 들여다보았다.

엘리샤는 답답한 작업 공방을 나와서 잠시간 걸었다. 시원하고 신선한 저녁 공기가 폐부에 들이차자, 조금 정신이 돌아왔다.

그제야 자신이 온종일 아무것도 먹지 않았다는 걸 깨달은 엘리샤는 주린 배를 움켜잡았다.

"……배고파."

식당에 가서 허겁지겁 따뜻한 식사를 하고 나오던 엘리샤는 문득 누군가 자신을 바라보고 있음을 느끼고 뒤를 돌아보았다. 하지만 상대는 보이지 않았다.

'방금 그건 뭐지? 착각일까? 신경을 너무 써서 그런 걸지도 몰

라.'

엘리샤는 고개를 가로젓고는 발걸음을 옮겼다.

주근깨 가득한 소녀 헬레나가 벽에 달라붙어 그런 엘리샤의 뒷모습을 훔쳐보았다. 불안한 눈동자는 이리저리 구르면서도 엘리샤에게로 계속 닿아 있었다.

간밤에 코넬리아에게서 들었던 이야기가 헬레나의 귓가에 윙윙 맴돌았다.

—그 애를 막아 줄 수 있는 건 너뿐이야, 헬레나. 엘리샤를 감시하고 그 애가 하는 일들을 망쳐 줘. 수단과 방법을 가리지 않고 말이야.

타다닷.

엘리샤의 뒤를 따라서 헬레나도 냉큼 걸음을 옮겼다. 불안감에 조마조마하면서도 코넬리아의 분노를 모른 척할 수 없었다. 코넬리아는 유일하게 자신에게 먼저 다가와 준 친구였다.

'코넬리아를 괴롭게 한 건 분명 엘리샤의 잘못이야. 그런 사람이 드레스 선발제에서 활약한다는 건 말도 안 돼. 그녀를 돕자. 내 친구 코넬리아를 돕자.'

헬레나가 입술을 꼭 깨물면서 통통한 주먹을 쥐었다.

*　*　*

벌컥.

자정이 되자마자 심사 위원 아이레나와 콜린이 작업 공방으로 들이닥쳤다. 아이레나가 다소 엄격하게 말했다.

"첫 번째 미션을 여기서 종료합니다. 모두 작업을 멈추세요. 의복에서 손을 떼 주세요."

참가자들은 손을 대지 않는다는 걸 증명하듯이 다들 손을 머리 위로 올려 보였다.

"모두 수고하셨습니다. 우선 모두들, 30분 후에 신들의 정원에서 다시 만나 뵙도록 하겠습니다. 심사를 맡아 주실 세 분과 의뢰인들도 함께 모시고 평가는 즉시 이루어질 것입니다."

최종 평가는 새벽까지 이어질 모양이었다.

체력이 바닥이 나더라도, 오늘 탈락자가 결정될 운명이 걸려 있었으니 그 누구도 피곤하다는 불평이 없었다. 대신 긴장이 감돌았다.

잠시 후, 신들의 정원 앞으로 참가자들과 심사 위원 세 사람, 의뢰인들까지 전부 모이게 되었다. 그들의 뒤에는 참가자들의 의복이 걸쳐진 마네킹이 쭉 도열되어 있어 몹시도 기묘한 느낌을 자아냈다.

이번 미션의 심사 위원은 콜린과 카일리 후작 부인, 첼시 백작으로 자바로티 후작은 이번 미션에서 의뢰인으로 참여했기 때문에 심사 위원으로는 나서지 않는 모양이었다.

아이레나는 곧장 진행을 시작했다.

"황실 드레스메이커 선발제, 그 미션은 바로 드레스를 선택해 남성 의뢰인의 맞춤형 의복을 제작하는 것이었습니다. 생각보다 조건이 까다로웠던 미션이었고, 시간마저 촉박했던 것으로 알고 있습니다. 하지만, 진정한 드레스메이커는 악조건 속에서도 당황하지 않고 스스로 해야 할 일을 꿋꿋하게 해낼 것이라고 생각합니다."

푸른색의 드레스를 입은 아이레나가 참가자들을 하나하나 눈여겨보듯이 강렬한 시선을 던지면서 또박또박 말했다.

"이번 첫 번째 의뢰인은 바로 제2황자이신 티온 드 바르체스 님이셨지요. 어디 계신가요?"

티온은 마련된 의뢰인 석에서 수줍은 표정으로 손을 들어 보였다.

"네, 거기 계시군요. 티온 황자님과 황자님의 의상을 제작한 두 명의 참가자 세이딘과 엘시 앞으로 나와 주시기 바랍니다."

세이딘과 엘시가 티온의 뒤를 따라서 앞으로 나오자, 주최 위원 측이 마네킹 세 개를 가져다 놓았다.

여성용 드레스와 나란히 놓인 어린이용 남성 슈트 두 벌이었다.

"티온 황자님, 지금 기분이 어떠신가요?"

"의복이 두 벌이나 생겨서 좋아요."

아이레나의 질문에 티온 황자가 양손으로 제 볼을 감싸면서 그리 말했다.

세이딘은 생각보다 담담한 표정이었고, 엘시는 뭐가 그리 불안한지 다리까지 떨면서 고개를 푹 숙이고 있었다.

아이레나가 앞으로 나온 세 사람을 돌아보면서 말했다.

"이제 준비가 다 된 것 같습니다. 세이딘?"

"네."

"의복을 만들면서 어려운 점은 없었나요?"

"조그만 옷을 만드는 건 처음이라서 쉽지 않았어요. 그리고 티온 황자님께서 노는 걸 너무 좋아하셔서 살짝 힘들었어요."

특유의 외국인스러운 억양으로 세이딘이 그리 말하자, 참가자들이 그만 웃고 말았다. 특히 자신의 이야기가 나오자 티온은 퍽 창피했던 모양인지 소리를 끄악 질렀다.

아이레나가 티온에게 쉿, 하고 손가락을 입에 가져다 대면서 다음은 엘시에게 질문했다.

"엘시는 어땠지요?"

"아하하, 화, 황자님께서 호기심이 많으신 분이라 장차 훌륭한 분이 되실 것 같습니다."

엉뚱한 대답을 하는 엘시를 보면서 아이레나가 말했다.

"이제 그만 제작한 의복을 직접 확인하겠습니다. 먼저 세이딘의 의복입니다."

워어!

세이딘의 의복 공개에 사람들이 소리 질렀다.

검정색의 망토와 황금색의 튜닉, 미색의 플란넬 셔츠, 미색의 브리치즈(breeches: 반바지), 우아함과 고급스러움을 상징하는 호박석 브로치와 크라바트까지.

의복을 본 티온의 눈동자가 물결치면서 커졌다.

아이레나 역시 놀란 듯싶었다.

"우선 본래 미션이었던 드레스는 황금색 색백 드레스로 매우 화려한 궁정 예복 디자인이었는데, 이 의복은 사뭇 느낌이 다릅니다. 색상과 소재의 균형이 참 잘 맞는 느낌이랄까요? 일단 심사 위원분들께서 직접 의상을 살펴보시고, 평가를 해 주시기 바랍니다."

곧 심사 위원들이 직접 가까이에서 의상을 살피는 시간이 주어졌다.

평가를 마친 그들은 다시 심사 위원석으로 돌아갔다.

"먼저 콜린 폴드 심사 위원님부터 평가를 해 주십시오."

아이레나의 말을 이어받은 콜린이 입을 열었다.

"예, 사실 세이딘 참가자는 예선에서부터 눈여겨보고 있었는데, 재단을 하는 그의 손놀림은 타인의 추종을 불허한다는 느낌을 받았습니다. 그래서 오히려 바느질 쪽에서는 기대를 하지 않았는데…… 결과물은 기대 이상입니다."

콜린이 말을 흐렸다가 마치자, 세이딘은 묵묵히 듣고 있다가 배시시 웃었다. 그가 웃자 깊게 보조개가 팼다.

"궁정 예복 특유의 과한 문양 없이도 우아함과 기품을 잃지 않았다고 봅니다. 더군다나 원래 드레스의 특징인 색백을 영리하게 이용했습니다. 황자님의 의상이라는 특수성을 살려서, 일반적으로 선택하는 남성복 코트 대신에 과감하게 망토와 튜닉을 사용한 점도 괜찮았습니다. 제 점수는 50점 만점 중에서 42점입니다."

세이딘의 선전에 많은 참가자가 박수를 쳐 주었다. 엘리샤에게도 자극이 되는 의복이었다.

“세이딘, 멋진 실력을 감추고 있었네. 높은 점수를 받을 만해.”

엘리샤가 고개를 주억거리면서 죠엘에게 말했다.

“그러게. 정말 놀랐어! 멋지다, 세이딘.”

죠엘도 놀란 눈빛으로 박수를 짝 쳤다.

이슈터 역시 제법 주의 깊게 세이딘의 의상을 살펴보는 듯했다. 반면 세이딘과 똑같은 의복을 만든 엘시는 약간 위축되어 있는 것 같았다.

“그럼 다음은, 엘리노어 드 카일리 심사 위원님의 심사평이 있겠습니다.”

엘리노어는 기다렸다는 듯 입술을 열었다.

“저도 세이딘 참가자의 이번 의복에서 굉장히 좋은 인상을 받았어요. 사실 외모가 워낙 눈에 띄어서 신기했는데 이제는 그의 실력에 주목하게 될 것 같군요! 하나하나 자세히 살펴본다면, 브로치와 황금색 튜닉을 제외하면 화려함이라고는 없는 디자인이지만 적절하게 배분되어 있어요. 게다가 티온 황자님처럼 어린이뿐 아니라, 성인도 좋아할 정도로 세련된 느낌도 들고요. 다만 아쉬운 점은 브리치즈는 완성이 되지 않았네요. 완성된다면 정말 멋진 의복이 될 것 같습니다. 제 점수는 43점입니다.”

카일리 후작 부인의 점수까지 발표되자, 세이딘은 입을 아, 벌렸다.

“네, 세이딘. 굉장히 높은 점수를 연달아 받고 있습니다. 마지막으로 첼시 드 란토 심사 위원님의 평 들어 보겠습니다."

"……음. 무척 훌륭한 의상이지만, 궁정 예복이라는 점에서 보았을 때 저는 조금 단조롭다는 생각이 앞서네요. 그리고 본래 황금빛 드레스의 주 포인트는 화려함이었는데, 포인트를 제대로 살리지 못한 느낌이랄까요? 그 점이 조금 아쉬웠습니다. 제 점수는 37점입니다."

첼시 백작의 평가를 들은 세이딘은 다소 표정이 굳어졌지만 결과를 인정하는 듯 고개를 연신 주억거렸다.

아이레나가 이어 말했다.

"의뢰인이신 티온 황자님의 점수는 엘시의 의복 심사 후에 공개하도록 하겠습니다."

그다음에는 엘시의 의복 심사가 이어졌다.

엘시의 의복은 전형적인 황자의 의복이었다. 화려한 브로케이드 코트는 커다란 백합이 가슴 부분에 수놓아져 있었고, 소매의 모양은 마치 호박처럼 둥근 모양에 퀼팅 처리와 프릴까지 박음질되어 있었다.

그걸 본 티온은, 끄응 하고는 고개를 절레절레 저었다. 시간 부족으로 코트 외에 다른 의복은 없었다.

브리치즈를 만든 흔적은 있었지만 거의 초기에 가까운 것이라 아직 바지의 형태를 갖추지도 않았다. 세이딘에 비하면 완성도 면에서는 부족했다.

엘시의 의복 심사는 심사 위원 세 사람 전부 다 비슷비슷했고, 진부하고 완성도가 떨어진다는 의견이었다. 점수는 콜린이 35

점, 카일리 후작 부인이 37점, 첼시 여백작이 33점이었다.

"네, 이제 두 사람의 점수 차이가 현저히 나네요. 티온 황자님은 과연 두 사람에게 어떤 점수를 주셨을지 여쭈어 보겠습니다."

아이레나의 물음에 티온이 말했다.

"저는 세이딘의 의복이 무척 마음에 들어요. 어른스럽고, 진짜 남자 같잖아요. 저런 여자 같은 호박 바지는 지겹단 말이에요!"

티온의 발언에 모두들 그가 귀엽다는 듯 까르륵 웃었다.

"세이딘에게는 45점, 엘시에게는 30점을 드리겠습니다. 세이딘은 나중에 이 의복을 꼭 완성시켜 주세요. 내년 생일에 연회복으로 꼭 입고 싶으니까요. 그리고 드레스 선발제의 의뢰인으로 초대해 주셔서 감사합니다. 앞으로도 분발해 주세요."

티온이 멋진 인사로 마무리를 하자, 박수갈채가 쏟아졌다.

"네. 협력해 주셔서 감사합니다, 티온 황자님. 그럼 두 사람의 점수를 각각 합산해 보겠습니다. 세이딘 167점, 엘시 135점입니다. 현재까지는 세이딘이 1등입니다. 두 사람 모두 미션에 임하느라 수고하셨습니다. 이제 두 번째 의뢰인과 참가자들을 모셔 보겠습니다. 이번에는 참가자들이 상당히 많습니다. 자바로티 후작님의 인기가 이렇게 많았던가요?"

아이레나의 말에 참가자들은 일순 입을 꾹 다물었다. 환호를 하고 싶지는 않았던 터였다.

"네, 그럼 두 번째 의뢰인이신 자바로티 드 데스몽드 후작님과 의상을 제작하신 참가자 여러분 앞으로 나와 주십시오."

아이레나의 진행으로 사람들이 분주하게 움직였다. 남색 드레스를 선택한 참가자들은 열다섯 명이나 되었기에 마네킹도 총 열여섯 개나 되었다.

"시간 관계로 소감을 듣지 않고 바로 심사를 진행하겠습니다."

뭔가 말을 준비해 온 듯한 자바로티 후작이 아쉬운 듯 쩝 입맛을 다셨다.

"두 번째 의상이 남성복으로 제작하기에 가장 쉽고 무난해 보였던 이유일까요? 많은 참가자가 선택하셨습니다."

그 때문인지 몇몇은 디자인이 비슷하기도 했다. 무난한 남색 컬러와 금장 단추는 남성 슈트의 정석이라는 느낌도 있던 터였다.

곧바로 심사 위원들이 매의 눈으로 의상들을 하나하나 뜯어보기 시작했다.

헬레나는 눈을 멀뚱히 굴리면서 안절부절못하고 있었던 반면에, 레이디 그레이스 포는 한결 여유로운 모습이었다.

약간의 시간을 가지고, 심사 위원들의 의복을 전부 살피고 나자 아이레나가 말했다.

"콜린 심사 위원님, 준비되셨나요?"

콜린이 고개를 끄덕이면서 말했다.

"이 의복을 선택하신 분들은 사실 안정적인 길을 택하기 위해서였을 겁니다. 하지만 결코 그렇지 않다는 점을 깨달으셨겠지요. 사실 같은 조건에서 많은 경쟁자를 물리치고 독보적인 디자인을 내놓기란 쉽지 않습니다."

콜린의 말에 공감하는지, 사람들이 고개를 끄덕였다.

"게다가 완성도도 비슷비슷했습니다. 그래서 의상을 전부 살펴본 결과, 저는 조금 색다른 디자인을 추구한 의복에 주목하고 싶군요. 먼저 그레이스 부인은 과감하게 하의를 생략하는 대신, 기장이 굉장히 긴 프록코트와 그에 어울리는 벨트를 연출하셨는데 좋은 선택이었습니다. 군더더기 없이 깔끔하고 허리선이 높은 위치에 있어서 자바로티 후작께서도 만족하실 만큼 슬림한 핏의 의상이 될 것 같습니다. 43점을 드리겠습니다."

콜린의 호평에 레이디 그레이스 포가 입술을 벌려 활짝 웃었다.

"헬레나 양 역시 케이프 코트를 만들었다는 점이 신선했습니다만, 상의 하나조차 완성이 되지 않았습니다. 다른 참가자들보다 여러 면에서 완성도가 떨어지는 점이 아쉽습니다. 점수는 38점입니다. 그 밖에도……."

이후 콜린을 비롯한 다른 심사 위원들의 평가가 이어졌다. 열다섯 벌의 의복에서 눈에 띄는 참가자는 레이디 그레이스 포와 헬레나, 그 외에 다른 참가자 비올레타와 마리안 정도였고, 레이디 그레이스 포의 프록코트가 가장 높은 점수를 받았다.

다음 아이레나가 의뢰인인 후작에게 의견을 물었다.

"자바로티 후작님께선 어떠신가요?"

그제야 자신이 말할 기회가 왔다는 생각이 들었는지 자바로티 후작이 수염을 매만지면서 무게를 잡았다.

"끄흠, 제 의견으로 말할 것 같으면! 레이디 그레이스가 제작한 길이가 긴 프록코트 같은 종류는 제가 별로 좋아하질 않아요. 보다시피 내 덩치가 커서 더욱 덩치가 커 보인단 말이오. 반면에 헬레나 양이 제작한 케이프 코트는 나를 한결 젊어 보이게 하는 것 같아서 마음에 드는군요. 헬레나 양에게 41점, 그레이스 부인에게는 35점을 드리겠습니다."

레이디 그레이스 포가 예상한 결과라고 생각했는지, 짧게 한숨을 훅 내쉬었다. 헬레나는 자신의 점수가 얼떨떨한지 어리둥절하게 바라보았다. 대다수 참가자들도 벙찐 표정이었다.

아이레나는 진행을 계속했다. 최종 점수는 레이디 그레이스 포가 142점, 헬레나가 138점을 차지했다. 가장 점수가 낮은 참가자는 117점을 기록한 한 영애였는데, 그녀는 탈락을 예상하는 얼굴이었다.

"그럼 마지막으로 세 번째 드레스의 의뢰인 루브 알린스 경과 세 명의 참가자를 모시겠습니다. 참고로 알린스 경은 궁정 음악가랍니다."

잠자코 차례를 기다리던 엘리샤는 죠엘, 이슈터와 함께 앞으로 나갔다.

"세 번째 드레스는 자줏빛에 진주 목걸이가 포인트였던 우아하고 여성스러운 드레스였지요. 벨벳이나 자주색, 진주까지 전부 여성스러운 것이라 남성복으로 어떻게 변신할지 기대를 모았습니다. 자, 그럼 먼저 심사 위원들께서는 의상을 꼼꼼히 살펴주시기 바랍니다."

아이레나의 말이 떨어지자, 심사 위원들이 곧장 움직여 의상을 검토하고 제자리로 돌아갔다. 의상은 세 벌뿐인데도 제법 긴 시간을 검토했다.

"루브 알린스 경, 이번 의뢰에서 가장 인상적인 참가자가 있다면 누구를 택하시겠어요?"

"엘리샤와 죠엘 두 사람입니다. 제 공연을 보러 와 주었거든요."

"두 사람은 어떤 생각에서 공연까지 보러 가셨나요? 사실 의상만 제작하기에도 시간이 부족했을 텐데요."

아이레나의 질문에 엘리샤와 죠엘이 서로를 마주 보았다. 죠엘이 엘리샤에게 대답하라며 눈치를 보냈다.

"음…… 저희가 의뢰를 받은 것은 알린스 경의 무대용 의상을 제작하는 것이었어요. 직접 연주하시는 모습을 보면서 의상 제작에 도움이 되는 점을 찾아보려고 했어요. 그리고 무엇보다도 아름다운 연주에 큰 감명을 받았어요."

엘리샤는 미소로 마무리를 했다.

"네, 훈훈하네요. 그럼 심사는 가장 왼쪽에서부터 시작하겠습니다. 콜린 심사 위원님?"

이슈터의 의상과 그녀를 번갈아 보면서 콜린이 입술을 열었다.

"이슈터 참가자의 의상은, 그야말로 완벽했습니다. 모자와 구두까지 따로 준비했고, 가장 먼저 의복을 완성한 것으로도 알고 있습니다. 의복 디자인 역시 굉장히 심플합니다. 코트와 웨이스트 코트, 하의의 구성으로 벨벳 소재를 그대로 만들어 기본에 가까우면서도 고급스럽습니다. 디테일한 부분, 셔츠의 소매 부분이나 칼라에 본래 드레스의 피쉬테일을 연상시키는 플리츠 주름을 포인트로 넣어 적절한 화려함이 있었고요. 제가 굉장히 좋아하는 스타일이라 개인적으로도 탐이 나는 의복입니다. 점수는 48점 드리겠습니다."

우와아!

거의 만점에 가까운 점수에 모두 놀라는 반응이었다.

굉장한 호평에 이슈터는 희미한 미소를 지었고, 엘리샤 역시 눈을 반짝거리면서 그녀의 의복을 보았다.

이슈터는 벨벳 소재를 그대로 이용하여, 슈트를 만들어 냈다. 원단이 달라서인지 구성은 같았지만, 엘리샤가 만든 의복과는 느낌이 확연하게 달랐다. 이슈터의 의복이 조금 더 탄탄하고 클래식한 느낌이 있었다.

콜린 다음으로 엘리노어도 심사를 이어 갔다.

"주어진 시간 안에 완성한 것도 놀랍지만 의복 자체가 상상 이상입니다. 드레스에 비해서 다소 어두운 색감을 택하고 러플 장식을 최소로 사용한 센스가 돋보였습니다. 여성복을 남성복으로 재해석하는 이번 미션의 이해도가 상당히 높은 참가자라고 생각합니다. 45점을 드리겠습니다."

워어!

사람들이 모두 놀라긴 했지만 다들 이슈터가 높은 점수를 받으리라고는 예상했는지 금방 고개를 끄덕였다. 엘리샤 역시 고개를 끄덕였다. 이슈터는 역시 기본 실력이 무척 탄탄했다.

"네, 두 명의 심사 위원 모두에게 높은 점수를 받았습니다. 지금까지는 가장 높은 점수가 될 가능성이 높습니다. 그럼 마지막으로 첼시 심사 위원님, 심사를 계속해 주세요."

아이레나의 말에 첼시가 고개를 까딱였다.

"이번 의상은 은은하면서도 고급스러운 우아함을 잘 강조했다고 생각합니다. 코트의 칼라 부분을 자세히 보시면, 멀리서는 보이지 않는 문양이 새겨져 있는 것을 알 수 있죠. 이런 디테일한 부분은 사실 눈에 띄는 것이 아니라서 대부분의 참가자들은 그냥 지나치는 데 반해, 이슈터 참가자는 그러지 않았습니다. 꼼꼼하게 잘 짚어 냈다고 생각합니다. 저는 48점을 드리겠습니다."

이슈터를 향한 애정이 가득한 눈빛이 사뭇 느껴지긴 했지만 반박할 수 없는 심사평이었다. 박수갈채가 쏟아졌다.

엘리샤와 죠엘도 열심히 박수를 쳐 주었다. 아이레나가 진행을 계속했다.

"네, 정말 칼라 부분을 자세히 살펴보니 섬세한 문양이 있었군요. 이런 문양까지 있는 옷은 작업 시간이 배는 걸릴 텐데, 대단합니다. 자, 그럼 이제 두 번째 참가자 죠엘의 의복을 심사해 볼까요."

자신의 이름이 불리자, 죠엘이 엘리샤를 마주 보면서 긴장이 되는지 손을 꼭 잡았다. 엘리샤는 죠엘을 향해서 괜찮다는 눈빛을 보내 주었다.

죠엘의 의복 구성은 본래 어깨선이 없는 코트와 웨이스트 코트, 브리치즈까지 고전풍의 궁정 코트였는데, 그녀의 작업물은 코트와 웨이스트 코트의 가봉까지가 전부였다. 마무리를 하지 못한 것이다.

콜린이 입을 열었다.

“앞서 다른 참가자들의 의복과는 다르게, 흐르는 듯한 핏의 둥근 어깨선과 다소 화려한 원단이 눈에 띄는군요. 금사로 자수를 놓을 시간이 없는 점을 고려해서, 대신 금색 리본으로 테두리를 두른 것은 재치가 있었던 것 같습니다. 다만 웨이스트 코트까지 금색 리본을 두른 것은 과했던 것 같습니다. 제 점수는 40점입니다.”

생각보다 호평을 받은 것이 신기해서 죠엘이 눈을 깜빡거렸다. 엘리샤가 미소로 축하해 주었다.

카일리 후작 부인도 온화한 표정으로 심사평을 했다.

“오늘 본 의상 중 가장 고전적이고 로맨틱한 의상이 아닐까 생각이 듭니다. 이런 점은 요즘엔 자칫하면 촌스럽다는 걸로 연결될 수 있는데, 죠엘 양은 매끄럽게 잘 연결한 것 같아요. 더욱이 궁정 음악가의 의상을 고려했을 때는 배치가 좋았어요. 저는 42점입니다. 위축되지 말고 앞으로도 좋은 모습 보여 주세요.”

“네, 그럴게요. 감사합니다!”

카일리 후작 부인의 따뜻한 말에 죠엘은 고개를 격하게 끄덕이면서 대답했다.

다음에 이어진 첼시 백작도 그에 수긍하면서 물었다.

“약간 예스러운 감수성이 느껴지는 의상입니다. 혹시 의복 만드는 것을 누구에게 배웠나요?"

"……할머니께 배웠어요."

"역시 그렇군요. 요즘 같은 시대에는 새로운 것을 많이 추구하는데, 이런 옛날 감성도 필요하다고 봅니다. 완성도나 세련됨은 떨어지지만 따뜻한 느낌이 드는 의복입니다. 저는 41점을 드리겠어요."

"감사합니다."

죠엘이 인사하자, 아이레나가 웃으면서 말했다.

"같은 의복인데도 누가 만드느냐, 에 따라서 참 달라지는 것이 이번 미션의 매력이었던 것 같습니다. 드디어 마지막으로 엘리샤 참가자의 차례입니다. 콜린 심사 위원님 준비되셨다면 부탁드립니다."

이번에는 죠엘이 엘리샤의 손을 꼭 잡아 주었다. 긴장 대신에 엘리샤는 담담하게 결과를 듣기로 마음먹었다. 콜린이 엘리샤의 의복에 시선을 고정하면서 입술을 열었다.

"의복 구성은 앞선 다른 참가자들처럼 코트와 웨이스트 코트, 브리치즈로 같군요. 다들 그야말로 진검 승부를 하기로 작정하신 모양입니다. 다만, 엘리샤는 소재 면에서 얇고 매끄러운 새틴을 선택했습니다. 게다가 의복의 핏이 한눈에 보기에도 굉장히 여유로운데, 특별히 이유가 있습니까?"

갑작스러운 질문이었지만, 엘리샤는 언젠가는 질문받을 것을 대비해서 답변을 준비했다.

"처음에는 벨벳처럼 광택이 나는 옷감을 고민하다 보니 새틴으로 정했는데, 착용감도 훨씬 좋아요. 루브 알린스 경은 편안함을 요구하셨어요. 사실 일상생활에서도 불편한 옷은 입는 것이 꺼려지는데, 피아노 연주를 하는 일은 더욱 착용감이 중요하다는 생각이 들었어요. 그래서 편안하게 입을 수 있으면서도 멋스러운 핏이 나도록 제작했어요."

엘리샤의 똑 부러진 대답에 콜린이 만족한 듯 고개를 주억거리면서 말했다.

"단순히 디자인만 생각한 것이 아니라, 착용감까지 고심한 흔적이 보이는군요. 디자인적으로는 굉장히 단순하지만, 새틴 소재와 진주 단추로 우아한 멋을 나타낸 것 같습니다. 완성도도 훌륭합니다. 제 점수는 44점입니다."

"호평 감사합니다."

엘리샤가 고개를 꾸벅 숙였다. 그러고 보니, 루브 알린스의 동료 몫으로 만든 소품은 심사 위원들이 제대로 살피지 않는 것 같았다. 엘리샤는 재빨리 덧붙였다.

"아, 루브 알린스 경의 동료 몫으로 만든 패션 소품들도 함께 보여드리고 싶어요."

그러자 아이레나와 콜린, 다른 심사 위원들도 잠시 서로의 기색을 살피더니 고개를 끄덕여 허락했다.

"좋습니다. 그런 것이 있다면 얼마든지 보여 주세요."

엘리샤는 마네킹에 걸린 코트 주머니에서 자줏빛 새틴으로 제작한 헤어 장식과 스톡을 꺼냈다.

"소프라노와 바이올리니스트를 위한 것이에요. 세 분이 함께 무대에 오르셨을 때, 사용하시면 좋을 것 같아서요."

루브 알린스가 눈을 크게 뜨며 말했다.

"아, 이런 것까지 준비해 주셨을 줄은…… 함께 무대에 오를 동료들이 정말 기뻐할 겁니다. 감동입니다. 고맙습니다."

그의 감상 인사에 엘리샤가 살짝 고개 숙여 미소로 화답했다. 가슴이 뿌듯해졌다.

다른 심사 위원들 역시 미처 예상하지 못한 모양이었다.

"참가자들 중 처음이로군요. 의뢰인의 동료까지 고려한 것은 말이에요. 그럼 다음 엘리노어 심사 위원님의 심사 부탁드려도 될까요."

아이레나가 매끄럽게 말을 넘기자, 카일리 후작 부인이 엘리샤의 의상을 바라보면서 잠시 뜸을 들였다.

"일단 모든 것을 떠나서 엘리샤 참가자의 태도를 칭찬해 주고 싶습니다. 의뢰에만 집중해도 부족했을 시간인데, 의뢰인의 동료까지 생각한다는 것은 사실 쉬운 일이 아니에요. 엘리샤는 진정으로 누군가를 위한 옷을 만드는 사람이군요. 마음이 따뜻합니다."

카일리 후작 부인의 말을 잠자코 듣고 있던 엘리샤의 입가에도 미소가 피어올랐다.

한편 이슈터는 살짝 긴장한 얼굴이었다. 분명 의뢰인을 찾아가서 질문했을 때, 그에게 동료가 있다는 건 자신 역시 알고 있는 사실이었지만 간과했다. 의뢰인의 의상이 가장 중요하다고 여겼기 때문이었다.

카일리 후작 부인의 심사평이 이어졌다.

"착용감이나 핏은 앞선 콜린 심사 위원님과 같은 의견입니다. 코트의 모든 단추를 진주로 사용하는 것이 아닌 첫 번째 단추로만 사용하고, 나머지 단추는 자주색으로 하여 도드라지지 않게 처리했습니다. 마감도 봉제 처리가 상당히 꼼꼼했고요. 피쉬테일 포인트는 과감히 생략했는데, 추가했어도 괜찮지 않았을까 싶은 아쉬움이 있어요. 저는 49점을 드리겠습니다."

모두 술렁거렸다.

와아아!

49점이면, 지금껏 한 명의 심사 위원에게서 받은 점수 중 최고에 달하는 점수였다. 엘리샤도 깜짝 놀랐다. 곁에 있던 죠엘이 신나서 엘리샤의 손을 살짝 흔들었다. 이슈터는 조용히 박수를 쳐 주었다.

"만점 50점 중 49점이라는 점수가 나왔습니다. 과연 엘리샤가 이슈터를 뛰어넘을 수 있을까요? 첼시 심사 위원 님의 심사를 들어 보겠습니다."

아이레나의 진행 덕분에 자신에게로 주목되는 것이 약간 민망했는지 첼시 백작이 짧은 머리칼을 쓸어 넘기고는 말했다.

"앞의 두 심사 위원께서 하신 말씀에 전적으로 동감합니다. 정석대로 만든 의상은 아니지만, 의뢰인에 맞게 잘 만져서 변주한 것 같아요. 소재나, 핏, 동료들의 소품을 만드는 모습에서 그런 걸 느꼈어요. 유연성이 굉장히 좋다고 해야 할까요? 앞으로가 더 기대되는 참가자로군요. 개인적으로 남성복 말고, 드레스가 더욱 보고 싶습니다. 저의 점수는 46점입니다."

이슈터를 지지한다는 소문으로 인해 첼시 백작은 사실상 가장 기대하지 않은 심사 위원이었는데, 그녀에게도 좋은 평가를 받아서 엘리샤는 다소 얼떨떨한 얼굴로 감사 인사를 했다.

"네, 이것으로 심사 위원분들의 심사가 끝이 났습니다. 이제 마지막으로 의뢰인 루브 알린스 경의 이야기를 들어 보겠습니다."

루브 알린스가 고개를 끄덕이고는 조심스럽게 말했다. 그는 오늘 마치, 직접 무대에 오르는 것처럼 흰색의 가발을 쓰고 왔다.

"세 분 모두 정말 최선을 다해 훌륭한 옷을 만들어 주셔서 무척 놀랐습니다. 하지만 옷은 보기만 해서는 판단하기 어려운 것 같아요. 직접 입어 보고 말씀드려도 되겠습니까?"

그의 말은 일리가 있었다. 아무리 눈으로 본다고 해도, 입은 것만큼 정확하게 알 수는 없다. 그는 굉장히 신중한 움직임으로 코트를 한 번씩 입었다가 벗었다. 세 벌 전부 그와 잘 어울렸다.

"직접 입어 보니 어떠신가요?"

"음…… 전부 편안하고 멋진 옷이지만 세 번째 옷이 유독 몸에 착 감깁니다. 사실 연주를 하는 동안은 무척 더운데 이 의복은 시원하게 입을 수 있을 것 같습니다. 안에 얇은 패드 같은 것이 덧대어져 있어서 몸매가 드러나지도 않네요. 이 의복을 만드신 엘리샤에게 48점을 드리고 싶습니다. 나머지 두 분의 의상도 마음에 꼭 들어서 46점을 드리겠습니다. 이번 선발제에 의뢰인으로 참석해 보니 많은 참가자들의 열정을 느낄 수 있어서 저에게도 좋은 경험이었습니다. 돌아오는 무대에서 이 의복을 꼭 입겠습니다."

루브 알린스가 인사를 마쳤다.

"네, 이렇게 되면 동점자가 발생합니다. 무려 188점을 획득한 참가자가 두 명이 나왔습니다. 이슈터와 엘리샤 모두 188점으로 공동 1등입니다. 축하드립니다!"

아이레나가 활짝 웃으며 두 사람을 향해서 말했다.

"축하해요!"

축하 인사를 채 받기도 전이지만, 마냥 웃을 수만은 없었다. 다음에 이어진 아이레나의 말 때문이었다.

"이번 미션에서 최하위 점수를 받은 일곱 분은 탈락하게 될 겁니다."

생각보다 많은 숫자였다. 이어서 아이레나는 등수대로 호명을 시작했다. 그중에는 엘시의 이름도 있었다.

"이분들은 한 걸음 나와 주십시오."

"본 드레스메이커 선발제는 재봉사와 디자이너로서의 역량과 열정을 가늠하는 대회입니다. 하지만 지금 호명된 참가자들은 그 점에서 조금 부족한 면모를 보였습니다. 여러분들은 더 이상 우리와 함께하실 수 없습니다."

아이레나의 날카로운 말에 앞으로 나선 참가자들은 고개를 떨궜다. 마음이 약한 한 영애는 눈물을 흘리기도 했다.

"지금 즉시 숙소로 돌아가서 짐을 싸 주시기 바랍니다. 저기

보이는 주최 위원을 따라가 주세요."

탈락자로 결정된 사람들과 나머지 살아남은 사람들이 안타까움에 인사를 나누었다. 세이딘은 엘시에게 가서 등을 토닥였다.

짧은 작별의 시간이 지나가고, 새벽 세 시에 이르러서야 첫 번째 미션 심사가 종료되고 다들 숙소로 돌아갔다. 호된 미션 일정에 다들 벌써부터 지친 기색이 역력했다.

"완전히 기가 다 빨리는 것 같아요."

"그렇게 가차 없이 떨어뜨리다니. 저도 다음 미션에서 살아남지 못하겠죠?"

겁에 질린 한 영애가 레이디 그레이스 포에게 안기면서 울먹였다. 그런 참가자들이 몇몇 보였다. 이제 남은 참가자는 열세 명이었다.

29.
두 번째 미션

황실 드레스메이커 선발제 4일째.

모처럼 느긋한 오후가 흘러가고 있었다. 전날 몰아치듯 이루어진 미션과 심사, 그리고 탈락까지.

한꺼번에 많은 일이 쏟아진 탓에 피로감과 심리적 압박감이 늘어서일까. 오랜만의 자유 시간임에도 참가자들의 표정은 다소 어두웠다. 그때 숙소로 황실 시녀장이 도착하더니 말했다.

"황후 전하께서 격려 차원에서 풀 디저트를 보내셨답니다."

새로운 미션인 줄 알고, 긴장한 참가자들은 그제야 표정을 풀었다.

시녀장이 그들을 안내한 곳은 야외 정원에 차려진 둥근 테이블이었다. 그곳에는 색색의 케이크와 쿠키, 마카롱 등이 차려져 있었다.

그걸 보자 놀랄 만큼 눈동자가 커진 것은 비단 세이딘뿐만이 아니었다. 참가자들이 감탄하면서 원형 테이블에 둘러앉아 디저트를 즐기기 시작했다. 물론 세이딘은 그중에서 가장 행복한 표정이었다.

"너무나도 황홀하고 달콤한 선물이에요. 황후 전하께 감사하다는 말씀 전해 주세요."

엘리샤는 치즈 케이크를 맛보기 전에 황실 시녀장에게 인사를 전했다.

"그리하겠습니다. 그럼 즐거이 누리시기를."

볼이 미어터지도록 초콜릿 마카롱을 주워 먹던 세이딘이 딸기맛 마카롱을 몇 개를 엘리샤의 접시 위로 톡 떨구어 놓았다. 옆에 앉은 죠엘에게는 버터맛, 레이디 그레이스 포에게는 바닐라맛을 주었다.

그리고 배시시 알 수 없는 미소를 짓고는 스윽 다른 테이블로 가서 앉았다. 테이블의 모든 영애들이 세이딘이 오기를 기다리고 있었다.

"꺄, 세이딘 귀여워!"

"초코만 먹는 거야?"

엘시가 탈락하고 세이딘은 유일하게 살아남은 남자 참가자였고, 첫 번째 미션에서의 활약 때문인지 어느새 다른 여성 참가자들 사이에서 인기가 급상승했다.

"……응? 뭐야, 방금. 세이딘 자기가 안 먹는 맛 우리에게 버린 거 맞지?"

엘리샤가 어이없다는 듯 투덜거리자, 죠엘이 고개를 주억거렸다.

"그, 그런가?"

"어쩌면 나름 챙겨 준 것일지도 몰라요."

레이디 그레이스 포가 웃으면서 입 안에 마카롱을 쏙 넣었다.

"에이, 그럴 녀석이 아니에요. 그런데 이슈터가 오늘 보이지를 않네요?"

엘리샤가 주변을 두리번거렸지만 그녀가 보이지 않았다.

"정말이네? 식사는 했던 것 같은데."

"이슈터는 이틀 밤을 꼬박 샜으니 쉬러 가지 않았을까요?"

레이디 그레이스 포의 말에 엘리샤도 납득을 했다. 이슈터는 남들보다 더 잠도 안 자고 열심히 작업을 했었다.

"그녀의 몫을 챙겨다 줄까 봐요."

엘리샤가 나이프로 케이크와 쿠키를 새 접시에 옮겼다. 그때 다른 테이블에서 대화 소리가 들려왔다.

"이번에 난 가망성이 없을 것 같아요. 뛰어난 사람들이 너무 많아요. 벌써 포기하고 싶어요."

"맞아요. 근데 ……는 나보다 바느질 실력이 엉망이던데 신선하다 호평을 받다니 운이 좋은가 봐요."

"그냥 그 사람이랑 친분이 있어서 아닐까요?"

"설마요!"

한 참가자가 옆 사람과 그렇게 쑥덕거렸다. 자그맣게 하는 소리였지만, 때마침 정적이 흘렀기에 대화 소리는 바람을 타고 주변에 어느 정도 흩어졌다.

'누구 이야기를 하는 걸까?'

그런 의문이 스쳤지만, 잠시 후 누구인지 알 수 있었다. 헬레나가 찻잔을 내려놓고는 자리에서 일어났기 때문이었다. 그녀는 몹시도 침울한 얼굴이었다.

왠지 신경이 쓰였지만, 거기서 헬레나의 이야기를 꺼내지는 않았다.

디저트를 즐긴 후, 엘리샤는 숙소로 돌아왔다. 이슈터의 방문을 두드렸지만 아무런 대답이 없었다. 문 앞에 접시를 놓고 제 방으로 온 엘리샤는 잉크와 펜부터 잡았다. 문득 쉬고 나니까 드는 한 가지 생각이 있었다.

'루자크는 지금쯤이면 테본에 도착했을까?'

편지를 써야 한다. 드레스 선발제가 시작한 지 이제 고작 며칠이 지났을 뿐인데 시간이 한참 흐른 것만 같았다.

엘리샤는 드레스 미션에 집중했던 일들과 결과에 대해서, 그리고 루자크와 본성 사람들의 안부를 묻는 내용을 빠르게 적었다. 편지를 쓰는 동안은 온통 루자크 생각만 가득가득할 수 있어서 좋았다. 친구들 이야기도 잊지 않았다.

그의 얼굴이 머릿속을 채웠다. 금방이라도 '엘리샤.'하고 자신을 부를 것만 같았다.

"루자크, 보고 싶어요."

엘리샤는 턱을 괸 채 잠시 상상에 빠져들었다. 양 볼에 홍조가 피어오르고 입가에는 미소가 번졌다.

* * *

"각하, 듣고 계십니까?"

"……."

푸른 눈을 끔벅이는 그를 향해 반트가 안경 너머로 무시무시한 눈빛을 보냈다.

"보고를 몇 번이나 반복하고 있는 줄은 아십니까?"

"미안, 다시 한 번만."

"됐습니다. 메모해드릴 터이니, 정신 붙잡으시면 그때 보시기를 추천드리지요. 여독이 아직 풀리지 않으신 것 같으니 말입니다."

"……알았네. 그렇게 해. 자네를 너무 괴롭히는 것 같군."

루자크는 물러가는 반트를 바라보곤 씁쓸하게 미소 지었다. 요즘 컨디션이 예전 같지가 않았다. 엘리샤가 떠올라서 그런 것은 아니었다. 마차로 이동하는 내내 지독한 불면증이 찾아온 터였다.

물론 마차에서 수면을 취하는 것에 한계가 있기는 했지만, 이렇게까지 심각하게 잠들지 못한 적은 처음이었다. 이동 내내 잠을 잔 시간은 고작 3~4시간 정도밖에 되지 않을 것이다.

어제 겨우 테본에 도착했지만 그 불면증은 이어졌다. 이건 결국 잠자리 탓은 아니라는 거였다.

더불어 깊게 잠에 들지 못하니, 괴이한 꿈들까지 뒤따라왔다.

엘리샤를 수도에 두고 왔다는 생각은 일부러 의식하지 않아도 그의 무의식을 짓누르는 모양이었다. 악몽의 내용은 틀과 배경만 다르지, 대부분 비슷한 내용이었다.

엘리샤와 자신 사이에 커다란 철창이나 낭떠러지, 강, 괴물 등등 온갖 장애물 등이 등장해서 가로막고 있었다.

엄마 잃은 어린아이처럼 이런 꿈이나 꾸고 있을 틈은 없었다.

루자크는 서랍장을 열었다. 각성제를 입 안에 털어 넣고, 물을 들이켰다. 억지로라도 일을 처리해야 했다.

며칠만 자리를 비워도 일이 쌓이는 통에, 불면증으로 인해서 일이 추가되고 지연되는 꼴을 보고 싶지는 않았다.

루자크는 눈을 부릅뜨고, 반트가 놓고 간 메모와 보고서를 다시 검토하기 시작했다.

애써 집중해서 일을 처리한 지, 다섯 시간.

그가 기지개를 켰다. 일은 얼추 절반 정도 정리가 되었지만, 하나도 기쁘지 않다. 내일도, 내일모레도 같은 일상일 테지만 하루의 기쁨이 없는 나날이었다. 엘리샤가 없었으니까.

문득 헛웃음이 나왔다. 엘리샤는 자신을 어디까지 바보로 만들 수 있을까 하는 그런 생각마저 들었다.

하지만 일부러 엘리샤라는 이름을 마음속으로라도 발음하지 않기 위해서 조심했다. 한번 밀려들면 걷잡을 수 없었으니 말이다.

시계를 확인한 루자크는 눈을 다시 서류로 내리깔았다. 아직 엘리샤의 이름이 허락되지 않은 시간이다. 적어도 밤까지는. 아니 이 보고서의 마지막 장을 넘기는 순간까지는.

루자크가 걱정되어 그의 서재에 식사를 챙겨 가지고 들어온 반트는, 무섭도록 집중한 주군의 태도에 뒷걸음치면서 물러갔다.

저 상태면 식사고 뭐고 눈에 보이지도 않을 것 같았다.

살살 물러가 문을 닫으려던 반트를 향해, 루자크가 느른하게 자세를 고쳐 앉았다. 이윽고 그가 눈을 곱게 흘기면서 말했다.

"자네는 식사도 주지 않고 부려 먹을 작정인가?"

"……하하, 아무리 일이 급해도 그렇지. 그럴 리가 있겠나?"

반트가 어색하게 웃으면서 안경을 벗어 제 옷깃으로 문질렀다. 루자크가 기이하다는 표정으로 제 친우의 행동을 돌아보았다.

결벽증에 가까울 정도로 청결 주의자인 반트 랜디어스가 무의식중에 말도 안 되는 행동을 한다는 건 당황하고 있다는 뜻이었다.

"자네, 지금 셔츠로 안경 닦고 있는 건가? 제일 싫어하는 짓 아니었나?"

"……그렇군. 젠장."

스스로의 행동에 소름이 끼친 반트가 냉큼 안경을 도로 썼다. 루자크는 나긋한 얼굴로 자신의 책상을 톡톡 두드렸다.

"식사는 이리 줘. 평소의 반만 먹을 생각이지만."

"……그럴 거면 그냥 굶는 게 낫지 않을까, 루자크?"

"평소대로 먹으면 큰일 나지. 엘리샤도 없는데……."

왠지 더러운 이야기를 들어 귀를 씻고 싶다는 듯한 얼굴로 반트가 말했다.

"아, 예에. 어련하시겠습니까."

"이런, 자네 때문에 입에 담았잖나."

"뭘 말입니까?"

"그녀 이름."

"언제는 그 이름을 하루에 수백 번은 더 부르지 못해서 안달인 것 아니었어?"

"……지금은 아니야. 지금 엘리샤 생각하기 시작하면 끝장이야. 내 일은 자네가 전부 처리할 건가?"

루자크가 방긋 웃으면서 쏟아 내는 말에 반트는 쌔한 눈빛으로 쏘아 주고는 말했다.

"식사나 하시지요, 각하."

주군이 스푼을 입술로 가져가는 것을 보면서 반트는 앞으로가 걱정된다는 듯 고개를 설레설레 저었다. 대체 커서 뭐가 되려고 저러시는 건지 심히 걱정스러웠다.

* * *

왠지 밖이 소란스러웠다. 꼼짝 않고 잠만 자던 이슈터는 부스스 일어나고는 밖으로 나왔다. 문밖에 가지런히 놓여 있는 바구니가 보였다.

열어 보니 알록달록한 케이크와 쿠키 따위가 포크와 함께 가지런히 들어 있었다. 한눈에 보기에도 무척이나 달콤할 것 같은.

이슈터는 주위를 두리번거리면서 지금 막 놓은 것 같지 않다는 생각을 했다. 누군지 모르겠지만 쓸데없이 친절하다. 지금 막 자고 일어난 이슈터로서는 그다지 먹고 싶지 않았다.

그렇지만 저절로 포크로 손이 갔다. 입에서는 당기지는 않는데, 손이 자동으로 움직였다. 한입 베어 물고는 우물우물 먹었다. 촉촉한 케이크의 식감이 나쁘지는 않았다.

때마침 방에서 쏜살같이 나오는 분홍 머리 소녀와 눈이 마주쳤다. 반짝거리는 눈망울은 여지없이 상냥하게 웃었다.

'혹시 이 케이크, 엘리샤인가?'

무언가 한 마디 할까 라는 생각을 하는데 이미 엘리샤는 저만치로 가고 있었다. 그곳에는 참가자들이 모두 둥그렇게 모여 있었다.

자세히 듣기 위해서 가장 앞자리로 들어가는 엘리샤와 다르게 이슈터는 가장자리에 적당히 서려고 했는데, 그때 누군가 자신을 끌어당기는 손짓이 느껴졌다.

먼저 간 줄 알았던 엘리샤였다.

"이슈터, 앞쪽으로 가서 같이 들어요. 두 번째 미션이라고요!"

무척 중요하다 강조하며 외치는 엘리샤의 말에 이슈터가 뜻밖이라는 듯 되물었다.

"……저기, 그쪽 친구가 기다리고 있는 것 같은데 나에게까지 친절하게 굴지 않아도 돼요."

이슈터가 죠엘을 가리키면서 머쓱하게 말했다.

"응? 이슈터에게도 미션은 중요하잖아요. 죠엘은 이미 앞자리에서 잘 듣고 있는걸요. 자, 같이 가요."

"난 괜찮은……"

그러나 어느새 엘리샤는 이슈터의 손을 붙잡았다. 또래의 여자애에게 손을 붙잡히는 일은 시녀가 씻겨 줄 때를 제외하곤 없었기에 이슈터는 잠시 놀랐다.

선발제에 참가하고 있는 동안은, 공녀이든 귀족이든 평민이든 다 똑같았다. 물론 선발제가 끝나면 다시 원위치로 돌아가겠지만.

엘리샤를 따라서 가자, 중앙에는 드레스 선발제 주최 위원이 두루마리 하나를 들고 있었다. 엘리샤가 받았던 첫 번째 미션과 같이 생긴 두루마리였다.

첫 번째 미션이 끝난 건 어제 자정. 그야말로 숨 돌릴 틈도 없이 두 번째 미션이 전달되었다.

"자리에 없는 사람은 모두 불러 주세요. 미션을 전달해야 하니까요."

레이디 그레이스 포가 모두에게 그렇게 말했다. 다들 고개를 끄덕이면서 아직 모이지 않은 사람을 부르러 갔다. 죠엘은 한참 만에 엘리샤를 눈으로 찾고는 말했다.

"엘리샤? 부르러 가려고 했는데 여기 나와 있었구나."

"응. 소란스러워서 나왔어."

"으아, 벌써 두 번째 미션이야!"

"그러게. 어떤 미션일까 궁금하다. 이슈터는 어떤 미션이 나올 것 같아요?"

엘리샤의 질문에 이슈터가 단답형으로 말했다.

"아마도 팀 미션?"

"오오, 일리 있어요. 지난번에는 개인 미션이었으니까요."

죠엘이 말했다. 엘리샤도 고개를 주억거렸다.

"맞는 말이에요. 팀 미션이라면 좋은 팀을 만나는 것도 관건이겠어요."

세 사람이 그렇게 이야기를 나누는 동안, 사람들이 전부 모였다.

"다들 모이셨습니까?"

주최 위원의 물음에 다들 고개를 끄덕였다. 그가 두루마리의 내용을 읽기 시작했다.

"두 번째 미션을 전달합니다. 옷을 만드는 일은 혼자하기에는 때로 너무 버겁습니다. 이번 미션은 팀별 미션입니다. 마음이 맞는 사람과 팀을 만들어 주세요. 최소 인원은 2명 이상, 최대 인원은 4명입니다. 신들의 정원에서 정오에 모여, 더욱 자세한 미션을 전달하겠습니다."

내용을 듣자, 사람들이 웅성거렸다. 이슈터와 죠엘, 엘리샤는 방금 전 나눈 이야기가 딱 들어맞아서 서로의 얼굴만을 쳐다보았다.

팀 미션을 좋아하는 참가자가 있는가 하면, 그렇지 않은 참가자도 있었다.

“그럼 우리 팀을 전략적으로 짜야 하는 것 아닐까요?”

목소리가 유난히 큰 영애인 하디가 말했다. 그녀는 두드러지는 실력은 아니었지만, 어딜 가든 내는 목소리가 큰 편이었다.

하디의 말에 일부 참가자들도 고개를 끄덕였다.

“맞아요. 팀별 미션이니 개인 미션과는 무언가 다른 포인트가 있을 거예요.”

특히 두 번째 드레스를 택했던 참가자들은, 초반 잘못된 선택으로 고난을 겪었던 터라 더욱 신중하게 움직일 모양이었다.

전략적으로 팀을 짜자는 의견 말고도 여러 의견이 오갔지만, 결국 최종적으로 돌아온 건 자유롭게 팀을 짜는 것으로 의견이 다시 모아졌다.

“엘리샤는 누구랑 할 거야? 나 이번에는 제대로 적응해서 열심히 해야지.”

“사실 이번에 함께 작업하고 싶은 사람이 있는데…….”

죠엘이 눈을 끔벅거리곤 물었다.

“혹시 이슈터랑?”

“응. 이슈터랑 셋이서 팀 할까?”

이슈터 이야기가 나오자, 죠엘이 잠시 뜸을 들였다.

“아냐. 그럼 난 이번에는 다른 사람이랑 할래.”

첫 번째 심사에서 죠엘은 이미 두 사람과 비교당했기에 이번에는 다른 선택을 하고 싶었다.

“알겠어. 그럼 나 이슈터에게 말해 봐야겠다.”

엘리샤는 조금 망설이면서 이슈터에게로 한 걸음 다가갔다.

정말이지 그녀와 함께 제대로 일해 보고 싶었다. 궁금했다. 이슈터는 어떤 생각으로 작업을 하는지.

멀리서 구경하는 것과 실제로 같이 작업하는 것은 분명 다를 것이다.

엘리샤가 이슈터에게 다가가 조심스럽게 말을 걸었다.

"이슈터, 이번 미션에 나와 함께해 볼래요?"

엘리샤의 말에 이슈터가 진홍색 눈동자로 물끄러미 바라보았다. 마치 왜냐고 묻는 듯한 눈빛에 엘리샤는 뭐라고 대답을 해야 할 것만 같았다.

"음. 이슈터와 꼭 한번 같이 작업해 보고 싶어서요. 당신 실력에 흥미가 생겼거든요."

엘리샤의 밝은 목소리를 듣고는 늘 표정 없는 이슈터가 쿡, 하고 웃었다. 그녀는 웃음소리마저 소리가 없었다.

"응? 왜 웃어요?"

한참 동안 말없이 빙긋 웃던 이슈터가 뒤늦게 대답했다.

"나랑 이유가 같아서요. 당신 실력이 궁금했었어요. 엘리샤. 한번 잘해 봐요."

이슈터가 엘리샤에게 손을 내밀었다. 공녀라는 지위와 아름다운 얼굴과는 다르게 그녀의 손은 제법 거칠고 단단했다.

"손이 말랑하네. 바느질 좀 더 해야겠어요."

엘리샤의 손을 놓으면서 이슈터가 건조하게 말했다. 다른 사람들은 아직 팀을 짜는 게 한창이었다.

세이딘이 뚜벅뚜벅 죠엘에게 걸어오더니 말했다.

"첫 미션에서 너의 의상 느낌이 훌륭했어. 우리가 같이 팀 하면 완벽할 거 같아. 어때?"

세이딘을 노리고 있는 영애들의 어마 무시한 시선이 느껴졌지만, 죠엘은 개의치 않았다. 그의 말대로 함께 팀을 이루어 보는 것도 좋을 것 같았다.

"좋아. 나도 첫 번째 미션에서 세이딘의 의상이 인상 깊었어."

죠엘이 흔쾌히 수락하자, 세이딘이 이걸 왜 이제야 발견했지, 하는 얼굴로 그녀의 갈색 머리칼을 보면서 중얼거렸다.

"근데 너 머리 색이 초콜릿색이잖아?"

"응! 그게 왜?"

"아냐, 아무것도."

세이딘이 재빨리 고개를 돌렸지만, 갈색 뺨이 슬쩍 붉어져 있었다.

최종적으로 세 명, 네 명씩 팀을 이루어서 총 네 개의 팀이 생겼다. 엘리샤, 이슈터, 그레이스가 한 팀이었고 세이딘, 죠엘, 하디, 헬레나가 한 팀이 되었다.

헬레나는 아무 팀에도 들어가지 못하다가 마지막에 죠엘의 팀으로 들어왔다.

남은 두 팀은, 나이대별로 갈라졌다. 마리안을 중심으로 어린 영애들로 구성된 팀과 비올레타가 중심인 부인들의 팀으로.

신들의 정원 앞에 다 함께 팀별로 모이자 심사 위원들이 모습을 드러냈다. 아이레나가 참가자들을 보고는 진행을 시작했다.

"참가자 여러분, 다시 만나 뵙게 되어 반갑습니다. 두 번째 미션을 시작해 볼까요?"

정오의 청명한 햇살이 아이레나의 미모를 더욱 눈부시게 했다. 다들 그녀의 미모에 감탄하고 있을 때쯤, 아이레나가 물었다.

"두 번째 미션은, 여러분에게 미리 말씀드린 대로 팀 미션으로 진행될 것입니다. 팀은 전부 짜셨나요?"

"네!"

그녀의 물음에 참가자들이 씩씩하게 대답했다.

"팀원이 다들 마음에 드시나요?"

"네에!"

이번에도 우렁찬 대답이 이어지자, 아이레나가 묘한 표정으로 입을 열었다.

"이번 팀 미션에서는 각 팀마다 한 명 이상의 탈락자가 생길 예정입니다."

"헉…… 말도 안 돼."

"뭐, 뭐야."

다들 아이레나의 이야기를 듣고 깜짝 놀라서 서로의 얼굴을 바라보면서 중얼거렸다.

'같은 팀이지만, 팀 내에서 한 명 이상은 반드시 떨어진다.'는 새로운 규칙이 공개되자 사뭇 불안한 분위기가 고조되었다.

자유롭게 팀을 짠 만큼, 친한 사람끼리 이루어진 팀도 있었고 실력이 차이 나는 팀도 있었다.

그러니 팀 내에서 스스로 탈락 가능성이 있다고 생각한 참가자는 자연히 생각이 많아질 수 있었다.

잠시 침묵이 이어졌다.

"혹시 지금이라도 팀을 바꾸고 싶은 분 있습니까?"

모두 자신의 팀에서 머리를 빠르게 굴렸다. 함께 힘을 모아야 하지만, 팀 내에서 가장 뒤처지는 사람이 탈락할 확률이 가장 컸다.

그때, 누군가 손을 들었다.

하디였다. 잠시 고민한 결과, 그녀는 팀에서 살아남을 자신이 없었는지 마리안의 팀으로 옮길 의사를 밝혔다.

최종 결정은 마리안 팀에게 있었다. 모두 수락을 했다. 머릿수를 하나라도 더 늘리면 탈락을 피할 수 있다는 생각을 한 모양이었고, 하디는 그리 실력이 좋은 편이 아니라는 것을 모두 잘 알고 있었다.

"자, 추가로 팀을 변경할 사람 있습니까?"

아이레나가 노골적으로 불리한 위치에 있는 레이디 그레이스포의 얼굴을 살피면서 물었지만, 그녀는 바꿀 생각이 없는지 잠자코 있었다.

"좋습니다. 그럼 계속 진행하도록 하겠습니다. 이번 미션에서 도움을 주실 분은 궁정 마법사이자, 마법학을 연구하고 계신 타리안 님입니다."

엘시와는 다른 포스의 마법사가 등장하자, 모두 입을 벌렸다. 타리안은 백발이 성성한 노마법사였는데, 매우 인자한 느낌이었다. 그는 금색 테두리가 있는 낙낙한 남색의 로브를 입고 있었다.

"만나서 반갑습니다. 이 마법사 늙은이가 드레스 선발제에 무슨 볼일이냐 싶겠지만, 저도 제법 의상에 관심이 있는 편이랍니다. 허허."

타리안의 너털웃음을 보며 엘리샤도 기대 가득한 초롱초롱한 눈으로 집중했다. 어떤 미션일지 전혀 예상이 되지 않았다.

"미션에 대해서 이야기를 드리자면, 제가 드리는 힌트를 보고, 해당 장소로 이동하여 그곳에 있는 재료만으로 의상을 만들어서 다시 이곳, 신들의 정원으로 모여 주시면 됩니다. 시간제한은 8시간입니다."

"……너무 어려워요!"

미션을 들은 참가자들이 어렵다, 복잡하다는 이야기를 하자 아이레나가 말했다.

"너무 어렵게 생각하실 것 없습니다. 이번에는 완벽하게 마감된 드레스를 만들어 오라는 것이 아닙니다. 바느질을 하지 않고도 드레스는 얼마든지 만들 수 있습니다. 상상력과 창의력을 마음껏 발휘해 주세요. 자, 그럼 타리안 님?"

아이레나가 타리안에게 눈빛을 보냈다.

"예, 한 팀씩 제 앞으로 오십시오."

기다란 소매 춤에서 아주 가느다랗고 작은 막대기가 나왔다. 마법사 지팡이였다. 타리안이 지팡이를 붙잡고, 나지막이 주문을 외웠다.

"다이스(dice)!"

톡, 토독!

테이블 위로 나무 주사위 하나가 굴러떨어졌다.

"장소는 총 여섯 군데입니다. 주사위의 숫자에 따라서 장소가 정해지니까 아주 잘 굴려야 합니다. 자, 어느 팀부터 하시겠습니까?"

타리안의 말이 떨어지자 각 팀마다 의논에 들어갔다. 어떤 숫자를 뽑을 것이냐를 고민하는 것 같았다.

"저희부터 굴리겠습니다!"

세이딘과 죠엘, 헬레나 팀이 손을 번쩍 들었다. 그걸 지켜보던 엘리샤가 자신의 팀을 향해 물었다. 사실 크게 고민할 필요는 없는 것 같았다.

"어떻게 할까요…… 우리도 일단 주사위부터 굴릴까요?"

어차피 여섯 군데의 장소 중 어느 것이 좋을지는 아무것도 알 수가 없었다. 차라리 고민하는 대신에 빨리 선택해서 장소로 이동해 시간을 버는 쪽이 나을 것이다.

이슈터가 고개를 끄덕였다.

"어디든 빨리 선점하는 게 유리할 거예요."

"맞아요. 내 생각도 그래요."

엘리샤가 고개를 끄덕이고는 세이딘이 주사위를 굴리는 모습을 보았다. 어찌나 세게 굴렸는지 주사위는 테이블 아래로까지 굴러갔다. 멈춘 주사위를 들여다본 죠엘이 외쳤다.

"어? 주사위 눈이 1이야!"

"우리가 1등이라서 1인가?"

세이딘이 싱거운 농담을 하자, 마법사 타리안이 껄껄 웃으면서, 힌트를 알려 주었다.

"숫자 1은 예로부터 시작을 나타내며 신, 빛, 하늘 등을 뜻하기도 합니다. 1의 장소는 신에게 인사드리는 곳입니다. 흰색의 표식을 살피십시오."

"이건 어딘지 알 것 같아요."

죠엘이 헬레나와 세이딘을 마주 보면서 말했다. 힌트를 들으니 떠오르는 곳은 단 한 곳뿐이었다.

"예배당."

"거기밖에 없지. 가자!"

세이딘이 앞장서서 두 소녀와 함께 사라졌다.

엘리샤는 타리안 앞으로 가서 섰다. 타리안의 신비로운 회청색 눈동자가 엘리샤에게 향했다. 순간 무언가를 알아본 듯 잠깐의 정적이 흘렀지만, 짐짓 모른 체하며 타리안이 말했다.

"주사위를 굴려 주십시오. 마음속에 숫자를 정한다면 더욱 좋을지도 모릅니다."

"네."

엘리샤는 머리에 떠오른 숫자 5를 마음에 정하고, 주사위를 굴려 보았다.

투그르, 툭.

주사위는 짧게 세 번 구르더니 멈췄다. 주사위의 눈은 다섯 개였다.

"어?"

엘리샤가 반응하자, 타리안이 웃으면서 말했다.

"감이 좋은 아가씨군요. 주사위의 눈이 5가 나왔습니다. 5는 완전함과 힘을 상징하는 숫자입니다. 또한 오각형의 별 모양은 머리와 팔다리가 달린 모습이 마치 사람을 닮았습니다. 따라서 별과 사람을 상징합니다. 황성에서 별을 볼 수 있는 장소가 있습니다. 보라색 징표를 찾으십시오."

"네. 별을 볼 수 있는 장소라면…… 어딘지 알 것 같아요. 감사합니다."

엘리샤가 뒤돌아서 두 사람에게 다짜고짜 말했다.

"황성에서 가장 높은 곳으로 가요!"

"가장 높은 곳이 어딘데요?"

이슈터가 묻자, 엘리샤는 여유 부릴 틈이 없다는 듯 서둘러 정원을 벗어나면서 말했다.

"도서관의 탑이요. 거기가 가장 높아요."

엘리샤의 뒤를 이슈터와 레이디 그레이스 포가 부지런히 발걸음을 옮기며 따랐다.

하늘색의 벨벳 성은 뾰족한 첨탑이 여러 개 있었는데, 그중에서도 가장 높은 곳이 도서관이었다.

"후아."

숨을 몰아쉬면서 도서관에 도착한 세 사람은 쉬지 않고 계단을 올라갔다. 그러나 사람들에게 개방된 곳은 5층까지였고, 그 이후는 철창이 내려져 있고 자물쇠로 잠겨서 들어갈 수 없었다.

"완전히 잠겼어요. 혹시 다른 장소일 가능성은?"

"글쎄요. 하지만 성에서 가장 높은 곳은 분명 여기인걸요……."

엘리샤의 말에 레이디 그레이스 포도 겨우 숨을 돌리고는 말했다.

"여기가 맞다면 개방을 해 놓았을 거예요. 이상하네요."

힘들게 5층까지 올라왔는데, 눈앞에서 가로막히고 말았다. 허탈하지만 다시 찾아보는 수밖에는 없었다.

"혹시 모르니까 사서에게 가서 물어보고 올게요. 두 사람은 여기 계세요."

엘리샤가 다시 일 층으로 내려와 사서를 찾았다. 사서의 얼굴을 보자마자 엘리샤는 히익, 하고 놀랐다. 안돌프보다도 더 체격이 큰 민머리의 남성이었던 터였다.

"저어…… 탑의 꼭대기 층에 가야 할 일이 있는데요."

"그곳은 금지 구역입니다."

"하지만 저는 드레스 선발제에 참가 중이에요. 거기가 미션 장소인 것 같아요. 협조 부탁드려요."

"그런 보고를 들은 바 없습니다. 돌아가십시오."

남자는 냉랭하게 말하곤 돌아섰다.

* * *

마지막으로 주사위를 굴린 것은 마리안 팀이었다. 그러나 앞에 나온 숫자와 겹쳐 버린 탓에 한 번 더 굴린 뒤에야, 그들은 움직일 수 있었다.

마리안 팀까지 목적지를 정하고 빠져나가자 신들의 정원에는 이제 진행자인 아이레나와 마법사 타리안, 주최 측 인원 몇 명만이 남아 있었다.

미션 수행 제한 시간은 8시간 이내. 그중에서도 벌써 1시간이 거의 지나가고 있었다.

아이레나가 타리안에게 다가왔다. 그는 무엇이 그리 기분이 좋은지 연신 수염을 쓰다듬으면서 싱글벙글이었다.

“타리안 님. 기분이 무척 좋아 보이시네요.”

“예, 조금 전 굉장히 신선한 마력의 소유자를 만나서 반가움에 그만 표정이 드러났나 봅니다.”

뜻밖의 말에 아이레나도 호기심이 생긴 모양이었다.

“신선한 마력의 소유자라니, 무슨 말씀이신가요? 참가자 중에 마법사가 있다는 뜻인가요?”

“……마력이 있다고 해서 다 마법사가 되지는 않지요. 게다가 아까 만난 분은 가공하고 축적된 마력을 가진 게 아니라, 자연스레 타고난 것이었어요.”

“마력을 타고났다니…… 대체 누가 말인가요?”

“쉿, 그저 이 늙은이의 주책맞은 느낌일 뿐입니다.”

이후 타리안은 정말 입을 꼭 다물었기에 더 이상 아이레나는 캐묻지 않았다. 그 정도로 마력을 타고난 인재라면, 비단 재봉사가 아니라 마법사로 활약할 수도 있을 텐데. 그런 궁금증이 꼬리를 물었지만, 그건 그녀가 상관할 바가 아니었다.

확실한 건 이번 미션에서 누가 이길지는 아무도 모른다는 것이었다. 총 여섯 군데의 장소에 따라서 미션 난이도가 별 하나에서 다섯까지 달라지는 터였다.

난이도에 따라서 장소를 찾아가는 길과 재료의 내용물이 달라지는 재미있는 미션이었다.

*　*　*

한편, 엘리샤는 도무지 납득을 할 수가 없었다. 다른 것도 아닌, 황실에서 주관하는 드레스 선발제인데 아무런 보고도 없었다니…….

'그도 아니면 자신이 정말 잘못 짚은 것일까?'

그럴 리는 없다. 엘리샤는 다소 감정을 가라앉히고, 차분하게 다시 말했다.

"정말 아무 말씀도 듣지 못했나요? 설사 그렇다고 해도 이 선발제는 황실에서 주관하는 공식 행사라는 사실을 알고 계시지 않은가요? 다시 한 번 알아봐 주실 것을 정중히 요청드립니다."

엘리샤의 말에 완강히 거절하던 사서도 고민 끝에 고개를 끄덕였다.

"……알겠습니다. 그럼 다시 한 번 알아보고 오겠습니다."

"네, 고마워요."

남자는 도서관 관리 사무실 안쪽으로 들어섰다. 이윽고 사서는 몇 분이 지나서야 나타나, 열쇠를 내밀었다. 황실의 문장이

각인된 열쇠였다.

"관장님께 사정을 말씀드려서 받은 것입니다. 사용하시고, 꼭 다시 돌려주셔야 합니다. 시간은 얼마나 걸리시지요?"

"음…… 그건 확실히 대답은 못 하겠어요. 8시간 내로 의복을 만드는 미션이에요. 하지만 최대한 빨리 나오도록 할게요."

"예, 관장님의 허락은 떨어졌으니 일단 알겠습니다. 한 가지 더. 6층부터는 황실의 역사적 기록 등 비공개 주요 서적이 보관되는 공간입니다. 개인적으로 열람은 하실 수 없습니다."

"참고할게요. 여러모로 감사합니다."

"별말씀을."

사서의 무뚝뚝한 인사를 뒤로한 채, 엘리샤는 일행에게로 돌아왔다.

찰그락.

엘리샤는 열쇠를 이용해서 자물쇠를 열고, 두 사람에게 주의할 점을 일러 주었다.

"고생했어요, 엘리샤."

"여기가 맞아야 할 텐데, 걱정이에요. 그치만 왠지 두근거리네요. 꼭 모험을 하는 기분이에요."

약간 들뜬 목소리로 엘리샤가 말하자, 이슈터가 나지막이 요점을 말했다.

"가장 꼭대기 층으로 올라가면 되겠죠?"

"네, 가서 보라색 표식을 찾아야 해요."

조용히 계단을 오르고 또 올라서 드디어 마지막 층에 다다랐다. 마지막 층에 올라가자마자 하늘의 별자리를 만들어 놓은 조형물과 탁 트인 전망대가 기다리고 있었다.

“여기가 맞는 걸까요?”

“표식부터 찾아요, 엘리샤.”

표식을 찾는 건 그리 오래 걸리지 않았다. 레이디 그레이스 포가 기둥에 묶인 보라색 리본을 발견했던 터였다.

“표식은 여기 있군요.”

그녀의 말에 엘리샤가 다가와서 리본을 매만졌다. 그런데 그 리본은 어딘가로 이어지고 있었다.

“이 리본이 위치를 알려 주는 것 같아요.”

보라색 리본을 잡아당기면서 몇 걸음 걸어가자, 작은 방이 나왔다. 그곳에는 별자리에 관한 온갖 서적들과 그림들이 벽에 걸려 있었다.

“어? 이제 잡아당겨지지 않아요.”

리본이 무언가에 걸려 있는지 더 이상 당겨지지 않았다. 팽팽해진 리본의 끝을 따라가자 바닥에 커다란 상자가 있었다. 이슈터가 곧장 상자를 열어 보았다.

상자 안에는 하늘색의 꽃무늬가 수놓아진 브로케이드 원단과 하얀색 시폰 원단, 노란색 깃털들, 조개껍데기, 안개꽃이 들어 있었다. 그 외에는 재봉 도구나 흔한 실 하나조차 없었다.

“이게 바로 진짜 미션이네요. 옷 만들 재료예요.”

엘리샤가 상자를 부스럭거리면서 찾아보았다.

“이게 전부일까요? 실과 바늘도 없고, 가위도 없어요.”

"오, 이런. 그럼 의복을 어떻게 만들지요?"

그레이스가 걱정스럽게 말하자, 이슈터가 말했다.

"다른 재료가 혹시 더 있을지도 모르니까 계속 찾아보는 것이……."

무언가 생각에 잠긴 엘리샤가 눈동자를 굴리더니 이내 입을 열었다.

"음, 하지만 이걸로 충분히 의복을 만들 수 있을지도 몰라요."

엘리샤의 머릿속에 입체 재단 방식이 떠올랐다. 콜린과의 수업에서 익힌 적이 있었다. 가위를 사용하지 않고도 의복의 주름을 잡아서 옷의 형태를 만드는 방법이었다.

하지만 지금은 그때보다 더욱 열악한 상황이었다. 흔한 시침핀이나 바늘조차 없었다. 주변을 두리번거렸지만 비슷한 것조차 찾을 수가 없었다.

"뭔가 뾰족하게 천을 고정할 만한 게 필요해요. 시침핀이나 바늘을 대신할 수 있는……."

엘리샤의 말에 이슈터와 그레이스는 답답해졌다.

"그런 게 있을 리가 없지요. 재봉 도구를 당연히 제공하는 줄 알았어요. 이럴 줄 알았으면 미리 챙겨 둘 것을."

그러나 엘리샤는 고개를 저었다.

"그랬으면 좋았겠지만 우선은 지금 할 수 있는 걸 찾아보도록 해요, 그레이스 부인. 어?"

그때 엘리샤의 눈에 들어온 것이 있었다. 바로 그레이스 부인의 머리에 꽂힌 여러 개의 가느다란 머리핀이었다. 진주와 구슬 따위가 달린 머리핀은 부인의 머리를 우아하게 고정시켜 주고 있었다.

"바로 이거예요. 머리핀! 이거만 있으면 될 거예요."

엘리샤의 기운찬 외침에 그레이스 부인과 이슈터가 서로를 마주 보았다.

*　　　*　　　*

한편 그 시각 세이딘 팀도 황실 예배당에 도착했지만, 하얀색 표식을 찾지 못해서 헤매고 있었다. 그도 그럴 것이 예배당에는 보이는 것들 대부분이 하얀색이었던 터였다.

예배당 군데군데를 찾아보던 죠엘이 볼을 부풀리면서 중얼거렸다.

"커텐도 하얀색이고, 여신상도 하얀색이고, 심지어는 테이블보마저 모두 하얀색이야. 오늘 내로 찾을 수 있는 걸까?"

저벅저벅 세이딘이 다가오면서 말했다.

"찾아야지. 반드시!"

그때 두 사람과 멀찍이 떨어져서 혼자서 움직이던 헬레나가 무언가를 발견했는지 말했다.

"저, 저기. 두 사람 잠깐 여기로 와 보세요. 무언가가 있는데요."

"뭔데?"

"앗, 정말요?"

헬레나가 가리킨 의자 아래에는 하얀색 리본으로 묶인 상자가 놓여 있었다. 세이딘이 상자를 꺼내서 열어 보았다. 그 안에는 보라색의 리넨 원단과 회색 털가죽, 단단한 나뭇가지, 길쭉한 상아가 꿰어진 목걸이가 들어 있었다. 아무리 들여다보아도 일관성이라고는 없는 재료들이었다.

세 사람은 벙찐 얼굴로 중얼거렸다.

"……이게 뭐야."

"이 재료들로 옷을 만들라고? 이 나뭇가지는 대체……."

"그, 그런 것 같아요."

넋이 나간 듯한 세이딘과 죠엘의 반응에 헬레나도 안절부절못했다.

"아무것도 없는데, 어떻게 재단하지?"

"……재단은 방법 있어. 내 이빨 튼튼해."

세이딘이 새하얀 이를 드러내면서 말하자, 죠엘이 기겁했다.

"이를 쓰다니 야만스러워."

그러자 세이딘이 눈을 휘둥그레 굴리면서 말했다.

"오, 야만스러운 거 좋아. 그거다. 그런 의상을 만들라는 거 아닐까? 이 재료들. 보니까 자연적인 느낌이잖아."

"듣고 보니 세이딘 씨 말이 맞는 것 같아요. 야만 여전사의 느낌도 나고요."

"좋아. 최대한 자연스러운 옷을 만들자. 이제 역할 배분하자."

"일단 따라가 줄게."

짝!

세 사람이 서로 손뼉을 부딪쳤다. 이제야 뭘 좀 알겠다는 얼굴들이었다.

*　　*　　*

장소로 이동하고 재료를 찾느라 어영부영 1시간, 주어진 재료를 통해서 어떤 방법으로 옷을 만들 것인지 토론을 하는 동안 또 1시간이 훌쩍 지나갔다.

이제 미션 종료까지 대략 6시간 정도가 남은 상태였다. 역할을 정확하게 분담하는 게 중요하면서도, 그에 따라서 누군가는 탈락이 될 수 있었기에 조심스러웠다.

엘리샤는 짧은 시간 내로 콜린에게서 배운 입체 재단을 두 사람에게 가르쳐 주었지만, 실제로 의복을 만드는 일은 이슈터가, 보조를 하는 건 그레이스 부인이 맡았다.

그리고 입체 재단을 위해서는 신체에 직접 원단을 대고, 만들어야 했으므로 마네킹 역할을 할 모델이 필요했다.

"내가 마네킹이 될게요."

"엘리샤, 어째서 스스로 옷을 만들지 않는 거죠?"

솔직히 이슈터는 쉬이 이해가 가지 않았다. 지금 상황에서 입체 재단에 대해서 가장 잘 아는 것은 엘리샤 본인일 텐데, 그녀는 옷을 만드는 데에 있어서 가장 주도적이고 중요한 역할을 이슈터와 그레이스에게 양보하고 있었다.

"모델이 되는 것도 이번 의복을 만드는 데 중요한 역할이라고 생각해요. 이슈터와 그레이스 부인, 두 분의 재단 솜씨를 믿기도 하고요."

엘리샤가 생긋 웃으면서 대답했다. 그녀의 여유로운 표정을 보면서 이슈터는 문득 깨달았다.

"당신도 쉬운 게임은 좋아하지 않는 스타일이군요?"

"글쎄요."

"오늘 우리에게 양보한 거 후회하게 될지도 몰라요."

"전혀 그렇지 않아요. 그리고 최종 마감과 연출은 제가 할 거잖아요."

이슈터의 도발에 엘리샤는 어깨를 으쓱했다. 아마도 그녀의 자존심을 살짝 긁은 것 같았지만 결코 일부러 양보한 게 아니었다.

이렇게 제한이 많은 미션일수록, 드레스의 완성보다는 순발력이나 센스를 판단할 수 있는 연출이 더 중요할 가능성이 높았다. 게다가 앞선 미션에서 엘리샤는 이미 재봉 솜씨를 확증했으니, 이번에는 다른 모습을 보여 줄 필요성도 있었다.

이슈터의 입장에서는 엘리샤가 여유를 부리고, 양보를 했다는 느낌을 받을 수도 있지만 사실 엘리샤는 나름 이득을 챙겼다는 생각이었다. 특히나 이번 미션처럼 제한이 심한 미션에서는 유연한 대처가 필요했다.

이슈터가 상자 안에 든 재료들을 내려다보면서 말했다.

"우선 재료가 일반적이지는 않아서 드레스 구상부터 하는 게 좋겠어요."

그건 엘리샤도 동의하는 바였다.

“맞아요. 하지만 각각 살펴보면 다 너무 예쁜걸요. 하늘색의 꽃무늬 브로케이드 원단과 하얀색 시폰 원단, 노란색 깃털들, 조개껍데기, 안개꽃. 이 재료들로 뭘 하는 게 좋을까요?”

스스로에게도 하는 질문이었기에 엘리샤는 그렇게 물으면서 생각에 빠졌다. 그동안 그레이스 부인이 말했다.

“그래도 원단의 문양이나 색이 밝고 화려해서 무얼 만들던지 예쁠 것 같군요. 이 하얀색 시폰 원단은 마치 결혼식 예복으로 사용해도 될 정도예요.”

그녀의 말을 듣자, 머릿속에 뿅 하고 무언가가 떠올랐다. 아까부터 머릿속에서 넘실거리던 생각들이 하나로 모아졌다. 엘리샤는 무릎을 탁 치면서 말했다.

“아! 그렇다면 여름의 신부가 어떨까요?”

“여름의 신부?”

이슈터가 되묻자, 엘리샤가 부연 설명을 하기 시작했다.

“네. 안개꽃이 부케가 되고, 레이디 그레이스 말대로 하얀 시폰은 신부의 면사포가 되는 거예요. 하지만 평범한 신부는 아닌, 여름 계절과 결혼하는 여름의 신부예요. 녹음이 우거진 숲 속에 노란색 새가 지저귀고, 바닷가로 떠밀려 든 조개껍데기들은 속살거리기도 하는 그런 여름날 말이에요.”

엘리샤가 영감에 사로잡힌 시인처럼 말을 마쳤을 때, 이슈터와 그레이스 부인 두 사람의 눈동자가 반짝거렸다.

“맙소사, 너무 잘 어울리는 컨셉이에요. 엘리샤, 아주 잘 생각해 냈어요."

레이디 그레이스가 환하게 웃으면서 엘리샤의 손을 꼭 잡고는 이슈터에게도 물었다.

"이슈터는 이 의견 어떤가요? 좋죠?"

이슈터가 가볍게 고개를 끄덕이고는, 진홍빛 눈동자를 굴려 엘리샤를 힐끔 바라보았다.

"제법 좋아요. 혹시 음유시인인가요?"

"푸훗, 그럴 리가요. 지금 상태로는 옷본을 그릴 수가 없네요. 하지만 입체 재단은 말 그대로, 인체에 맞게 하는 거니까 굳이 옷본 없이도 가능할 거예요."

엘리샤의 말에 두 사람이 알았다는 듯 눈짓했다.

"좋아요. 그럼 여름의 신부 드레스를 이제부터 제작하기로 하죠. 마네킹인 엘리샤는 일단 지금 입은 오버드레스를 좀 벗는 게 좋겠어요."

이슈터가 거침없이 말하자, 엘리샤가 고개를 끄덕였다.

"네, 물론이에요. 재봉사님."

장난스럽게 말하면서 엘리샤가 거추장스러운 오버드레스를 벗었다. 언더드레스는 아직 그대로 입고 있었기에 그다지 부끄러운 상태는 아니었다. 게다가 지금은 미션을 빨리 달성하는 데 심취해 있어서 아무도 그런 것을 신경 쓰는 사람은 없었다.

시간이 한참이나 흐른 것 같았다. 몇 번이나 원단을 다시 감고, 모양을 잡는 시도가 계속되었다. 엘리샤의 상반신 가슴 부위부터 브로케이드 원단이 빙 둘러졌다.

"시침핀 고정해 주세요."

이슈터가 레이디 그레이스에게 지시했다. 그녀가 원단을 붙잡으면서 연결 부위에 머리핀을 찔러 넣었다. 엘리샤가 움직여도 원단이 몸에서 풀리지 않도록 원단 끝부분은 안쪽으로 밀어 넣고, 핀으로 고정시켰다.

레이디 그레이스가 원단으로 옷맵시를 잡고는 멀리 떨어져서 전체적인 드레스의 태를 살펴보았다.

"드레스 허리 부분은 좀 더 잘록하게 강조하는 게 어떨까요?"

"그게 좋겠어요."

"아랫단은 벨(Bell) 라인으로 퍼지게끔 보다 풍성하게 드레이프를 잡는 거 어때요, 이슈터?"

진지한 표정으로 드레스의 모양을 잡아 가고 있는 이슈터에게 엘리샤도 제안했다.

"드레스 밑단은 피쉬테일로 하려고 했는데, 그것도 괜찮을 것 같아요."

"로맨틱한 건 종 모양이 정석 아닐까요?"

"……어째 계속 엘리샤 의견대로만 가는 기분인데요."

"음, 피쉬테일도 우아하긴 해요."

"그렇다면 제가 선택하지요. 저는 벨 라인이요."

레이디 그레이스가 웃으면서 의견 분열을 끝냈다. 사실 지금은 우왕좌왕할 시간조차 없기는 했다.

드레스의 밑단까지 모양을 잡고 나서 잠시 숨을 돌리자, 시곗바늘은 어느새 6시를 가리키고 있었다.

"이런, 시간이 벌써 6시예요."

그레이스의 말에 이슈터는 차분히 드레스 모양을 다시 점검했다. 바느질 없이 시침핀만으로 드레스를 마감해야만 했기에 단단하게 고정되어 있는지, 모양은 어색하지 않은지 끊임없이 확인해야 했다.

"너무 걱정 마세요. 우리 지금 너무 잘하고 있어요. 이대로만 가면 문제없어요."

엘리샤가 그레이스 부인을 향해, 그리고 자신에게 안심의 말을 흘렸다. 그 말대로 세 사람은 수월하게 잘해 나가고 있었다.

"빨리 미션을 마치고, 저녁 먹으러 가고 싶어요."

맛있는 음식을 좋아하는 엘리샤가 미션을 하면서 유독 불만인 건 끼니를 제시간에 챙겨 먹을 수 없다는 거였다.

"식사도 식사지만, 나는 나이가 많아서 그런지 이제 체력이 조금 부치는군요."

"그럼 잠깐만 앉아서 쉬세요. 아직 시간은 있어요."

두 사람이 잠시 쉬면서 대화를 주고받는 중에도, 이슈터는 묵묵하게 재료들을 살피면서 준비할 뿐, 그런 불평이 전혀 없었다.

기본 드레스는 만들어졌으니, 이제 깃털과 조개껍데기, 안개꽃 등의 재료로 장식을 해야 했다.

"안개꽃 부케는 내가 만들겠어요."

레이디 그레이스가 안개꽃을 집어 들었다. 하얀색 시폰을 쭉 찢어서 리본으로 묶자, 앙증맞은 부케가 완성되었다.

"깃털로 면사포를 머리에 고정이 되도록 꽂으면 되겠어요. 그런데 조개껍데기는 뭘 하면 좋을까요?"

"……드레스에 장식하면 좋겠는데, 실과 바늘이 없으니."

엘리샤가 조개껍데기를 만지작거리면서 묻자, 이슈터가 아쉬운 듯 중얼거렸다.

"아. 그 보라색 리본 끈이 있었어요."

"응? 상자에게 우릴 안내했던 리본 말이에요?"

"그것도 우리에게 주어진 재료로 볼 수 있어요."

새로운 발견에 그레이스 부인과 엘리샤도 서로의 얼굴을 마주 보았다.

"그렇네요."

"잘 봐요. 조개껍데기에 잘 보면 구멍이 뚫려 있어요. 이 소라껍데기도."

이슈터의 말에 엘리샤가 조개를 다시금 살폈다.

"아? 정말이에요."

"그럼 이 보라색 리본의 날실을 쭉 잡아당겨서 거기에 조개껍데기를 엮으면 목걸이처럼 만들 수 있어요."

"굉장해요, 이슈터!"

"조개 목걸이라, 여름의 신부와 너무도 잘 어울리는군요. 엘리샤와 이슈터 두 사람의 아이디어가 참으로 반짝반짝해서 이 늙은이는 그저 감탄만 나오네요. 진귀한 구경을 하고 간다고 생각해야겠어요."

그레이스 부인이 후후 웃자, 엘리샤가 그녀의 어깨를 감싸면서 말했다.

"무슨 말씀이세요. 역시 오늘의 최고 공로는 레이디 그레이스의 머리핀이었는걸요. 의복 제작에 아주 큰 공헌을 하셨다고요. 그리고 드레스도 이슈터 혼자 만든 게 아니라, 계속 같이 만드셨잖아요. 부케와 면사포도 예쁘게 만드셨고요. 자, 그럼 조개 목걸이를 얼른 함께 만들어 볼까요?"

엘리샤와 이슈터가 보라색 리본에서 씨실과 날실을 분리했고, 레이디 그레이스가 그 실을 받아서 조개껍데기를 꿰기 시작했다.

어느새 작은 조개들과 소라 껍데기가 예쁘게 조화를 이루는 목걸이가 완성되었다. 레이디 그레이스가 그걸 엘리샤의 목에 걸어 주면서 말했다.

"미션 끝이네요. 모두 고생했어요."

"이제 열쇠를 반납하고, 어서 신들의 정원으로 돌아가요. 시간 아직 40분 남았어요!"

* * *

황성의 웅장한 정원이 오늘따라 더 드넓게 느껴졌다. 헐레벌떡 신들의 정원으로 돌아왔지만, 그들보다 이미 먼저 들어온 팀이 있었다.

"어? 죠엘! 세이딘!"

세이딘 팀이 여유롭게 앉아서 미션 종료를 기다리고 있었다.

"우리보다 한발 늦었잖아?"

세이딘이 얄밉게 말했지만, 엘리샤는 그저 놀라울 따름이었다.

"굉장하다. 우리가 일 등이라고 생각했는데."

"세이딘이 마구 몰아붙였어. 제일 먼저 도착해야 한다고 말이야. 우린 한 시간 전에 도착했어."

"우와, 말도 안 돼."

엘리샤가 고개를 저었다.

그때, 아이레나가 멀리서 엘리샤 팀에게 말했다.

"제한 시간 내에 도착하셨군요. 미션 종료까지는 약 20여 분이 남았습니다. 의상은 앞으로 제출, 아 엘리샤가 입고 있으니 그대로 나와 주시면 되겠습니다."

"분홍 머리 엘리샤가 마네킹 역할이야?"

"윽, 좀 조용히 해 줄래?"

장난기 가득한 세이딘의 놀림에 엘리샤가 발끈하면서 앞으로 나갔다. 다른 마네킹에는 세이딘 팀에서 제작한 의상이 걸려 있었다. 딱 보아도 강렬해 보이는 의상이라서 무척 독특했다.

엘리샤는 속으로 생각했다.

'미안하지만 이번에는 우리가 이겼으면 좋겠다.'

팀 미션이었지만, 최선을 다해서 재미있게 미션을 진행한 것 같았다. 언제나 침착하게 일하는 이슈터와 현명한 레이디 그레이스에게도 배울 점이 많았다.

배시시 웃는 엘리샤의 얼굴을 헬레나가 힐끔거렸다. 잠시 후, 헬레나가 죠엘과 세이딘에게 말했다.

"우리도 의복을 직접 입는 게 어떨까요?"

"좋은 생각이네요. 그럼 헬레나가 입을래요?"

죠엘의 말에 헬레나는 멈칫했다. 통통한 외모 덕에 드레스를 입고 남들 앞에 선다는 건 전혀 상상조차 해 본 일이 없었던 터였다. 그녀는 웃음거리가 될지도 모른다는 생각을 늘 하고 있는 있어서 자신이 없었다.

"드레스는 당연히 죠엘이 입어야 예쁠 거예요."

"무슨 말이에요. 헬레나도 잘 어울릴 거예요. 그치, 세이딘?"

"헬레나가 입어도 좋을 것 같은데."

세이딘까지 그렇게 말하자, 헬레나는 얼굴을 붉히면서도 말했다.

"그, 그럴까요?"

"물론이죠. 어서 갈아입고 와요."

드레스를 갈아입자, 모두의 시선이 자신에게 따라붙어서 심장이 쿵쾅거렸다. 죠엘과 세이딘이 멀리서 엄지를 치켜세워 주었다.

헬레나는 엘리샤가 서 있는 옆자리로 향했다. 그러면서도 코넬리아의 일이 떠올라 불안했다.

'엘리샤가 나도 웃음거리로 만드는 건 아니겠지? 코넬리아처럼.'

"헬레나, 새로운 모습이네요. 드레스가 인상적이고 멋져요."

엘리샤가 제게 말을 걸었지만, 헬레나는 이미 듣고 있지 않았다. 저렇게 상냥한 얼굴 속에 무서움을 품고 있다고 생각하니,

엘리샤에게 분노가 일었다.

리마의 공녀인 이슈터와 견줄 정도로 재봉, 재단 실력도 뛰어나고 모두가 그녀를 좋아한다. 자신보다 나이도 한 살 어린데 패션을 잘 아는 공작 부인으로 유명하기까지 했다.

엘리샤가 몇 번 더 말을 걸었지만, 헬레나는 대답하지 않았다. 대신에 그녀를 조용히 응시해 주었다. 헬레나만의 경고였다. 자신을 건드리지 말라는.

곧이어 종료 시간이 임박하자 속속들이 나머지 팀들도 귀환했다. 심사 위원들도 정원으로 도착했다. 특히 비올레타 팀은 종료 1분 전에 도착해서 보는 사람까지 긴장하게 만들었다.

모든 팀이 미션을 무사히 통과하자, 아이레나가 진행을 시작했다.

"네, 제한 시간 8시간 내로 모든 팀이 무사히 미션을 달성하셨습니다. 고생 많으셨습니다. 많이 지치고 힘드셨을 줄 압니다만, 조금만 더 참아 주세요. 이제 네 분의 심사 위원을 모두 모셔 보도록 하겠습니다."

그녀의 말에 자바로티 후작에서부터 시작해, 카일리 후작 부인, 콜린 자작, 첼시 백작까지 네 사람이 의자에 앉아서 고개를 꾸벅 숙여 모두에게 인사했다.

"지금부터 심사 시간을 가질 예정입니다. 각 팀들은 의상을 선보여 주도록 하세요."

아이레나의 말에 마리안 팀과 비올레타 팀도 자연히 마네킹 대신 드레스를 직접 입는 방법을 선택했다. 아무래도 그것이 드레스를 더욱 입체적이고 도드라지게 보여 줄 수 있는 방법이었다.

네 명의 참가자들이 모두 드레스를 직접 입고 있자, 카일리 후작 부인이 흐뭇한 얼굴로 농담했다.

“왠지 손수건을 준비해야 할 것 같은 기분이네요.”

농담을 알아들은 엘리샤도 보스스 미소를 지었다.

“그럼 이제 모두 준비되신 것 같으니, 두 번째 미션의 심사를 시작하겠습니다. 이번 미션은 제한 시간 내에 특정 장소로 이동해 주어진 재료로 의복을 만드는 미션이었습니다. 가장 먼저 도착한 팀이죠. 주사위 1이 나온 세이딘 팀부터 앞으로 나와서 의상에 대해서 설명 부탁드립니다.”

“네, 아마도 저희가 1등 할 것 같습니다.”

세이딘이 나오자마자 해맑게 이야기했고, 죠엘이 그의 옆구리를 쿡 찔렀다.

“세이딘, 무척 자신감 있는 모습이네요. 장소가 어디였죠, 타리안?”

아이레나가 마법사 타리안을 돌아보면서 말했다.

“숫자 1의 장소는 바로 예배당이었습니다. 신께 기도를 드릴 수 있는 곳은 모든 곳이 될 수 있지만 일반적으로는 예배당일 겁니다.”

타리안의 설명을 들은 세이딘이 말했다.

“예배당까지는 쉽게 찾았는데, 온통 하얀색이라서 표식을 찾기 너무 어려웠어요.”

"그랬군요. 그럼 세 사람이 함께 제작한 드레스부터 볼까요?"

모두 헬레나가 입고 있는 의상에 주목했다. 세이딘이 또 나서려는 것을 죠엘이 막고는, 직접 설명을 시작했다.

"저희에게 주어진 재료는 보라색의 리넨, 회색 털가죽, 단단한 나뭇가지, 상아 목걸이였는데요. 가볍게 이야기하다가 야만인 여성의 옷을 제작하기로 했어요. 그래서 디자인도 굉장히 투박하게 했고, 특히 재단은 세이딘의 치아를 사용했어요."

"세 사람의 역할은 각자 정해져 있었나요?"

"재단은 거의 세이딘이 했고, 드레스를 직접적으로 만들고 연출하는 건 저와 헬레나가 함께했어요."

"네, 세 사람은 가장 먼저 도착을 했는데 서로 잘 맞았기 때문이겠죠. 그럼 심사 위원분들의 평을 들어 보도록 하겠습니다."

앉은 순서부터 시작해, 자바로티 후작부터였다. 그는 냅다 일어나서 박수를 치기 시작했다.

"어디에서도 이런 드레스를 본 적이 없어요. 그야말로 원시시대의 분위기를 잘 살렸군요. 치아로 재단을 했다고 하는데, 그 너덜너덜하게 찢긴 느낌을 콘셉트로 잘 살린 것은 칭찬해 주고 싶습니다. 저의 점수는 47점입니다."

"우와!"

자바로티 후작의 점수를 들은 세 사람이 손뼉을 부딪쳤다. 그러나 다음에 이어진 카일리 후작 부인의 평은 조금 달랐다.

"음, 제 생각은 조금 달라요. 너무 쉬운 길로 갔다는 느낌이에요. 털가죽이나 상아 목걸이를 보고 야만적인 이미지를 떠올리는 건, 사실 누구나 할 수 있는 생각이었다고 봐요. 물론 시간이 부족해서 빨리 진행했다는 것은 알겠지만 말이죠. 추가적으로 의복의 디테일도 약간 떨어졌고, 개인 미션에서 보여 준 각자의 매력이 묻혔다는 점이 가장 아쉽습니다. 드레스 제작은 죠엘 양과 헬레나 양 두 사람이 했다고 하는데, 정확히 어떻게 분담했죠?"

두 사람에게 질문이 떨어지자, 헬레나가 죠엘을 슥 살피더니 말했다.

"가, 가장 중요한 스커트 부분은…… 죠엘이 도와줘서 제가 만들었고, 상의 보디스는 같이 만들었어요. 마지막으로 연출도 함께해서 재미있었어요."

"그런가요? 아직 부족하긴 하지만 첫 번째 미션보다 헬레나 양의 실력이 보다 향상되었나 보군요."

그러자 죠엘의 표정이 이상해졌다.

"어…… 아뇨. 같이 만들기는 했지만 스커트 부분은 분명 제가 만들었어요."

죠엘이 굳은 얼굴로 말했다.

"음? 두 사람의 의견이 분분하군요? 죠엘 양이 만들었다면 조금 실망스러워요. 죠엘 양 특유의 로맨틱한 감성이 부족한 옷이라 여러모로 아쉬운데요. 좀 더 개성을 살렸어야 해요. 저는 37점을 드리겠어요."

그녀의 혹평에 세 사람은 입술을 꾹 닫고 말았다. 다음 첼시 백작은 조심스러운 얼굴로 말했다.

"사실 엘리노어 심사 위원께서 말씀하신 부분은 어느 정도 이해가 갑니다. 이번 미션은 장소와 재료에 따라 난이도의 격차가 꽤 있는 편이었습니다. 이번 팀의 경우는 물론 난이도 자체는 별 두 개 정도로 높지 않지만, 사실 일반적인 콘셉트가 아닌 것에 비해 제법 소화를 해냈다고 생각합니다. 나뭇가지를 머리 장식으로 썼는데, 상아 목걸이를 차라리 머리 장식으로 쓰면 어땠을까 싶군요. 제 점수는 42점입니다."

첼시 백작이 말을 마치자, 마지막은 콜린 차례였다. 그는 여느 때보다도 날카로운 눈빛으로 헬레나가 입은 의상을 바라보았다.

"의상 구성으로 보았을 때도 굉장히 과감하군요. 회색 털가죽으로 숄이나 망토가 아닌, 상의 보디스를 만들었으니까요. 언더 스커트로는 보라색 리넨으로 위아래 소재의 대비감이 상당하죠. 매우 강인하고, 생명력이 느껴집니다. 세 사람도 굉장히 효율적으로 움직였기에 이런 결과가 나왔다고 생각합니다. 점수는 44점입니다."

콜린의 심사까지 다 들은 죠엘이 몹시 더운지, 얼굴에 부채질을 했다.

카일리 후작 부인을 제외하고는 그래도 수려한 점수였다.

"네, 헬레나 참가자가 직접 의상을 입었는데 마치 강인한 여전사가 생각나는 드레스였습니다. 세 분은 가장 먼저 도착했고, 멋진 협동심을 보여 주었습니다. 점수의 총합은 170점으로 아주 훌륭합니다. 수고하셨습니다."

세 사람이 인사하곤, 서로를 향해 격려의 뜻으로 손을 마주 잡았다. 박수가 이어졌다.

엘리샤도 사뭇 긴장한 얼굴로 박수를 쳤다.

'이제 우리 차례구나.'

아이레나가 고개를 들어 이제 다음 차례인 엘리샤 팀을 살펴보았다.

"두 번째로 도착한 팀을 모셔 보도록 할까요? 엘리샤가 이미 아름다운 드레스를 입고 대기하고 있군요. 이슈터와 레이디 그레이스 앞으로 나와 주세요."

아이레나의 소개에 이어서 다른 참가자들도 엘리샤가 앞으로 나오자마자, 예쁘다는 말이 연신 들렸다.

"네, 과연 이 팀은 어떤 장소였는지 다시 타리안의 말씀을 들어 볼까요?"

타리안이 유독 미소를 지으면서 고개를 끄덕였다.

"세 분은 사람, 별을 상징하는 주사위 '5'를 뽑았고, 별을 볼 수 있는 곳을 찾아가라는 힌트를 주었습니다. 장소는 다소 진입하기 어려운, 제한 구역인 도서관의 탑이었습니다."

그러자 아이레나가 놀란 듯했다.

"아, 도서관의 탑은 저 역시 한 번도 들어가 본 적이 없는 곳이네요. 제한 구역을 뚫고 올라가는 일이 쉽지는 않았겠군요. 자, 그럼 드레스 설명부터 해 주시겠어요?"

아이레나의 요청에 세 사람은 눈빛을 주고받았다. 가장 먼저 엘리샤가 한 바퀴 핑그르르 돌면서 입을 열었다.

"저희는 〈여름의 신부〉라는 콘셉트를 정하고 드레스를 만들었어요. 녹음이 우거진 숲 속에서 작은 노란 새들이 지저귀고, 바닷가에서 밀려든 조개껍데기들이 말했어요. 여름이 오신다고요. 그 여름을 만나러 가는 신부를 위한 드레스랍니다."

엘리샤에 이어서 다음은 이슈터가 한 발자국 나와서 말했다.

"신부에게는 실도 바늘도, 가위도 없었지만 머리핀을 발견하고 스스로의 몸에 원단을 직접 대고 옷을 만들기 시작했습니다."

그녀는 이런 것이 어색하고 창피해 죽겠는지 인형처럼 다소 경직된 표정이었다.

마지막은 레이디 그레이스 차례였다. 그녀가 온화한 얼굴로 설명을 마무리했다.

"하얀 면사포에 새들이 빌려준 깃털을 꽂고, 조개껍데기를 꿰어서 목걸이를 만들었죠. 소라 껍데기에서 여름님이 오시는 파도 소리가 들렸어요. 세상에서 가장 아름다운 결혼식이었답니다."

마치 한 편의 동화와도 같은 세 사람의 설명에 심사 위원들과 참가자들마저도 깊게 집중했다.

"우리도 저렇게 할걸……."

여기저기서 그런 탄식의 소리도 들렸다. 아이레나가 만면에 미소를 가득 지은 채, 박수를 쳐 주었다.

"세 사람이 얼마나 하나 된 마음으로 이번 미션에 임했는지 아주 잘 보여 주는 설명이었어요. 곧장 심사로 들어가 보겠습니다."

연신 수염을 만지작거리면서 남들의 눈치를 보던 자바로티 후작이 입을 열었다.

"예, 뭐어. 이름도 그렇고 의상도 그렇고 여름의 신부라는 말이 꼭 들어맞는 것 같습니다. 이름을 붙였다는 점이 아주 흥미롭군요. 아무것도 아닌 물건에도 그저 이름만 붙였다는 이유로 가치가 상승하기도 하니 말입니다. 의복도 이름만큼 아름답습니다. 저는 43점을 드리지요."

다음은 자연히 카일리 후작 부인의 차례였다. 부인은 아까와는 사뭇 다른 표정이었다.

"세 사람의 조화가 참으로 아름답습니다. 발표를 듣기는 했지만, 세 사람은 이번 미션에서 각자 어떻게 역할을 배분했는지 궁금하군요."

그러자 서로 눈짓하던 세 사람 중 레이디 그레이스가 손을 들고 입을 열었다.

"엘리샤가 주도적으로 움직여 장소를 찾아 이동했어요. 전체적인 드레스 콘셉트 구상을 하고, 우리에게 입체 재단까지 알려주었답니다. 하지만 본인은 마네킹 역할을 하고, 드레스 제작은 우리에게 양보했어요. 이슈터가 꼼꼼한 솜씨로 의복을 재단했고, 저는 그녀의 작업을 뒷받침하고 부케와 면사포를 만들었답니다. 목걸이는 이슈터가 만들었어요."

그레이스의 대답을 들은 카일리 후작 부인이 고개를 끄덕거리면서 말했다.

"굉장히 이상적인 팀인 것 같아요. 개인 미션에서도 빛나던 재능들이 하나로 모아져서 훨씬 커다란 별을 만들어 낸 것 같습니다. 제 점수는 만점입니다."

카일리 후작 부인의 점수를 들은 엘리샤가 깜짝 놀라서 입을 크게 벌렸다. 만점이라니, 믿을 수가 없었다.

"헉……."

그런 엘리샤와 이슈터의 손을 레이디 그레이스가 꾹 붙잡았다. 마치 우리 해냈어요, 하는 것처럼.

첼시 백작이 조심스레 심사를 이어 갔다.

"사실 전부 주목받는 참가자들이고, 팀마다 탈락자가 반드시 있다는 전제가 깔렸는데도 불구하고 각자의 몫을 충분히 해냈다는 데에 칭찬을 드리고 싶어요. 짧은 시간이었는데도, 재단의 마감에서도 전혀 뒤처지는 부분이 없군요. 실과 바늘을 사용하지 않았음에도 이렇게 깔끔할 수 있을까요? 오히려 심사 위원들이 테스트를 당하는 기분마저 드는군요. 저는 47점을 드리겠습니다."

첼시 백작의 점수 발표마저 듣자, 마치 승리가 확정된 듯한 분위기였다.

"와, 마지막 콜린 심사 위원님의 점수가 궁금해지니 바로 듣지요."

"네, 심사 이어 가겠습니다. 저 역시 입체 재단 방식을 잘 이해하고 활용한 것 같아서 흐뭇했습니다. 주어진 재료도 디테일하게 사용을 했습니다. 그런데 실이 없는데 조개는 어떻게 꿰었습니까? 그리고 설명 중에 말씀하신 머리핀에는 어떤 사연이 있습니까?"

"……아, 엘리샤가 입체 재단을 하면서 시침핀이 필요하다고 했는데 마침 제가 오늘 올림머리를 해서, 머리핀을 아주 많이 하고 있었답니다. 운이 좋았고, 엘리샤의 순발력과 기지 덕이었죠. 그리고 표식 리본의 씨실과 날실을 분리해서 쓰자고 한 건 이슈터의 반짝 의견이었어요."

레이디 그레이스의 말에 콜린이 고개를 주억거리면서 말했다.

"그렇군요. 사실 두 사람의 활약에 주눅이 들 수 있는 상황인데도 레이디 그레이스는 전혀 그렇지 않아 보기 좋군요."

"오히려 제가 많은 것을 배우고, 경험할 수 있어서 또 함께할 수 있어서 좋았답니다."

"말씀 잘 들었습니다. 저의 점수는 48점입니다. 고생 많으셨습니다."

콜린의 점수까지 합산하니, 어마어마한 점수가 되었다. 아이레나가 주최단이 계산한 점수를 보고는 눈이 동그랗게 되어서 말했다.

"네, 무려 188점이 되었습니다. 굉장히 높은 점수인데요. 세 분 정말 고생 많으셨고, 화목한 분위기에 못지않게 예쁜 옷을 보여 주셨습니다. 그럼 나머지 팀의 심사도 계속 진행하겠습니다."

엘리샤와 이슈터, 레이디 그레이스 셋이서 서로를 한 번 꼭 껴안고는 아래로 내려왔다. 거의 일 등이 확정시되는 분위기였다.

심사를 마치자마자, 이슈터가 엘리샤에게 슥, 말했다.

"……그거 생각보다 효과가 좋았던 것 같은데."

"응? 아, 이야기 들려주는 듯하던 발표요? 그렇죠? 기왕 할 거면 제대로 하는 게 낫다고 했잖아요. 이슈터, 정말 예쁘게 잘했어요."

"그런 칭찬은 듣고 싶지 않은데."

그렇게 말하면서 이슈터가 성큼성큼 가장 뒷자리로 걸어가 버렸다. 엘리샤가 웃으면서 중얼거렸다.

"보기보다 쑥스러움을 타는구나."

이후에는 마리안 팀과 비올레타 팀의 심사가 이어졌다. 마리안 팀은 주사위를 굴리는 것부터 삐거덕거렸다.

마리안과 하디의 의견이 맞지 않아서 미션 내내 갈등이 생겼던 터였다. 네 명 팀원 모두의 표정이 몹시 좋지 않았는데, 완성된 의복이 이유를 설명해 주고 있었다.

아이레나가 그들을 보면서 말했다.

"네 사람은 의견 충돌로 인해서 빨리 움직이지 못했고, 훌륭한 재료를 하나도 활용을 하지 못했습니다. 과정은 그랬지만 결과를 봐야 하니, 심사를 시작하겠습니다."

마리안 팀 전원은 다소 무거운 마음으로 고개를 푹 숙이고 있었다.

자바로티 후작이 얼굴까지 찡그리면서 말했다.

"일관성이 하나도 없습니다."

카일리 후작 부인은 시종일관 안타까운 표정이었다.

"분홍색 다마스크 원단과 최고급 실크리본, 자수정, 재봉 도구까지 전부 있었는데도 결과물이 매우 아쉽군요."

"이것도 저것도 아닌 느낌입니다."

"드레스에 대한 구상을 전혀 하지 않고, 그냥 각자 팔 부분 따로 스커트 부분 따로 이런 식으로 만든 것 같습니다. 도무지 이해할 수가 없군요."

이어서 첼시 백작과 콜린의 혹평이 이어졌다.

드레스를 입고 있던 마리안의 얼굴이 흙빛이 되고 말았다. 실제로 원단이 따로 놀았고, 마감선이 이어지지 않았으며 소매와 넥라인이 겉돌았다. 실크리본과 자수정을 모두 스커트 부분에 장식해서 무게 중심이 거기에만 쏠렸다. 결국 마리안 팀은 총 125점으로 무척이나 낮은 점수를 받고 말았다.

반면에 비올레타 팀은 정열적인 붉은 드레스를 선보였다. 어깨와 등을 훤히 드러낸 머메이드라인 드레스에 검은 베일과 가넷이 조화를 이루었다. 심사 위원들에게도 제법 호응을 이끌어 냈다.

"드레스 디자인부터 인상적입니다. 재료와 적절하게 어우러진 느낌입니다."

"강렬한 색감과 파격적인 디자인이 눈을 사로잡는 의상입니다."

특히 자바로티 후작과 카일리 후작 부인에게 좋은 평을 받았지만, 첼시 백작과 콜린은 너무 식상하다는 평가를 내놓았다.

마지막 팀까지 심사가 끝나자, 아이레나가 최종 마무리를 했다.

"비올레타 팀은 총 164점을 얻었습니다. 이렇게 되면 두 번째 미션에서 최저 점수인 125점을 받은 마리안 팀이 꼴등이 되고, 비올레타 팀은 3등입니다. 2등은 170점을 획득한 세이딘 팀입니다. 그리고 무려 188점이라는 점수를 받은 엘리샤 팀이 이번 미션에서는 1등입니다. 축하드립니다."

엘리샤와 이슈터, 레이디 그레이스를 향해 박수가 쏟아졌다. 하지만 아직 남은 게 있었다. 이번 미션에서는 각 팀마다 탈락자가 있다고 했다.

"아직 탈락자 발표가 남아 있으니 잠시, 기다려 주십시오."

아이레나까지 총 다섯 명의 심사 위원들이 한창 모여서 이야기를 나누기 시작했다.

"생각보다 이 팀이 너무 잘해 주어서 누구 하나 탈락시키기가 어려운데요……."

"저기는 노력한 사람들이 하나도 없고요."

"이번 미션은 애초에 그렇게 정하고 시작했으니, 일단 그대로 가야 된다고 봐요."

"아니야, 살리는 게 낫지 않겠어요?"

심사 위원들이 참가자들의 탈락 여부를 의논하는 가운데, 참가자들은 그야말로 쥐 죽은 듯한 분위기였다. 1위를 기뻐할 겨를도 없이 각 팀마다 탈락자가 있다는 사실이 엘리샤의 어깨를 짓눌렀다.

그때 아이레나의 진행이 들려오기 시작했다.

"이번 미션의 탈락자를 결정하기 위한 심사 시간이 있겠습니다. 참가자 여러분들은 잠시 휴식을 취하고 돌아오셔도 좋습니다.”

듣는 참가자들은 무거운 얼굴들이었다. 특히, 죠엘은 아까 헬레나가 한 말이 계속 마음에 걸려서 그녀를 찾았지만 그녀는 보이지 않았다.

‘……어째서 그렇게 말한 거지?’

스커트 부분은 분명히 헬레나가 아닌, 죠엘이 제작했다. 게다가 헬레나는 의복을 만든 경험이 별로 없다면서 스스로 보조를 자처했었다.

심사 위원 앞에서 그렇게 말한 건 이해가 가지 않는 행동이었다. 곧바로 죠엘이 사실을 밝히기는 했지만, 이미 점수는 깎인 상태인 것 같았다.

엘리샤가 죠엘에게 다가와 말했다.

“죠엘, 괜찮아? 얼굴이 어두운데.”

“엘리샤, 헬레나 못 봤어?”

“그러고 보니 헬레나는 어디 갔지? 근데 헬레나는 왜?”

“헬레나에게 할 말이 있어.”

죠엘이 기운 없이 말하자, 엘리샤가 말했다.

“그럼 같이 찾아보자.”

엘리샤는 죠엘과 함께 신들의 정원 근처를 찾아보기 시작했다. 휴식 시간이지만, 대부분의 참가자들은 근처에서 겨우 숨을 돌리거나 탈락할까 봐 조마조마하고 있었다.

“엘리샤는 저쪽으로 한번 가 봐. 나는 이쪽으로 쭉 찾아볼게.”

“죠엘?!”

탁타닥!

죠엘이 말을 마치고는 바로 뛰어가 버렸다. 정말 급한 일인 모양이었다. 엘리샤가 고개를 갸웃거리면서 헬레나를 찾기 시작했다.

어느새 걷다 보니 신들의 정원에서 잠시 벗어난 곳까지 나왔다. 다시 돌아가려던 찰나에 부스럭거리는 소리가 들렸다.

"어?"

수풀 근처에서 헬레나의 모습이 보였다. 다가가서 헬레나를 부르려던 엘리샤는 걸음을 멈추고 말았다. 헬레나 말고도 다른 누군가가 있었다. 아름드리나무로도 커다란 덩치가 다 가려지지 않는 사람이었다.

'자바로티 후작? 두 사람이 어째서 몰래 만나는 거지?'

엘리샤가 의심스러운 눈초리로 바라보고 있을 때, 자바로티 후작이 먼저 부산스럽게 발걸음을 놀렸다. 후작이 완전히 사라진 후에야 헬레나가 조심히 주변을 살피더니 급히 신들의 정원으로 걸음을 옮겼다.

"……헬레나?"

엘리샤는 고개를 갸웃거리면서 신들의 정원으로 돌아왔다. 가 보니, 죠엘은 이미 헬레나와 이야기를 마친 모양이었다. 엘리샤가 죠엘에게 다가가는 도중, 아이레나가 진행을 다시 시작했다.

"탈락자 심사가 완료되었습니다. 모두들 자리로 돌아오셨다면 진행을 계속하겠습니다."

아이레나가 심사 위원들과 참가자들을 살폈다. 빈자리는 없는 것 같았다.

"그럼 지금부터 호명하는 참가자들은 앞으로 나와 주십시오. 먼저 세이딘 팀의 쵸엘 버베나."

자신의 이름이 가장 처음 불리자, 쵸엘은 깜짝 놀란 얼굴로 고개를 들었다.

쵸엘이 엘리샤와 세이딘, 헬레나의 얼굴을 돌아보면서 앞으로 나갔다. 불안함에 눈동자가 잔뜩 흔들렸다.

'뭐지?'

"다음은 이슈터 팀의 레이디 그레이스 포입니다."

레이디 그레이스는 이름이 불리자, 그녀는 커다란 표정 변화 없이 엘리샤와 이슈터의 손을 한 번씩 붙잡고는 앞으로 나갔다.

"다음 마리안 팀과 비올레타 팀은 전원 앞으로 나와 주십시오."

어쩐지 갈수록 느낌이 좋지 않음을 예상한 참가자들은 마치 장례식장의 분위기를 방불케 할 정도로 착 가라앉았다. 엘리샤 역시 감이 좋지 않았다.

"지금 호명된 참가자들은 전원 탈락하셨습니다. 아쉽지만 최종 미션에 도전할 수 없게 되었습니다. 그동안 고생 많으셨습니다. 앞으로도 여러분의 꿈을 향해, 계속해서 노력하시길 바랍니다."

아이레나의 말이 끝나자, 잠시 정적이 있었다.

도저히 믿기지가 않았다. 레이디 그레이스와 쵸엘. 두 사람이 탈락하다니…….

사실 이변이 일어나길 원했지만 레이디 그레이스는 어느 정도 예상했던 결과였고, 죠엘이 탈락한 건 정말 의외의 결과였기에 엘리샤는 충격에 휩싸여 있었다.

탈락자 발표가 이어지고 희비가 엇갈렸지만, 엘리샤는 쉬이 기뻐할 수가 없었다. 늘 귀엽고 밝던 죠엘의 자그만 어깨가 오늘은 유독 더 작아 보였다.

엘리샤는 죠엘에게 천천히 다가가 말했다.

"정말 말도 안 돼, 죠엘. 네가 탈락하다니, 실은 아까 헬레나가 자바로티 후작을 만나는 걸 봤어."

엘리샤가 그 사실을 알려 주자, 죠엘이 기운 없이 말했다.

"응, 그 소문이 진짜였구나. 역시. 어쩔 수 없지. 엘리샤, 내 이야기를 잘 들어 봐."

이야기를 끝까지 들은 엘리샤가 억울하다는 듯이 말했다.

"죠엘, 그치만…… 따져 보자. 꿈을 포기하면 안 돼."

그러나 죠엘은 고개를 젓고는, 엘리샤를 꼭 끌어안아 주면서 말했다. 이제야 겨우 그녀다운 밝은 미소가 보였다.

"엘리샤, 난 꿈을 포기한 게 아니야. 세계 제일의 재봉사가 되는 거, 알지? 네가 나 대신 이루어 주었으면 좋겠어. 꼭 끝까지 가야 해?"

"응, 그럴게."

죠엘의 말에 엘리샤는 고개를 주억거리면서 눈물을 펑펑 쏟았다.

“두 사람이랑 함께 미션에 도전해서 좋았는데, 너무 아쉬워요.”

죠엘과 레이디 그레이스까지 세 사람은 부둥켜안고, 작별의 인사를 나누었다.

30.
최종 미션

황실 드레스메이커 선발제 5일째.

탈락자로 정해진 참가자들이 숙소를 떠나자, 이제 생존한 참가자는 총 네 명뿐이었다. 덕분에 아네모네 궁은 무척이나 휑해졌다.

세이딘과 정원 테이블에 나란히 앉아서 케이크를 먹고 있던 엘리샤는 마치 목에 걸린 것처럼 잘 넘어가지가 않았다.

"죠엘이 왜 탈락했을까? 납득이 가지 않아."

엘리샤가 중얼거렸다. 여전히 의심스러운 탈락 결과였다. 심사에서도 카일리 후작 부인은 이번 미션에서는 실망이라고 말하긴 했었지만, 분명 헬레나보다는 죠엘의 실력을 더 높이 샀었다.

"나도 그건 이상하긴 하지만, 심사 위원들의 기준이 뭔가 있겠지?"

세이딘도 씁쓸한 듯 평소 좋아하는 초콜릿을 눈앞에 두고도 잘 먹지 않았다. 때마침 헬레나가 지나가는 것이 보였다.

세이딘이 손을 들어 인사를 했고, 엘리샤도 내키지는 않았지만 말을 걸었다.

"헬레나, 와서 같이 먹어요."

그러나 헬레나는 시선을 피하면서 대답도 없이 그냥 지나가 버렸다.

"왜 저러지?"

세이딘이 어깨를 으쓱했다. 엘리샤는 왠지 모르게 기분이 찜찜해졌다. 자바로티 후작과 헬레나가 따로 만났던 사실을 목격하고 나니, 괜히 더 헬레나 대신 죠엘이 탈락되었다는 의심이 자꾸 마음속에 남았다.

'아무래도 정말 이상해. 헬레나를 주시해야겠어.'

현재까지 생존한 참가자에게 하루 동안 자유 시간이 주어졌다. 원한다면 잠시 외출을 다녀올 수도 있었다. 헬레나가 외출을 신청하는 것을 본 엘리샤도 밖으로 따라 나가면서 마부에게 요구했다.

"앞의 마차를 따라가 주세요."

"알겠습니다."

헬레나가 탄 마차가 도착한 곳은 뜻밖에도 바이든 백작가도, 시내의 카페도 아닌, 엘리샤가 익히 잘 알고 있는 메이플 성이었다.

"……헬레나가 이곳에 어째서?"

엘리샤는 눈을 가느다랗게 뜨고는 바라보았다.

'메이플 성에 이렇게 다시 올 줄은 몰랐네.'

한때는 제집이었던 성이었다. 엘리샤는 수풀을 헤치고 몰래 드나들던 쪽문을 통해 성안으로 들어갔다. 사용인들의 눈을 피해서 삼 층으로 올라가자 코넬리아의 바로 옆방이 보였다.

찰그락.

마법으로 문을 잠그는 것도 잊지 않았다. 엘리샤는 벽 쪽에 최대한 귀를 갖다 대었다.

"……어떻게 되고 있어? 잘되어 가고 있는 거지?"

코넬리아의 목소리였다. 이 순간만큼은 그녀의 목청이 커서 고마웠다.

"그게……."

"엘리샤를 방해하는 거 말이야. 걘 아직 살아남아 있어?"

'나를 방해한다고?'

엘리샤는 더욱 귀를 바싹 대었다.

"그, 그녀를 직접적으로 방해한 건 아니지만, 친한 사람을 탈락시켰어요. 어쩌면 그게 더 고통스러울 것 같아요. 엘리샤는 생각보다 활약이 대단해서 어쩌면 우승까지 갈지 몰라요."

"뭐? 그래서는 절대로 안 돼!"

"그, 그래서 엘리샤의 친구부터 방해한 거예요. 죠엘이라는 애와 한 팀이 되어서 스커트를 만드는 내내 집중을 하지 못하게 정신을 쏙 빼놓았거든요. 나보다 실력은 좋은 편이지만, 그날 평가가 안 좋기도 했고 자바로티 후작님이 최종 탈락자에서 지목하겠다고 약속했어요."

"뭐, 좋아. 네 뜻은 잘 알겠어. 그럼 이제부터 어떻게 할 셈이야?"

"다음 미션에서 엘리샤를 막아 볼게요."

"어떻게?"

"그, 그건……."

헬레나의 말을 들은 코넬리아는 짜증이 난 어투였지만 엘리샤는 죠엘이 탈락한 이유를 알게 된 충격에 눈동자가 커다래졌다.

'이제야 뭐가 어떻게 돌아가는지 좀 알 것 같아.'

코넬리아가 헬레나에게 자신을 방해하라고 사주했고, 죠엘은 그 희생양이 된 것이다. 부들부들 몸이 떨려 오면서 분노가 파도처럼 밀려들었다.

순진한 죠엘의 꿈을 짓밟아 버린 헬레나, 그리고 남을 시켜서까지 자신을 무너뜨리려고 하는 코넬리아. 둘 다 용서할 수 없었다.

지금이라도 당장 코넬리아의 방문으로 들어가, 두 사람을 혼내 주고 싶었지만 엘리샤는 참고 또 참았다. 드레스 선발제가 끝날 때까지는 쉬이 움직여서는 안 되었다.

그때 두 사람을 단단히 옭아맬 수 있는 기회가 굴러들어 왔다.

"있지, 다음 미션에 대해서 알려 줄까?"

"그, 그치만 다음 미션은 아직 공개되지 않아서 아무도 모르지 않나요?"

"큭, 그렇긴 하지만 세간 사람들이 이미 떠들고 있다구. 황후 전하의 의복을 만드는 것이 최종 미션이 될 거라고 말이야."

"아, 듣고 보니 그런 것도 같네요."

코넬리아의 말을 들은 엘리샤의 머릿속도 빠르게 굴렀다. 확실히 그럴 확률이 컸다. 황실의 드레스메이커인 아이레나도 항시 황후 전하의 의복을 전담하고 있었다.

코넬리아가 황후 전하의 이야기를 꺼낸다는 건 심상치 않은 일이었다.

* * *

"각하, 기쁜 소식입니다."

"무슨 일인가?"

"아를렌 황성에서 도착한 서신입니다."

그제야 루자크는 겨우 고개를 들었다. 부집사 라드가 건네주는 새하얀 서신에는 황금빛 문장이 그려져 있었다. 황가의 문장이 이렇게 반가운 적은 처음이었다.

루자크는 곧장 봉투를 열어 서신을 펼쳤다. 익숙한 둥근 글씨체가 나오자, 자신도 모르게 그만 피식 미소를 지었다.

<꿈에서라도 보고 싶은 루자크.

아를렌의 날씨는 더 따뜻하지만, 테본에서 있던 나날들이 훨씬 따뜻했어요. 당신이 항상 내 곁에 있어 주었으니까요. 혼자 지낼수록 당신의 소중함을 느끼나 봐요.

언제나 항상 보고 싶어요. 식사를 할 때도, 잠을 잘 때도요. 당신도 잘 지내고 계신 거죠? 과한 정무 때문에 잠도 못 이루고 계실까 봐 좀 걱정이 되네요.

참, 제 걱정은 하지 마세요. 루자크를 몹시도 그리워한다는 점을 빼고 저는 친구들과 잘 지내고 있어요. 미션은 힘들긴 하지만, 재미있어요.>

그녀의 서신을 읽어 내려가던 루자크는 가슴이 애틋해지고 말았다. 다행히도 엘리샤는 무척이나 잘 지내고 있는 모양이었다.

특히, 친한 친구를 많이 사귀었는지 온통 그들 이야기들뿐이라 루자크는 살짝 질투가 날 지경이었다.

초콜릿을 좋아한다는 세이딘이라는 친구의 이름이 좀 거슬렸다. 아무리 생각해도 여자 이름은 아닌 것 같았기에.

샐쭉한 표정이 된 루자크가 제 서재에 아직도 남아 있는 부집사를 바라보곤 싸늘하게 말했다.

"자네는 왜 아직도 거기 있나?"

"아, 죄송합니다, 각하! 물러가 보겠습니다."

"잠깐, 랜디어스 경은 떠날 준비가 다 되었나?"

"대집사님은 마님의 방을 단장 중입니다."

"……휴가 가는 날까지 업무를 처리하는군. 마님의 방을 단장하는 일은 자네가 맡아서 하도록. 그 녀석은 일 좀 그만하고 제발 가라고 해."

"아, 예. 알겠습니다."

같은 시각 반트는 여전히 일에 집중하고 있었다. 문은 열려 있었지만, 라드가 문을 똑똑 두드렸다.

"대집사님, 각하께서 업무는 그만하시고 수도로 떠날 준비를 하시랍니다."

그러자 못 미덥다는 시선이 돌아왔다.

"이것까지는 처리하고 가겠네. 내가 그냥 가면, 자네 몫이 될 거야."

"괘, 괜찮습니다. 어차피 제가 능히 해야 하는 일입니다."

"그건 자네가 대집사 자리까지 노리겠다는 뜻으로 해석해도 좋은가?"

"……저, 전혀 그럴 리가요!"

"쿡, 농담이야. 그럼 라드, 자네가 마무리를 해 줘. 난 짐정리를 하겠네."

"네에."

선배의 농담에 식은땀을 흘리는 라드를 보고, 귀엽다는 듯 어깨를 토닥이면서 반트가 제 방으로 향했다.

*　　*　　*

황실 드레스메이커 선발제 6일째.

남은 네 명의 생존자는 각자의 숙소에서 쉬고 있었다. 결전의 날이 곧 다가오리라는 직감 때문인지 다들 숙소에 틀어박혀 나오지 않았다.

엘리샤는 단단히 마음을 먹기로 했다.

'헬레나와 코넬리아, 너희들 마음대로 되게 하지 않아.'

이렇게 된 이상, 최고의 자리에 올라서 그들을 마음껏 비웃어 주고, 죠엘의 복수까지 할 것이다.

엘리샤는 날카로워진 눈동자로 미션을 기다렸다.

이윽고, 밖에서 누군가의 목소리가 들렸다.

"최종 미션을 전달합니다. 참가자 여러분은 모두 모여서 지금 즉시 저와 함께 신들의 정원으로 이동하셔야 합니다."

아이레나였다. 그제야, 각자 자기 방에서 지내던 참가자들이 모습을 드러냈다. 남은 사람은 이슈터와 세이딘, 엘리샤, 그리고 헬레나.

아이레나의 뒤를 따라서 네 사람은 걷기 시작했다.

서로의 얼굴만을 응시하는 게 자못 어색했는지 세이딘이 엘리샤에게 말했다.

"우와, 분위기 장난 아니야. 그치?"

"하긴 이제 정말 마지막일지도 모르니까."

그 말에 잠자코 있던 이슈터가 말했다.

"최종 미션이군요."

때마침 하늘에서 툭, 투둑 하고 빗방울이 떨어져 내렸다. 아름렌의 날씨 치고는 몹시도 우울하고 흐린 날이었다.

그러나 앞서서 걸음을 옮기던 아이레나는 개의치 않은 채 계속 신들의 정원을 향해서 걸어갔다.

전쟁의 신 조각상 앞에는 화려한 천막 아래 커튼이 드리워져 있었는데 누구인지는 볼 수 없었다. 한눈에 보기에도 무척 귀한 분이 와 있는 듯했다.

그 옆에는 심사 위원 네 명이 앉아서 참가자들을 맞이해 주었다. 카일리 후작 부인은 참가자들을 향해서 손까지 흔들어 주면서 반가움을 표시했다.

참가자들을 자리로 안내한 아이레나가 단상 앞으로 올랐다. 최종 미션임을 나타내는 듯, 보다 화려하게 장식되어 있었다.

"안녕하세요. 황실 드레스메이커 선발제는 이번 세 번째 미션, 즉 최종 미션을 앞두고 있습니다. 여러분은 수많은 경쟁자를 물리치고, 제국 최고의 드레스메이커를 바라보는 자리에 서 있습니다. 여기서 누가 더 도약할지 사뭇 기대가 모아집니다. 잠시 참가자 네 사람의 소감을 들어 보겠습니다. 가장 우측에 있는 이슈터 참가자부터 한 마디 부탁드립니다."

갑작스러운 요구에 이슈터는 살짝 당혹스러운 기색이었지만, 이내 입술을 떼었다.

"초심을 잃지 않고 열심히 하겠습니다."

심사 위원들이 그런 이슈터를 흐뭇하게 바라보았다. 다음은 세이딘 차례였다.

"어떤 결과가 있더라도 끝까지 즐기면서 하고 싶어요. 신의 가호가 있기를."

소감을 말하고 나서 세이딘은 칼루스어로 신께 기도를 올렸다.

세이딘 다음은 헬레나 차례였다. 헬레나는 잔뜩 긴장했는지 어색한 표정으로 손을 꼼지락거리면서 말했다.

"제, 제가 어떻게 이 자리까지 왔는지…… 여, 여기까지 온 것만으로도 영광이에요. 감사합니다."

말을 더듬으면서 헬레나가 꾸벅 인사하자, 유독 자바로티 후작이 박수를 크게 치면서 고개를 주억거렸다.

마지막은 엘리샤의 차례였다.

"늘 후회 없는 삶을 살고 싶고, 또 그러고 싶어요. 그리고 지금 저는 제국 제일의 드레스메이커에 도전하고 싶습니다."

순간 심사 위원은 물론, 다른 참가자들 모두가 엘리샤를 바라보았다. 평소 엘리샤라면 겸손의 말을 흘렸을 거라고 생각했던 터였다.

콜린 역시 엘리샤가 평소와 다르다는 것을 눈치챘다.

'눈빛이 변했군. 제대로 할 작정인가?'

무엇이 그녀를 타오르게 한 것인지는 정확히 알 수는 없었지만, 엘리샤는 진심으로 최선을 다할 생각인 듯했다. 그리고 그건 콜린이 바라던 상황이기도 했다. 엘리샤가 가진 능력의 한계치가 어느 정도일지 늘 궁금했었다.

"참가자 네 사람의 소감 잘 들었습니다. 그럼 이제부터 본격적으로 최종 미션에 대해 말씀드리겠습니다. 제 뒤에는 여러분이 깜짝 놀라실 의뢰인이 한 분 서 계십니다. 바로…… 황후 전하께서 도착해 계십니다."

세이딘이 입 모양으로 으악, 했고 이미 알고 있는 사실인지라 헬레나는 그저 놀라는 척을 했다. 이슈터는 예상했다는 듯 담담한 표정이었다. 엘리샤도 알고 있었지만 그래도 심장이 쿵 내려앉았다.

'최종 미션은 역시 황후 전하였어.'

잠시 후, 황후의 모습을 가리고 있던 휘장이 걷혔다. 가까이에서 다시 본 황후는 여전히 아름다웠다. 루자크와 함께 만났을 때는 한껏 어질고 자애로운 그녀였지만, 오늘 만난 황후는 그야말로 하늘 위의 달님처럼 높이 뜬 제국의 어머니의 위용 그대로였다.

같은 인간이 아닌 듯, 그녀의 뒤로 후광이 비칠 것처럼 고개가 절로 숙여지는 자태였다.

황후가 그 자리에서 참가자들 한 명 한 명에게 시선을 주고 나서 입술을 열었다.

"이렇듯 재능 있는 그대들이 있음에 제국의 앞날이 밝습니다. 부디 마지막까지 최선을 다해 미션에 임해 주세요."

황후의 말이 떨어지자, 모두가 고개를 깊이 숙였다. 이어서 아이레나가 진행을 시작했다.

"최종 미션은 여러분도 눈치챘겠지만, 황후 전하의 의복을 제작하는 것입니다. 이번에는 자유 주제로 진행될 것이지만, 황실을 모독하거나 과도한 노출 등 부적절한 의상은 실격 처리될 것입니다. 이 부분에 대해서는 따로 가이드가 나갈 것이며, 궁정 예법에 어긋나지 않도록 주의하시기 바랍니다. 미션 시간은 총 일주일이고 개인 미션으로 진행되겠습니다."

엘리샤는 아이레나가 들려주는 정보를 꼼꼼히 머릿속에 입력했다.

'다시 개인 미션이구나. 황실 예복에 대한 가이드를 따로 준다니, 상당히 까다로울 것 같아.'

"추가로 주의 사항을 말씀드리자면 이번에는 방직기나, 직공이 없으니 온전히 스스로 완성해야 할 겁니다. 미완성일 경우, 자동으로 실격입니다. 대신에 재료는 작업 공방에서 자유롭게 선택하도록 하세요."

일주일 동안 스스로 의상을 완성해야 하며, 미완성일 경우 자동 실격. 사활을 걸어야 하는 마지막 승부처였다. 미션을 듣고 나온 참가자들의 시선이 서로 오가는 가운데, 아이레나가 추가 사항을 덧붙였다.

"한 가지, 이번 미션은 가장 중대한 만큼 심사 위원 중 한 사람을 선택하여 조언이나 도움을 받으실 수 있고, 다른 참가자와 같은 사람을 선택하실 수 없습니다. 그리고 심사 위원의 추천장을 두 장 받았던 참가자에게는 최종 미션에서 가산점을 10점 부여합니다. 안내는 여기까지입니다. 도움을 받고 싶은 심사 위원을 직접 찾아가 주세요."

그녀의 말이 끝나자 엘리샤를 제외한 나머지 참가자들의 눈동자가 커졌다. 심사 위원의 추천장을 두 장 받은 참가자가 존재했어? 하는 얼굴들이었다.

숙소로 돌아온 네 사람은 기다란 회의실 탁자에 모여 앉아서 이야기를 나누었다.

"흐암, 다들 어떤 심사 위원에게 도움을 받을지 결정했어?"

세이딘이 팔짱을 끼곤, 나른한 얼굴로 하품까지 하면서 물었다. 최종 미션을 앞두고 저렇게 태평할 수 있는 건 오로지 세이딘뿐인 것 같았다.

그의 물음에도 아무도 쉽사리 대답을 하지 않자, 엘리샤가 입을 열었다.

"난 아직 고민하고 있어. 다들 훌륭한 심사 위원이시긴 한데……."

"저, 저도 아직이에요."

헬레나도 머뭇거리면서 대답했고, 이슈터는 세이딘을 빤히 보면서 말했다.

"나는 결정했어요. 콜린 심사 위원으로요."

"으억? 어째서? 나도 콜린 심사 위원이란 말이야."

세이딘이 끼고 있던 팔짱까지 풀면서 깜짝 놀라 말했다.

"……심사 위원들 중 그래도 냉철한 편인 것 같아서. 당신은? 이유 있어요?"

고양이처럼 앙큼한 그녀의 눈매가 제법 깊어졌다. 세이딘이 슬쩍 꼬리를 말면서 따라서 말했다.

"나, 나도 같은 이유."

이슈터가 어쩐지 세이딘을 한심하게 바라보면서 말했다.

"독창성이라곤 없군요."

"콜린 심사 위원이 가장 인기가 많군요. 저도 마음에 두고 있었는데……."

그 모습을 지켜보던 엘리샤가 웃음을 터뜨리면서 말했다.

"뭐야, 너도?"

세이딘이 당혹스러운 얼굴이 되었지만, 이슈터는 무심하게 말했다.

"괜찮아요. 정정당당하게 승부하죠. 가위바위보로."

"좋아."

"그래요."

세 사람은 서로의 눈치를 보았다.

"하나, 둘, 셋!"

동시에 세 사람이 손을 내밀었다.

"자, 어디 보자…… 아, 안 돼!"

가위를 낸 세이딘이 주먹을 낸 엘리샤와 이슈터에게 졌다.

"한 번 더, 가위바위보!"

이번에는 엘리샤가 보, 이슈터가 가위를 냈다.

"내가 졌네요. 이슈터 축하해요."

엘리샤가 생긋 웃으면서 말했다.

"이게 그렇게 축하받을 일인가요?"

이슈터가 특유의 시니컬한 표정으로 말했다.

"그럼 저는 엘리노어 심사 위원으로 할래요."

엘리샤가 재빨리 선점했다. 사실 콜린과 카일리 후작 부인 둘

중에서 고민하고 있었다. 다른 두 심사 위원에 대해서는 잘 모르기도 했지만, 두 사람이야말로 엘리샤에게 여러 가지를 깨우치게 해 준 진정한 스승이었다.

최종 미션에서만큼은 믿고 의논할 수 있는 사람에게 조언을 받고 싶었다.

"……그럼 나는 첼시 심사 위원."

"아, 저는 그럼 자바로티 심사 위원으로……."

세이딘이 첼시를 선택하자, 자연스럽게 헬레나는 자바로티가 되었다. 엘리샤는 속으로 생각했다.

'……자바로티 후작이 헬레나에게 추천서를 써 주었겠지?'

그럴 확률이 클 것 같았다. 미안한 말이지만, 헬레나보다는 다른 탈락자들의 실력이 더 좋았으니까.

* * *

똑똑똑.

들려온 소리에 콜린은 피식 웃으면서 대답했다. 지금쯤 엘리샤가 도착했을 것이라 예상했다. 드디어 최종 미션이었다. 책상 머리에 앉아 어떻게 그녀를 도와줄지 한창 고민 중이었다.

"열려 있으니 들어와."

잠시 후 인기척이 들려오긴 했으나, 무척 고요했다. 멈칫거리면서 누군가의 그림자가 서 있었다.

"있지, 내가 생각해 봤는데 말이야."

콜린은 잔뜩 끄적여 놓은 스케치를 보면서 이야기했다. 그러나 무척 거리감이 있었다.

"가까이 와서 들어 봐. 근데 왜 이렇게 한 마디도 안 하고……."

얘가 오늘따라 왜 이렇게 낯을 가리나, 싶어서 문득 고개를 든 콜린은 그 상태로 얼어붙고 말았다.

시선 끝에 서 있는 사람은 분홍 머리 소녀가 아닌, 밤하늘처럼 검은 머리칼을 가진 소녀였던 터였다. 게다가 어색하게 걸음을 옮겨 다가오고 있었다. 분명 조금 전 자신이 가까이 오라고 한 말 때문이었으리라.

상대가 누구인지는 익히 알고 있었지만, 퍽 부자연스러운 공기의 흐름이 흘렀다.

"이슈터? 무슨 일로 오신 건지?"

"콜린 심사 위원님께 조언을 구하러, 요."

이슈터의 말을 들은 콜린의 초록 눈동자가 작게 일렁였다.

"아…… 저를 선택하셨다고요?"

콜린은 의아하다는 듯 물었다. 첼시 백작의 추천을 받은 그녀가 자신을 선택했다니 조금 이상한 일이기는 했지만, 콜린은 이슈터의 의상을 높게 평가한 일이 있었다. 그걸 생각하면 또 아주 이상한 일도 아니었다.

그저 아주 당연하게 엘리샤가 올 거라는 예상을 뒤엎고, 리마의 공녀가 왔을 뿐이었다.

"네."

"아, 음, 뭐, 좋습니다."

그리 말하면서 콜린은 아까 엘리샤에게 보여 주려던 스케치를 슬쩍 뒤집었다. 그러나 이슈터는 그걸 놓치지 않았다.

"보여 주세요, 그 스케치. 아까 분명히 가까이 오라고 하셨는데……."

"아, 이건 아무것도 아닙니다."

콜린이 당황해 커다란 손짓으로 손을 흔들었다. 그러더니, 심사 위원의 체면을 곧 생각한 것인지 큼큼, 헛기침을 시작했다.

이슈터는 어리둥절했지만, 내색하지 않고 기다렸다. 사실 그녀는 얼굴에 표정이 드러나는 편이 아니었다.

드디어 말할 준비가 되었는지, 콜린의 평상시의 냉정한 눈동자로 돌아왔다.

"이슈터는 실력이 탄탄하고 고수하는 스타일도 항상 세련되고, 심플합니다. 뭐랄까 모범적인 실력이라고 할까요? 하지만, 조금 냉정히 말씀드리자면 개인이 가진 개성 면에서는 약간 부족합니다. 저는 이슈터만의 옷, 이슈터 느낌이 난다. 이런 게 필요하다고 봅니다."

콜린이 말을 멈추지 않았다.

"그냥 재봉사에서 멈추는 것이 아니라, 이 대회에서 원하는 건 조금 더 차원이 높습니다. 그게 바로 옷을 만드는 사람, 진정한 드레스메이커일 겁니다. 최종 미션에서는 이슈터가 가진 재능들을 하나씩 풀어 가는 작업으로 진행해 보면 어떨까 싶습니다."

콜린의 말을 들은 이슈터의 진홍빛 눈동자가 처음으로 빛나기 시작했다.

"심사 위원님을 선택하길 잘한 것 같군요."

한편 같은 시간 엘리노어를 찾아간 엘리샤는 함께 차를 즐기고 있었다. 방 안 가득한 과일 차 향기가 상큼하고도 향긋했다.

"음, 향이 너무 좋은걸요."

"가끔은 이렇게 상큼한 것도 좋아요. 내 취향은 아니지만."

그녀의 말에 엘리샤는 눈매를 휘고는, 폭 젖어 있는 듯한 눈동자로 목 주변의 옷깃을 잡아당기며 말했다.

"이런 시간이 내내 그리웠어요."

엘리샤를 바라보던 엘리노어가 말했다.

"지쳤군요. 잠깐 숨 고르기도 중요하지요. 머리를 비울수록 새로운 것이 더 잘 떠오르기 마련이랍니다. 오늘은 차만 마시고 가도록 해요. 이번 미션에서는 내가 계속 따라붙을 테니까, 엘리샤는 고삐를 잘 쥐도록 하세요."

"네, 그 말씀을 들으니 안심이에요. 감사해요."

"감사는 미션이 끝난 후에 듣죠."

엘리노어가 쿨하게 웃으며 말했다.

"네."

그녀의 말 한 마디와 차 한 잔에 위로와 안심이 되었다. 두 사람은 이후로 한참 동안 말이 없었다. 그럼에도 어색하지 않고 편안했다.

차를 홀짝이던 엘리샤는 눈을 감았다. 신기하게도 최종 미션에 대해 불안하고 걱정스러웠던 마음이 어느새 스르륵 사라졌다.

노곤한 탓일까. 엘리샤는 금세 꾸벅꾸벅 졸고 말았다. 엘리노어가 그걸 보곤 쿡 하고 웃음을 터뜨렸다. 긴장감이 풀린 모양이었다. 엘리노어는 자신이 두르고 있던 하늘색 숄을 엘리샤의 어깨에 걸쳐 주었다.

그러길 얼마나 흘렀을까.

엘리샤가 일어났을 때 엘리노어는 자리에 없었다. 눈을 비비고 자리에서 일어나자, 머릿속이 말끔하고 개운했다.

"아…… 정말 너무 좋았어. 차는 굉장하네. 일단 자리에 안 계시니 오늘은 이만 돌아가자."

엘리샤는 혼자서 그리 중얼거리면서, 정원을 지나면서 곰곰이 생각에 젖었다. 정원에는 화사한 꽃들이 만개해 있었다.

그때 문득, 엘리샤의 머릿속에 떠오르는 생각이 있었다.

"맞아, 황후 전하께서는 꽃을 좋아하신다고 하셨어."

처음 황성에 도착했을 때 아름다운 정원을 보며 감탄할 적에 황실 시녀장이 그리 말했었다. 황후 전하께서 꽃을 좋아하셔서 이렇듯 꽃들을 가꾼 것이라고.

"아! 황실 시녀장을 찾아가 보자. 그녀라면, 황후 전하께서 좋아하는 꽃을 알지도 몰라!"

도도도, 엘리샤가 방향을 돌려 걸음을 서두르기 시작했다. 게다가 꽃의 특성을 살린 드레스를 만드는 건 누구보다 자신 있었다. 예전 사교 모임에서 재스민 드레스와 로즈버드 드레스를 성공적으로 만들었던 터였다.

엘리샤는 그 어느 때보다 생기 넘치는 얼굴이 되어 있었다.

* * *

헬레나는 조용히 자바로티의 대답을 기다렸다. 그는 빙빙 돌려 말하지 않고, 직접적으로 사실을 말해 주었다.

"바이든 영애, 솔직히 여기까지는 내가 이렇게 저렇게 감당할 수 있었지만 이제는 어려울 것 같구나. 다른 참가자들이 너무 쟁쟁해서 치고 나가기가 힘들단 말이지. 특히, 지난 미션에서는 다른 심사 위원들의 의심을 사지 않고 영애를 살리느라 좀 무리를 했어. 원래라면 탈락했어야 했지."

헬레나가 고개를 떨군 채 대답했다.

"……아, 알고 있어요, 후작님. 말씀대로 여기까지 온 것이라도 다행이라고 생각해요."

"그래, 이번 미션은 포기하자꾸나. 그렇게 하자."

"네, 포기할게요. 하지만 아직은 아니에요. 조금 더 해야 할 일이 있어요."

파르르 떨면서 헬레나가 얇은 입술을 꼭 깨물었다. 해야만 하는 일, 그러나 무척이나 무서운 일이었다. 생각만 해도 손이 덜덜 떨리고 심장이 쿵쾅쿵쾅거렸다.

하, 하지만 그걸 하지 않으면 엘리샤가 우승을 할지도 몰랐다. 그건 싫어…… 헬레나는 머리를 흔들었다. 코넬리아의 말이 계속해서 귓가에 윙윙 맴돌았다.

—잘 들어, 헬레나. 이건 오로지 너만이 할 수 있는 일이야. 너만이 걜 막을 수 있어. 잘할 수 있겠지?

* * *

첼시 백작의 얼굴을 보자마자, 세이딘은 첫 번째 미션에서의 평가가 떠올랐다.

—무척 훌륭한 의상이지만, 궁정 예복이라는 점에서 보았을 때 저는 조금 단조롭다는 생각이 앞서네요. 그리고 본래 황금빛 드레스의 주 포인트는 화려함이었는데, 포인트를 제대로 살리지 못한 느낌이랄까요? 그 점이 조금 아쉬웠습니다. 제 점수는 37점입니다.

'아…… 37점.'

세이딘이 그렇게 속으로 되뇌고 있을 때 첼시 백작이 입을 열었다.

"세이딘 참가자로군요. 혹시 저를 선택하신 건가요?"

첼시 백작이 허스키한 목소리로 묻자, 세이딘은 목덜미를 긁적이면서 방긋 웃었다.

"네, 맞아요. 이번 미션을 위한 조언 부탁드립니다."

세이딘은 쓰고 있던 터번을 벗고는, 정중하게 고개를 꾸벅 숙이면서 말했다.

"알겠습니다. 최선을 다해 도움을 드리도록 하겠습니다. 안으로 들어오세요."

생각보다 호의적인 그녀의 태도에 세이딘은 다행이라는 생각으로 안도의 숨을 내쉬면서 안으로 들어갔다.

"세이딘 참가자는 사실 이번 미션에서는 좀 불리한 면이 있습니다. 아무래도 남성이다 보니, 여성의 드레스를 만드는 일이 다소 어려울 것 같은데 어떤가요?"

"읏, 맞아요. 여성 드레스 너무 어려워요."

"역시…… 그렇군요. 드레스의 종류라든가, 구조라든가. 그런 것은 알고 있어요?"

"네, 전부는 아니지만. 드레스 만들어 본 적도 있어요."

"호오, 다행이로군요. 안 그래도 걱정했는데."

"그런데 칼루스의 전통 드레스만 만들어 봤어요. 여기, 엘노아 제국의 여성 드레스는 이론만 알아요……."

세이딘의 말에 첼시 백작이 눈썹을 씰룩거렸다.

"그거 큰일이군요. 지난번 황자님의 의복을 무척 잘 만들어서 전혀 몰랐는데."

첼시의 말에 세이딘이 하하, 하고 어색하게 웃어 보였다.

칼루스의 의복과 엘노아 제국은 문화권이 완전히 차이가 났기에 의복도 상당히 달랐다.

"하지만, 오히려 그 부분이 강점이 될 수 있겠군요."

"……."

세이딘이 눈을 동그랗게 뜨고 자신을 바라보자, 첼시 백작이 그의 어깨를 탁 치면서 호탕하게 말했다.

"칼루스 의복의 특징을 살려 만드는 전략도 괜찮잖아요?"

"오오! 스승님 최고예요."

세이딘이 엄지손가락을 들어 보이면서 넉살 좋게 말했다.

"스승님?"

첼시 또한 슬쩍 정색하면서도 기분이 나쁘지는 않은 것 같았다.

* * *

몇 번이나 황성을 헤맨 끝에 엘리샤는 시녀장을 만날 수 있었다. 겨우 만난 그녀는 야무진 표정으로 시녀들을 대동한 채 이동하고 있었다.

"잠깐 시간을 좀 내주시겠어요?"

"……무슨 일이신가요?"

"예전에 황후 전하께서 꽃을 좋아한다고 하셨잖아요. 그렇죠?"

"예? 그랬었지요."

시녀장은 약간 뜬금없다는 표정으로 대답했지만, 엘리샤는 개의치 않고 눈을 반짝이며 질문했다.

"황후 전하께서 좋아하시는 꽃이 따로 있으신가요?"

"꽃이라면 모두 좋아하시긴 합니다만, 유독……."

"유독?"

"자주 들르시는 곳이 있습니다. 푸른 수국이 피어 있는 정원에 자주 가신다고 합니다."

"아, 그렇군요. 그 정원이 어디에 있는지 좀 알려 주실 수 있나요?"

시녀장은 잠시 머뭇거리더니 이내 말했다.

"가능합니다만 대신에 멀리서만 보셔야 할 것입니다. 황후 전하를 위해서 아무도 수국 정원에는 들어가지 않고 있습니다."

"그렇군요. 멀리서만 볼게요."

엘리샤의 다짐을 들은 황실 시녀장이 앞장서서 걸음을 옮겼다. 이내 십여 분 정도 걸음 끝에 잔디밭 위로 푸른 수국이 한 아름씩 피어 있는 정원을 마주할 수 있었다.

"이곳입니다."

"고마워요. 잠깐 혼자서 감상해도 될까요?"

엘리샤가 묻자, 시녀장은 고개를 흔들며 단호하게 말했다.

"그건 안 됩니다."

"그렇군요."

어쩔 수 없는 일이라고 생각하면서 엘리샤가 걸음을 돌리려 할 때였다. 그림자 하나가 비쳤다.

"펜블렌 공작 부인이라면, 수국 정원에 들어가게 해도 좋을 것 같구나."

황후의 목소리가 들려왔다. 황실 시녀장이 곧바로 고개를 숙였다. 엘리샤 역시 놀라면서 예를 표했다. 아스란 백작에게 배운 뒤로, 확실히 예전보다는 자신 있고 우아하게 황실 예법대로 인사를 할 수 있었다.

"황후 전하. 결례를 용서해 주세요."

엘리샤의 말에 황후의 푸른 눈동자가 살짝 커졌다.

"그런, 결례라니. 결코 그렇지 않단다."

"황실 시녀장의 말로는 이곳이 황후 전하께서 자주 들르시는 곳이라고 하던걸요. 혼자만의 명상 시간을 제가 방해한 게 아닌가 해서요."

엘리샤가 조심스레, 그리고 공손하게 말했다. 그녀를 바라보는 푸른 눈동자가 점차 더욱 온화한 빛을 띠었다.

"여전히 착하고 예의가 바르구나. 못 본 사이에 더욱 우아한 태가 나는 것도 같고?"

황후의 칭찬에 엘리샤가 손으로 가리면서 가볍게 웃었다.

"어여삐 봐 주셔서 감사할 따름이에요."

보스스 웃음 짓는 엘리샤의 미소에 황후도 덩달아서 기분이 좋아졌다.

"이상하게 공작 부인을 만나면 기분이 좋아진단 말이지. 자, 수국 정원을 같이 돌아보자꾸나. 요즘 수국이 싱싱하고 예쁘게 피었거든."

"네, 어서 보고 싶어요."

"이리 따라오렴."

황후가 친히 안내를 해 준 덕분에 어느새 엘리샤는 수국이 가장 활짝 피어 있는 길목까지 이르렀다.

수국이 다발째 둥글게 군락을 이루면서 아름답게 피어 있었다. 나풀거릴 듯한 꽃잎들이 겹겹이 한데 모여 있는 모습은 단아하면서도 청초한 것이, 눈앞의 황후 전하와 꼭 닮은 꽃이라는 생각이 들었다.

엘리샤는 웃으면서 푸른 수국의 자태와 황후를 연상시키면서 머릿속으로 드레스의 구상을 늘어놓고 있었다. 문득 엘리샤가 말했다.

"황후 전하께서는 푸른 수국을 가장 좋아하시는 이유가 따로 있으신지요?"

"글쎄, 궁금하니?"

황후의 표정이 어쩐지 새침한 소녀처럼 보여서 엘리샤는 고개를 주억거리면서 대답했다.

"예, 궁금합니다."

"후훗, 결혼한 지 4년이 넘도록 나에게 꽃 한 번 준 적이 없던 폐하께서 내가 병석에 누워 있을 때, 평생 처음으로 가져다준 꽃이란다. 무뚝뚝하게도 말 한마디 없이 그냥 불쑥 침대에 놓고 갔지 뭐니?"

"정말이요? 그래도 무척 로맨틱하신걸요!"

전혀 그럴 것 같지 않은 황제의 모습이라 놀라우면서도 그 시절을 회상하는 황후의 모습이 예뻐 보였다.

"쉿, 이건 네게만 들려주는 이야기란다."

엘리샤도 덩달아 입술에 손가락을 가져다 대면서 고개를 주억거렸다.

"물론이에요, 전하."

"그래, 최종 미션이니만큼 많은 기대가 되는구나."

"예, 저도 황후 전하의 드레스를 만들게 되어서 너무나 설레요."

엘리샤가 살며시 웃으면서 말했다. 사실 황후의 마음을 사로잡을 드레스를 만들 자신이 있던 터였다.

* * *

황실 드레스메이커 선발제, 6일째.

엘리샤는 밤새도록 구상한 옷본 스케치 수십 장을 정리한 후, 엘리노어의 방문을 두드렸다.

"들어오도록 하세요."

"저예요, 엘리샤."

"오우, 안 그래도 기다리고 있었어요. 황실 드레스 규정에 대해서는 숙지했겠지요?"

"네, 물론이에요."

기껏 아름다운 드레스를 만들었는데 황실 규정에 맞지 않는다는 이유로 실격 처리를 당하면 무척 억울할 일이었다.

"먼저 이것들을 봐 주세요."

"음?"

엘리샤가 내민 옷본들을 받으면서 엘리노어가 찻잔을 내려놓았다. 불과 하룻밤 사이에 드레스의 아이디어를 구상해 온 모양이었다.

찬찬히 옷본을 들여다보던 엘리노어의 회색 눈동자가 커졌다. 솔직히 평범한 수준을 뛰어넘은 훌륭한 옷본들이지만, 엘리샤 드 펜블렌의 것이라고 했을 때 주는 기대감을 만족시키는 수준은 아니었다.

"……그사이에 이걸 구상했어요?"

초조하게 그녀의 대답을 기다리던 엘리샤가 말했다.

"네, 괜찮은가요?"

"푸른 수국이라, 황후 전하의 이미지와 잘 어울리는군요. 가져온 스케치들 전부 훌륭하지만 아직까지 엘리샤가 과거에 만들었던 로즈버드 드레스의 한계는 뛰어넘지 못하는 느낌이 들어요. 드라마틱한 연출도 이번에는 없는 듯하고요."

"드라마틱한 연출이라면……."

엘리샤가 말끝을 흐리자, 엘리노어가 기억을 떠올리면서 말했다.

"재스민 드레스에 은은히 퍼지는 향기라거나, 로즈버드 드레스에서 휘날리던 꽃잎들, 봉우리에서 꽃이 펼쳐지던 퍼포먼스 같은 것들이 굉장히 역동적으로 다가왔었어요."

엘리샤의 눈동자가 흔들렸다.

"황후 전하께서는 웬만한 디자인의 옷들을 거의 접해 보신 분이에요. 일반적인 드레스로는 승부가 어려울 거예요. 드레스 밑단에 수국을 펼쳐 놓거나, 레이스 디테일에 수국을 입체적으로 표현했는데 이걸로는 부족해요. 어떻게 하면 수국을 더욱 생생하게 드레스에 접목시킬지 조금 더 고민해 봐야 할 것 같아요. 엘리샤라면 분명 더 창의적이고 아름다운 옷을 탄생시킬 수 있을 거예요."

엘리샤는 고개를 주억거렸다. 그녀가 말한 드라마틱한 연출의 예시는 요정의 염료 효과에 해당했다.

그러나 로즈버드 드레스의 퍼포먼스라면 온전히 엘리샤의 아이디어가 탄생시킨 것이었다. 이번 수국 드레스에서도 그런 게 필요했다.

분명 잔뜩 욕심을 가지고 옷본을 스케치했는데, 마음이 급했던 모양이었다. 엘리샤는 조금 더 차분한 마음을 갖고 드레스를 다시 구상하기로 했다.

톡, 톡. 쏴아아!

창문을 두드리는 빗줄기가 쏟아졌다. 엘리노어가 엘리샤를 보면서 말했다.

"테본에서는 볼 수 없는 아를렌의 봄비로군요. 청량하기도 해라. 그러고 보니, 비에 젖은 수국이 무척 예쁘다는데…… 엘리샤, 내 말 듣고 있어요?"

엘리노어의 손을 꼭 잡은 엘리샤가 창밖을 바라보면서 말했다.

"엇! 비에 젖은 수국, 그걸 이번 드레스의 테마로 하는 게 어떨까요?"

"호오, 비에 젖은 효과는 어떤 식으로 할 생각이죠?"

"하얀색 원단에 푸른 염료로 군데군데 물들인 듯한 효과를 주면 좋을 것 같아요!"

엘리샤가 생기발랄한 어조로 말했지만, 엘리노어는 고개를 저었다.

"멋진 아이디어이지만 엘리샤, 현재 엘노아 제국에는 그런 물들인 듯한 효과가 있는 원단을 구하는 건 불가능해요. 염료를 직접 구하거나 전문가를 찾아가지 않는 한 한 마디로 실현이 불가능해요."

그녀의 말에 품속에 있는 염료가 느껴졌으나, 엘리샤는 고개를 저었다. 스스로의 실력으로 우승하고 싶었다.

"……염색만 제대로 된다면 드레스는 완벽할까요?"

"그렇겠지만, 드레스 완성할 시간조차 부족한데 염색에만 매달릴 수는 없기는 하지요."

"음……."

엘리샤는 곰곰이 생각에 잠기더니 이내 떠오른 생각을 읊조렸다.

"그럼 겹겹이 다른 색상의 원단을 사용한다면 물든 효과를 낼 수 있지 않을까요?"

"그런 방법도 참신하겠는걸요? 자아, 그럼 옷본부터 다시 구상해 오도록 하세요."

엘리노어가 엘리샤를 되돌려 보냈다. 그날 몇 번이나 엘리노어의 방을 들락거리면서 엘리샤는 옷본을 고치고 또 고친 끝에 완성할 수 있었다.

엘리샤는 지친 기색을 숨기면서 담담하게 옷본을 내밀었다.

그걸 받아 든 엘리노어의 한쪽 눈썹이 올라갔다.

"드레스의 이름이 블루레인? 예쁘군요. 하지만 너무 소녀스럽지 않은가요?"

"네, 사실 그걸 노렸어요."

엘리샤의 대답에 엘리노어가 잔뜩 궁금한 얼굴이었다.

"노렸다고?"

엘리샤가 고개를 주억거렸다.

"네, 황후 전하께서는 물론 제국의 가장 높은 여인이시긴 하지만, 분명 과거에 순수한 마음을 간직한 소녀 시절이 있으셨을 거예요."

엘리노어가 뭔가 눈치챈 듯 물었다.

"뭔가 사연이 있나 보군요? 뭐지요?"

엘리샤가 배시시 웃으면서 대답했다.

"황후 전하께서 가장 좋아하시는 꽃이 푸른 수국이래요."

"아, 그래서 푸른 수국을? 확실히 좋은 정보로군요. 그런데?"

"좋아하시는 이유가 황제 폐하께서 처음으로 주신 꽃이어서라는 건데요. 두 분의 사랑이 저에게까지 전달이 되어서, 저는 이번만은 화려하고 아름다운 옷보다는 사랑을 간직한 의복을 만들어 드리고 싶었어요."

"드레스에 담긴 의미가 가히 좋군요. 이름은 왜 블루레인이지요?"

"그건 드레스에 담긴 이야기 때문에요. 본래는 하얀 꽃이었는데 푸른 빗방울을 맞고 천천히 푸른색으로 물들어 가는 게, 마치 진심을 알아 가는 과정 같아서요."

엘리샤의 반짝이는 보랏빛 눈동자를 물끄러미 바라보던 엘리노어가 이윽고 입술을 열었다. 그녀 역시 무언가 결심을 한 얼굴이었다.

"엘리샤다운 발상이 드디어 나왔군요. 아까 염료로 염색하는 것이 어렵다고는 했지만, 나도 생각할수록 염료로 직접 염색하는 것이 더 아름다울 것 같아요. 어때요, 엘리샤? 자정이면 성문이 닫히는데 그전에 다녀올까요?"

뜻밖의 제안에 엘리샤가 눈동자를 굴렸다.

"어디로요?"

"그야 물론, 염료 상인에게 말이지요."

엘리노어가 눈을 찡긋거렸다. 그녀의 말을 들은 엘리샤는 함박 미소로 화답했다.

"너무너무 좋아요!"

"좋아요, 그럼, 늦기 전에 나가 볼까요?"

* * *

황실 의복 제작 가이드를 한 장 한 장 자세히 읽어 내려가던 헬레나의 눈동자가 빛났다.

<금빛 사자는 곧 바르체스 황실의 상징입니다. 사자 자수를 사용하기 위해서는 정해진 규격과 빛깔, 올바른 각도로 배열해야 합

니다. 특히, 사자의 얼굴을 사악하게 표현하거나 악마처럼 나타낼 경우 황실 모독이 되니 주의해 주십시오. 권좌와 왕관, 황족의 이름 스펠링 역시 역방향으로 배치할 경우 마찬가지로 간주됩니다.>

"이런 게…… 있구나. 그래, 이거면 될지도 몰라."

헬레나는 곧장, 작업 공방의 재료 창고로 향했다. 자신의 드레스는 뒷전이었고, 금빛 사자부터 만들기 위해서였다. 황실을 모독하는 문양을 만들어서 엘리샤가 만든 의상에 몰래 부착하는 것, 그것이 헬레나가 계획하는 마지막 할 일이었다.

'그렇게 되면 절대로 엘리샤가 우승할 일은 없을 거야. 엘리샤만 아니라면 누구든 상관없는 걸 뭐. 그럼 내 친구 코넬리아도 행복해질 거야.'

헬레나가 동그란 뺨을 긁적이면서 웃었다.

한편, 엘리샤가 엘리노어와 함께 마차를 타고 도착한 곳은 은밀한 뒷골목의 작은 상점이었다. 저녁에 마차를 타고 시내로 나오는 일은 드물어서 엘리샤는 어쩐지 가슴이 두근거렸다.

"여기에요."

다 낡아 빠진 간판에는 'B'라는 이니셜이 흐릿하게 칠해져 있었다. 그런데도 안에는 왁자지껄하게 사람들이 가득 있었다. 원단을 염색하려는 상인도 있었고, 혹은 가발을 염색하려는 가발 상인까지 있었다.

그 가운데에서 많은 사람을 상대하는 중년 사내가 있었다. 얄팍한 인상의 잿빛 수염을 가진 그는 염료가 잔뜩 묻은 앞치마에 손을 쿡 찌른 채, 한창 가발 상인 하나와 실랑이를 벌이는 중이었다.

"이봐, 블랑키. 조금만 깎아 달라니까."

"가격은 동일해. 75골드. 이렇게 영롱한 허니 골드는 어디를 가도 이 가격으로는 절대 못 건져."

그가 주머니에서 한쪽 손을 빼내어, 투명한 염료 통을 들어 색상을 보여 주었다. 아롱진 불빛이나, 그의 언사를 차치하더라도 허니 골드의 염료는 노란 벌꿀의 반짝이는 광택을 그대로 담아냈다.

엘리샤도 넋이 나간 듯 염료의 아름다운 색에 매료되는 것 같았다. 비단 그 염료뿐 아니라, 이 가게의 염료는 무언가 달라 보였다.

곁에 있던 엘리노어가 설명을 덧붙였다.

"블랑키가 취급하는 염료는 일반 염료와는 차원이 달라요. 고급스러운 광택감과 맑고 선명한 색상이 특징이죠."

그녀의 말에 엘리샤도 입을 벌린 채 말했다.

"정말 염료들이 하나하나 다 아름다워요."

"그럼 우리도 염료를 골라 보도록 하죠. 일단 맑고 푸른색과 살짝 보라색 계열도 예쁘겠어요."

엘리샤가 고개를 끄덕이더니, 진열장에 놓인 염료를 가리켰다. 페리윙클 블루라는 색상명이 적혀 있었다.

"이 색이 수국색으로 예쁠 것 같아요. 이것도요. 워터 드롭, 밀키 스카이, 스카이 블루. 다 너무 예뻐요."

푸른색 계열의 염료만 해도 종류가 수도 없이 많았다.

"아무래도 전문가의 도움이 필요하겠어요. 헤이, 블랑키!"

엘리노어가 구두 굽을 딱딱 부딪치자 단숨에 모두의 시선을 끌었다. 덕분에 주인장의 관심 역시 끄는 데 성공했다. 블랑키는 엘리노어를 보고는 다른 손님보다는 친근하게 말했다.

"까다로운 설원의 레이디가 오셨군."

"반갑다는 인사는 됐어요. 엘리샤, 필요한 염료의 색에 대한 설명 좀 해 주도록 해요."

"말해 보시오."

곧장 블랑키의 시선이 엘리샤에게로 넘어왔다. 빨리 이야기해야 한다는 생각에 엘리샤가 양손까지 동원해 가면서 설명을 시작했다.

"어, 음, 푸른 계열의 염료를 찾고 있어요. 물 먹은 듯 촉촉한 느낌의 하늘색이나 푸른색이요. 빗물 느낌도 좋고요."

추상적인 요구에 인상을 찡그리는가 싶더니, 블랑키가 간략히 물었다.

"용도는 무엇이오?"

"드레스 원단을 염색하려고 해요."

"……어떤?"

"시폰이나 리넨이요."

사실 원단을 아직 정하지는 않았지만, 하늘하늘한 소재라면 그 두 가지가 적당할 것 같았다.

잠시 후, 블랑키가 가게 안을 한 바퀴 빙 둘러보더니 찰그락거리면서 염료 병들을 뒤적거렸다. 그렇게 그가 골라 준 염료는 전부 세 개였다.

맑고 투명한 블루 스카이와 그보다 진한 시안 블루, 그리고 제비꽃색의 예쁜 페리윙클 블루가 포함되어 있었다.

"워터드롭도 같이 줘요."

"……물을 섞어 타면 농도를 조절할 수 있을 거요."

"상냥한 양반, 그렇게 하지요."

엘리노어가 웃으면서 염료의 값을 치르자, 블랑키가 양피지 하나를 내밀었다. 거기에는 원단을 염색하는 방법이 간단하게 나와 있었다.

엘리노어는 그것들을 받아서 엘리샤에게 전해 주었다. 드디어 예쁜 염료를 손에 넣게 되니, 의복을 제작하기 전부터 기분이 좋아졌다.

* * *

"황실 의복 가이드에 대해서는 숙지하지 않은 건가요?"

"……예?"

신나게 의복을 구상한 세이딘은 뜻밖의 말을 듣고 골이 띵해졌다. 첼시는 직접 가이드를 펼치더니, 손으로 짚어 주었다.

"여기를 보면, 배꼽 혹은 배를 드러내는 의상은 금지되어 있다고 나와 있어요."

"하지만 이 부분이 의상의 포인트가 되는데……."

"절대로 안 돼요. 실격되고 싶은 건 아니겠죠?"

"넵, 시정하겠습니다."

실격이란 말에 놀란 세이딘은 곧장 태세를 바꾸었다. 하늘하늘한 전통 의상의 배 노출 부분은 전면 수정하여, 베일을 몇 겹이나 드리웠다.

"이렇게 하면 될까요?"

그 자리에서 옷본을 슥 고쳐서 내밀자, 첼시가 그제야 미소를 지었다.

"좋아요. 하지만 전체적으로 밋밋한 감이 있어요. 이 부분에 장식적인 디테일을 추가하면 좋을 것 같은데."

첼시의 말 한마디에 처음 그린 옷본에서 하나씩 하나씩 디자인이 바뀌어 가고 있었다.

*　　*　　*

황실 드레스메이커 선발제 7일째.

최종 미션의 작업 시간이 이틀이나 흘렀다. 블루 레인 드레스를 위한 원단과 부자재를 고르기 위해서 엘리샤는 재료 창고를 찾았다.

하얀색 시폰과 리넨을 고르고 있는데, 기척 없이 다가온 그림자에 놀라듯 고개를 들자 헬레나였다.

미묘한 공기가 둘 사이를 갈랐다. 엘리샤도 이제는 헬레나를 곱게 보아 줄 수가 없었고, 헬레나 역시 엘리샤를 향한 적대감을 눈빛으로 표시했다.

정적이 몇 초간 있었다.

헬레나가 재빨리 금빛 실과 원단을 대충 챙겨 가지고, 나가려는데 엘리샤의 말꼬리가 그녀를 붙잡았다.

"작업은 잘되어 가나요?"

"……아, 아뇨. 전 그냥……."

헬레나가 고개를 숙인 채 말을 더듬었다. 그 모습을 본 엘리샤가 차갑게 말했다.

"그럼 실례했어요."

'죠엘을 떨어뜨리게 한 것, 후회하게 해 줄게. 절대로 나를 방해할 수 없을 거야.'

엘리샤는 헬레나가 나가기도 전에 먼저 발걸음을 옮겼다. 재료 창고에 남아서 이러지도 저러지도 못하던 헬레나가 손톱을 잘근 씹으면서 눈썹을 일그러뜨렸다.

* * *

"이걸 참고하십시오."

콜린이 내민 것은 어제 이슈터가 제출한 옷본이었다. 꼼꼼하게 첨삭이 되어 있는 것은 물론이고, 추가 아이디어도 세세하게 정리가 되어 있었다.

이슈터의 시선이 옷본에 오랫동안 머물렀다가 다음에는 콜린에게로 향했다.

"도움이 될 것 같습니다."

"다행입니다."

서로 딱딱하기 그지없는 대사들이 오갔지만 마음만은 말랑거리는 것 같았다.

"많이 개선한 모습이 보기 좋았습니다."

뜬금없이 콜린이 입을 재차 열었다. 무슨 말인지 영문을 모르는 이슈터가 눈을 동그랗게 뜨고 그를 바라보자, 콜린이 부연 설명을 해 주었다.

"지난번 제가 이슈터 참가자의 개성이 부족하다는 말을 했었지 않습니까."

"네, 덕분에 저를 되돌아보는 시간을 가진 것 같아요."

"가져온 옷본을 보니 고민을 많이 한 흔적이 엿보여서 좋았습니다. 사실 그런 부분은 단시간에는 힘든 것이긴 합니다만, 점차 찾아가는 것도 좋을 겁니다."

이슈터가 콜린의 말에 고개를 주억거렸다.

"화려한 것을 좋아하지 않는 취향이 늘 의복을 만드는 데 방해라고 생각했어요. 화려한 옷이 아니면 사람들에게 인기가 없으니까요."

"트렌드는 늘 돌고 돕니다. 지금은 사람들이 화려한 옷을 선호해도, 언젠가는 심플하고 깔끔한 옷을 좋아하는 날들이 오게 될지 모릅니다."

콜린의 말에 이슈터는 한층 기운이 나는 것 같았다.

"옷본을 수정하는 대로, 바로 작업을 시작하려고 해요. 재료는 공방에 가져다 놓았어요."

"수정하고 바로 시작해도 좋겠습니다. 역시 심플한 것이 고급스럽습니다. 황후 전하께서도 좋아하실 겁니다. 대신에 거기 설명에도 적어 놓았지만, 가슴의 포인트를 없애고 차라리 넥 칼라 부분으로 시선을 분산시키는 게 나을 겁니다."

"그 부분에는 동의해요."

"어서 가 보십시오."

"네."

방을 빠져나가는 이슈터를 보면서 콜린이 중얼거렸다.

"저 정도 실력이 있다면, 스스로의 주관 때문에 고집이 센 경우도 많은데, 열린 사람이군. 우승할 가능성이 커. 엘리샤 녀석, 좀 더 긴장해야겠군."

이튿날 황실 드레스메이커 선발제 8일째.

작업 공방은 이슈터와 세이딘, 헬레나가 나와서 각자의 작업에 몰두하고 있었다. 벌써 밤이 다 되어 가는데, 엘리샤의 책상만 텅 비어 있었다.

한시라도 빨리 작업을 시작해도 모자랄 텐데…… 문득 엘리샤 걱정이 든 이슈터가 잠시 손을 멈추자, 뒤에서 나타난 콜린은 그녀의 시선을 따라갔다.

"지금 다른 사람 걱정할 때가 아닙니다. 어서 움직입시다."

느닷없이 들려온 콜린의 목소리에 이슈터는 다시 정신을 차리고, 바느질을 시작했다.

그리 말한 콜린도 내심 엘리샤가 아직도 공방에 나타나지 않은 것이 신경 쓰였다.

'엘리노어 심사 위원과 둘이니까 무언가 생각이 있겠지.'

한편 혼자서 의복을 만드는 시늉을 하고 있던 헬레나 역시 엘리샤가 나타나지 않은 것이 신경 쓰이는 듯했다. 어차피, 최종 심사 전에만 그 일을 마치면 되니까 상관이 없을 터였다.

헬레나는 주머니 속의 무언가를 불안한 눈동자로 연신 만지작거렸다.

* * *

몇 시간이 흐르고 모두가 작업 공방을 떠난 한밤중이었다.

부스럭거리는 소리를 내면서 엘리샤가 마치 세탁물을 안고 오듯이, 원단 더미를 들고는 공방 문을 열고 들어왔다. 이미 불까지 꺼져 있는 걸로 봐서 작업 공방에는 아무도 없는 모양이었다.

"아무도 없어요?"

대답은 들려오지 않았다. 이슈터는 자리를 지키고 있을 줄 알았는데, 일찍 작업을 마친 모양이었다.

어두워서 일단 불부터 켜야 할 것 같았다. 어기적거리면서 촛대 근처까지 간 엘리샤가 나직이 주문을 외웠다.

'타오르는 생명이여, 내 앞을 비추라.'

타닥.

그제야 시야가 환해졌다. 엘리샤는 지친 몸을 이끌고, 겨우 자신의 책상 자리로 와서 앉았다. 입고 있는 옷에도 하늘색 염료가 군데군데 튀어 있었지만, 그녀는 개의치 않았다. 머리카락도 잔뜩 헝클어져 엉망이었다.

"흐아아암, 아이고 죽겠다."

터져 나오는 하품을 손등으로 막으며 엘리샤가 중얼거렸다. 엘리노어 앞에서는 아무렇지 않은 척했지만, 사실 너무 고단했다.

게다가 개미 새끼 한 마리도 보이지 않으니 왠지 더욱 피로감이 몰려오는 것 같았다. 그야말로 오늘 하루는 염료와의 전쟁이었다.

"으…… 하지만 여기서 멈출 수야 없지. 기운 내자, 엘리샤!"

소매를 걷어붙이면서 엘리샤가 양 볼을 두드렸다. 엘리샤가 염색한 원단들을 하나씩 꺼내어 들어 보였다.

"와아, 색이 너무 곱다……."

정말 맑고 투명한 하늘색이었다. 하얀색에서 진한 파란색에 이르기까지 총 다섯 가지 단계로 염색한 원단이었다.

"으악, 이건 더 예쁘잖아!"

또 다른 원단은 자연스럽게 물든 하늘처럼 염색이 되었다. 엘리샤는 두 번째 염색 방법으로 한 것이 자연스럽게 된 것 같아서 더 마음에 들었다.

생전 처음으로 원단에 직접 염색을 해 보았다. 염료를 배합하고, 원단을 담그고, 바짝 말리고, 다림질까지 하느라 생각보다 품이 많이 드는 작업이었다.

하지만 요정 염료로 염색한 것보다 더 아름다운 원단을 얻을 수 있어서 값어치가 있는 시간이었다. 후회는 없었다.

하나부터 열까지 엘리노어가 곁에서 도와준 덕분에 해낸 것이기도 했다.

엘리샤는 차분히 원단을 재단하고, 드레스를 패턴별로 나누어 책상 위에 배열해 놓았다.

아무리 생각해도 힘들게 염색한 원단이 아까워서 일단 동일한 디자인을 다른 원단으로 만들어 보기로 했다. 헷갈리니까 블루레인 드레스A, B로 나누었다.

일단 두 벌 만들어서, 최종에 둘 중 하나를 선택할 생각이었다. 물론 이렇게 하면, 수고가 두 배로 들겠지만 더 아름다운 드레스를 위해서라면 이 정도 수고로움은 아무것도 아니었다.

엘리샤는 옷본을 다시 체크했다.

작은 꽃들이 한데 모여 피는 수국의 다발 느낌을 살리기 위해서, 풍성한 스커트를 꽃 부분으로 하고 상의는 최대한 간결하게 하얀색 시폰으로 표현할 생각이었다.

거기다가 상의에서 스커트로 갈수록 색은 점점 푸르게 물들도록 만들 계획이었다.

"꽃송이 하나하나가 서로 겹쳐서 더욱 푸른색이 되게끔 하면 더 좋겠어."

엘리샤는 옷본에 그런 내용을 추가로 메모했다. 황실에서 전달한 황후 전하의 치수를 적용하고, 이미 재단한 원단을 더욱 세심하게 손보았다.

스커트 부분에 들어가는 원단이 제법 많아서 패턴별로 나누는 데만 해도, 꽤 많은 시간이 소요되었다.

고개가 슬 무거워지는 게 새벽이 가까워져 있었다. 조금이라도 잠을 자기 위해서는 이만 숙소로 돌아가는 게 좋을 듯했다.

엘리샤는 작업한 원단을 정리해서 챙긴 후, 촛불을 불어서 끄고는 작업 공방을 나왔다. 어슴푸레하게 빛나는 달빛을 따라서 걸음을 옮겼다.

아네모네 궁, 자신의 방에 도착해 침대에 대자로 뻗어 버린 엘리샤는 이미 눈이 반쯤 감겨 있었다. 그러곤 그대로 쿨쿨 잠들어 버렸다.

그 순간 복도 끝 엘리샤의 방문이 닫힐 때까지 몰래 주시하는 눈동자가 있었다.

* * *

새파랗고 높은 하늘에 작은 뭉게구름만이 떠 있었다.

들꽃이 셀 수도 없을 만큼 가득 피어 있는 언덕에서 기분 좋은 산들바람이 불었다.

엘리샤는 누군가에게 안겨 있었다. 무척이나 포근하고 아늑한 품이었다. 부드러운 손길이 머리칼을 쓰다듬었다.

루자크는 분명 아니었다. 그보다는 더욱 아련하고 그리운 손길, 그리고 낯설지 않은 내음. 이건 엄마의 향기였다.

눈을 뜨자 보이는 건 햇살에 비친 하얗고 고운 얼굴이었다. 놀랄 정도로 자신과 닮은 이목구비와 분홍빛 머리카락을 가진 엄마의 모습에 엘리샤가 눈을 동그랗게 떴다.

"……엄마?"

"그래, 우리 딸 엘리샤."

"정말 엄마야?"

엄마가 고개를 끄덕이면서 웃었다. 여전히 아름다운 미소였다.

"그래. 엄만 늘 너를 지켜보고 있었단다. 결혼식 날의 우리 엘리샤는 최고로 예뻤지. 황실 드레스 선발 대회도 아주 잘해 내고 있어. 테일러 키트와 요정의 염료 없이 스스로의 힘만으로 노력하는 모습이 보기 좋아. 조금만 더 기운 내렴. 알겠지?"

"응, 마지막까지 최선을 다할 거예요. 보고 싶었어, 너무너무요."

"나도 너무 보고 싶었어. 우리 엘리샤. 이제 헤어져야 할 시간이구나."

"……벌써? 조금만 더 엄마랑 같이 있을래."

"그건 안 돼. 엘리샤, 누군가가 너에게 해를 끼치려 하고 있어. 잠에서 깨어나렴."

"누구?"

"너도 알고 있을 거야. 어서 일어나야 해."

그 말을 마치고 엄마는 모습이 불투명해지더니 스르륵 사라지고 말았다. 엄마를 다시 만났는데 이렇게 헤어져야만 하다니 마음이 아팠다.

"……엄마, 엄마!"

엘리샤가 손을 허우적거리면서 침대에서 몸을 벌떡 일으켰다. 눈가에는 어느새 눈물이 맺혀 있었다.

어디선가 서늘한 기운이 돈다고 느껴질 때였다. 창문이 열려 커튼이 펄럭이고 있었다. 깜짝 놀란 엘리샤는 꿈속에서 엄마가 한 말을 기억하곤, 창밖과 복도까지 조심스레 살폈다.

그러나 아무도 보이지 않았다. 방으로 돌아온 엘리샤는 원단을 숨겨 놓은 바구니를 확인해 보았다. 다행히도 원단은 무사했다. 이럴 줄 알고, 단단히 숨겨 놓기를 잘했다.

'아까 분명 누군가 내 방에 들어왔었어. 헬레나의 짓일까? 이제 슬슬 움직이는구나.'

엘리샤의 눈이 가늘어졌다. 똑똑히 기억하고 있다. 코넬리아가 헬레나에게 무슨 짓을 시켰는지…….

그러기 위해서는 엘리샤의 의복을 호시탐탐 노릴 터였다. 일부러 미끼를 던져 놓아야겠다는 생각이 들었다.

창밖을 보니 아직 해가 뜨기도 전이었다. 잠든 지 불과 네 시간밖에 지나 있지 않았다. 엘리샤는 즉시 작업 공방으로 향했다.

재료 창고에서 최고급 실크를 꺼내다가 재단을 하고, 패턴을 만들기 시작했다. 진짜 의복을 보호하고, 헬레나를 막기 위해서 그럴싸해 보이는 가짜 의복이 필요했다.

'낮에는 공방에서 이 가짜 의복을 만드는 척하고, 진짜 의복은 몰래 작업해야겠어.'

그것이 엘리샤가 내린 나름의 결론이었다.

* * *

"귀여워라."

닭들에게 모이를 주고 난 리나는 쪼그려 앉아서 병아리를 쓰다듬었다. 병아리처럼 자그맣던 마님이 떠올라 리나는 웃음이 나면서도 동시에 걱정이 들었다.

"우리 마님께서는 잘하고 계시겠지? 드레스 선발제는 언제 끝이 날까?"

끝이 언제가 되었든 자신이 해야 할 일은 기다림과 응원뿐이라는 것을 잘 알고 있었지만, 그래도 이렇게 한가롭게 지내도 될까 슬쩍 의문이 들었다.

"리나, 닭 모이를 다 주었으면 이제 다음은 소여물도 좀 부탁해."

마야 할멈의 쩌렁한 목소리가 날아들자 리나는 앞치마를 툭 털고는 일어났다.

"네, 가요."

테본에서는 명색이 시녀장이지만 이곳 별장에서는 직급 따위보다는 오랫동안 버텨 온 마야 할멈이 대장이었다. 웬만한 젊은 이보다도 부지런하고 힘이 센 그녀가 없었더라면, 이곳 별장은 폐허처럼 변했을 거다.

마야 할멈과 잘 지내려면 기본적인 집안일은 돕는 것이 당연했다. 게다가 이런 한가로운 농촌 생활을 즐기는 것도 나쁘지 않았다. 냄새가 좀 심한 건 싫었지만 이곳은 일손이 하나라도 부족했으므로 어쩔 수가 없었다.

블랙 윈터 본성의 시녀장 리나 체임버러를 아는 시녀들이라면 지금 이 촌스러운 원피스—마야의 젊은 시절 입던 옷—를 보면 깜짝 놀랄 것이다. 리나가 여물통을 들고 외양간으로 갈 적이었다.

별장 입구에 으리으리한 마차 하나가 멈춰 서 있었다. 아니, 그건 꽤 익숙한 마차였다. 바로 펜블렌가의 마차였던 것이다.

"본성에 누가 온 건가? 누구지?"

리나가 의문을 품고 다가가자, 익숙한 자태의 남자가 마차에서 내렸다. 빳빳하게 잘 다린 넥 칼라에 단정한 슈트를 차려입고 금테 안경을 쓴 갈색 머리의 번듯한 남자는 무척이나 낯이 익었다.

리나는 경악하면서 잠시 뒤를 돌았다. 지금 자신은 펜블렌 공작가의 시녀장이 아니라, 촌부에 가까웠다.

'하, 하필 이럴 때 저 남자를 마주칠 것이 뭐람…….'

리나가 슬금슬금 뒷걸음질을 치면서 여물통을 들고 가려는데 문제의 그 남자는 날카로운 관찰력을 지니고 있었다.

"체임버러 양, 어디 가십니까?"

"윽……."

순간 리나의 얼굴이 온통 흙빛이 되었다. 지금 이런 몰골로 마주치고 싶지 않았다. 도대체가 저 남자에게는 젠틀함이 조금도 없었다.

'숙녀가 곤란해 보이는 상황에는 아는 척을 삼가야지! 일단 못 들은 척 계속 걸어가자.'

리나가 계속해서 걸어가자, 반트는 고개를 갸웃거리면서 그녀를 따라왔다.

"안 본 새에 청력에 문제라도 생기셨습니까?"

'으이고, 저 화상.'

그 말에 리나는 발걸음을 멈추고 뒤를 돌아볼 수밖에 없었다.

"아아, 랜디어스 경이셨어요? 대체 여긴 웬일이시지요?!"

"휴가차 왔습니다."

"휴가라고요? 보통 휴가라 하면 고향에 가거나 멀리 휴양지로 떠나는 게 일반적이지 않은가요?"

"……각하의 제안이었습니다."

"각하의 제안?"

리나가 돌연 눈을 커다랗게 뜨면서 고개를 갸웃거렸다. 반트는 다음 말을 잇지 못하고, 귓불이 붉어지고 말았다.

"예, 휴양하기에 좋은 별장이라고 덧붙이셨습니다만."

"……별로 좋은 생각 같지는 않지만, 잘 오셨어요. 이렇게 보니까 반갑기도 하고요."

"예, 저는 어디서 머물면 되겠습니까?"

"그건, 마야에게 물어봐야 할 거예요."

"아, 그녀라면 저도 익히 알고 있습니다."

반트가 그리 말을 하자, 저 멀리에서 마야가 바구니 가득 따온 싱싱한 채소들을 가지고 별장으로 돌아왔다. 아까부터 밭에서 이걸 하고 있던 모양이었다.

마야는 나란히 서 있는 두 사람을 보더니 히죽 웃었다.

"이게 누구야? 안경 애늙은이 꼬마 반트로구먼."

"오랜만입니다, 마야. 각하의 명으로 휴가 받았습니다."

"한데 두 사람 화사하니 보기가 좋은걸. 오호라, 이제 보니 각하께서 휴가를 왜 이리로 보내 주셨는지 잘 알겠어요. 자자, 리나. 일은 그만하고 잠깐 수도 구경 좀 하고 오는 게 어때?"

"……네에?"

두 사람의 등을 떠밀어 대는 마야의 억센 팔 힘에 놀라면서 리나와 반트가 서로를 마주 보았다.

"뭐랄까, 왠지 전에도 비슷한 일이 있었던 것 같은데 말이죠."

안경을 들어 올린 반트가 리나의 원피스에 시선을 주면서 말했다.

"일단은 옷 가게로 가는 게 좋겠습니다."

"응? 아니 지금 이 상태로 시내로 가자고요? 절대로 안 돼욧!"

"지금은 마야가 문을 열어 주지 않을 것 같습니다만."

"우웃……."

그 말에는 전적으로 동의했다.

"마차를 타시죠, 레이디."

반트가 친히 마차 문을 열어 주면서 말했다. 리나는 어쩔 수 없다는 듯 마차에 올랐다.

* * *

작업 공방에 도착한 헬레나의 신경은 온통 한곳에 쏠려 있었다. 어제는 빈자리였던 엘리샤의 자리에 놓여 있는 마네킹, 그리고 분홍색 실크 원단으로 제작 중인 드레스 한 벌이 눈에 띄었다. 헬레나의 눈동자가 반짝였다.

'드디어…… 기회가 왔어.'

어제 엘리샤 때문에 고생한 걸 생각하니 한숨이 절로 나왔다. 하루 종일 기다렸지만 엘리샤는 작업 공방에 나타나지 않았다.

덕분에 아네모네 궁의 복도에서 새벽까지 기다린 끝에야 숙소로 돌아오는 엘리샤를 발견하고, 창문으로 겨우 잠입했다가 드레스를 찾지 못하고 그대로 도망쳤었다.

심지어는 1층이긴 했지만, 급하게 나온 탓에 다리가 나뭇가지에 긁히고 말았었다.

그런데, 작업 공방에 가장 일찍 도착했더니 운이 좋게도 엘리샤의 의상이 떡하니 자신을 기다리고 있었다. 작업 공방의 관리자가 있었지만, 책을 보고 있어서 시선을 따돌리기는 쉬웠다.

'지금 빨리해 버리자.'

헬레나는 조심스럽게 지나가면서, 엘리샤의 의복을 스윽 가져가고 대신에 같은 색의 실크 원단을 걸쳐 놓았다.

그러고는 재료 창고로 가서 원단을 고르는 척하면서, 미리 준비한 사자 자수를 엘리샤가 만든 의복의 가장 안쪽에 넣고는 박음질로 마무리를 했다.

"아얏!"

급하게 바느질을 하는 통에 바늘에 찔렸지만, 이 정도면 완벽한 것 같았다. 얼른 그 자리에 다시 원래대로 가져다 놓았다.

불과 오 분도 걸리지 않았다. 헬레나는 만족스러운 미소를 지었다.

악마의 형상을 닮은 금빛 사자가 엘리샤가 만든 의복에서 발견된다면, 황실을 모독한 것이 될 터였다. 이런 방법을 생각해 내다니 코넬리아는 정말 똑똑한 것 같았다.

헬레나는 바보스럽게 헤헤, 하고 웃음을 흘렸다. 긴장이 풀리고 나니 잔뜩 배고파진 그녀는 식당으로 향했다.

헬레나가 사라지는 것을 확인한 엘리샤는 그제야 책상 아래에서 기어 나왔다. 그러고는 헬레나가 한번 가져갔었던 의복을 가지고, 제 숙소로 향했다.

그날 코넬리아와 헬레나가 꾸민 음모대로라면, 자신의 의복에 흉악한 짓을 해 놓았을 게 틀림없었다. 엘리샤는 치를 떨며 그날 엿들은 대화를 떠올렸다.

—엘리샤가 만든 의복에 장난을 쳐 보면 어떨까? 절대로 우승할 수 없도록. 다음 미션이 황후 전하의 의복을 만드는 것이

아니라고 해도, 드레스 선발제에서 황실을 모독하고 부정하는 증표가 의복에서 발견된다면 그야말로 용서받을 수 없겠지. 그렇게 되면 엘리샤는 공작 부인에서도 내려와야 할 거야. 큭, 정말 완벽하네?

—하지만 그, 그렇게까지 무서운 일을 벌여도 될까요?

—나약한 소리 하지 마. 내가 움직이고 싶지만 지금 상황에서는 너밖에 믿을 사람이 없잖니. 엘리샤는 그보다 더 무서운 애라구. 나에게 한 짓을 봐. 내 친구 헬레나, 널 믿어. 잘할 수 있지?

—아, 알았어요. 최선을 다해서 엘리샤를 막아 볼게요. 그럼 황실을 모독하는 증표를 옷 안에 몰래 숨겨서 꿰매 놓으면 감쪽같겠죠?

—어머? 너 제법 머리가 잘 돌아가네. 바로 그거야.

방에 돌아온 엘리샤는 실크 드레스의 여기저기를 샅샅이 뒤지기 시작했다.

황실을 모독하는 증표라니, 그렇게까지 해서라도 자신을 밀어내고 싶을까? 코넬리아의 악의에 가득 찬 행동도, 그릇된 친구를 그대로 따르는 헬레나도 이해할 수 없었다. 아니, 이해하고 싶지도 않았다.

꼼꼼하게 찾은 결과 의복의 안쪽에 무언가가 만져졌다. 자신은 한 적 없는 바느질 마감이 되어 있는 부분이 있었다. 엘리샤가 눈썹을 치켜 올렸다.

"여기구나."

실밥을 조심스럽게 뜯어내자, 안에는 황실을 뜻하는 금빛 사자를 마치 지옥에 사는 괴물처럼 뿔과 괴상한 꼬리가 달린 악마로 표현해 놓았다.

그리고 그 아래에는 'DEATH' (죽음)이라는 단어까지 새겨 놓았다. 이건 명백하게 황실을 부정하고 모독하는 의미였다.

지난 일이지만, 라이몬드 황태자의 사건이 떠올라 엘리샤는 고개를 좌우로 흔들었다.

눈에는 눈, 이에는 이.

'헬레나, 그릇된 친구를 둔 것도 다 네 업보야. 죄 없는 죠엘까지 그렇게 만들고…… 이건 너에게 똑같이 돌려줄게.'

엘리샤는 마음속으로 중얼거리고는 황실 모독의 증표를 서랍장 깊은 곳에 보관해 두었다.

미션이 끝나기 전날까지 기다리자.

*　　*　　*

엘리샤를 시작으로 다른 참가자들도 이제는 작업 공방이 아닌, 개인적인 공간으로 재료를 가져가서 의복을 만들었다.

첫 미션 때보다도 훨씬 진지한 분위기였다. 각 심사 위원들도 참가자들을 돕기 위해서 전면적으로 나서면서 덩달아 긴장의 끈을 놓지 않고 있었다.

엘리노어가 따끈한 차를 직접 들고 엘리샤의 방문을 두드렸다.

"엘리샤, 이제는 다들 각자 작업하는 분위기로군요."

"앗, 어서 오세요."

"작업은 어디까지 했는지 좀 볼까요?"

엘리노어의 물음에 엘리샤는 마치 과제를 하지 않은 아이처럼 얼굴이 새하얘졌다.

"……음, 그게 패턴별로 재단은 해 두었고, 이제부터 만들어야 해요."

왠지 혼날 것만 같아서 엘리샤가 살짝 엘리노어의 눈치를 보았다.

"아직도? 그럼 손 좀 바쁘게 움직여야겠군요. 의복 완성을 하지 못하면 실격이에요."

역시나 엘리노어가 살짝 큰일 났다는 듯 혼냈지만, 그래도 솔직히 말하고 나니 한결 마음이 편했다.

엘리샤는 살짝 웃으면서 말했다.

"네, 알고 있어요. 지금부터 부지런히 하려고요."

"자, 차부터 한잔 마시고 기운 내 보자고요."

"감사해요, 심사 위원님."

엘리샤는 그녀가 준 차를 식기 전에 전부 마시고, 이제 본격적으로 의복을 만들기 시작했다. 헬레나의 일을 신경 쓰느라 시간을 조금 빼앗기긴 했지만, 이제부터라도 시간 배분을 잘하면 되는 일이었다.

블루레인 드레스의 옷본을 다시 체크한 엘리노어가 외알 안경을 내려쓰면서 말했다.

"엘리샤, 이번 드레스에서 가장 중요하고 포인트가 되는 게 바로 수국을 표현한 스커트 부분이니까, 먼저 만드는 게 어떨까요?"

"안 그래도 그게 고민이었어요."

"보통은 상의부터 만들지만, 이번 드레스는 스커트가 제작 시간의 거의 80%를 차지할 것 같아요. 먼저 만드는 게 좋겠어요. 안 그러면 나중에 시간에 쫓길 테니까."

"네, 그게 좋겠어요."

엘리샤가 고개를 끄덕이면서 스커트 부분이 될 시폰 원단부터 펼쳐 놓았다.

푸른 수국의 꽃송이를 닮은 스커트를 위해서는 많은 꽃받침 조각과 꽃잎이 필요했는데, 원단은 많이 준비했지만 이 수많은 꽃받침과 꽃잎들을 꿰매는 게 보통 일이 아니었다.

"시작, 해 보자."

* * *

나비 날개처럼 얇고 부드러운 수국의 꽃받침과 꽃잎을 표현하기 위해서 엘리샤는 온종일 바느질을 멈추지 않았다.

꿰매고 또 꿰매고, 총 70장의 작은 꽃잎들이 될 원단을 전부 꿰맨 것 같았다.

슬슬 팔이 저려 온 엘리샤가 잠시 바늘을 바늘꽂이에 꽂자, 곁에서 지켜보던 엘리노어가 말했다.

"엘리샤, 너무 고생 많았어요. 그만 식사를 하러 가도록 하죠. 꽃잎 배치는 다녀와서 하도록 하고."

"아…… 하지만 꽃잎의 양을 이 정도로 해도 풍성할까요? 부족할까 봐 걱정이에요."

엘리샤가 걱정스럽게 말했지만, 엘리노어가 고개를 저으면서 말했다.

"오, 그렇지 않아요. 꽃잎을 더 촘촘하게 하지 않아도 되는걸요. 예상보다 훨씬 더 많이 남겠는데요? 봐요."

엘리노어가 꽃잎을 10개 정도 모아서 엘리샤에게 보여 주었다. 그녀 말대로 꽃을 모아 놓자 제법 풍성한 볼륨이 느껴졌다.

"그러게요. 하지만 원단이 남지는 않을 거예요. 스커트의 바탕이 되는 원단의 색을 두 가지 버전으로 만들 거니까요. 꽃잎도 두 배가 필요할 거예요."

"염료의 재미를 알게 되었군요."

"네, 엘리노어 심사 위원님 덕분이지요."

"우선은 식사를 하러 갈까요?"

"아, 작업물을 챙겨서 가지고 갈래요. 예전에 잃어버린 기억 때문에 불안해요."

엘리샤의 말에는 엘리노어도 동의하는 바였다.

"그랬었죠. 그럼 그렇게 해요."

식당에는 이슈터와 콜린, 세이딘과 첼시가 식사를 하고 있었다. 세이딘이 어서 오라며 손을 흔들었다.

둘은 그들이 있는 테이블로 가서 앉았다. 콜린이 헛기침을 하곤 슬쩍 엘리샤에게 물었다.

"엘리샤 참가자, 작업 공방에는 별로 보이지 않는 것 같은데 작업은 잘 진행 중입니까?"

"네, 엘리노어 심사 위원님께서 잘 이끌어 주셔서 무리 없이 진행하고 있어요. 걱정해 주셔서 감사해요."

엘리샤가 환하게 웃으면서 말하자, 콜린은 왠지 약이 올랐는지 이슈터를 바라보면서 말했다.

"잘된 일입니다. 우리 이슈터 참가자도 아주 잘 진행하고 있습니다."

이슈터가 말없이 웃자, 엘리노어가 부채질을 하면서 농담을 던졌다.

"어머? 콜린 심사 위원님께서 우리를 견제하시는 건가요?"

"하하, 아닙니다."

"이번만큼은 기대하셔도 좋을 거예요."

"이런, 우리 이슈터 참가자도 만만치 않을 겁니다."

엘리노어와 콜린이 주거니 받거니 하는 통에 정작 본인들이 민망해진 엘리샤와 이슈터의 눈이 서로 마주쳤다.

엘리샤가 웃음을 터뜨리면서 이슈터에게 말했다.

"이슈터, 콜린 심사 위원님이 자부하시는 걸 보니 이번 드레스가 정말 멋질 것 같아요. 기대할게요."

"엘리샤의 드레스도 기대하죠."

세이딘이 그 틈을 끼어들었다.

"훗, 너희들 내 드레스는 기대 안 되냐?"

"……상상이 안 되는데, 세이딘이 만드는 드레스."

"보면 깜짝 놀랄걸?"

세이딘이 어깨를 으쓱거리자, 첼시 심사 위원이 오히려 더 민망해했다.

"세이딘은 다 좋은데, 그 큰소리만 안 치면 좋겠습니다."

그녀의 말에 엘리샤도 거들었다.

"맞아요."

첼시가 이슈터에게 힐긋 시선을 던졌다.

"이슈터 님, 아니 이슈터 참가자. 이번 의상도 궁금하네요."

"저만의 개성을 드러내는 의복을 만들어 보려고 노력 중이에요."

그 말을 하면서 이슈터가 콜린을 힐끔 쳐다보았다.

"멋진 생각이군요. 좋은 결과 있기를 바랄게요."

"네."

어쩐지 엘리샤는 첼시 백작이 이슈터를 바라보는 시선이 엄마처럼 따스하게 느껴져서 보기 좋았다.

"다들 마지막까지 최선을 다하자고."

식사를 마치고 돌아가던 세이딘이 격려를 해 주었다.

"고마워! 세이딘도, 이슈터도 모두 열심히 해!"

엘리샤도 진심으로 두 사람을 응원했다. 짧은 식사를 마치고 나자 다시 작업이 기다리고 있었다.

엘리노어는 곧장 작업을 하러 돌아가려는 엘리샤를 붙잡았다.

“이런, 엘리샤. 마음이 급한 건 알겠지만 너무 작업대에만 앉아 있으면 버티기 힘들어요. 잠깐 걸어요.”

“그럴까요.”

한밤중의 황성 정원은 산책하기가 더할 나위 없이 좋았다. 한참 동안 걷고 있다가 문득 엘리노어가 입을 열었다.

“솔직히 말하자면, 다들 예상하기로 우승 후보가 둘로 좁혀질 거예요. 엘리샤가 그중 한 사람이고요. 정말 최선을 다해 주었으면 좋겠어요. 버겁겠지만 조금만 더 기운 내도록 해요. 이제 거의 다 왔으니까.”

엘리샤의 보랏빛 눈동자가 흔들렸다가 다시 잦아졌다.

“네, 남은 미션은 후회 없이 할게요.”

“하지만 우승해도 문제가 되겠는걸요? 황실에 얽매이게 될 테니까.”

“아…… 그건 어느 정도 각오한 일이기는 하지만.”

“엘리샤보다도 걱정되는 건 펜블렌 공작 각하로군요.”

엘리노어의 말에 엘리샤가 뺨을 붉혔다.

“아주 소문이 자자해요. 공작 각하께서 애처가라고.”

“앗, 그런 소문도 돌고 있나요?”

“후후, 그럼요. 그래도 엘리샤의 꿈을 위해서라면 무엇이든 양보하실 분이라는 생각이 드네요. 각하께서는 더없이 좋은 남자세요.”

“그 점은 저도 잘 알고 있어요. 많은 결점이 있음에도 저를 진심으로 사랑해 주시는 분이세요."

조금만 더 이야기했다가는 울컥할 것만 같아서 엘리샤는 다음 말을 아꼈다.

"부러워라. 세기의 로맨스감이군요. 자, 그럼 숨 좀 돌렸으니 작업을 다시 하러 가 볼까요?"

"좋아요."

엘리샤는 곧장 작업에 돌입했다. 이틀 내내 열중한 결과 스커트가 완성의 기미를 보였다.

수국의 꽃잎과 꽃받침을 하나하나 이어 나가느라, 시간과 정성이 꽤 많이 들었다.

"다 됐다."

마지막 꽃잎까지 꿰매고는 한 면과 다른 한 면을 잇자, 드디어 스커트가 완성되었다. 온통 꽃으로 이루어진 형태라서 만들어 놓고 보니 흐뭇했다.

엘리샤는 스커트 한 벌을 자신의 허리에 덧대 보았다. 수국 꽃송이의 볼륨이 상당해서 파니에를 입지 않아도, 저절로 둥근 라인이 만들어졌다.

"선생님! 이것 좀 봐 주세요."

엘리샤는 이제 엘리노어를 심사 위원님이라는 호칭보다, 선생님이라고 불렀다. 엘리노어가 그게 더 편할 것이라고 먼저 제안했던 터였다.

"오, 어디 좀 봐요. 세상에! 상상보다 훨씬 예쁘군요. 거봐요, 물들이듯 염색한 버전 먼저 만들기를 잘했네. 다른 버전은 굳이 만들지 않아도 좋을 것 같은데 어때요?"

"그러게요. 사실 한 벌 더 만들기에는 시간이 부족하지 않을까 걱정되었어요. 저도 너무 마음에 들어요."

하늘색과 보라색, 푸른색이 그러데이션 되듯이 오묘하게 섞인 시폰 원단의 빛깔이 입체적인 꽃송이로 다시 탄생하니, 무척이나 청초하면서도 아름다웠다.

엘리노어는 감탄에 감탄을 거듭하면서 말했다.

"황후 전하의 이미지와도 꼭 어울릴 것 같군요. 엘리샤의 생각이 이번에도 통했어요."

"헤헤, 정말이요?"

엘리노어의 칭찬에 엘리샤의 입이 귀에 걸렸다.

"하지만 방심은 금물, 이제부터 상의 보디스를 만들어야죠."

"네! 마지막으로 점검해 보고요."

엘리샤는 스커트를 뒤집어서, 마감 봉제선까지 꼼꼼하게 되었는지 확인했다.

"좋아, 문제없고. 그다음은……."

이제야 비로소 상의를 만들기 위해서 새하얀 시폰 원단을 꺼내었다.

옷본에는 소매 부분이 자연스러운 주름이 잡힌 퍼프소매로 되어 있었는데, 문득 황후 전하의 평소 의복은 그렇지 않은 것이 떠올랐다.

"황후 전하께서는 평소에 길게 늘어지거나, 레이스가 가득한 소매를 즐겨 입으시는 것 같기는 한데, 퍼프소매는 너무 간소하고 밋밋하지 않을까 싶어 걱정이 들어요."

그러자 엘리노어의 답이 돌아왔다.

"음, 길게 늘어지는 소매는 이 스커트 디자인과는 어울리지 않을 거예요. 그렇다면 소매에 조금 더 볼륨을 넣어서 퍼프를 잡아 주도록 하는 게 어떨까요? 어차피 스커트 부분이 시선을 확 끌어 주니까, 상의는 살짝만 볼륨을 주어도 적절하게 어우러질 거예요."

"아, 말씀을 들으니 이해가 되는 것 같아요. 그렇게 해야겠어요."

"좋아요, 엘리샤. 잘하고 있어요."

엘리노어가 고개를 주억거렸다.

* * *

황실 드레스메이커 선발제 12일째.

이제 미션에 주어진 남은 시간은 내일 오전까지 채 하루가 남지 않았다.

블루레인 드레스를 완성하고 천으로 덮어 놓은 후, 엘리샤는 엘리노어에게 부탁했다.

"선생님, 잠깐만 산책을 다녀올게요. 드레스 좀 부탁드려요."

엘리샤의 말에 엘리노어가 말했다.

"그래요, 하지만 드레스 연출을 좀 더 고민해 보아야 하니까, 밤까지는 다시 돌아와야 해요."

"네, 물론이에요."

엘리샤는 제 방 작업실 서랍장으로 다시 돌아갔다. 매일 밤 이게 잘 있는지 확인을 했다. 만지는 것조차 꺼려질 만큼, 이 불온한 물건을 드디어 헬레나에게 돌려줄 때가 되었다.

엘리샤는 그것을 품 안에 넣고는, 작업 공방으로 향했다. 다른 참가자들이 개인적으로 심사 위원이나, 자신의 숙소에서 작업을 하는 데 반해서 헬레나는 여전히 작업 공방에서 작업을 계속했다.

식사를 하러 오갈 적에 보면 헬레나가 혼자서 작업 공방에 앉아 있는 것을 본 적이 있었다.

마치 자신이 드레스를 계속 만들고 있다는 것을 보여 주기라도 하듯 말이다. 그러나 그녀는 언제나 자바로티 후작 없이 혼자였다.

작업 공방의 문틈으로 안을 들여다보자, 헬레나가 여전히 앉아 있었다. 천을 만지작거리고는 있었지만 마네킹에는 아무것도 입혀져 있지 않았다.

'아직까지 드레스를 완성 못 한 걸까?'

엘리샤는 고개를 갸웃거렸다. 잠시 후, 헬레나가 몸을 일으켜 문 쪽으로 다가왔기에 엘리샤는 벽 쪽으로 몸을 숨겼다.

저녁 식사 시간이라 이동하는 듯했다. 엘리샤는 이 기회를 잡기 위해 일부러 저녁을 빵으로 대충 때웠다.

헬레나가 식당으로 가는 것을 발견한 엘리샤는 냉큼 공방으로 들어갔다.

공방 관리자도 식사를 하러 갔는지 자리에 없었다. 그래도 혹시 누군가 올지도 모르는 일이니 헬레나가 사용한 방법을 똑같이 사용했다.

미리 준비한 원단을 그녀의 자리에 스윽 가져다 놓고, 그것을 들고 재료 창고 안으로 들어갔다.

본래 헬레나의 것인, 흉악한 사자 형태의 자수를 그녀의 작업물 안쪽에 꿰매고 마감까지 같은 색의 실을 사용해서 마무리를 했다.

불과 3분도 채 걸리지 않았다.

"헬레나, 이제 넌 끝이야."

엘리샤는 아무 일도 없는 양, 헬레나가 만들던 드레스를 원래대로 가져다 놓고 작업 공방을 나왔다.

이제 남은 일은, 익명의 쪽지로 헬레나의 의복에 황실을 모독하는 불온한 문장이 있다는 걸 심사 위원에게 보내는 일이었다.

'설마 헬레나가 이 모든 걸 혼자서 끌어안지는 않겠지?'

돌아오면서 엘리샤는 손톱을 잘근 씹으면서 고민했다. 헬레나가 알아서 스스로 코넬리아가 시킨 일이라고 이야기한다면 코넬리아까지 같이 처벌을 받을 수 있을 텐데, 거기까진 무리일지도 몰랐다.

그렇게 된다면 엘리샤가 직접 나서는 수밖에 없었다. 그 누구보다도 엘리샤의 귀로 똑똑히 들은 이야기였으니까.

엘리샤는 엘리노어의 방으로 돌아와, 블루레인 드레스를 최종으로 점검하고 마네킹에 입혀 보았다.

속치마 없이 입혀도 좋았지만, 파니에를 입힌 후에 입히니까 더욱 라인이 풍성하게 사는 느낌이었다.

“모자라든가, 머리핀 같은 드레스와 어울리는 소품이 하나쯤 있으면 좋을 것 같은데…….”

마네킹에 입혀진 드레스를 보면서, 엘리노어가 중얼거렸다. 그러자 엘리샤가 말했다.

“그것보다는 블루레인 드레스에 어울리는 푸른 수국을 생화로 꽃다발째 들면 예쁘지 않을까요?”

“좋은 생각이지만 지금 성 밖으로 나가서 꽃 시장을 가기에는 시간이…….”

“으음, 그러게요.”

엘리샤는 고민에 빠졌다. 황성에서 푸른 수국을 구할 수 있는 건 황후 전하가 자주 즐기는 수국 정원뿐이었던 터였다.

그곳은 함부로 들어갈 수도 없는 곳이었고, 들어간다고 해도 그걸 꺾을 수는 없는 노릇이었다.

‘꽃…… 꽃이 필요한데. 어디서 구할 수 있을까. 아! 황성 정원을 관리하는 정원사라면 알고 있지 않을까?’

엘리샤는 지푸라기라도 잡는 심정으로 가 보아야겠다는 생각이 들었다. 아직 시간은 있었다.

“선생님, 저 잠시 황성 정원사를 찾아가 보려고요. 혹시나 수국을 구할 수 있을지 모르니까요.”

그러자 엘리노어의 회색 눈동자가 크게 뜨이더니 이내 미소를 지었다.

"좋은 생각이군요, 엘리샤. 어서 다녀와요."

"네, 선생님."

엘리샤는 드레스 자락을 붙잡고, 총총걸음으로 아네모네 궁을 나와서 복도로 향했다. 가장 가까운 정원으로 가 보았지만, 정원사는커녕 한 사람도 없었다.

"다른 정원에 가 볼까? 아니야. 정원사들이 모이는 곳이 따로 있을 거야."

황성에는 정원이 한둘이 아니었으니 전부 들를 수는 없었다. 마침 지나가는 시녀를 붙잡고 그녀는 길을 물었다.

"황성 정원사들이 머무는 곳이 따로 있을까요?"

"아…… 드레스메이커 선발제 참가자이시지요?"

"맞아요. 지금 정원사를 만나서 부탁할 것이 있어요."

"지금 서쪽 정원을 가꾸고 있어요. 제가 길을 안내해드릴게요. 따라오세요."

"고마워요."

시녀의 뒤를 따라서 한참을 가자, 꽃들이 만발한 정원 하나가 나왔다. 그곳에는 정원사들 서너 명이 가지를 손질하고 있었다.

단박에 엘리샤의 얼굴이 밝아졌다. 엘리샤는 작업을 하고 있는 정원사에게로 다가갔다. 그들은 작업 도중에 자른 가지들이나 떨어진 꽃 등을 한곳에 모으고 있었다.

엘리샤는 그중에 가장 인상이 좋아 보이는 정원사에게 가서 말을 붙여 보았다.

"안녕하세요."

"레이디께서는 이곳까지 무슨 일이신가요?"

"아, 저 실은 황실 드레스메이커 선발제의 참가자랍니다. 사용하지 않는 꽃을 구하고 싶어서 이렇게 염치 불고하고 찾아왔어요."

선발제 참가자라는 말을 들은 정원사는 호의 어린 시선으로 바라보고는 말했다.

"그렇군요. 손질하고 남거나, 떨어진 꽃을 모아 놓은 건물이 있는데 그곳에서 찾아보세요. 따라오십시오."

"네. 너무너무 감사해요."

그제야 한줄기 빛이 보이는 것 같았다. 정원사가 작은 건물로 안내했다. 그곳에는 남은 재료나 가지들, 꽃들을 모아 놓은 것이 보였다. 특히 바구니마다 꽃을 모아 놓은 듯했다.

버리기에는 무척 싱싱하고 아까운 꽃들이었다. 바구니 안을 하나씩 들여다보던 엘리샤의 눈이 빛났다.

"푸른 수국!"

자그만 바구니 하나에 푸른 수국도 담겨 있었다. 엘리샤는 정말 하늘이 도왔다 싶었다.

"아, 꽃을 구하고 싶었는데 너무 감사해요. 그런데 제가 사용해도 괜찮을까요?"

"자연적으로 떨어진 것을 모아서 조금 시들기는 했지만, 흠은 많이 없을 것입니다. 여기 있는 꽃들은 궁궐 장식에도 종종 쓰이지만, 약간이라면 가져가도 괜찮습니다."

정원사가 친절하게 말했다.

"정말 고마워요!"

그렇게 우여곡절 끝에 엘리샤는 푸른 수국을 한 다발 얻어서 품 안에 들고 왔다.

은은한 향기와 고운 빛깔이 블루레인 드레스를 입은 황후 전하를 더욱 돋보이게 해 줄 거라는 기대감이 들었다.

이튿날, 아침이 밝자마자 엘리샤는 깃펜으로 쪽지를 적었다. 그것을 곱게 접어 드레스 선발제 주최 위원단이 발견할 수 있도록, 심사가 열릴 신들의 정원 탁자 위에 올려놓았다.

최종 심사를 준비하면서 누구든 이 쪽지를 발견하게 될 것이다.

미션이 끝나는 시간은 정확히 정오였다. 밤잠을 조금 설쳤지만, 엘리샤는 다시 잠들고 싶은 마음은 없었다.

일찍 일어난 김에 몸단장부터 시작했다. 미션 최종 날이니 단정해 보이는 둥근 넥 칼라가 달린, 남색 드레스를 선택했다.

거울을 본 엘리샤는 치렁치렁한 분홍 머리카락이 신경 쓰였다. 하나로 모아서 남색 리본으로 질끈 묶어 주자 한결 간편해 보였다.

엘리샤는 거의 5분에 한 번씩 이번에 완성한 드레스를 들여다보고 있었다.

엘리노어가 엘리샤의 방으로 차와 쿠키를 가지고 왔다.

"엘리샤, 긴장한 얼굴이군요."

"심사가 가까워지니까 너무 떨려요."

"차를 마시고, 진정 좀 하도록 해요."

"네, 감사해요."

따끈한 차가 몸 안에 들어오니, 그녀 말대로 아까보다는 심장이 덜 두근거리는 것 같았다.

잠시 후, 시종이 방문을 두드렸다.

"황실 드레스 선발제의 최종 미션이 곧 마감입니다. 참가자 여러분께서는 잠시 후, 신들의 정원으로 모여 주시기 바랍니다."

드디어 마지막 심사가 코앞이었다.

모두들 일찍부터 심사를 기다리면서 자리를 지키고 있었다. 그 말 많던 세이딘조차도 긴장한 기색이 역력했다.

한편 헬레나는 알 듯 말 듯한 미소를 짓고 있었다. 미션 내내 불안하던 심사를 앞둔 사람치고는 평온한 얼굴이었다.

이슈터는 평소와 다름없는, 무표정한 얼굴이었다. 그러나 그 얼굴 어딘가에서 엘리샤는 최선을 다했다는 후련함을 읽을 수 있었다.

오늘도 아이레나는 아름다운 자태를 뽐냈다. 그녀의 의상은 은빛 스토머커로 힘을 준 청록색 드레스였는데, 시원한 색감이 인상적이라고 엘리샤는 생각했다.

이윽고 황후의 자리를 마련하는 것으로, 주최 측의 모든 준비가 끝난 듯했지만, 베일로 가려져 있어서 아직 도착 여부는 알 수 없었다.

아이레나의 옆에는 어떻게 된 영문인지 검은 천으로 가려진 마네킹 세 개만 진열되어 있어서, 사람들의 궁금증을 자아냈다.

분명 참가자 모두의 의복이 진열되어 있을 텐데, 어째서 세 개인지는 예측할 수 없었다.

드레스메이커 선발제 최종일이라서 그런지, 평소에 있던 사람들보다도 훨씬 많은 귀족들이 구경 나와 있었다.

"오늘은 최종 심사라서 공개적으로 하는 건가 봐요."

엘리샤가 엘리노어와 귓속말을 속삭였다.

그때 멀리서 환호성이 들려왔다. 자세히 보니, 엘리샤가 익히 아는 얼굴들이 보였다.

손수건을 열심히 흔들고 있는 무리에서 엘리샤는 죠엘과 그레이스 부인을 발견할 수 있었다.

"어? 저기 죠엘이야!"

엘리샤가 반가움에 소리쳤다. 곧장 세이딘과 이슈터에게도 알려 주었다. 그러나 그게 끝이 아니었다. 정말 오랜만에 보는 반가운 얼굴이 또 있었다. 엘리샤는 제 입을 가린 채 중얼거렸다.

"세상에 멜드레 선생님! 저기에는 리나와 랜디어스 경?"

엘리샤는 자신을 응원하기 위해서 와 준 그들에게 진심으로 고마웠다. 한 손도 모자라서 양손을 흔들어 주면서 엘리샤는 감동에 겨웠다.

'모두들 너무 고마워요. 용기가 나는 것 같아.'

엘리샤는 마음속으로 그들에게 고마움을 표시했다. 그리고 멀리서도 자신을 응원하고 있을 루자크에게도…….

잠시 후, 아이레나가 드디어 진행을 시작했다.

"안녕하십니까, 아이레나입니다. 제2회 황실 드레스메이커 선발제가 벌써 최종 미션까지 달려왔습니다. 이제 그 최후의 심사를 앞두고 있습니다. 여기까지 함께해 준 네 명의 참가자 여러분, 정말 수고 많으셨습니다."

아이레나의 말에 여기저기서 박수가 쏟아졌다.

"마지막 미션은 바로 황후 전하의 드레스를 만드는 것이었는데요. 우선 이번 미션에서는 심사 위원들께서 각 참가자들에게 조언과 도움을 주면서 함께 호흡하셨는데, 그 소감부터 들어 볼까요? 먼저 이슈터 참가자를 도와준 콜린 심사 위원님. 한 말씀 부탁드립니다."

그러자 콜린이 왜 자기부터 시키냐는 듯, 아이레나를 슬쩍 응시했다. 앉아 있는 순서는 자바로티 후작이 더 먼저였기 때문이었다.

"……음, 이슈터 참가자는 기본적으로 모든 것이 상위에 있는 참가자였지만, 개성이 부족하다는 게 제 의견이었습니다. 그러나 이번 미션에서는, 본인 스스로가 그걸 극복하고자 노력했고, 이제 그녀만의 개성을 찾은 것 같아서 저도 기쁩니다."

"그렇군요. 이슈터 참가자에게 꼭 필요한 조언이었네요. 이슈터 참가자는 최종 심사를 앞두고 어떤 마음인가요?"

아이레나가 부드럽게 웃으면서 이슈터에게 질문했다.

"빨리 끝내야겠다는 마음이 큽니다."

"그간 노고가 많으셨군요. 이해합니다. 그럼 다음 세이딘 참가자를 도와주신 첼시 심사 위원님의 소감을 들어 보겠습니다."

아이레나의 말이 끝나기가 무섭게 세이딘이 첼시 백작을 향해서 무어라고 손짓을 했기에 그녀가 피식하고 웃고 말았다.

"……죄송합니다. 세이딘 참가자가 소감 말할 때 좋게 말해 달라고, 신신당부를 했었기에 말씀드립니다. 세이딘 참가자는 사실 남성이기에, 황후 전하의 의복을 제대로 만들 수 있을지 걱정이 컸는데 본인만의 스타일을 구축해서 무리 없이 훌륭하게 잘 소화해 낸 것 같습니다. 특히, 그는 센스가 좋은 참가자입니다. 좋은 결과 있었으면 좋겠습니다."

첼시 백작이 말을 마치자, 세이딘이 엄지를 치켜세웠다. 아이레나가 그 모습을 보면서 말했다.

"두 분께서 함께 미션하면서 정이 많이 드신 모양입니다. 보기 좋습니다. 세이딘 참가자는 최종 미션에서 어떤 결과를 얻을 것 같은가요?"

그러자 기다렸다는 듯이 세이딘이 말했다.

"반전에 반전을 거듭해서, 이슈터와 엘리샤를 제치고 제가 우승하지 않을까 조심스럽게 추측해 봅니다."

하하하!

그러자 일대에 한바탕 웃음소리가 커졌다. 저 자신감 하나는 그 누구도 이기지 못할 것 같았다.

"정말 대단한 자신감이네요. 그럼 또 다른 팀을 만나 보겠습니다. 헬레나 참가자를 도와주신 자바로티 후작님은 어떠셨나요?"

자바로티는 딱히 할 말이 없었는지, 연신 수염만 쓰다듬다가 짧게 말했다.

"워낙에 쟁쟁한 후보자들이 많았으나, 우리 헬레나 참가자도 최선을 다했습니다. 이상입니다."

아이레나는 다음 헬레나에게 주목하면서 말했다.

"헬레나 참가자는, 황후 전하께 어떤 의복을 만들어 드리려고 노력했나요?"

그러자 헬레나는 불안한 듯 눈동자를 굴리면서 마지못해 조그만 목소리로 대답했다.

"저, 저는 부, 부족한 실력이지만 황후 전하의 아름다움을 빛내기 위한 의복을 만들어 드리려고 노력했는데……."

과한 주목을 받아서인지 헬레나는 무슨 이유에서인지 주눅이 잔뜩 든 상태로 말끝을 흐렸다.

아이레나도 더 재촉하지 않고 유연하게 말했다.

"최종 심사를 앞두고 조금 긴장한 모양이로군요. 괜찮아요. 그럼 바로 넘어가서 엘리샤 참가자를 도와주신 엘리노어 심사 위원님, 한 말씀 부탁드릴게요. 함께 작업해 보니 어떠셨나요?"

엘리노어는 엘리샤를 애정 어린 눈길로 한번 바라본 후, 말했다.

"엘리샤 참가자는 테본에서부터 익히 알고 지내던 참가자였어요. 그녀의 독창적이고 창의적인 드레스는 무한한 가능성을 가지고 있다고 생각해요. 이번에도 마찬가지였답니다. 기대하셔도 좋아요."

"엘리노어 심사 위원께서 유독 아끼시는 것이 느껴지네요. 자, 그럼 마지막으로 엘리샤 참가자는 이번 미션까지 마치면서 어땠나요?”

아이레나의 질문에 엘리샤가 잠시 말을 골랐다.

“아, 음. 드레스 선발제에서 미션을 하나씩 해 나가면서 제 자신의 다른 부족함을 알게 되고, 새로운 가능성을 알아 가는 것 같아서 즐거웠어요. 벌써 마지막이라고 하니 아쉽기도 하고, 섭섭하기도 하네요. 심사에서 기왕이면 좋은 결과가 있었으면 좋겠습니다.”

“그렇군요. 엘리샤 참가자를 비롯해서 다른 참가자 여러분 모두 정말 고생 많으셨습니다.”

그녀의 말에 엘리샤도 다른 참가자들을 향해서 고생했다고 격려를 해 주었다.

“심사에 앞서 아쉽지만, 최종 미션에서는 조언을 해 주신 심사위원의 심사는 받을 수 없다는 점 상기해 주시기 바랍니다. 대신에 제가 추가로 심사를 할 예정입니다. 그럼 이제부터 진정한 승자를 가리는, 참가자들의 드레스를 공개해 보도록 하겠습니다.”

심사가 시작되려는 분위기에 엘리샤는 슬쩍 헬레나를 살폈다. 헬레나는 자신의 드레스에 그 사자 자수가 있다는 것을 전혀 모르는 눈치였다.

‘아직까지 심사 측에 그 쪽지가 전달이 되지 않은 것일까?’

아이레나가 세 개의 마네킹 중 첫 번째 마네킹 앞으로 다가갔다.

“자, 그럼 첫 번째 의복부터 공개하도록 하겠습니다. 첫 번째 의복은 바로……!”

그때 주최 위원단에서 한 사람이 급히 달려와 아이레나에게 무슨 소식을 전했다. 그 이야기를 들은 아이레나가 고개를 주억거리더니 진행을 계속했다.

"잠시만요, 방금 주최 측으로부터 한 가지 소식이 들려왔습니다. 헬레나 참가자가 드레스를 완성시키지 못했다는군요. 안타까운 소식입니다."

그 이야기를 들은 엘리샤는 놀랐다. 그렇게 되면 헬레나의 드레스에 자수를 놓은 일이 소용없게 될 텐데…….

그러나 그건 괜한 걱정이었다. 잠시 후 아이레나는 첫 번째 마네킹에 덮여 있던 천을 걷어 냈다.

"하지만, 헬레나 참가자의 수고가 있었으므로 작업을 채 다하지 못한 드레스는 공개하겠습니다. 헬레나 참가자와 자바로티 후작님은 앞으로 나와 주십시오."

아이레나의 말에 헬레나는 고개를 살짝 떨군 채, 앞으로 나갔다.

공개된 의복은 솔직히 평하자면, 매우 평범한 디자인에 완성도가 부족해 보였기에 아이레나도 적잖이 놀란 것 같았다.

"음…… 아무래도 시간이 부족했긴 하지만 조금 놀랍네요. 혹시 어떤 사연이 있나요, 헬레나 참가자?"

"그, 그건 아니고 아니 사실은 계속 몸이 안 좋았어요."

"몸이 안 좋았다면 즉시 누군가에게 알렸어야지요. 어디가 안 좋은 거지요? 지금은 괜찮은가요?"

"지금은 괜찮아요…… 다만 의복을 제대로 완성하지 못해서…… 죄송합니다."

불안하게 눈동자를 굴리면서 말하는 헬레나의 태도에 아이레나의 낯빛이 좋지 않아졌다.

다른 미션도 아니고, 황후 전하의 의복을 만드는 최종 미션에서 이런 경우가 생기다니, 한참 동안 말을 잇지 못하던 아이레나는 자바로티 후작에게 다그치듯 물었다.

"자바로티 후작님께선, 헬레나 참가자의 상태를 전혀 모르고 계신 건가요?"

그러자 그는 시치미를 뚝 떼고 말했다.

"어허, 거참. 저는 전혀 몰랐습니다."

"네, 안타깝지만 헬레나 참가자는 실격 처리 되셨습니다. 이번 일은 유감입니다."

아이레나가 단호하게 말했다. 실격 처리되었지만 헬레나는 무언가 할 말이 더 있는 듯 우물쭈물했다.

"저어, 아이레나님. 꼭 전해드릴 것이 있어요."

헬레나는 아이레나에게 조용히 귓속말로 말하면서 작은 서신 하나를 내밀었다. 아이레나는 그 자리에서 그것을 펼쳐보았다.

<엘리샤 드 펜블렌이 수상합니다. 드레스를 면밀히 조사해 주세요.>

서신을 읽어 내려간 아이레나가 헬레나에게 다시 시선을 고정하곤 그녀를 뒤쪽으로 데려가서 조그맣게 말했다.

"이게 도대체 무슨 뜻이죠?"

"그, 그녀는 처음부터 드레스를 개인적으로 만들었어요. 우연히 보았는데 드레스에 입에 담기 힘든 내용의 자수를 숨기는 것을 보았어요."

"이게 정말인가요?"

"……네. 한 치의 거짓도 고하지 않았습니다."

떨리는 눈동자로 헬레나가 말했다. 아이레나가 심각한 어투로 말했다.

"알겠습니다. 확인해 보지요."

아이레나가 대답하자, 헬레나의 눈동자가 기묘하게 빛났다.

'좋아. 계획대로 되고 있어.'

슬그머니 입꼬리가 올라갔다. 엘리샤의 드레스에 사자 자수를 숨기고, 몰래 그 사실을 알려 주는 것까지 실행했다.

이제 남은 건 엘리샤의 드레스에서 발견된 황실 모독의 증표로 인해서 모두가 놀라고, 엘리샤가 나락으로 떨어지는 일뿐.

한편 테이블에서 발견한 쪽지를 만지작거리던 선발제 주최 위원단 중 한 사람은 조심스럽게 쪽지의 내용을 보고 또 보았다.

아무리 생각해도 그냥 넘길 수 없는 내용이라, 그는 진행을 하다가 잠시 멈춘 아이레나에게 다가갔다. 그러고는 천천히 다가가서 문제의 쪽지를 보여 주었다.

그걸 확인한 아이레나의 동공이 커다랗게 흔들렸다.

아이레나는 그것을 낚아채더니 머리를 감싸 쥐고는 말했다.

"기다리고 계신 신사 숙녀 여러분 죄송합니다. 최종 심사는 잠시 중단하겠습니다. 각 심사 위원님들은 급히 회의를 해야 할 것 같습니다. 중대한 사안입니다."

아이레나의 갑작스러운 발표에, 모두들 눈이 휘둥그레졌다. 심사 위원들 역시 영문을 몰랐는지, 그 자리에서 일어나 심각한 표정으로 이야기를 나누었다.

뿐만 아니라, 드레스 선발제의 최종 우승자를 가리는 심사 결과를 구경 나온 많은 사람도 너도나도 웅성거리기 시작했다.

"대체 무슨 일이람?"

"무슨 문제가 생긴 모양인데요?"

* * *

한편 심사 위원들은 소란스러운 바깥 상황을 걱정하면서, 신들의 정원과 다소 거리가 떨어진 곳으로 벗어났다. 도대체 무슨 일이냐 묻는 모두의 질문에도 꿋꿋하게 대답 한 마디 해 주지 않던 아이레나가 드디어 발걸음을 멈추었다.

그녀의 발만 바라보던 그들도 모두 따라서 걸음을 멈추었다.

"아이레나. 도대체 무슨 일인지 말씀을 해 주셔야지요."

엘리노어가 잔뜩 얼어붙은 아이레나를 달래듯 말했다. 그제야 아이레나가 입술을 열었다.

"이것이 진실인지 아닌지는 확신할 수 없지만, 이번 드레스 선발제의 명예를 크게 실추시킬 사건인 건 분명해요."

"도대체 무슨 일이기에 그럽니까?"

"이걸 보세요."

아이레나가 쪽지와 서신 하나를 내밀었다. 그러자 심사 위원들이 머리를 맞대고 들여다보았다.

서신에는 엘리샤를 의심하는 내용이, 쪽지에는 다음과 같은 내용이 적혀 있었다.

<이번 드레스 선발제 참가자 중에 황실을 모독하는 부정한 문양을 만들어 의복에 몰래 숨긴 자가 있습니다. 반드시 색출하여 황실을 모독한 죄를 달게 받게 해 주십시오.>

서신과 쪽지를 다 읽고 콜린이 가장 먼저 말했다.

"누가 보낸 겁니까? 이걸 믿을 수 있습니까?"

"서신은 헬레나 참가자가 주었고, 쪽지는 익명으로 도착했어요. 오늘 드레스 선발제 주최단 눈에 띄도록 테이블 위에서 발견되었다고 하더군요."

그러자 자바로티 후작도 불쑥 끼어들었다.

"이렇게 보니 서신과 쪽지가 통하는 내용이 아닙니까?"

"……말도 안 되는 모함이라고 생각해요. 엘리샤 참가자는 그런 일을 벌일 사람도 아니고, 명분도 없어요. 게다가 그녀는 작업 내내 저와 함께 있었는걸요. 저는 헬레나 참가자가 도리어 수상한걸요?"

충격에 휩싸여 있던 엘리노어가 의미심장한 눈빛으로 말했다.

"저 역시 엘리샤 참가자가 그런 일을 했으리라고는 믿고 싶지 않군요……."

첼시 백작이 고개를 저으면서 말했다. 그건 심사 위원 모두가 똑같이 하고 있는 생각이었다. 콜린 역시 말했다.

"가만히 보면 쪽지와 서신이 통하는 내용이지만 전 완전히 다르다고 생각합니다. 헬레나 참가자의 서신은 엘리샤 참가자를 의심하는 내용이지만, 쪽지의 내용은 어느 누구라고 특정 짓지 않았습니다. 그러므로 공정하게 모든 참가자의 드레스를 조사해 보는 게 좋겠습니다."

콜린의 말에 아이레나도 동의하는 듯 고개를 끄덕거렸다.

"그의 말이 맞습니다. 일단은 최종 심사 전에 모든 참가자의 의복에 그런 문양이 숨겨져 있는지 면밀하게 조사를 해 보아야겠습니다. 심사 위원 여러분 모두 협력해 주세요."

뜻밖에 벌어진 불미스러운 사건으로 인해 모두 걱정스럽고 불안한 빛이 역력했다.

* * *

드레스 선발제가 중단된 지 벌써 삼십여 분이 흘렀다. 헬레나는 속으로 이제야 드디어 계획대로 되고 있구나 생각했다.

서신까지 보냈으니 엘리샤의 드레스는 조사를 당할 테고, 황실 모독의 증표가 발견되면 게임은 끝이었다.

한편 엘리샤 역시 직감적으로 이제야 그 쪽지가 전달되었음을 예상했다. 아까 헬레나가 아이레나에게 무언가를 보여 주는 것을 보았다. 아마도 자신을 음해하는 내용일 터. 그러나 실상 드레스를 조사해 본다면, 결과가 밝혀질 것이다. 엘리샤는 왼쪽에 앉아 있는 헬레나를 바라보았다. 눈이 마주치자마자, 헬레나가 빠르게 엘리샤의 눈을 피했다.

그녀 역시 심사가 중단되고 심상치 않게 상황이 돌아간다는 것을 아는 모양이었다.

'나에게 잘못한 줄은 아는 거야, 헬레나?'

엘리샤는 입술을 잘근 깨물었다.

'미안하지만, 네 계획대로 되진 않을 거야.'

* * *

신들의 정원으로 돌아온 심사 위원들과 아이레나는 정식으로 심사 중단을 발표하고, 분주하게 움직였다.

황실 모독의 증거를 찾기 위해서, 전문적으로 감별을 위한 인원도 투입되었다.

혹시 모를 위험에 대비하기 위해서 독을 판독할 수 있는 은제 도구까지 준비되었다.

두 명의 전문가들이 움직인 끝에 한 사람이 손을 들고 말했다.

"이 드레스 안에서 이걸 발견했습니다."

악마처럼 흉측하게 생긴 금빛의 사자와 '죽음'이라는 불경스러운 단어가 함께 수놓아진 자수였다.

현재 엘노아 제국의 바르체스 황실을 상징하는 금빛 사자를 이렇듯 악마로 표현하는 것은 명백하게 황실을 부정하는 일이었다.

자칫 잘못하다가는 반역으로도 싸잡힐 수 있을 만치 무서운 의미를 내포하고 있었다.

"세상에! 이, 이건 황실 모독이 틀림없습니다."

아이레나는 충격에 휩싸여 말했다. 게다가 헬레나가 제게 거짓으로 서신을 전달했다는 것도 참으로 발칙한 일이었다.

"헬레나 참가자의 의복에서 이것이 발견되었습니다. 이게 대체 어떻게 된 일입니까, 자바로티 심사 위원님?"

그러자 자바로티마저 크게 놀라 벌벌 떨면서 말했다.

"아니! 그럴 수가! 이건 나도 전혀 모르는 일입니다!"

자바로티는 부인했지만, 아이레나는 의심을 거두지 않았다. 무엇보다도 명예로운 황실의 행사를 망치고, 황실을 모독한 것에 대해 크게 분노를 하고 있었다.

"그렇다면 헬레나 참가자가 온전히 혼자서 꾸민 일이란 말인가요? 정확한 정황 조사가 필요할 것 같습니다. 저 역시 황실에 소속된 사람으로서 이번 일은 절대로 그냥 넘어갈 수가 없겠군요. 황후 전하께 이 일을 알리러 가야겠습니다."

아이레나가 그렇게 말한 후, 돌아설 때였다. 사람들이 술렁거리기 시작했다.

"황후 전하께서 도착하셨습니다."

황성 시녀장이 외쳤다. 모두가 당황한 낯빛으로 고개를 숙였다. 서둘러 다가온 황후가 매우 궁금하다는 표정인지라 모두들 어쩔 줄 몰라 하고 있었다.

"……최종 심사를 기다리고 있었는데, 어찌 된 영문인지 아무 소식이 없더군요. 아이레나, 무슨 문제라도 생겼나요?"

"황후 전하…… 불미스러운 사건이 생겼습니다."

"불미스러운 사건?"

"예."

아이레나가 황후에게 사건의 전말을 전해 주었다. 황후의 낯빛이 창백하게 변했다.

"그런 일이 있었던가요? 믿을 수가 없군요. 일단은 나머지 참가자들은 정상적으로 드레스 선발제를 진행하도록 하세요. 관련자 심문은 그 후에 진행될 것이에요."

"알겠습니다, 황후 전하."

아이레나가 고개를 숙여 명을 받들고는, 심사 위원과 참가자들만이 들을 수 있도록 목소리를 높이지 않고 이야기했다.

"이번 사건의 관련자인 헬레나 드 바이든과 자바로티 후작은 황실 모독 혐의로 인해, 조치가 취해지겠습니다."

아이레나의 말이 끝남과 동시에 자바로티의 얼굴이 사색이 되었고, 어질기만 하던 황후가 황실 근위병에게 손짓했다.

자바로티 후작이 겁에 질려 말했다.

"가, 강제로 소환할 필요는 없소. 순순히 따라갈 터이니……."

한편 이 상황을 들은 헬레나의 눈동자가 커졌다.

"제, 제 드레스가 아닐 텐데요. 그럴 리가 없는데…… 이건 뭔가 잘못되었어요. 저, 저는 그러지 않았어요. 에, 엘리샤의 드레스에 있어야 했는데……."

그러자 아이레나가 매섭게 물었다.

"헬레나, 본인이 황실 모독을 행하면서 아무 죄 없는 엘리샤 참가자를 모함하는 거짓 서신을 보냈더군요?"

헬레나는 깜짝 놀라 눈을 휘둥그레 떴다.

"무, 무언가가 잘못된 것이 틀림없어요."

뒤에서 이 모든 것을 지켜보고 있던 엘리샤가 다가왔다.

"이 사건에 대해서 말씀드릴 것이 있습니다."

"엘리샤……?"

이를 지켜보던 엘리노어와 콜린은 역시 엘리샤가 한 것이 아니라는 믿음을 굳게 가진 채 초조한 얼굴들이었다.

"헬레나가 제 의복에 불온한 증표를 수놓는 것을 직접 목격했고, 또한 이 사건을 모의하는 것을 듣기도 했습니다."

엘리샤의 말에 모두 크게 놀랐다. 가장 놀란 것은 물론 헬레나였다.

"뭐? 아, 아, 아니야! 이게 왜 여기 있는지 모르지만 이건 모함이야! 엘리샤 너, 네가 나에게 덮어씌운 것 아니야?"

헬레나가 잔뜩 흥분한 채, 몸을 바르르 떨었다. 눈에서 불꽃이 튀는 듯 엘리샤를 노려보고 있었다. 엘리샤는 그 시선을 무시한 채 말했다.

"증거로 헬레나가 바느질한 것을 대조해 보면 아실 거예요.

사람마다 글씨체가 다르듯이, 바느질도 습관이나 버릇이 있을 테니까요."

"엘리샤의 말에 일리가 있군요. 조사와 심문은 이제 황실에 맡겨 주세요. 그들을 데려가도록."

아이레나의 명령에 근위병들이 헬레나와 자바로티를 데려갔다. 헬레나는 붙잡혀 가면서도, 억울하고 기가 막히다는 얼굴을 하고 있었다.

"이건 말도 안 돼. 어떻게 내 드레스에 있었던 거야?"

헬레나는 정말 유령에라도 홀린 기분이었다. 분명, 그날 엘리샤의 드레스 안감에 단단히 꿰매 넣었는데…….

엘리샤가 무슨 요술이라도 부린 것일까? 모든 걸 알아채고, 자신에게 다 덮어씌운 것이다.

'못된 마녀 같은 엘리샤, 대체 무슨 짓을 한 거지? 코넬리아의 말이 전부 사실이었어. 하지만 나는 억울해. 코넬리아를 위해서 한 일인데……!'

헬레나의 눈에는 금세 눈물이 그렁그렁하게 차올랐다. 그러나 어느 누구도 그녀를 가엾다고 여기지 않았다.

* * *

"황후 전하. 모든 것이 저의 불찰입니다. 황실의 중요한 행사를 위해서 좀 더 면밀하게 살폈어야 하는데……."

아이레나가 깊게 고개를 숙이며 황후의 발아래에 무릎을 꿇었다.

"그만 일어나세요, 아이레나."

황후가 고개를 저으면서 말했지만, 아이레나는 그대로 굳은 듯이 앉아 있었다.

"……황후 전하를 뵐 면목이 없습니다."

황후도 이번 일이 못내 편치 않았지만, 지금은 국가 행사를 진행 중이었다. 황실 모독을 꾸민 죄인을 철저한 조사와 엄벌로 다스리는 것 역시, 이번 행사를 마무리한 다음에 하는 것이 맞는 순서였다.

"어서요. 아이레나의 잘못이 아니에요. 정황을 추측컨대 단순히 나이 어린 참가자의 실수라 보기에는 죄질이 나쁜 것 같군요. 더욱이 다른 참가자에게 덮어씌운 것이었으니…… 일단은 이번 드레스 선발 대회를 끝까지 잘 마무리하는 것, 그것만 생각하도록 하지요. 폐하까지 나서시는 일은 없도록 조용히. 아시겠지요?"

"예, 전하."

아이레나도 황후의 뜻에 동의했다. 무엇보다도 가장 커다란 과제는 최종 심사를 성공적으로 마무리하는 일이었다. 아이레나가 잠시 후 생각난 듯 넌지시 물었다.

"아, 황후 전하! 참가자들의 의복들 중 가장 마음에 드시는 것은 고르셨습니까?"

아이레나의 물음에 황후의 입가에 미소가 벙싯 번졌다.

"물론이에요. 제 마음에 꼭 드는 드레스가 있었답니다."

"아…… 다행입니다, 전하. 저도 자세히 살피지는 못했지만 눈길이 가장 가는 드레스가 있었어요."

"아무튼, 다시 심사를 재개하도록 하세요. 아이레나. 그대의 어깨가 무겁군요."

"예."

아이레나가 황후에게 인사를 하고는 천막을 나와 물러갔다.

아이레나가 물러가자, 황후는 대기하고 있던 시녀장 둘에게 명을 내렸다.

"음…… 슬슬 준비를 해야겠구나. 그 옷을 가져오렴."

"예, 황후 전하."

황후의 명에 두 시녀장이 명을 받았다.

* * *

어수선해진 분위기에 이어 황실 근위병까지 등장하자, 객석에서는 분위기가 심상치 않게 흘러감을 느낀 듯했다.

반트와 옆자리에 앉은 리나는 마님께서 무언가 연관이 있는 것인가 하는 걱정이 앞섰다.

"도대체 무슨 일일까요."

"나도 잘은 모르겠지만, 미리 추측하고 걱정하는 건 득 될 것이 없는 것 같소. 게다가 우리 마님께서 그르친 일을 행하실 분이 아니라는 건 우리가 더 잘 아니까."

리나는 그리 말하는 반트의 옆모습을 힐끔거렸다. 그날의 데

이트 이후로, 저 남자가 왜 이렇게 멋지게 보이는지 알 도리가 없었다.

그때 드레스 최종 심사가 재개됨을 알리는 거대한 천 자락이 펄럭거렸다.

"어머, 다시 시작하려나 봐요."

"그런 것 같소."

리나가 양손을 꼭 잡으면서 말했다.

"부디 우리 마님에게 좋은 성과가 있기를."

객석에 앉아 있던 죠엘과 레이디 그레이스 포 역시 갑작스런 상황에 걱정이 한가득이었다.

"아무래도 헬레나가 무슨 짓을 벌인 것 같아요."

죠엘은 자신이 탈락되던 날 헬레나의 행동을 떠올리고는, 분노에 찬 어조로 말했다.

옆에 앉아 있던 레이디 그레이스도 고개를 주억거렸다.

"제발 엘리샤와 이슈터, 세이딘에게는 아무런 해가 없기를 바라요."

"그럴 거예요. 꼭."

죠엘은 그리 대답하면서 저 멀리에 있는 엘리샤를 향해, 속으로 말했다.

'엘리샤, 드디어 마지막까지 왔구나.'

한편 아이레나는 목소리와 표정을 가다듬었다. 돌발 상황에도 빠르게 평정심을 되찾은 그녀는, 다시 진지하고 본격적인 심사 분위기를 이끌어 내기 위해서 한 걸음 앞으로 나와 말했다.

"오래 기다리셨습니다. 황실 드레스메이커 최종 심사를 다시 시작하겠습니다. 방금 한 참가자의 실격 처리와 더불어 문제가 있었습니다만, 그와는 별개로 최종 심사를 계속 진행하겠습니다. 잠시 드레스 선발제가 지연된 점 고개 숙여 깊이 사과드립니다."

아이레나가 객석에 앉은 사람들을 향해서 고개를 깊이 숙였다.

사람들의 박수 소리가 들리자, 어두웠던 아이레나의 얼굴이 한결 밝아지는 듯했다.

"이번 최종 미션에서는 의복을 한 벌씩 공개하고 있습니다만, 남은 의복이 두 벌뿐이지요? 그 이유는 마지막 의복을 공개하면서 밝히겠습니다. 자, 그럼 제 옆에 있는 의복을 보여드리겠습니다."

아이레나가 힘차게 말하면서 마네킹의 천을 걷어 냈다. 그러자, 일순 와아! 하는 탄성과 함께 의복이 공개되었다.

엘노아 제국에서는 전혀 볼 수 없는 방식의 이국적인 의상이었다. 그래서일까. 더욱이 환상적이고 신비로웠다.

제국의 드레스와 가장 다른 점은 옷이 마치 남성의 슈트처럼 개별적으로 분리되어 있다는 점이었다.

특히, 상의는 가슴 부위만을 가리는 자줏빛 다마스크 원단에 배를 덮어 주는 시폰 원단이 겹겹이 늘어졌고, 태슬 장식이 달려 있어 화려함을 더했다.

하의는 스커트가 아닌 남성의 브리치즈처럼 양다리를 끼우는 형식이지만 낙낙한 품의 의상이었는데, 자줏빛과 어울리는 미색이었다.

아이레나를 비롯해서 다른 심사 위원도 눈을 빛내고 있었다.

"신비로움이 담긴 의복입니다. 일반적인 드레스 같아 보이지는 않지요? 자, 이 의복을 만드신 참가자 세이딘, 그리고 첼시 심사 위원님 앞으로 나와 주시기 바랍니다."

세이딘과 첼시가 일어나 무대로 향하자, 객석에서는 박수가 터졌다. 세이딘도 오늘만은 신경 쓰고 나왔는지 깔끔한 회색의 슈트를 입고 있었다.

늘 헐렁하게 늘어진 칼루스의 전통 의상만을 입던 그가 슈트를 입고 터번까지 벗으니 한결 달라 보였다.

첼시 또한 오늘 처음으로 슈트가 아닌 깔끔한 드레스를 입고 나왔는데, 세이딘처럼 회색을 맞춰 입어서 보기가 좋았다.

"두 분 오늘은 더없이 사이좋아 보이십니다. 세이딘 참가자, 최종 미션인데도 긴장한 기색이 하나도 없어요."

아이레나의 칭찬에 세이딘이 활짝 웃으면서 말했다.

"아닙니다. 지금 기절할 것 같습니다."

"하하, 그런가요? 세이딘 참가자, 이번 최종 미션 의상에 대해서 설명을 해 주시겠어요?"

세이딘은 입 안에 바람을 불어넣고는, 큼큼 목을 풀었다.

최종 미션의 심사가 주는 무게감에 더해서 저 멀리에서 죠엘까지 앉아 있다는 사실이 그의 자신감을 빠르게 하락시켰다.

'천하의 세이딘이 이렇게 무너질 수야 없지! 이거만 끝나면 초

콜릿 가게 다 털어 버릴 거다!'

세이딘은 '초콜릿' 생각을 하면서 어쩐지 죠엘이 있는 쪽을 흘끔 바라보았다. 그 애의 머리 색이 바로 그 색이었으니까.

곁에 있던 첼시 심사 위원이 긴장을 풀라고 말한 뒤에야, 세이딘은 입을 떼었다.

"이번 콘셉트는 칼루스의 왕족들이 입는 의상이에요. 황후 전하께 칼루스의 전통 의상이 얼마나 아름다운지 알려드리고 싶었어요. 사실 우리나라가 굉장히 더워요. 그래서 원래는 배 부분을 시원하게 드러내는데, 안 가리면 실격된다고 해서 이렇게 천으로 가렸어요."

세이딘의 말에 일부 사람들이 웃었다.

"그런 사연이 있었군요. 그럼 세이딘 참가자의 드레스, 바로 심사로 들어가 보겠습니다. 콜린 심사 위원님, 드레스를 어떻게 보셨는지요?"

그러자 콜린이 고개를 살짝 갸웃거리면서 말했다.

"옷 자체는 무척이나 훌륭합니다. 사실 칼루스의 전통 의상을 몇 번 본적이 있는데, 세이딘 참가자의 의상만큼 고풍스럽고 우아한 옷은 처음입니다. 하지만, 엘노아 제국의 황후 전하를 위해서 만든 옷이라고 한다면 너무 이국적인 옷이 아닐까 생각이 듭니다. 또한 세이딘 참가자의 주 특기는 재단이라고 생각하는데, 그것을 보여 줄 만한 부분을 이번 의상에서 찾을 수 없었습니다. 장점을 더욱 살렸더라면 완벽하지 않았을까요?"

콜린의 말을 들은 세이딘은 입을 벌린 채 멍하니 듣고 있었다.

그의 말에 스스로 놓쳤다는 생각이 들었던 터였다.

“과연 콜린 심사 위원님. 아주 예리한 심사평입니다. 점수도 함께 발표해 주십시오.”

“제 점수는 46점입니다.”

오오오!

날카로운 지적과는 다르게, 후한 점수였다. 세이딘의 얼굴에 밝은 빛이 돌았다.

“예, 다음은 엘리노어 심사 위원님의 심사평을 들어 보겠습니다.”

“세이딘 참가자는 매번 놀라울 정도로 섬세한 의복으로 저를 놀랍게 하는군요. 칼루스의 전통 음악과 모래바람이 절로 떠오르는 아름답고, 고혹적인 옷이에요. 자줏빛과 미색의 원단도 컬러 구성도 좋군요. 마치 스커트처럼 폭이 넓은 하의가 독특해서 마음에 듭니다. 황후 전하도 좋아하실 만한 의복이라는 생각이에요. 저는 48점 드리겠습니다.”

우와아!

사람들의 환호성이 들려왔다. 엘리샤 역시 세이딘의 솜씨에 감탄을 하고 있었다.

이번 의상을 보고, 비단 제국에 국한되는 의복뿐만이 아닌 세계의 의상을 만들어 보는 것도 좋은 공부가 될 거라는 생각마저 들었다.

“네, 지금까지 아주 훌륭한 점수를 받았습니다. 세이딘 참가자. 다음은 제가 직접 심사하도록 하겠습니다.”

아이레나가 활짝 웃으면서 말했다.

"전부터 느끼던 것이지만 세이딘 참가자는 의상의 포인트를 잘 짚어 낼 줄 아는 것 같습니다. 이국적이고 화려한 원단과 디자인, 화려한 디테일들이 그렇고, 의상의 소재도 꼼꼼히 살펴보았는데 일반적인 드레스와는 다르게 무척 편안한 핏을 가졌습니다. 다만, 황후 전하가 입으실 것을 고려해서 조금 더 단아한 장식으로 했더라면 하는 약간의 아쉬움이 있는 의복이었습니다. 저의 점수는 47점입니다."

아이레나의 심사가 발표되자, 세이딘은 연달아서 고개를 숙였다.

"감사합니다, 감사합니다."

"네, 고생 많으셨습니다, 세이딘 참가자. 황후 전하의 심사평과 점수는 최종 의복까지 공개한 후에 발표하겠습니다."

세이딘과 첼시가 퇴장하자 아이레나는 입가에 미소를 지으면서 말했다.

"네, 지금 천으로 가려진 마네킹은 단 하나 남았습니다. 혹시 그 이유가 짐작 가십니까?"

저마다 관객들의 목소리가 들려왔지만, 하나로 모아지지는 않아 제대로 된 대답은 들려오지 않았다.

아이레나는 좌중을 살핀 후, 말했다.

"사실 우리 뒤에 있는 저 미색의 천막 안에는 황후 전하가 참가자들의 의복을 미리 살피신 후, 한 벌을 선택해 직접 입고 계십니다. 그래서 마네킹이 하나뿐인 것이죠."

아이레나의 깜짝 발표에 관객들이 술렁이는 건 물론이었고 남은 참가자인 엘리샤와 이슈터, 그리고 심사 위원들도 놀랐다.

"아니, 이것은 처음 듣는 이야기인데 우리 몰래 비밀리에 진행되고 있었나요?"

엘리노어가 콜린을 향해서 물었다.

"그러게 말입니다."

심사 위원인 두 사람은 오히려 당사자들보다도 더욱 긴장한 기색들이었다. 이슈터는 어떤 결과든지 받아들이겠다는 듯 다소 담담했다.

문득 이슈터가 가녀리게 떨고 있는 엘리샤에게 말했다.

"왠지 황후 전하께서 엘리샤의 의상을 입었을 것 같은데…… 엘리샤는 어때요?"

"제 바람대로 말하자면 그랬으면 좋겠고, 그냥 촉으로는 이슈터의 의상을 입으셨을 것 같아요."

그러자 이슈터가 피식 웃었다.

"거짓말. 직감은 내가 한 수 위로군요."

"응? 이슈터도 참. 어째서 그렇게 자신감 없는 태도에요?"

엘리샤가 알고 있는 이슈터라면, 무엇이든 자신감 있는 태도의 우월한 능력자였다. 이렇게 직감적인 촉에 의지하는 사람이 아니었다.

그런 걸 보면 이슈터도 조금은 긴장하고 있는 걸까?

엘리샤는 이슈터의 손을 꼭 잡았다.

"결과는 지켜보면 알겠지요?"

엘리샤의 말에 이슈터가 말없이 고개를 끄덕였다. 그들의 옆에서 자리로 돌아온 세이딘이 충격받은 얼굴로 자그맣게 중얼거렸다.

"……으윽, 황후 전하께서 그럼 내 의상을 선택하지 않았다는 거잖아. 말도 안 돼."

그런 세이딘의 어깨를 엘리샤가 두드리면서 말했다.

"세이딘, 네 의상을 보면서 나도 칼루스 의상이나 다른 나라의 의상으로 눈을 돌려 볼까 고민하게 됐어. 그만큼 너무 아름다운 걸."

"……됐어. 그런 위로는…… 진짜야? 농담 아니고?"

"응, 난 거짓말 못한다니까."

엘리샤의 대답에 이슈터가 말했다.

"그거야말로 거짓말."

"……아닌데."

그러나 다음 들려온 소리에 그들 모두 입을 다물었다.

"이번 최종 미션의 주인공이신, 제국의 어머니 수잔느 데 바르체스 황후 전하를 모셔 보겠습니다!"

아이레나의 맑은 목청과 함께 어디선가 은은한 음악 소리가 들려왔다.

와아아아!

황후 전하 만세!

관객들의 환호와 함께 뒤에 있던 작은 천막 하나가 올라가면서 연주단의 모습이 보였다. 바로 궁정 음악가 루브 알린스와 그의 동료들이었다.

아름다운 피아노 선율이 잔잔하게 깔렸다. 그들은 엘리샤가 제작한 자주색 의복을 입고 있었다.

"어? 저건."

엘리샤가 놀라면서 입을 가렸다. 그러나 더욱 놀라운 일이 곧 눈앞에 펼쳐졌다.

아이보리와 금빛 수술이 달린 화려한 천막이 좌우에서 들어 올려지고, 황후 전하가 고고한 자태로 등장했던 터였다.

그녀의 모습을 영접한 엘리샤는 말을 채 이을 수가 없었다. 그야말로 너무 아름다웠다.

황후는 그야말로 비에 젖은 푸른 수국의 청초함 그대로였다. 사뿐하게 걸어오는 그 모습은 이 세상의 것이 아닌 양, 요정의 여왕처럼 영롱하고 반짝거렸다.

황후가 천막에서 나와 걸어 내려오는 동안 모두가 할 말을 잃고, 아름다움에 홀린 듯 넋을 놓고 보았다.

새하얀 상의는 살짝 부풀린 퍼프소매로 적당히 멋을 내었고, 푸른 수국을 그대로 가져다놓은 양 한 아름 가득 피어 있는 꽃 천지가 스커트에 가득 피었다.

하늘과 바다, 빗물의 색을 한데 모아 놓은 듯 묘하게 어우러진 푸른빛의 향연에 모두들 숨을 죽이고 바라보았다.

하얗고 고운 맨손으로 소박하게 들고 있는 푸른 수국 한 다발은 이 의상에 정점을 찍었다.

크고 맑은 푸른 눈동자와 웃음기가 핀 선홍색 입술, 길게 흘러

내린 검은 머리카락은 가닥가닥 땋아서 한쪽으로 모아져 있어, 그야말로 시간을 되돌려 황후의 어린 시절을 보는 것만 같았다.

툭, 투둑!

때마침 약속이나 한 듯이 하늘에서 빗방울이 툭하고 떨어졌다. 시녀들이 곧장 황후의 머리 위로 휘장을 펼치려 했지만 황후는 손으로 내저으면서 그것을 거두게 만들었다.

"괜찮다. 이대로 그냥 비를 맞고 있어도 좋을 것 같구나."

보슬보슬 내리는 빗방울은, 모두에게 잠시 여유로운 기분을 선사했다. 피아노 선율과 함께 여성 소프라노의 청아한 목소리가 울려 퍼졌다.

멀리서 황후의 등장을 지켜보던 엘리샤는 어쩐지 황홀한 기분이 들었다. 잔뜩 부풀어진 비구름마저 고마운 날이랄까.

왠지 엄마가 도와주었다는 생각이 들 정도로 꿈같았다.

곁에 있던 엘리노어도, 콜린도, 이슈터와 세이딘도 모두 엘리샤를 진심으로 축하해하는 선망의 눈길이었다.

자신이 세상의 중심에 선 기분.

황후 전하가 자신의 드레스를 입은 모습은 눈으로 보고 있으면서도, 현실성이 없었다.

소프라노의 가느다란 노랫소리가 멈추자 아이레나가 드레스 자락을 붙잡고는 예를 표했다.

"황후 전하를 뵙습니다."

그러자 모든 참가자와 심사 위원들도 자리에서 예를 표했다. 황후는 입가에 꽃송이처럼 부드러운 미소를 담고는 말했다.

"참으로 좋은 날입니다. 수국을 꼭 닮은 이 드레스를 입어서일까요? 운명처럼 하늘에서도 비님을 뿌려 주고 있어요. 이 드레스를 만든 참가자는 누구인가요?"

황후는 이미 알면서도 슬며시 모른 척하며 아이레나에게 그리 물었다. 아이레나가 엘리샤에게 은근한 시선을 던졌다.

"자, 황후 전하께서 기다리십니다. 드레스를 만든 참가자와 심사 위원님 앞으로 나와 주시겠어요?"

엘리샤는 엘리노어와 함께 앞으로 나가서 황후에게 다시 한번 예를 올렸다.

"황후 전하를 뵙습니다. 전하의 드레스를 만들게 되어서 영광이었는데, 이렇게 직접 입고 나와 주시다니 꿈만 같습니다. 혹시 의상이 불편하신 점은 없으신가요?"

"바로 그대였군요. 드레스는 아주 편안하게 잘 맞아요. 안 입은 것처럼 가볍기도 하고."

"아, 감사합니다. 전하."

엘리샤의 볼이 홍조로 붉게 물들었다. 사실 자신이 무슨 말을 하고 있는지 어떤 표정을 짓고 있는지조차 상상이 가지 않았다.

그저 이 상황이 실감나지 않았기에 어색했지만 기쁜 건 사실이었다.

긴장하고 있는 엘리샤를 일깨워 주듯이 아이레나의 목소리가 들려왔다.

"엘리샤 참가자, 황후 전하의 선택을 받으셨습니다. 기분이 어떤가요?"

"아, 정말 크나큰 영광입니다. 황후 전하께서 입고 나오실 줄은 꿈에도 몰랐어요."

"감격이 큰 모양입니다. 이 드레스는 어떻게 제작하게 되었는지 궁금합니다."

아이레나의 질문에 엘리샤가 기다렸다는 듯이 보라색 눈동자를 깜빡이고는, 잠시 머뭇거렸다.

몇 번이고 할 말을 생각했지만 첫말이 쉬이 생각나지 않았던 터였다. 수초가 흐르고 나서 엘리샤는 주홍빛 입술을 열었다.

"실은 우연히 황후 전하께서 좋아하시는 꽃이 푸른 수국이라는 사실을 알게 되었어요. 황제 폐하와의 애틋한 사연을 직접 전해 듣고, 황후 전하의 소녀 시절을 상상하면서 순수하고 청초한 드레스를 만들어드리고 싶다는 생각을 했어요. 시간은 되돌리지 못해도, 추억과 마음은 되돌릴 수 있도록, 이요."

엘리샤의 말대로 푸른 수국을 형상화한 드레스는 황후의 마음을 건드린 것 같았다.

황후는 깊게 고개를 주억거렸다. 엘리샤가 말을 이었다.

"이 드레스의 이름이 공교롭게도 블루레인인데, 마침 비가 내려서 무척 놀랐어요."

엘리샤가 웃으면서 말하자, 아이레나 대신에 황후가 말을 이어받았다.

"맞아요. 나 역시 참으로 놀랐습니다. 푸른 수국은 황제 폐하께서 나에게 처음으로 주신 꽃이에요. 이 드레스를 처음 본 순간 비에 젖어 가듯이 내 마음도 적셔 버렸던, 아주 순수하던 그때가 떠올라서 나도 모르게 심장이 두근거렸어요. 고마워요, 잊고 있던 무언가를 다시 되찾은 기분이에요."

황후의 진심 어린 인사에 엘리샤는 황송함에 겨우 말을 이었다.

"아닙니다. 황후 전하의 멋진 사연이 없었더라면 이 드레스를 만들지 못했을 거예요. 저야말로 영광이고, 또 감사드려요."

두 사람의 시선 교환에 아이레나가 흐뭇한 얼굴로 말했다.

"자, 그럼 황후 전하의 선택을 받은 드레스의 심사를 본격적으로 들어 보겠습니다. 먼저 첼시 심사 위원님, 엘리샤 참가자의 드레스 어떻게 보셨습니까?"

첼시 백작 역시 깊은 인상을 받은 얼굴이었다.

"이번 드레스를 보고, 엘리샤 참가자의 창의력만큼은 따라갈 사람이 없다고 느꼈습니다. 어린 시절의 마음으로 되돌아가게 하는 드레스라니, 그 누가 상상이나 했을까요? 드레스를 보는 순간 저 역시 황후 전하처럼 소녀가 되는 기분이 들었습니다. 의미만 좋은 게 아니라, 완성도 역시 훌륭한 의복이라고 생각합니다. 저의 점수는 49점입니다."

첫 점수가 발표되자, 엘리샤는 긴장한 가운데서도 설렘을 감출 수 없었다.

엘리샤는 첼시 백작을 향해 감사의 의미로 고개를 꾸벅 숙였다.

"다음은 콜린 심사 위원님, 심사평을 말씀해 주십시오."

그러나 콜린은 자신의 차례가 되었음에도 쉬이 말을 잇지 않았다. 한참 동안 멍하니 엘리샤의 드레스를 응시하던 콜린이 비로소 짧은 탄성을 냈다.

"아! 인정합니다. 제가 졌습니다."

"예? 무슨 말씀이신지요?"

"아, 엘리노어 심사 위원님께 드리는 말씀입니다. 엘리샤 참가자의 독보적인 창의력에 날개를 달아 주신 것 같아서 말입니다. 드레스에 담긴 의미나, 수국처럼 청초한 드레스 디자인도 감탄스럽지만 제가 가장 놀란 것은 원단의 빛깔이었습니다. 시중에 나와 있는 원단을 많이 접해 보았지만, 저런 빛깔은 한 번도 보지 못했습니다. 흰색에서부터 하늘색, 보라색까지 오묘하게 섞인 색상입니다."

콜린의 심사를 퍽 재미있게 듣고 있던 엘리노어가 마침내 말했다.

"어머나, 콧대 높은 콜린 심사 위원님께서 이렇게 쉽게 패배를 인정하시다니 뿌듯해지네요. 과연 예리하시군요. 블랑키의 염료를 알아보시다니! 엘리샤 참가자가 이번 드레스를 다른 참가자들보다 더 늦게 시작한 건 바로 염료를 사서 이 원단을 직접 염색했기 때문이에요."

엘리노어의 대답을 듣고 나서야 콜린은 이해할 수 있었다. 자세한 과정은 이야기하지 않았지만, 염료를 염색하는 데에도 시간과 노력이 들었을 게 분명했다.

"그래서 저런 색감이 나왔던 거군요. 제 취향은 아니지만, 이 드레스는 취향의 벽을 뛰어넘을 만큼 밸런스가 어우러진 의복이었습니다. 저의 점수는 49점입니다."

세이딘을 넘어서는 점수였다. 사방에서 박수가 터져 나왔다.

내심 만점을 기대하던 엘리노어는 입술을 샐쭉 내밀었다.

이어서 아이레나가 곧장 말했다.

"이제 제 차례인가요? 사실 저도 엘리샤 참가자의 드레스를 보자마자 직감 같은 것이 왔어요. 오랜 세월 황후 전하를 곁에서 모셔 왔기에 가끔은 황후 전하의 마음과 통하는 경우가 많아요. 드레스만 보아도 멋지지만, 황후 전하의 것이 아니라고는 상상할 수 없을 정도로 잘 어울리는 드레스입니다. 저는 엘리샤 참가자에게 만점을 드리고 싶습니다."

"드디어 만점!"

짝짝짝. 엘리노어의 심사가 끝나자 다들 만점의 탄생을 축하하듯 속삭이면서 박수를 쳤다.

엘리샤는 표정 관리를 해 보려고 했지만, 어느 순간부턴가는 하지 못한 채 계속 좋아서 웃고만 있었다.

'으으, 이대로 가면 내가 정말로……?! 루자크, 나 어떻게 하죠?'

짜릿하면서도 행복하고 또한 설레는 감정이 교차했다.

객석에 앉은 사람들이나 남은 참가자들, 그리고 심사 위원들 역시 황후 전하의 선택을 받은 것이 강력했는지 가장 우승 후보로 유력했던 이슈터보다는 엘리샤가 우승할 것이라고 예감하고 있었다.

"엘리샤 참가자, 그리고 엘리노어 심사 위원님 정말 고생 많으셨습니다. 마지막으로 하나 남은 마네킹의 드레스를 공개하겠습니다. 이슈터 참가자와 콜린 심사 위원님 모셔 보겠습니다."

엘리샤의 의상이 황후 전하의 선택을 받고 화려하게 공개되어서인지, 이슈터는 기정 자신이 2등이 되었다는 것을 인정하고 담담한 얼굴이었다.

콜린이 그녀에게 무심하게 툭 어깨 너머로 말했다.

"어깨 좀 펍시다. 누가 뭐라고 해도 이슈터 참가자 역시 최선을 다했지 않습니까."

그의 초록빛 눈동자를 슬쩍 바라보며 이슈터는 속으로 생각했다.

'의외로 따스한 사람이구나.'

아이레나가 공개한 이슈터의 검은색 드레스는 정말 심플하지만 고급스러움 그 자체였다.

단정하지만 고급스러운 다이아몬드 장식이 있는 넥 칼라와 최대한 장식을 없앤 소매, 깔끔한 보디스에서 허리로 흐르는 물결 같은 A라인 오버스커트는 어찌 보면 남성의 코트처럼 보이기도 했지만 그보다 훨씬 우아했다.

마치 흑조를 보는 것처럼 원단에도 까맣게 윤이 흘렀다.

엘리샤는 그 드레스를 보자마자, 그 누구보다 이슈터다운 드레스라는 생각이 들었다.

'의복에 군더더기가 정말 하나도 없어.'

화려한 장식만이 미덕이 아닌 것을 알려 주고 있었다. 의복을 공개한 아이레나 역시 감탄스러운 눈빛으로 말했다.

"이슈터 참가자, 의복에 대한 설명을 부탁드립니다."

"네, 저는 이번 드레스를 만들면서 덜어 내는 작업을 많이 생각했습니다. 사실 지금 유행하는 트렌드는 무조건 크고 화려하고 부풀린 것들이 많은데, 저는 오히려 이런 의복이 훨씬 질리지 않고, 오랫동안 입을 수 있다고 생각합니다."

"이슈터 참가자, 소신 있는 의견입니다. 정말로, 이슈터 참가자의 의복은 깔끔함의 표본 같습니다. 같은 디자인으로 다른 색상이 있었어도 좋았을 정도로요. 기왕 말이 나왔으니 이번에는 제가 먼저 심사를 해 보도록 하지요. 불필요한 장식을 배제했지만 여러 곳에서 신경을 쓴 흔적이 많은 의복이군요. 이슈터 참가자의 의복은 한 마디로 조용하면서도 강력한 존재감이 있는 옷이랄까요? 크게 눈에 들어오는 것은 아니지만, 이런 부분은 입은 사람만이 가장 잘 알 것 같습니다. 저의 점수는 49점입니다."

아이레나의 심사를 들은 이슈터가 고개를 꾸벅 숙였다. 엘리샤도 열심히 고개를 주억거리면서 박수를 쳤다.

"그럼 다음은 엘리노어 심사 위원님의 말씀 들어 보겠습니다."

엘리노어가 진지한 눈으로 이슈터의 의복을 바라보더니, 입술을 열었다.

"예, 이슈터 참가자는 의복을 대하는 깊이가 남다른 것 같아요. 탄탄한 실력을 넘어서서 자신만의 스타일을 단시간에 갖게 된다는 건 결코 쉬운 일이 아니에요. 저 의복은 저도 꼭 한번 입어 보고 싶을 정도로 고급스러워요. 나이를 먹을수록, 화려한 옷보다는 심플한 의복에 눈이 가고 있어요. 앞으로도 이런 우아하고 멋진 드레스를 많이 기대하겠습니다. 저는 만점 드리겠습니다."

만점의 등장에 이슈터의 새침한 눈동자가 이내 커졌다. 마지막으로 첼시 백작의 심사가 이어졌다.

첼시 백작은 이슈터를 이번 드레스 선발제에 추천해 주었는데, 남다른 인연이 있는 듯 그에 대한 말을 하기 시작했다.

"어려서부터 단련된 실력이 이제야 빛을 발하는 것 같아서 보기 좋았습니다. 이슈터 참가자의 의복은 보는 것보다 만져 보고, 입어 보고 오랜 세월 곁에 두면 더 가치를 발하는 것 같아요. 지금도 예전에 이슈터 참가자가 만들어 주었던 의복을 잘 입고 있을 정도에요. 다만 이번 의상에서는 황후 전하의 의상임을 고려했을 때, 조금 더 포인트를 주어도 되지 않았나 하는 아쉬움이 있었습니다. 저는 49점 드리겠습니다. 수고하셨습니다."

첼시의 애정 어린 심사에 이슈터도 그녀와 눈을 맞추면서 감사를 표했다.

"자, 이로써 심사 위원 전원의 심사가 끝났습니다. 마지막으로 황후 전하의 심사평이 남았습니다. 이번 황실 드레스메이커 선발제 개최에 밑바탕이 되어 주신 커다란 기둥이시며, 멋진 패션센스로 제국의 트렌드를 선도하고 계십니다. 황후 전하 말씀 부탁드립니다."

아이레나의 인사말에 황후가 눈을 곱게 휘면서 웃었다.

"맞습니다. 지대한 관심을 가지고 있으니, 이렇게 두 번의 선발제까지 개최하게 되었지요. 더불어 이번 선발제에서 이렇듯 훌륭한 참가자들을 발굴하게 되어서 무척이나 기쁜 마음입니다. 제국의 미래가 참으로 밝습니다. 그럼, 인사말은 이쯤에서 그만하고 본격적으로 점수를 발표하겠습니다. 의복에 대한 것들이야, 나보다는 심사 위원들이 더 전문적으로 많은 이야기를 해 주셨으니 저는 점수로 이야기하겠습니다."

황후의 화끈한 발언에 참가자들을 비롯해 엘리샤도 자못 긴장했다.

"먼저 세이딘 랑 알리카스의 의복, 신선하고 이국적이었어요. 점수는 47점입니다."

"더 훌륭한 의복을 만들어드리지 못해서 아쉽습니다, 전하."

짝짝짝.

세이딘도 그 사실을 인정하면서 박수를 쳤다.

"다음 이슈터 폰 로이트의 의복이었지요. 공녀의 드레스가 무척이나 탐이 났습니다. 점수는 49점입니다."

"감사합니다, 전하."

이슈터는 고개를 깊이 숙이면서 이미 예상한 결과였다는 얼굴이었다.

"마지막으로 엘리샤 드 펜블렌, 내 마음을 꼭 사로잡은 드레스였습니다. 점수는 50점이지만, 마음속으로는 100점이라는 거 잊지 마세요."

와아아!

황후 전하 만세!

엘리샤 만세!

황후의 정감 어린 칭찬에 엘리샤는 또 한 번 마음이 울렁거렸다. 그간의 힘들었던 나날들이 눈 녹듯 씻겨 내려가는 기분이었다.

아이레나가 엘리샤를 향해 활짝 웃으면서 말했다.

"네, 이것으로 엘리샤 참가자가 최종 합산 점수 198점에 두 장의 추천장 점수를 가산하여, 총 208점으로 1등의 영광을 누리게 되었습니다. 정말 어마어마한 점수네요. 제2회 황실 드레스메이커 선발제에서 우승하셨습니다. 정말 축하드립니다."

31.
피날레

아이레나의 최종 발표에 이어서 여기저기서 축하 인사가 쏟아졌다.

"너무 축하해요, 엘리샤!"

"축하해! 한턱 쏘는 거 잊지 말고!"

"축하드립니다."

"우승 축하해."

펑! 펑!

축포가 터지면서 여기저기서 박수 소리와 환호성이 함께 들려왔다.

그 가득 찬 소리들만큼 심장이 쿵쾅, 울리는 날이었다. 정신이 하나도 없었다.

자신을 응원해 주는 사람들의 얼굴이 하나둘 스쳐 지나갔다.

"엘리샤 참가자, 우승 소감 한 마디 부탁드립니다."

어느덧 정신을 차리고 보니 엘리샤는 다시 아이레나 옆 무대에 올라가 있었다.

짧은 순간 동안 엘리샤의 머릿속에는 그동안 드레스를 만들었던 무수한 기억들이 스쳐 지나갔다.

"……지금 무슨 정신으로 여기 서 있는지조차 모르겠습니다. 이번 선발제는 드레스 하나만을 위해서 오롯이 매달린 귀중한 시간이었어요. 그런 기회를 만들어 주신 엘노아 제국과 황후 전하께도 깊은 감사드립니다. 제가 이 자리에 서게 되었지만 선발제에 참가한 많은 참가자들도 모두 훌륭한 실력을 갖추고 있다고 생각해요. 유행은 변하지만, 드레스를 만드는 열정은 모두들 변치 않을 거예요, 저를 응원해 주신 모든 분들, 지금 이 순간 가장 보고 싶은 그리운 펜블렌 공작 각하께도 애정을 표합니다."

엘리샤가 말을 마치고 깊게 고개를 숙이자, 뜨거운 박수가 쏟아졌다.

"감동적인 순간입니다. 엘리샤 참가자 우승을 다시 한 번 축하드립니다. 황실 드레스메이커 선발제의 우승자는 상금 10억 골드와 함께 황실에서 드레스메이커로 일할 수 있는 영광의 자격이 주어집니다."

아이레나가 엘리샤에게 상금이 담긴 금색 상자와 함께, 황실 드레스메이커임을 상징하는 하늘색에 금사로 수가 놓인 재봉사용 모자와 장갑, 그리고 황가의 문장이 새겨진 펜던트를 목에 걸어 주었다.

감격이 너무 커서일까. 엘리샤는 아직도 실감이 나지 않았다. 아까 입 밖으로도 내뱉었지만, 지금 이 순간 그가 너무 보고 싶었다.

그가 '고생했어, 축하해 엘리샤.'라고 한 마디 해 준다면 그때부터는 현실로 인정할 수 있을 것 같았다.

어느새 황제 폐하와 황족들, 여러 고위 귀족들도 모두 참관해 있었던 모양이었다.

엘리샤는 수차례 그들에게 감사 인사를 하고 격려와 축하 인사를 듣고 나서야, 자유의 몸이 될 수 있었다.

저 멀리서부터 엘리샤에게 다가오는 무리가 보였다.

너무나 반가운 얼굴들이었다.

"엘리샤! 네가 해낼 줄 알았어!"

와락 하고 죠엘이 엘리샤의 품 안에 안겼다.

제일 먼저 엘리샤에게 안기는 죠엘을 보고 왠지 삐죽해진 세이딘의 얼굴이 볼만했다.

"엘리샤밖에 안 보이는 거야?"

"천만에! 세이딘도 굉장했어!"

죠엘의 말에 세이딘도 내심 기대하며 양팔을 벌렸지만, 죠엘은 엄지를 척 내보이는 데 그쳤다.

레이디 그레이스가 엘리샤와 눈을 마주치면서 웃었다.

"고생했어요, 엘리샤. 장한 일을 해냈어요. 카일리 후작 부인께서도 기뻐하시는 모습이 보기 좋아요."

"엘리노어 선생님 아니었으면 전 아마 우승 못 했을 거예요."

어느 샌가 그들의 뒤로 다가온 엘리노어가 쿡 하고 웃으면서 가볍게 말했다.

"엘리샤가 바빠지기 전에, 모여서 차나 한잔하죠."

"좋아요."

그때 멀리서 서성거리던 한 여자가 보였다. 그녀는 어여쁜 갈색 머리 위에 커다란 초록색 보닛을 쓰고 노란색 리본 장식이 달린 드레스를 차려입은 채, 엘리샤와 콜린을 연달아 보면서 두 손을 꼭 쥐고 있었다.

"멜드레 선생님!"

"오, 맙소사, 엘리샤아아!"

왈칵 울음부터 터뜨리는 멜드레의 등을 오히려 엘리샤가 괜찮다 하면서 토닥토닥 달래 주었다.

눈에서는 눈물이 쉴 새 없이 흘러서 멜드레는 손수건으로 코까지 팽 풀었다.

"울지 마세요, 선생님. 왜 울어요, 이렇게 예쁘게 하고 오셔서는."

"엘리샤. 네가 황실 대회에서 1등이라니, 너무 감격이야. 콜린이 나갔을 때에도 난 별 감흥 없었는데 말이야, 으흑."

그때 뚜벅뚜벅 소리와 함께 콜린이 다가왔다.

"……거참. 차별도 정도껏 하셔야지?"

고개를 돌리자 콜린이 한껏 가늘어진 눈초리로 말했다.

"진짜 해냈구나. 고생했다."

"고마워요, 콜린 스승님 덕분이에요."

콜린의 말에 엘리샤도 가슴이 뭉클해졌다.

"나중에 배신해 놓고선?"

"……아니, 콜린과는 함께 배우는 시간이 많았으니까 이번에는 엘리노어 선생님하고……"

"됐어. 됐어. 핑계대지 마. 뭐, 결과가 좋았으니 잘했어."

"하지만 콜린도 이슈터랑 제법 마음이 잘 맞는 거 같던걸요?"

"잘 맞기는 누가……"

그러자 멜드레가 울음을 뚝 그치고, 수상한 듯 중얼거렸다.

"……아, 그 다른 참가자 말이야?"

"네, 엄청나게 예뻐요. 공녀님이시고."

엘리샤의 놀리는 말에 콜린은 어느 틈에 다른 곳으로 가 버렸다.

"콜린이 부끄럼 타는 때도 다 있네요."

"그런데 엘리샤, 공작가 사람들은 만났어?"

"아직이요. 이제 막 선발제가 끝나서 만날 틈이 없었어요."

"그렇구나, 어서 가 봐. 오늘 하루는 정말 바쁘겠는걸."

"네, 응원 와 주셔서 너무 기뻐요. 앞으로 수도에 있게 되면 자주 만나요."

"그래, 너무 좋다. 하지만 엘리샤의 공작님은 좋아하실 소식이 아니네…… 엘리샤, 그럼 나중에 봐."

멜드레에게 얼른 손을 흔들어 주면서 엘리샤는 눈으로 공작가 사람들을 찾았다. 아까 분명 객석에서 반트와 리나를 봤었는데 어디 갔을까?

수많은 인파를 헤치고, 자신을 알아보는 사람들에게 인사를 던지면서 엘리샤가 몇 걸음 더 나아갔을 때였다. 이제 신들의 정원에서 벗어난 지는 한참이었다.

어느 틈엔가 장미가 만발한 로즈궁의 정원이 먼발치에서 보였다.

자신의 머리 색을 꼭 닮은 분홍 장미, 엘리샤는 자신도 모르게 장미를 따라서 발걸음을 옮겼다. 누군가 자신의 뒤를 밟고 있다는 사실도 모른 채였다.

장미 정원으로 다가간 엘리샤는 분수대 앞에서 한참을 멈춰서 생각했다. 문득 옛날 일이 떠올라 입가에 웃음이 슥 지어졌다.

"참, 오랜만이네. 여기 처음 왔을 적에는 루자크의 진짜 얼굴도 몰랐었는데 말이야."

엘리샤가 그렇게 중얼거렸다. 향긋한 장미 내음이 산들바람에 휩쓸려 코끝에 맴돌았다. 하나로 단정하게 묶어 올린 엘리샤의 긴 머리채도 덩달아 흔들렸다.

졸졸졸.

평화롭게 흐르는 분수대 안의 물을 가만히 들여다보면서 엘리샤는 눈을 감았다. 눈을 뜨면, 그가 나타났으면 좋겠다는 쓸데없는 생각이 들었다.

바보 엘리샤, 도대체 무슨 생각을 하는 거야?

"그럴 리가 없잖아. 테본에 있어야 할 사람이 여기에 나타난다는 건 말도 안……"

엘리샤가 스스로 바보 같다고 생각하면서 고개를 흔들 때였다.

스슥.

누군가의 기척과 함께 그녀의 뒤통수가 뭔가에 부딪쳤다. 아니, 감싸였다고 설명해야 할까?

어쨌든 빠르게 몸이 끌어당겨지면서 귓가에는 익숙하고도 생경한 저음이 감겼다.

"……왜 말이 안 된다고 생각하지?"

초콜릿보다도 더 달콤한 목소리.

엘리샤는 화들짝 놀라서 뒤를 돌아보려고 했지만 크고 단단한 품에 가려졌다. 이렇게 키가 크고, 부드러우면서도 단단한 품을 가진 사람은 이 세상에 단 한 사람밖에 없었다.

엘리샤의 붉은 입술이 단번에 이름을 담지 못하고, 벌어졌다.

"루……"

분명 그였다. 그는 엘리샤가 자신의 이름을 불러 주기만을 기다렸는지 연신 싱글대면서 웃고 있었다.

심장이 쉬지 않고 쿵쿵 울린다. 아까 미친 듯이 터져 댄 축포보다도 더한 울림.

엘리샤는 간신히 심장의 두근거림을 내리누르면서 그의 푸른 눈을 바라보았다.

"……루, 자크."

그제야 그가 만족한 듯 느른한 미소를 지어 보였다.

"엘리샤."

"어떻게 여기에 와 있어요, 당신이?"

"당신의 우승을 축하해 주러."

그가 짐짓 가볍게 말했지만, 결코 과정은 그렇지 않다는 것을 알고 있었다.

엘리샤가 말없이 그에게 다가갔다.

루자크 역시 다가왔다. 커다란 두 팔이 엘리샤를 향해서 뻗음과 동시에 엘리샤가 폭 안겼다.

"이거 꿈은 아니겠죠? 나 당신을 여기서 보고 싶은 게 바보 같은 욕심이라고 생각했어요."

"그런 욕심이라면 얼마든지 부려도 좋아."

"응, 오늘만은 그럴게요."

지난 보름 동안 침대에서 잠든 것보다, 지금 이 순간 루자크의 따뜻한 품 안에 안기는 잠깐이 엘리샤에게는 진짜 휴식이었다.

한참을 말없이 제게 안겨 있는 엘리샤의 뺨을 루자크의 손등이 쓸었다.

"여윈 것 같아. 힘들었군."

"미션을 하느라 하루하루가 바빴어요."

"그래도 편지는 꼬박꼬박 보내 주었어."

"응, 그 시간이 나에게는 쉬는 시간이었으니까."

"이런, 내 아가씨가 안 본 사이 왜 이렇게 달콤해지셨을까?"

루자크의 도발에 엘리샤가 피이 하고 입술을 슬쩍 내밀었다.

"원래 나는 달콤한 여자라고요, 각하 한정."

"남의 할 말 그렇게 아무렇지 않게 빼앗는 거 아니야."

불쑥 어느 틈에 코앞까지 다가온 그의 얼굴에 엘리샤가 얼굴을 붉히다가 설피 웃었다.

"당신은 여전하네요."

제 남편은 여전히 달콤하고 멋지고, 자신만을 바라보고 있었다. 고작 보름뿐인데도 애가 닳아 있는데, 이제 황실 전속 드레스메이커가 된다면 얼마나…… 그 뒤는 상상도 하고 싶지 않았다.

그래서일까. 루자크도 뒷일은 묻지 않았다. 그저 그들은 오랜만에 포옹을 하고, 두런두런 이야기를 나누며 저녁을 먹고는, 함께 별장으로 돌아갔다.

아이레나는 차후 황실에서 업무에 대한 전갈이 내려올 것이라면서 일단 별장에서 휴식을 취하고 있으라고 말했다.

그날 밤.

뜨겁게 달아 있을 거라 예상했는데 의외로 루자크는 느긋한 상태였다. 누구보다 더 불같은 남자라는 걸 잘 알고 있는 엘리샤로서는 다소 의아했다.

눈빛도 따스하던 품도 모두 그대로였는데 그는 아직 엘리샤에게 입맞춤 한 번도 시도하지 않았다.

예전의 공작이라면, 별장에 돌아오자마자 그녀를 침실에 가두어 놓았을 정도로 욕구가 강했을 텐데.

엘리샤는 자그만 머릿속으로 열심히 그려 보았다. 혹여, 보름이라는 시간 동안 조금이라도 달라진 이유가 무엇일까 곰곰이 고민해 보았지만 짚이는 게 없었다.

마야가 차려 준 성대한 저녁 식사를 마치고 나서도 루자크는 애정 어린 태도로 엘리샤를 대했지만, 그뿐이었다.

엘리샤는 왠지 삐죽 무언가가 돋아난 기분이 되어 버렸다.

"리나, 각하께서는 어디 계신가요?"

"테라스에 나가 계시던걸요? 어서 가 보셔요, 마님."

"고마워요."

테라스에 혼자 나가서 밤하늘을 감상하고 있는 루자크의 뒷모습이 어쩐지 낯설고도 그립고 멋졌다.

각을 이루며 벌어진 등은 마치 작은 산처럼 한참을 움직일 기미가 없더니, 엘리샤가 입술을 떼려고 할 즈음에야 천천히 돌았다.

그의 푸른 눈동자가 굴러, 엘리샤를 바라보았다. 문득 제 그런 속내를 들킨 것만 같아 그녀는 옅게 숨을 골랐다.

"아, 리나가 당신이 여기에 계시다고 해서. 내가 방해한 건 아니겠죠?"

"……방해라니, 전혀 그렇지 않아."

낮에도 그러더니 또였다. 목소리만 들었을 뿐인데 이토록 심장이 뛰다니…….

"여, 여기서 뭘 하고 있었어요?"

엘리샤가 살짝 말을 더듬었지만, 그는 개의치 않고 사랑스럽다는 눈빛을 보내곤 대답했다.

"이런저런 생각들."

어쩐지 그의 대답에 약간 거리감이 느껴진 엘리샤가 뾰로통해져선 말했다.

"……그렇군요. 생각 중이시니 저는 그럼."

그대로 몸을 돌려서 빠져나오려 했지만 의지대로 몸이 움직여지지 않았다.

"어딜……."

어느새 그의 팔이 엘리샤의 손목을 꽉 붙들고 있었다. 아프지는 않았지만, 뿌리칠 수 없을 정도의 강한 힘이었다.

하지만, 그보다 더 엘리샤를 굳어 버리게 한 건 그의 말이었다.

"가지 마. 여기 있어."

"알았어요."

엘리샤가 가볍게 고개를 끄덕였다. 자신 역시 그의 곁에 있을 참이었다.

*　　*　　*

지금 루자크는 몹시 갈등 중이었다.

억누르고, 또 억눌러 왔다. 이럴까 봐 수도에 걸음 하지 않으려고 했는데…….

자신도 어쩔 수 없는 인간이었다.

다시 헤어져 있는 동안에 힘들 것을 알면서도 그녀가 보고 싶었다. 한시도 그리워하지 않은 적이 없을 정도로.

보송한 이마의 잔털까지도 그리웠던 엘리샤가 눈앞에서 오롯이 자신만을 바라보고 있었다.

황실의 커다란 대회에서 당당히 우승을 차지한 엘리샤가 자랑스럽고 기뻤지만 또 마냥 웃어 줄 수는 없는 속 좁은 남편이 루자크 드 펜블렌이었다.

제국이고 황실이고, 드레스메이커고 자신과 엘리샤를 갈라놓는 것은 무엇이든 달게 받아들이기 어려운 게 진짜 솔직한 마음.

하지만 엘리샤 앞에서는 그걸 티내고 싶지 않았다.

누구보다 그녀가 원하던 일이 아닌가.

황실에 소속되는 세월이 몇 년이 된다 해도 엘리샤를 원망할 수는 없는 노릇이었다.

루자크는 쓰게 웃었다. 자신이 그런 쓰린 생각들을 하고 있는 와중, 어느새 그녀는 샐쭉해진 표정이었다.

"……그렇군요. 생각 중이시니 저는 그럼."

몸을 돌려 나가려 하던 엘리샤를 재빨리 붙잡았다.

"어딜……."

그대로 품 안에 가둘까. 입을 맞출까.

고민을 하다가 그저 그대로 있었다.

"가지 마. 여기 있어."

"알았어요."

엘리샤의 대답에 루자크는 안도감을 느끼면서 그대로, 갑갑하게 억누르고 있던 것을 풀어 버렸다.

자그만 얼굴을 조심스레 잡아, 마치 생전 처음 키스를 하는 연인처럼 천천히 다가갔다.

엘리샤가 눈을 감았다. 파르르 떨리는 속눈썹이 나비 같았다.

루자크는 엘리샤의 허리를 더욱 자신 쪽으로 잡아당겼다.

입술에 마주 닿는 촉감이 어쩐지 까끌까끌했다.

보름 동안 입술이 메마를 정도로 힘들었군. 잠도 제대로 자지 못했을 것이고…….

그렇게 해서 성취해 낸 우승의 자리. 하지만 지금 이 순간만큼은 모르고 싶었다.

입술 안은 여전히 부드러웠다. 오래도록 가만가만 그녀를 느끼고 싶어서, 어루만지듯 입을 맞추는 것이 못내 답답했던지 엘리샤가 먼저 자신을 휘어 감는 게 느껴졌다.

여전히 사랑스러운 내 아가씨.

그 자극적인 애정을 받아들여서 루자크도 격렬하게 입 안을 놀렸다.

자칫 놀랐는지 금세 도망가려 하는 엘리샤를 꽁꽁 붙잡아 맸다.

격해진 입맞춤에 그녀가 움칫거렸다. 한참이나 이어진 환상 같은 키스, 가능하다면 하루 종일도 할 수 있을 만큼 지독히 목이 말라 있었다.

숨이 가빠 온 엘리샤가 그의 팔을 퍽퍽 칠 때에 이르러서야 그가 놓아주었다.

얼굴은 이미 온통 침 범벅이 되어 있었다. 엘리샤가 이이, 하고 아이처럼 억울하다는 표정을 지었지만 그는 냉큼 모른 척을 했다.

"……너무해요, 당신."

"무슨 뜻이지?"

"언제는 하루 온종일 키스를 기다리게 하면서 사람 애를 태우더니, 이렇게 아무렇지도 않게……."

엘리샤의 채 못 다한 말에 루자크가 눈썹을 치켜세웠다.

"요 아가씨 봐라, 그러니까 내내 기다렸다, 이 말이지? 내 키스."

"……."

대답이 없다. 대답 대신, 토라진 얼굴이 모든 걸 말해 주는 것 같았다.

사람이 이렇게 귀여울 수 있는 건가. 대답을 안 하면 행동으로 하는 수밖에.

루자크는 다시 엘리샤의 앞으로 다가가 새초롬한 표정으로 눈을 감았다.

"엘리샤, 키스해 줘."

루자크의 명백한 요구에 엘리샤는 그를 살짝 째려보고는 고개를 비스듬히 돌렸다. 말랑한 코끝부터 닿자마자 기분 좋은 웃음이 터졌다.

그러나 다음 순간 엘리샤는 입술을 부딪치는 대신 그녀의 가느다란 손가락으로 루자크의 콧등부터 시작해, 콧날을 따라 쓸어내리기 시작했다.

호기심 가득한 보라색 눈동자에는 진한 애정이 묻어 있었지만 장난기가 가장 많았다.

"키스해 달라니까 나를 애태우는 건가요, 레이디?"

"바로 해 주면 재미없잖아요."

그녀가 윙크하면서 말했다. 이제야 마음껏 안심하고 응석을 부릴 수 있다는 생각이 들어서인지 엘리샤의 얼굴은 아까보다는 한층 부드럽게 풀려 있었다.

말은 그렇게 해 놓고, 엘리샤는 루자크의 목을 꼭 끌어안았다. 쿵쿵 울리는 심장이 뜨거웠다.

덤벼들고 싶은 욕망이 강하게 일어섰지만, 얌전히 기다리기로 했다. 눈빛으로는 이미 더한 것도 몇 번이나 할 만치, 촉촉해졌다.

루자크의 손길이 엘리샤의 얼굴을 어루만졌다. 부드러운 촉감이 그를 달뜨게 만들었다. 그 순간 엘리샤가 다가왔다.

입술을 순식간에 파고들고, 점령해 내는 그녀의 제법 짜릿한 키스에 루자크는 희열에 가득 찼다.

그러나 엘리샤가 주도하는 키스는 오래가지 못했다. 그녀가 살살 건드린 탓에, 그는 잔뜩 흥분해 버리고 만 것이다.

온몸에서 열기가 뿜어져 나왔다. 루자크는 제 아내를 통째로 삼켜 버릴 것처럼, 강렬한 키스를 퍼붓기 시작했다.

밤바람도 전혀 차갑지 않을 만큼 둘의 뜨거운 숨결이 주변을 지배했다.

* * *

다음날 황성으로 들어오라는 전갈이 펜블렌가의 별장에 도착했다.

소식을 들은 엘리샤는 곧장 리나를 불러 단장을 부탁하고는, 루자크에게도 알렸다.

"루자크, 황성에서 전갈이 왔어요. 나 다녀올게요."

루자크 역시 아까 커다란 마차가 도착한 것을 들은 터라 직감하고 있었다.

그가 엘리샤의 머리카락을 쓸어내리면서 말했다.

"같이 가서 들으면 되겠군."

"아니야, 괜찮아요. 혼자 다녀올 수 있어요."

"왜지? 당신이 황성에서 일하는 건 나에게도 무척 중요한 문제라고. 아니, 솔직히 말하자면 내 남은 인생이 걸렸어."

엘리샤는 그가 황성에서 일하는 기간을 듣는다면 충격을 받을까 걱정이 되었다.

"루자크, 다녀와서 전부 이야기해 줄게요. 너무 걱정 말아요. 그럼 나 단장하러 가요."

"……아니, 엘리샤!"

엘리샤는 그의 말을 듣지 못한 채, 방을 나갔다. 그녀의 방에서, 리나가 드레스를 들고 기다리고 있었다.

"마님! 어서 오세요."

"리나, 이게 다 뭐예요?"

못 보던 드레스들이 여러 벌 있었다.

"각하의 명이 계셨어요. 마님이 돌아오시기 전에 준비해 놓으라고요."

"아."

루자크는 늘 자신을 먼저 생각해 주는 사람이었다. 방금 전 대화가 생각나서 엘리샤는 그에게 미안함이 들었다.

"마님, 채비가 다 되셨어요. 마차도 대기시켜 놓았답니다."

"고마워요, 리나."

황성에 도착하자, 근위 기사 두 명이 다가와 말했다.

"기다리고 있었습니다, 펜블렌 공작 부인. 황후 전하의 궁으로 바로 모시라는 명이 있었습니다."

"네, 알겠습니다."

근위 기사 둘이 공손한 자태로 황실 마차까지 안내했다. 확실히 예전과는 다른 대우였다. 마차는 금세 황후의 궁에 도착했다.

긴 복도를 지나서 접견실의 커다란 문을 열고 들어가니, 아이레나와 황후의 모습이 함께 보였다.

엘리샤가 드레스 자락을 쥐고는 인사를 올렸다.

"엘리샤 드 펜블렌, 황후 전하를 뵙습니다."

"어서 오세요, 펜블렌 공작 부인."

황후가 온화한 미소로 맞아 주었다. 엘리샤는 긴장을 풀지 않은 채, 곧은 자세를 유지했다.

아이레나가 서둘러 말했다.

"이제부터 펜블렌 공작 부인은 황실에 소속되게 될 것이에요.

그러기 위해서는 근무 조건 이야기부터 해야 할 것 같은데."

엘리샤는 이제부터 제 삶이 어떻게 바뀔지, 황실에 달려 있었기에 귀를 쫑긋 세우고 있었다.

"본래 황실의 법도로는, 기본적으로 5년 이상 황성으로 매일 상근하거나 기거하면서 업무를 수행하는 것이 원칙입니다."

엘리샤는 이해했다는 듯 대답했지만, 속으로는 놀랐다. 5년, 무려 5년이었다.

그렇다면 그 긴 시간 동안, 루자크와 함께 있지 못한다.

생각만 해도 가슴이 아팠다. 그러나 감히, 티를 낼 수는 없었다. 자신은 절대적인 황실의 법에 따라야 했다.

"예."

그때 황후가 아이레나에게 잠시 물러가라는 눈치를 주었다.

"잠깐 우리 둘이서만 이야기를 할까요?"

아이레나가 물러가자, 황후가 한결 편안한 얼굴로 대했다.

"공작 부인, 본래 그대에게 하대를 했었던 것 같은데 둘이 있을 때는 지금도 편안히 말을 해도 되겠느냐?"

"아, 물론입니다, 전하. 편히 말씀하십시오."

엘리샤가 대답하자, 황후가 다정하게 말했다.

"가까이 오렴."

몇 걸음 더 가까이 다가가니 향긋한 내음이 황후에게 흘렀다.

"실은 네게 제안하고 싶은 것이 있구나. 그대는 황실의 드레스메이커가 될 몸이지만, 나의 외조카 며느리이기도 해. 루자크, 그 애에게는 무엇보다 그대가 필요하다는 것도 잘 알고 있지."

황후의 말에 엘리샤는 눈을 천천히 끔벅거렸다.

"하명하십시오, 전하."

"원칙적으로는 황성에 5년 동안 얽매여야겠지만, 그러기엔 너무 긴 세월이지. 그러니, 이렇게 하자꾸나. 5년 중 2년은 황성으로 상근하되, 이후 3년은 테본으로 돌아가서 한 달에 한 번 정도 와서 일거리를 받아 가는 거야. 어떠하니?"

"……전하."

자신의 사정을 너무나도 봐주신 것 같아서 황송한 마음에 엘리샤는 그만 왈칵 눈물이 고였지만 다행히 흐르지는 않았다.

"괜찮은 제안이 아니냐?"

엘리샤가 대답을 채 못 하고 고개를 주억거렸다.

"그렇지만, 너무 황송해요. 이렇게까지 저의 사정을 봐주시면………."

황후가 고개를 저었다.

"그렇지 않아. 그동안 두 사람을 지켜보면서 루자크가 정말 많이 변했다는 것을 느꼈단다. 그 애의 마음이 이토록 열린 것은 모두 그대 덕분이야. 그래서 두 사람이 너무 오랫동안 떨어져 있는 것은 나도 바라지 않는단다. 그 애가 다시 혼자가 된다면 내가 마음이 쓰일 것 같구나."

엘리샤가 납득한 듯 고개를 주억거렸다.

"게다가 그대는 테본의 공작 부인이니, 5년 동안 황실에 묶인다면 해야 할 일이 너무 많을 것 같아. 어찌 되었든 공작 부인이 거절한다고 해도 그리 권할 생각이었어."

“예, 전하. 진심으로 감사드립니다.”

물기 어린 눈으로 그리 말하는 엘리샤를 황후가 다가오더니, 어깨를 토닥여 주었다.

“그만큼 훌륭한 실력으로 보답을 해 주면 좋겠구나.”

“예, 꼭 그리하겠습니다.”

“참…… 그리고 중요한 일이 하나 더 있지. 헬레나 드 바이든이라 했나? 그 아이와 누군가가 모의를 했다고 하지 않았니? 네 이야기를 한번 들어 보고 싶구나.”

“예, 실은 그 사람은 전하께서도 익히 아시는 사람입니다…….”

슬쩍 황후의 눈치를 보면서 엘리샤가 모든 일을 털어놓기 시작했다.

자바로티와 헬레나가 몰래 만나서 쥬엘을 떨어뜨린 일부터 시작해서, 그녀를 미행해서 자신의 언니인 코넬리아와 헬레나가 이번 사건을 모의하는 것을 듣게 된 일, 헬레나가 실제로 엘리샤의 드레스에 그것을 몰래 숨겨서 꿰매 놓은 일, 그리고 엘리샤가 그것을 되돌려 준 일까지.

엘리샤의 이야기를 전부 들은 황후가 의자받이를 탁 쳤다.

“허, 저런 고약한 것들! 도저히 가만히 듣고 있을 수가 없구나. 루비츠가의 여식도 그렇고, 자바로티 후작은 심사 위원의 자리에서 그런 짓을 저지르다니.”

분노한 황후가 몸을 파르르 떨었다. 그 모습을 본 엘리샤는 황후 앞에 무릎을 꿇고는 고했다.

"처음 알았을 때 모든 것을 말씀드리지 못한 점 용서하십시오, 전하. 하지만 완벽하게 그들을 잡고 싶었어요."

엘리샤의 말에 황후가 고개를 저었다.

"아니다. 그대는 그대가 할 수 있는 선에서 침착하게 행동해 주었다. 이번 사건에서 잘못을 저지른 자들은, 용서할 수가 없구나."

"예, 저 역시 그들을 용서할 수가 없습니다. 전하."

"이제 그대의 몫은 여기까지다. 나머지는 황실에서 처리하겠다. 미안하지만 그대의 이복 언니라도 봐줄 수는 없겠구나."

"예, 전하. 저 역시 같은 생각입니다."

황후의 노기에 찬 목소리에 엘리샤는 순순히 고개를 끄덕이며 대답했다.

* * *

황후는 이 일을 황제에게 곧장 알렸고, 레오나드 백작과 여식 코넬리아, 그리고 소피아에게까지 분노한 황제의 전원 소환 명령이 떨어졌다. 루비츠가로 황실의 기사가 들이닥쳤다.

"황명이다! 모두 무릎을 꿇고 들어라. 황실 모독죄로 코넬리아 드 루비츠와 레오나드 드 루비츠, 소피아 드 루비츠. 전원 심문장으로 소환한다."

"뭐, 뭐라고? 그게 대체 무슨 말이오?"

잠을 자다가 놀라서 잠옷 바람에 뛰쳐나온 레오나드 백작과 소피아가 영문을 모르겠다는 표정을 지었지만 기사단장에게는 통하지 않았다.

날카로운 검까지 빼어 든 기사 앞에서 백작과 소피아는 강제로 무릎을 꿇고 황명을 받기는 했지만, 아직도 모르겠다는 얼굴이었다.

“황실 모독죄라고 하질 않았나? 레오나드 백작, 여식은 어디에 있지?”

“우, 우리 코넬리아는 왜 찾는 것이오? 우리는 아무 죄도 없소이다! 갑자기 소환이라니.”

그러자 기사단장이 차갑게 말했다.

“그건 심문장에 가서 고하도록. 황명을 거역하면 즉결 처형이다. 자, 루비츠가의 여식 코넬리아를 찾아라!”

꺄아악.

기사들이 메이플 성 곳곳을 샅샅이 뒤지기 시작했다. 제 방 커튼 뒤에 숨어서 달달 떨고 있는 코넬리아가 끌려 나온 건 불과 오 분 뒤의 일이었다.

“아, 이것 놔! 드레스가 밟히잖아! 기사 주제에 백작가에 와서 감히 무슨 짓이야?”

상황을 분간하지 못하고 짜증을 내는 코넬리아가 성가셨는지, 기사단장이 살벌하게 한 마디 했다.

“기절해서 가고 싶지 않으면 얌전히 따라와라.”

세 사람은 짐짝처럼 마차에 실렸다. 소피아와 레오나드가 동시에 코넬리아에게 물었다.

"코넬리아! 이게 대체 무슨 일이냐?"

"……아니, 아무 일도 없을 거예요. 황실 모독죄라니, 아시잖아요. 저 요즘 성안에만 틀어박혀 있었다는 거. 제가 관련이 있을 리가 없잖아요."

그렇게 부모를 안심시키는 말을 했지만, 실상 속마음은 그렇지 않았다.

코넬리아는 마른침을 삼키며 재빨리 생각에 잠겼다. 암갈색 눈동자가 불안하게 굴러갔다.

'이게 도대체 어떻게 된 거지? 헬레나가 그 일을 제대로 처리한 게 아니었던 거야? 계획대로라면, 엘리샤가 끌려가야 한다고!'

코넬리아가 고개를 절레절레 저었지만, 이미 상황은 최악으로 치달아 있었다.

* * *

촤아아!

쏟아지는 물벼락에 헬레나는 감옥 안에서 정신이 들었다. 겁이 많은 헬레나는 그저 빨리 집으로 돌아가고 싶었다.

자신이 왜 이런 일에 엮이게 되었는지, 왜 아무 죄 없는 아버지와 어머니까지 수모를 겪어야 하는지 뼈저리게 느꼈다. 자신이 잘못된 판단을 했다.

코넬리아가 시킨 짓은 어떤 이유에서든 해서는 안 되는, 무섭고 위험한 일이었다. 어리석게도 그걸 너무나 늦게 깨달았다.

마르고 갈라진 입술로 헬레나가 중얼거렸다.

“코…… 넬리아. 난 네가 시키는 대로 전부 했는데……그뿐인데 내가 왜 이런 일을 겪어야 하지?”

헬레나가 넋 나간 사람처럼 멍하니 앉아 있을 때였다.

“헬레나 드 바이든! 정신 차리고 이리 나와. 어서 올라가라!”

간수가 다그쳤다. 헬레나는 너덜거리는 옷자락을 쥐고, 밖으로 나갔다. 심문장에 묶여 있는 익숙한 붉은 머리가 보였다. 헬레나의 눈이 휘둥그레졌다.

“코넬리아!”

헬레나를 알아본 코넬리아가 소리를 빽 질렀다.

“헬레나? 네가 다 일을 망친 거야? 이 멍청하고 쓸모없는 년!”

“……뭐? 어떻게 네가 그럴 수가……!”

충격을 받은 헬레나가 그 자리에서 털썩하고 쓰러졌다.

“어떻게 처리했기에 일을 이 지경으로 하느냔 말이야!”

“아냐, 난…… 나는 제대로 했어. 코넬리아 네, 네가 전부 시킨 짓이잖아. 하, 하지만 너는 나를 그냥 이용했던 거야? 그런 거야?”

헬레나가 분노를 가득 담은 눈으로 코넬리아를 노려보면서 울부짖었다.

그때였다. 근위 기사 수십을 대동한 채 황제와 황후가 심문장에 도착했다. 레오나드 백작이 황제를 보자마자 고했다.

“제국의 태양이신 황제 폐하! 저, 저 루비츠 백작입니다. 제 여식이 감히 황실을 모독했을 리가 없습니다!"

"그렇습니다, 전하!"

소피아도 목청을 돋우며 고했다. 그 이야기를 가만히 듣고 있던 황후는 그들을 노려보면서 말했다.

"뻔뻔하도다. 그대들의 다른 여식인 엘리샤 드 펜블렌 공작 부인이 직접 모두 고백했소. 헬레나 드 바이든도 진술했고, 이제 와서 발뺌한다면 힘겨운 시간만 늘어날 뿐. 어서 자백하는 게 좋을 것이오."

"화, 황후 전하! 억울합니다."

그러나 잠자코 듣고 있던 황제가 크게 노하면서 말했다.

"그 입 닥쳐라! 황실 모독죄의 무게가 얼마나 큰 것인지 정녕 그대들은 모르는 것인가?"

황제의 분노에 레오나드와 소피아, 코넬리아를 비롯해서 헬레나까지 몸을 후들거리면서 고개를 바짝 숙였다.

"판단에 따라 반역죄로도 볼 수 있을 큰 죄다. 루비츠가 전원이 목이 달아나고 싶은 것이더냐?"

"히끅!"

이에 놀란 코넬리아가 딸꾹질을 시작했다.

"무슨 수작이더냐?"

황제의 물음에 코넬리아가 고개를 크게 저으면서 울기 시작했다.

"……아, 아닙니다, 폐하. 으흑, 엉엉! 화, 황실을 모독하려고 한 것이 아니라…… 저는 그저 이복동생 엘리샤…… 공작 부인이 미웠습니다."

코넬리아는 눈물 콧물을 쏟으면서 그제야 헬레나와 꾸몄던 계략을 실토하기 시작했다.

"……엘리샤가 황실 드레스메이커가 되는 것을 두고 볼 수가 없어서, 흑. 선발제에 나가게 된 헬레나를 꾀어서 엘리샤를 방해하려고 했습니다. 결코, 절대로 황실을 모독하고자 벌인 일은 아닙니다."

"……허허, 괘씸한 계집이군. 네 이복동생을 해하려고, 그런 짓을 벌이다니. 게다가 듣자 하니 루비츠가에서는 공작 부인을 학대했다고 하던데, 사실이더냐?"

"아, 아니…… 그 애는 제 딸입니다. 그럴 리가 있겠습니까."

"펜블렌 공작의 말로는, 제대로 된 드레스 한 벌 없이 먹지도 못하고 하녀처럼 자랐다더군. 또한 엘리샤를 정혼 상대인 딸 코넬리아로 바꿔치기해서 시집보낸 일도 있었다고 들었다. 내 기억에도 처음에는 분명 코넬리아라는 이름이 둘이라 이상하다는 생각을 했다. 이는 명백히, 펜블렌가를 속이고 황가까지 속인 일이 아닌가?"

황제의 입에서 지난날의 과오가 낱낱이 전해지자, 레오나드 백작과 소피아, 코넬리아까지 그야말로 꿀 먹은 벙어리가 되고 말았다.

"그런 주제에 감히 황태자비 자리를 노리다니, 간도 큰 것들! 그대들은 귀족의 자격이 없다."

황제가 루비츠가의 일원들을 내려다보면서 냉정하게 말했다.

"아, 그대에게 장남이 하나 있었지?"

황제의 말에 이윽고, 윌리엄 후작가에서 검술을 배우고 있던 장남 클라우스가 병사들에게 끌려오는 모습이 보였다. 레오나드 백작은 하늘이 무너지는 것 같았다.

"폐하! 모든 것은 제 잘못입니다만, 제 아들 클라우스는 맹세컨대 아무 죄가 없습니다!"

"아버님!"

"루비츠가의 이름으로 태어나 그대의 아들로 태어난 것도 죄라고 할 수 있다."

"……."

"지금 이 순간부터 루비츠 백작가의 일원은 작위를 내려놓고, 귀족의 신분을 잃게 될 것이다. 단, 장남 클라우스는 루비츠가의 이름을 버린다면 남작으로 살 수 있게 하라. 또한 루비츠가에 귀속된 재산은 전원 몰수하고, 나머지는 평민으로 살게 하라. 백작의 여식 코넬리아에게는 채찍 20대의 형벌을 내리겠다."

"……."

황제의 말에 레오나드 백작은 폭풍우가 휩쓸고 간 듯 허탈한 얼굴이었고, 소피아는 울면서 제 딸 코넬리아를 원망스럽게 쏘아보았다.

코넬리아는 곧장 형틀로 붙잡혀 갔다.

그녀의 비명이 형장에 울려 퍼졌다.

*　　*　　*

창밖을 바라보고 있던 엘리샤의 어깨를 감싸 안은 채, 루자크가 말했다. 엘리샤는 퍽 울적한 표정을 짓고 있었다.

"그렇게 당신을 괴롭게 했는데도, 가족들이 안쓰러운 모양이군. 마음이 안 좋아 보여. 어제 괜히 황실에 가서 전부 이야기하고 왔나?"

엘리샤는 고개를 저었다.

"아니에요. 당신이 나를 위해서 그랬다는 것 알고 있어요. 마땅한 벌을 받아야 한다고 생각했는데, 그래도 콩알만큼의 정이라도 있었나 봐요. 참, 우습죠?"

루비츠 백작가가 완전히 몰락했다는 사실을 들으면 무척이나 기쁠 거라고 생각했는데 씁쓸함이 컸다. 특히, 죄 없는 클라우스 오라버니에게는 진심으로 미안했다.

어느새 눈물을 터트린 엘리샤를 루자크가 꼭 끌어안아 주었다.

"괜찮아. 엘리샤. 이번 일을 계기로 그들이 이제라도 제대로 살아가길 바라야지. 이제 그만 잊도록 해."

루자크가 오랫동안 엘리샤의 등을 토닥여 주었다. 한참 동안 울고 난 엘리샤에게 그가 넌지시 말했다.

"그런데, 언제 이야기해 줄 건가? 목이 빠지겠군."

그가 무슨 이야기를 하는지, 너무나도 잘 알고 있었다. 이틀 전 황성에 혼자서 다녀온 이후 엘리샤는 아직 그에게 중요한 이야기를 하지 않았다.

사실 엘리샤로서는, 황실에서 근무하는 기간이 2년으로 줄어 들어 기쁘기는 했지만 루자크에게는 그렇지 않다고 느낄 수도 있을 기간이었다.

엘리샤의 입술이 천천히 달싹였다.

"루자크."

"응?"

아직도 그녀를 품에 꼭 안은 채, 루자크가 대답했다. 푸른 눈동자는 엘리샤에게 고정되어 있었다.

"당신이 기다리던 소식, 들려줄게요."

"나 죽기 전에 제발. 황성에서 십 년 정도 일하라고 한 건 아니겠지?"

루자크가 농담조로 말했지만, 눈빛은 전혀 그렇지 않았다.

"아니에요."

엘리샤가 가만히 고개를 저었다.

"황후 전하께서 그러셨어요. 당신이 나를 만나고 나서 많이 변했다고, 제가 당신을 변하게 만들었다고요. 그래서 당신 곁에 있어 주라고 하셨어요. 본래는 오 년 이상 황성에서 상근하거나, 기거하는 게 원칙이지만 이 년만 황성에서 일하고, 나머지 삼 년은 테본에 지내면서 한 달에 한 번 정도 일을 받아 가고요."

루자크는 쉬이 믿기지가 않는 얼굴이었다.

"……그게 정말인가?"

엘리샤가 고개를 주억거리면서 조심스레 그의 표정을 살폈다.

"네, 그래도 길기는 하지만 훨씬 더…… 읏! 으응?"

엘리샤의 입술에 쪽, 소리가 나도록 뽀뽀를 열 번 정도 반복하던 루자크는 그제야 긴장이 확 풀렸다는 얼굴로 나른하게 말했다.

"왜 진즉에 알려 주지 않았어? 누구 죽는 꼴이 보고 싶었던 건가?"

"미안해요. 당신이 어떤 반응을 보일지 몰라서 나도 말을 고르고 있었어요."

"당연히 이 년도 이백 년만큼 길기는 마찬가지지만, 그래도 훗날을 위해서 기다릴게. 엘리샤."

엘리샤의 양 볼을 그의 커다란 손이 덮었다. 엘리샤가 고개를 끄덕였다.

"고마워요, 루자크. 나의 모든 걸 언제나 이해하고 존중해 주는 당신이 있어서…… 얼마나 감사한지 몰라요. 나는 항상 받기만 하는 것 같아서 너무 미안해."

자연스레 고개를 떨궈 버린 엘리샤의 얼굴을 다시 들게 한 루자크는 엘리샤의 뺨에 제 뺨을 가져다 대었다. 마치 부리를 맞대는 다정한 한 쌍의 새들처럼.

"엘리샤, 그런 건 내가 남편으로서 해야 할 당연한 것이야. 고마워하는 건 상관없지만 미안할 필요는 전혀 없어. 나는 앞으로도 평생 동안 나만의 레이디를 위해서 무엇이든 할 생각이니까……. 사랑해."

엘리샤가 그의 말에 가슴이 뜨거워지는 것 같았다.

"루자크…… 사랑해요. 정말 많이 사랑해."

두 팔로 그의 목을 끌어안으면서 사랑을 속삭거리자, 루자크는 콧등을 살짝 찡그리면서 그르렁거리는 늑대처럼 중얼거렸다.

"우리 좀 심각한 사태에 직면해 있는 것 같군."

"무슨 말이에요?"

"이렇게 서로에게 안달이 나 있는데, 이 년 동안 어떻게 떨어져서 지내지?"

서로를 향하는 애틋한 눈빛에서 꿀이 뚝뚝 흘러나왔다. 사랑이라는 것, 그리고 행복이라는 것.

루자크가 있음에 이렇게 숨 쉬는 것 하나조차 감사한 나날이 계속되는 것 같았다.

그 모든 것들을 제게 안겨 주는 이 남자의 존재가 진심으로 소중했다. 엘리샤는 루자크의 커다란 손에 제 손가락을 깍지 끼웠다.

"약속 하나 해요, 우리."

뜻밖의 말에 루자크는 엘리샤의 손등을 제 입술로 가져가 입을 맞추면서 되물었다.

"약속?"

"무사히 이 년이 지나고 나서 서로의 소원 하나씩 들어주기로요."

그 제안에 루자크가 반색했다.

"좋은 생각이군. 소원은 생각해 뒀어?"

"이 년 동안 아주 천천히 고민해 볼게요."

"우리 귀염둥이가 무려 이 년간 고민한 소원이라. 굉장한 소원이겠는걸. 기대하지."

루자크가 엘리샤의 뽀얀 손등을 장난치는 고양이처럼 살짝 깨물면서 말했다.

"그러고 보니……우리 예쁜 로로는 잘 있나요?"

엘리샤가 걱정스럽게 묻자, 루자크가 씩 웃으면서 대답했다.

"물론이지. 반트보다 라드가 고양이와 훨씬 친해. 로로가 먼저 다가가서 스킨십을 시도한다고. 무척 드문 일이지."

"아, 정말이에요? 상상도 안 돼요. 로로 보고 싶다."

"레이디, 이렇게 근사한 남자를 두고 지금 다른 수컷 이야기하시는 겁니까?"

장난기 가득한 투로 그가 투덜거렸다.

"뭐라고요? 루자크도 참……."

역시 질투로는 아무도 그를 당해 내지 못할 듯싶었다.

엘리샤는 사랑스러운 남편의 입술에 키스를 퍼부었다. 마음 같아서는 이 년 치의 키스를 해 주고 싶었다.

몇 번이고 거듭되는 입맞춤으로 수없는 시간을 헤아리기에는 모자랐지만, 지금은 그저 이렇게 온기를 나누고 싶었다. 조금이라도 더 마음을 전하고 싶었다.

"사랑하고 또 사랑해요, 루자크. 이 년 뒤에 만나요."

"엘리샤, 당신 마녀잖소. 이 년 따위, 이틀로 만들어 버리는 마법 같은 건 없을까?"

"……저기요, 각하. 마녀라고 신이 될 수 있는 건 아니라구요."

엘리샤는 그를 곱게 흘겨 주면서 대답했다. 자신 또한 그런 것이 있다면 당장 주문을 외우고 싶었다.

*　　*　　*

"펜블렌 공작 부인, 한 달 후가 마리안 황녀님의 탄신일이랍니다. 황녀님의 드레스는 직접 알현해서 옷본을 세 가지 정도 가안을 잡아, 나에게 보여 주도록 하세요. 티온 황자님의 의복도요. 최대한 빨리해야 할 거예요. 손이 빠르니, 삼 일이면 가능하겠죠? 오늘 오후 2시에는 황후 전하의 티타임 의상을 골라드리고, 저녁에는 황제 폐하의 장갑을 수선해드리는 것 잊지 마세요."

"네, 네!"

열심히 머리로 그것들을 외워 놓는 엘리샤를 두고 뒤돌아서서 가려던, 선임 황실 드레스메이커인 아이레나가 다시 발걸음을 멈췄다.

"아냐, 일단 나하고 잠깐 길드에 가서 원단을 고르러 가요. 제일 큰 게 기다리고 있으니……."

아이레나의 말에 엘리샤가 겁먹은 얼굴로 긴장한 채 물었다.

"큰 거요?"

"넉 달 후, 건국제가 기다리고 있어요. 건국제에 필요한 기념식 의상과 만찬 의상 등을 제작하려면 지금보다 딱 평균 두 배 정도 바빠지니까 참고하도록 해요."

"……두, 두 배요?"

엘리샤가 속으로 크흑, 하고 탄식했다. 황실 드레스메이커로 근무를 하게 된 지도 벌써 6개월.

그동안 크고 작은 일들을 처리하면서 엘리샤가 느낀 건 황실이라고 해서, 무엇이든 완벽하게 일을 하지 않는다는 것이었다.

가끔은 너무 빠듯한 일정 때문에 엘리샤가 생각하기에 완성도가 훨씬 부족하지만 그냥 내어놓을 수밖에 없었다.

그런 의상이 많아질수록 엘리샤는 왠지 마음이 불편했다. 황실에서 쓰이는 것은 무엇이든지 최고로 만들어야 한다고 배웠는데, 정작 재료는 가장 비싼 것이더라도 시간에 쫓겨 만들 수밖에 없는 환경이었다.

그도 그럴 것이, 황가의 일상부터 시작해 외출복, 연회 의상, 기념 의상 등 거의 모든 의상을 아이레나와 엘리샤 두 사람이 만들고 있던 터였다.

손이 빠른 엘리샤지만, 테일러 키트 없이 그 많은 일을 해내려니 손이 열 개여도 모자랐다. 그동안 이 일들을 아이레나 혼자서 해 왔다는 사실이 믿기지가 않았다.

'……키트가 절실하다.'

"그동안 혼자서 이 모든 것을 해 오셨다니 정말 대단하세요, 아이레나 님."

엘리샤의 말에 아이레나가 생긋 웃으면서 말했다.

"……그때는 사실 지금보다 편한 점도 있었답니다. 가끔 콜린 자작이나 다른 오트쿠튀르에 의뢰를 맡겨 버렸으니까요."

"……아, 사실 저도 그 점이 의아하다고 생각하고 있었는데……."

"엘리샤에 대해 여러모로 기대를 많이 하고 계세요. 황후 전하는 아무리 능력이 좋아도 한계치가 있다는 걸 이해하시지만, 황제 폐하께서는 다르십니다. 감히 명을 거역할 수 없기도 하고……."

아이레나의 말에 엘리샤는 속으로 지레 겁을 먹었지만 티를 내지는 않았다.

"너무 걱정 말아요. 황후 전하께 슬슬 말씀을 드리고 있답니다. 게다가 이번 드레스 선발제로 발굴해 낸 인재들이 있으니 그들에게도 맡겨도 좋을 것이에요."

콜린의 오트쿠튀르에 엘리샤의 친구들 세 사람이 정식 디자이너로 취업했다.

수도 지점에는 이슈터가 콜린을 도와 일했고, 테본 지점으로 세이딘과 죠엘이 날아가서 일을 했다.

"네, 마음이 한결 든든하네요. 그렇지만 저도 해 보는 데까지 최선을 다할게요."

"그럼 이만 원단 길드로 나가 볼까요?"

"네!"

자바로티가 맡았던 비리의 집합체 블랙 카우 길드는 후작의 몰락으로 명을 달리했고, 대신 새롭게 황제의 신임을 얻고 있는 다른 귀족이 그 길드를 새롭게 맡아서 관리했다.

길드를 다녀오면서 아이레나가 묻자, 엘리샤는 기다리고 있었다는 듯 대답했다.

"엘리샤, 아까 선택했던 원단들이 무엇이었죠?"

"아, 여기 샘플하고 리스트 정리해 두었어요."

"역시 일 처리 하나는 깔끔하군요. 고마워요. 나중에 엘리샤의 능력을 꼭 닮은 사람 하나 데려다 놓고 가야 해요?"

아이레나가 입버릇처럼 농담을 했다. 그녀는 진심으로 엘리샤가 있어서 다행이라는 생각이 들었다.

약속한 기간이 지나서 엘리샤가 테본으로 돌아가면, 가장 아쉬운 사람은 바로 아이레나 자신이었다.

* * *

황녀의 방은 새콤달콤한 과일과 꽃향기가 흘렀다.

"어머나, 어서 오세요. 펜블렌 공작 부인!"

"오, 공작 부인이로구나."

"두 분이 함께 계셨군요. 황후 전하와 황녀 저하를 뵙습니다."

엘리샤가 공손하게 예를 올리고는, 두 사람을 바라보았다.

"탄신일에 입으실 드레스에 대해 이야기를 나누려고 왔답니다. 혹시 원하는 것이 있으신가요?"

엘리샤의 말에 황후가 웃으면서 말했다.

"안 그래도 마리안이 그 걱정을 하고 있었지. 마리안, 조금만 살을 더 빼야 드레스 핏이 예쁘게 맞지 않겠니?"

"……어마마마. 노력하고 있어요. 하지만 그러기에는 딜런이 만들어 주는 디저트가 너무 맛있는걸요……."

마리안이 어깨를 추욱 늘어뜨리면서 말했다. 달콤한 디저트가 있다면, 엘리샤도 그 자리에서 누워 버리는 경향이 있었다.

"황녀 저하의 입맛을 사로잡은 디저트라니, 궁금해져요."

"오, 그러면 당장 딜런에게 케이크를 가져오라 명할까요? 부인도 맛보시면 반하실 거예요."

마리안은 귀엽게 눈을 반짝였고, 반대편에 앉아 있던 황후는 고개를 설레설레 젓고 있었다.

엘리샤는 침이 꼴깍 넘어갔지만, 여기서는 황후 전하의 말을 들어야 했다. 권력자 밑에서 일하려면 어쩔 수 없었다. 엘리샤가 마리안에게 달래듯 조곤조곤 말했다.

"황녀 저하, 탄신일 파티에서 엘노아 제국뿐 아니라 각국의 황족과 귀족들이 모두 참석하신다 들었어요. 조금만 참으시고, 탄신일 다음날에 저와 정말 맛있는 디저트 가게에 함께 가시는 건 어떨까요?"

마리안이 동그란 얼굴을 갸웃거리다가, 맛있는 디저트 가게라는 말을 듣자, 함박웃음을 지었다.

"그때까지 많이 힘들겠지만, 좋아요! 탄신일에는 누구보다 예쁠 거예요."

"황녀 저하께서 누구보다 아름다우실 수 있도록, 완벽한 드레스를 만들어드릴게요. 이건 제가 살짝 생각해 온 것인데, 혹시 마음에 드시면 이 디자인과 비슷한 옷본으로 여러 버전 만들어서 가져오겠습니다."

엘리샤가 그리 말하면서 미리 생각해 온 옷본을 황녀와 황후에게 보여 주었다. 나비를 콘셉트로 한 드레스로, 청순하면서도 화사한 느낌이 들었다.

"예뻐라. 펜블렌 공작 부인, 다른 옷본은 그리지 않아도 좋아요. 이게 맘에 드는걸요."

"……아, 그래도 두 가지 정도는 더 그려 오도록 할게요."

마리안은 정말 옷 디자인이 마음에 드는 눈치였지만, 엘리샤는 더 좋은 대안이 있다면 그것을 선택하게 해드려야 한다는 생각뿐이었다.

황후 역시 옷본을 살피더니 말했다.

"마리안, 너에게 딱 어울리는 사랑스러운 드레스로구나. 그러니까 이걸 입으려면 오늘부터 적당히 먹어야……."

그녀의 잔소리가 시작되자, 마리안은 엘리샤에게 몰래 귓가에 속삭였다.

"제가 원하는 드레스의 조건이 하나 있기는 해요. 군살을 좀 가려 주고, 슬림해 보였으면 좋겠어요."

그 이야기를 들은 엘리샤가 윙크를 하면서 말했다.

"그걸 고려해서 만든 디자인이니까 걱정 마세요, 황녀 저하."

"역시 공작 부인은 제 마음을 너무 잘 아신다니까요!"

*　　*　　*

이 년 후.

테본 블랙 윈터 본성.

엘리샤가 없어도 시간은 잘만 흘렀다. 그로부터 해가 두 번이나 바뀌었고, 크고 작은 변화들 또한 있었다.

테본에서 가장 눈에 띄는 변화는 방직 길드와 원단 상인이 대폭 늘어나는 등 의류 산업과 관련된 발전이었다.

온 나라를 뒤흔들었던 드레스 선발제 전부터, 테본에 불어온 펜블렌 공작 부인 따라 하기 열풍은 그녀가 없는데도 쉬이 꺼지지 않았다.

영지민들은 아를렌의 황성에서 드레스메이커로 일하고 있는 펜블렌 공작 부인을 자랑거리로 생각했다.

특히 공작 부인이 좋아한다는 분홍 장미를 집집마다 담장 밑에서나 정원에서 가꾸는 통에 테본에는 이제 곳곳에서 분홍 장미를 볼 수가 있었지만, 기후 탓에 오래가지는 못했다.

그런 영지민들의 일화를 듣고는 루자크는 시내에 작은 온실을 하나 만들도록 추진하고 있었다.

"……각하?"

반트는 노크도 없이 주군의 서재로 스윽 들어왔다.

"자리를 비운 모양이로군."

루자크는 생각보다 별 탈 없이 잘 지내고 있는 것처럼 보였다.

마님이 하루하루 바쁘게 보내시고 있는 만큼, 주군 역시 일부러 일을 하려고 작정한 사람처럼 온갖 일을 다 시작하고, 마무리 지었다.

최근에는 그동안 폐쇄적이던 테본의 문화 개방과 물자 교류를 위해서 항만 사업을 긍정적으로 검토 중이었다.

물론 모든 일은 그와 함께했기에, 반트 역시 루자크만큼 바쁘게 뛰어다녔다.

2년이라는 시간은 주군에게도, 반트에게도 긴 시간이었다. 그 역시 수도에 있는 약혼녀와 떨어져 있는 상황이었기에 하루빨리 마님이 테본으로 돌아오는 날을 기다리고 있었다.

서재에서 기다려도 방 주인이 돌아올 기색이 없자, 반트는 복도로 나가려다가 그와 마주쳤다.

"……오전 보고는 끝냈을 텐데 추가로 보고할 게 있었나?"

루자크의 물음에 반트가 말했다.

"아니, 그건 아니고. 의논할 일이 있어서."

"의논이라면 저녁 먹으면서 하지. 배가 고프군."

"그거 좋지."

반트는 부집사 라드 군의 시중을 받으면서, 오늘은 루자크의 친우 자격으로 테이블에 앉았다. 식사 시중을 드는 일은 이제 온전히 넘겨주었던 터였다.

자신보다는 싹싹하고 성실한 후임이 잘해 주기도 했고, 루자크도 예전보다는 까탈을 덜 부렸다.

저 고급 취향을 맞춰 주느라고 지난 수십 년간 죽을 지경이었는데, 역시 인간은 변화하는 모양이었다.

괜히 그것이 억울해진 반트는 와인을 단번에 쭉 들이켜고는, 입술을 열었다. 그리고 평소보다 조급하게 말을 꺼냈다.

"……너무 소식이 없기에 말이지. 벌써 이 년이 지났더군. 정확히 이 년 하고도 보름이 지났어. 마님에게 전갈을 보내야 할 필요성이 있을 것 같은데. 각하께서는 어떻게 생각하십니까?"

당장 황성에 가서 마님을 모셔 오라고 으름장을 놓을 주군의 명을 받아들일 준비가 되었는데, 루자크는 왠지 미적거렸다.

"……준비가 되면 엘리샤가 먼저 이야기를 했겠지."

안달이 나 있을 줄 알았는데, 반트는 얼빠진 얼굴로 말했다.

"그. 그럼 계속 기다릴 건가?"

"……기다리는 것 외에 달리 무슨 방도가 있지?"

루자크의 푸른 눈이 친우를 훑었다. 반트는 속으로 이게 아닌데라고 생각했다.

"자네가 너무 의연하게 나오니 내가 다 당황스럽군."

엘리샤의 그림자마저 그리워서 목을 빼 놓고 기다렸을 그가 이리 나오니, 반트로서는 할 말을 딱 잃고 말았다.

루자크가 친우의 어깨를 두드리면서 말했다.

"황실에서 내걸은 조건이니, 지켜 주시겠지. 자네야말로 체임버러 양이 보고 싶어 안달이 나 있는 건 알겠지만 조금만 기다려."

"아니, 그게 아니라. 나는 각하와 마님 이야기를 하는 거였어!"

반트가 정색하면서 외쳤지만, 루자크가 쿠훅 하고 웃음을 터뜨렸다.

* * *

이슈터가 오트쿠튀르 디자이너로 합류하자, 장식주의를 지향하던 아를렌의 사교계의 트렌드는 조금씩 변화했다.

여전히 보석과 리본, 황금과 비단을 좋아하는 귀족들이 훨씬 많긴 했지만 그래도 그들 중의 일부는 깔끔하고 고급스러운 이슈터의 옷을 반겼다.

봉제선이 보이지 않도록 마감을 처리하고 난 이슈터가 바늘을 내려놓았다.

콜린의 오트쿠튀르의 고급 제품 라인은 골드와 블랙 두 가지가 있었는데, 이슈터는 블랙 쪽을 맡고 있었다.

"일은 그쯤하고, 차 한잔 어떻습니까?"

"네."

이슈터는 고개를 끄덕이고 나서 콜린의 작업 공방을 정돈하기 시작했다.

콜린이 다른 점원들에게 지시를 내렸다. 이제 점원이 여섯 명이 넘었다.

오트쿠튀르의 규모도 삼 층으로 훨씬 커졌지만, 오트쿠튀르 앞에 있는 작은 찻집의 외관은 그대로였다.

두 사람이 찻집에 들어가 자리에 앉자, 점원 대신 찻집 주인이 직접 나와서 주문을 받았다.

그녀는 콜린에 대한 지대한 관심을 드러내면서 노골적으로 말했다.

"어머나, 자작께서는 나날이 멋있어지시네요. 게다가 함께 일하는 분까지 이렇게 섬세하게 잘 챙기시고, 자상도 하셔라."
그러자 콜린이 그녀를 힐긋 바라보더니 말했다.
"난 그런 착한 사람이 못 되는데."
"에이, 말만 그렇게 하시는 거 아닌가요? 호호호호."
"아뇨. 우리는 데이트 중이니, 이만 주문 좀 받아 주면 좋겠군요."
그러자 찻집 주인의 얼굴이 잿빛으로 변했다.
"설탕을 뺀 진저레몬티."
"같은 걸로요."
주문을 마친 이슈터는 속으로 생각했다.
'데이트?'
이슈터는 순간 제 귀를 의심했다. 그리고 눈앞의 남자가 무슨 생각으로 말을 한 건지 열심히 고심을 하기 시작했다.
첫 번째 가설은 그냥 저 여자가 귀찮아서 둘러댄 것이다. 두 번째 가설은 그냥 농담이다.
세 번째 가설은 진짜 데이트…… 아니, 이건 말이 되지 않으므로 성립 불가능.
이슈터가 그렇게 생각의 산을 넘고 있을 때 콜린이 슥 지나가듯 물었다.
"무슨 생각을 그렇게 골똘히 합니까?"
"아무 생각 안 합니다."
"기분 안 나빴습니까?"
"……무엇이요?"

이슈터가 묻자, 콜린이 슬쩍 시선을 피했다.

"데이트라고, 말한 거 말입니다."

"그럼 그냥 데이트라고 해 두죠."

이슈터는 자신도 모르게 툭 내뱉어 버렸다. 그래 놓고 그다음 생각이 하나도 나지 않아 머리가 새하얘졌다.

'데이트 따위 해 본 적도 없으면서.'

따끈한 진저레몬티 두 잔이 테이블 위로 놓였다. 어색한 분위기 속에서 찻잔은 조금씩 비워져 갔다.

차 한 잔을 마시는 동안 아무 말 없이 그저 힐끔거리는 눈빛만 오갔다.

콜린이 어렵사리 입술을 먼저 뗐다.

"내 생각에는 공녀님 정도 실력이라면, 자금이 된다면 가게를 따로 내보는 것도 괜찮을 것 같습니다."

"그건 한 번도 생각해 본 적이 없는데요. 조금 더 당신 밑에서 배우겠습니다."

"그래 주신다면 저야 고맙지만 공녀님께서 디자이너로서 명성을 쌓기까지 오래 걸릴 터이니 심사숙고하시길 바랍니다. 게다가 조국으로 돌아가시지 않아도 괜찮습니까?"

"제가 떠나길 원하시나요?"

"결코 그런 것은 아닙니다. 전 그저 걱정이 되어서……."

"아직은 때가 아니라고 생각해요. 지금은 좀 더 실력을 쌓고 싶습니다. 콜린 폴드라는 명장 밑에서 말이죠."

이슈터의 말에 콜린의 눈빛이 문득 진해졌다.

"밑에서 말고, 옆에서는 어떻습니까?"

"예?"

"공녀님에게 부족한 남자라는 것은 잘 알고 있습니다만, 정식으로 교제를 신청하고 싶습니다."

이슈터는 난생처음으로 제 심장을 쿵 떨어지게 한 남자의 얼굴을 바라보면서 차분하게 말했다.

"생각해 보죠. 일단은 차를 마시겠습니다."

"좋습니다."

미소 띤 두 사람의 얼굴은 아를렌의 봄 날씨처럼 화창하고 따스했다.

*　　*　　*

반트에게 괜찮은 척 그리 말은 했지만 사실 루자크 역시 마음을 졸이고 있던 상태였다. 간밤에도 몇 번이나 뒤척이는 바람에 잠을 제대로 자지 못했다.

눈을 감으면 그대로 눈앞에서 엘리샤의 얼굴이 선연히 떠오르는데, 이 년이라는 긴 시간을 버티고 또 버텨 내었는데도 여전히 아무 소식이 없었다.

테본으로 돌아오는 일이 확정된다면, 누구보다도 자신에게 먼저 알려 주었을 텐데 잠잠한 것을 보니 필경 무슨 문제가 생긴 걸지도 몰랐다.

먼저 연락을 하고 싶어도 황실에서 일하고 있는 엘리샤의 입장을 생각해 참는 중이었다.

잠을 설쳐 고단함이 떨쳐지지 않았지만, 루자크는 억지로 몸을 일으켰다.

입 안이 텁텁했다. 물 주전자가 비워져 있었기에 그는 침실에 매달린 줄을 당겼다.

그러나 시종이 오는 대신에, 반트가 침실로 들어왔다.

"목이 마르군. 물 좀 가져다주게."

"……각하, 직접 내려가 보시면 오아시스가 펼쳐질 겁니다."

"아침부터 해맑은 얼굴로 웬 뚱딴지같은 소린가?"

반트는 이번에는 웃음을 접고, 진지한 얼굴로 말했다.

"일단 내려가 보십시오."

친우의 심상치 않은 말에 루자크의 머릿속에 스치는 것 하나.

'……설마 엘리샤가?'

그 길로 루자크는 곧장 몸을 움직였다. 옷가지를 챙겨 입고 복도를 달려 난간에서 아래층을 내려다보았다. 부산한 소리가 나는 것 같기도 했다.

두근거리는 마음으로 층계를 하나, 하나 내딛었다. 홀 앞에는 벌써 많은 사용인들이 모여 있었다.

체임버러 양부터 시작해서, 시종들과 하녀들, 엘리샤의 유모인 마린까지 둥글게 누군가를 둘러싼 채였다.

사람들에 가려서 잘 보이지 않았지만 흰색과 녹색의 조화를 이루는 드레스가 설핏 보였다.

루자크가 비로소 층계를 전부 내려가자, 사용인들이 모두 구름처럼 뒤로 물러나면서 고개를 숙였다.

모두에게 둘러싸였던 주인공의 모습이 그제야 확연히 드러났다.

수십 번, 아니 수백 번도 더 그렸던 제 아내, 엘리샤 드 펜블렌이었다. 문득 이 순간이 꿈처럼 느껴져 루자크는 아득한 시선으로 엘리샤를 바라보았다.

그러나 이건 분명 현실이 맞았다. 그 어느 때보다 세게 뛰는 심장이 그를 증명했다.

"저 돌아왔어요."

귓가에 들려오는 청명하고 낯익은 목소리.

무어라 해야 할까.

불과 이 년 만에 엘리샤는 한층 우아하고 성숙해진 진짜 숙녀가 된 것 같았다. 보라색 눈동자는 한층 깊어졌고, 행동이나 애티튜드마저 반듯한 게 기품이 흘렀다.

단정하게 반 묶음 한 풍성한 분홍 머리카락이 얼마나 그리웠던지.

상냥한 눈웃음과 재잘거리는 목소리도. 상큼한 그녀의 내음과 촉촉한 입술도.

예전 같았으면 쪼르르 달려와 그의 품에 안겼을 텐데, 엘리샤는 천천히 다가왔다. 펌프스 구두의 굽 소리를 또각또각 내면서.

그러나 맑은 미소는 여전했다. 그가 언제나 사랑했고, 영원히 사랑할 미소.

“펜블렌 각하를 뵙습니다.”
예를 갖춘 그녀의 백조처럼 우아한 인사에 화답하려, 루자크 역시 팔을 들어 인사하면서 말했다.
“어서 와요. 믿기지가 않아.”
엘리샤는 활짝 핀 장미처럼 내내 미소를 짓고 있었다.
“제가 온 것이요?”
루자크가 느릿하게 고개를 끄덕였다.
“무려 이 년 만이에요, 우리. 서신을 계속 주고받았는데도 새롭네요. 저 또한 각하와 이렇게 마주하고 있다는 게 현실감이 느껴지지 않아요.”
“나도 그렇소.”
“이렇게 딱딱하게 구실 거예요?”
“레이디께서 먼저 그러셨으니 따를 수밖에.”
엘리샤는 손으로 입을 가리면서 큭큭, 하고 웃었다. 그녀는 돌변한 눈빛으로 짐짓 그에게 장난스럽게 말했다.
“말랑하게 해 볼까요?”
“바라던 바야.”
오직 그들만이 서로의 점차 진해지는 눈빛을 알 수 있었다.
엘리샤가 루자크의 품에 폭 안겨서는 목을 한껏 끌어안았다. 루자크는 엘리샤의 허리에 손을 둘렀다.
마치 춤을 추듯이 서로를 품에 안은 채, 한 발 한 발 움직이는 공작 부부 내외는 한 쌍의 백조 같았다.
그들을 흐뭇하게 바라보던 리나는 다른 사용인들에게 조용히 자리를 비켜 주자는 눈치를 보냈다.

긴 기다림의 끝은 달콤했다.

몇 번이고 껴안고 보듬고 만지면서 비로소 두 사람은 다시 만난 것이 꿈이 아님을 확인하는 중이었다.

"그런데 왜 이렇게 늦은 거야?"

"황실에서의 생활을 정리할 시간이 필요했어요. 미안해요, 많이 기다렸죠?"

"그랬군. 재촉하고 싶지 않아서 언제 오느냐고 묻지 않았어."

"응, 미리 말할까도 싶었지만 이렇게 짠, 하고 당신 앞에 나타나고 싶었어요. 당신이 그때 황성에 나타난 것처럼요. 어때요, 감동했어요?"

"……아니. 당신의 존재 자체가 내게 감동이라서 말이지."

"어머나, 그랬었죠. 참?"

루자크의 대답에 함께 능청을 떨며 엘리샤가 보스스 웃었다. 어느덧 텅 비어 버린 홀을 둘러보곤 엘리샤가 말했다.

"어라, 아무도 없어요. 다들 자리를 피해 주었나 봐요."

"……그러게. 둘만 있군."

뜨겁고 진한 눈빛, 이 쫀득한 시선을 피할 길이 없었다. 엘리샤는 응, 하고 대답하면서 눈을 감았다.

벌어진 꽃잎을 대하듯이 살포시 그의 입술이 엘리샤의 입술 위로 내려앉았다.

이내 꾹꾹 도장을 찍듯이 키스를 시작하려던 그의 입술을 엘리샤의 손등이 막아 냈다.

"잠깐만요. 입맞춤만?"

"……농담하지 마."

"그럼 올라가요."

엘리샤가 먼저 루자크의 손을 붙잡고, 위층으로 이끌었다.

그는 순순히 그녀의 손에 이끌려 함께 층계를 올라갔다. 나란히 손을 잡고 침실까지 들어간 두 사람은 쿵, 하고 거칠게 방문을 닫았다.

스르륵, 매끄러운 옷감이 바닥에 떨어지는 소리가 들렸다. 어느덧 알몸이 된 두 사람은 촉촉한 눈길을 주고받았다.

루자크는 엘리샤를 침대로 안내했다. 그가 가감 없이 말했다.

"나 고백할 게 있는데, 이 년 동안 심각한 불면증과 욕구불만에 시달렸어."

엘리샤가 그의 뺨에 입을 맞추면서 말했다.

"응, 우리 각하. 기다리시느라 고생 많았어요. 뭐로 보답해 줄까요?"

두 사람은 천천히 침대에 누웠다. 그가 입술을 벌려 말했다.

"보답은 내 아가씨 사랑으로 받아야겠어."

커다란 강아지처럼 루자크가 엘리샤의 폭신한 몸에 기댔다.

"저기요, 각하. 제 사랑이 무슨 종류인지 알고요?"

"지금 상황에 들어맞는 사랑으로."

"느끼해."

"엘리샤, 난 순수한 생각으로 말했는데. 우리 아가씨께서 무슨 상상을 하셨을까?"

빙글 웃으면서 그가 놀리듯 말했다. 그러나 이번엔 통하지 않았다.

"육체적 사랑과 정신적 사랑을 떼어 놓을 수는 없어요. 적어도 제게는 그래요. 우리 사이가."

이제 그녀는 더 이상 스킨십에 부끄러워하는 순진한 어린 양이 아니었다.

"현명한 답이군. ……놀리는 재미가 줄어들었어."

루자크가 아쉬운 듯 중얼거리면서도 엘리샤를 사랑스럽게 쓰다듬었다.

"그렇다면 놀림당하실래요?"

"……싫어. 그건."

"에이, 나도 아쉽네요. 그나저나 루자크, 우리가 이 년 전에 했던 약속 기억해요?"

루자크가 기억을 더듬었다. 엘리샤와 마지막으로 헤어지기 전에 이 년 후 다시 만나면 서로의 소원을 들어주기로 약속했었다.

"당연하지. 손꼽아 기다리고 있었으니."

"음…… 그럼 누구부터 말할까요?"

"레이디부터."

"각하부터 말씀하세요."

설핏 엘리샤의 눈치를 보던 루자크가 말했다.

"동시에 말하는 건 어떨까?"

"좋아요."

"자, 그럼 속으로 하나, 둘, 셋을 세고 말하도록 해."

하나, 둘, 셋.

삼 초의 정적이 흐르고 나서 두 사람은 동시에 말했다.

"아이가 갖고 싶어요."

"엘리샤 닮은 딸 만들기."

"헉."

서로 입 밖으로 내뱉고 나서도, 같은 소원을 빌어서 놀란 눈치였다.

"똑같은 소원이라니, 상상 밖이야."

"나도요. 그러려면 우리 당분간 꼭 붙어 있어야겠다."

엘리샤의 귀여운 중얼거림에 루자크가 못을 박았다.

"이 년을 굶주렸어. 침실에서 나갈 생각 마."

그리 말하면서 루자크가 엘리샤의 목덜미에 키스를 쪽, 했다. 이어서 그가 오랫동안 혀를 미끄러뜨렸다. 뭉근하고 축축한 쾌감에 엘리샤가 자지러지듯, 소리를 냈다.

"……꺄아!"

"겨우 이 정도에?"

그녀의 민감한 반응에 루자크도 기대에 찬 눈빛이었다. 이 년 동안 오직 이날만을 기다려 왔으니 무리는 아니었다.

서로의 살결이 주는 포근한 온기에 온몸이 녹아내릴 듯 달콤한 기분이었다. 모닥불 앞에 있는 것처럼 긴장이 풀리고 나른해진달까.

엘리샤는 입 안에 감겨 오는 그를 받아들이면서 중얼거렸다.

"너무 좋다."

"나도 그래."

"이대로만 있어도 좋아요."

"동의하지만, 내 몸이 그렇지 않다는데?"

"……."

다음 순간, 그녀의 몸을 덮쳐 온 그의 따뜻하고 커다란 손이 부드럽게 어루만졌다.

도드라진 쇄골에서부터 가슴, 허리와 둔부, 허벅지까지 이르는 아름다운 곡선.

이 년 전보다도 더 엘리샤의 몸은 아름다워진 것 같았다. 루자크는 나른한 그녀의 표정을 보는 것도 좋았지만, 지금은 흥분한 그녀를 보고 싶었다.

속에서 계속 당겨지는 불이 재촉했다.

어서 그녀를 깨우라고. 그녀를 만족시키라고.

루자크가 느른하게, 하지만 거침없이 엘리샤의 몸 위로 올라갔다. 엘리샤 역시 기대감 가득한 두 눈으로 그를 올려다보았다. 섹시했다.

두 사람은 강력하게 서로를 원하고 있었다.

뜨겁게 젖어 가는 숨결이 침실 안을 가득 메웠다. 한참 후에 '사랑해'라는 고백이 끝없이 들려왔다.

루자크는 제 품에 안긴 엘리샤에게 물었다.

"앞으로의 계획은 생각해 두었어?"

엘리샤가 가만히 고개를 끄덕였다.

"물론이에요. 우선은 당신 곁에 꼭 붙어 있을 거고, 그다음에는 그동안 먼지 쌓인 내 책상으로 가서 공작 부인으로서의 일을 할래요. 그리고……."

"당신 가게를 내야지? 아이를 낳기 전에."

엘리샤가 눈동자를 빛냈다.

"응, 그게 최종 목표에요."

"앞으로 할 일이 많으니, 지금은 아무 생각 말고 달콤한 휴식을 보내야겠는걸."

루자크가 엘리샤를 제 품으로 더욱 당기면서 다시 그녀의 입술을 점령했다.

〈The End〉

외전.
그 후의 이야기

—각하, 오늘은 레몬 타르트가 먹고 싶어요.

—상큼한 피치티를 만들어 보려고요.

—식사 후엔 딸기 케이크죠!

평소 달콤한 디저트를 좋아하는 그녀의 식성을 모르는 건 아니었지만, 요 며칠 엘리샤는 유독 식사보다 디저트에 집착하고 있었다.

저녁 식사 후 딸기 케이크 두 조각을 해치우고도 쿠키와 아이스크림으로 손을 내뻗는 엘리샤를 보곤, 루자크가 말했다.

"요즘 들어서 식탐이 과해진 것 같은데 말이지."

그러나 그런 모습조차도 그는 사랑스럽게 바라보는 중이었다. 도리어 복스럽게 잘 먹는 모습을 보면 더욱 흐뭇했다.

"……이상하게 자꾸만 입에서 당기는걸요. 루자크도 드셔 보세요. 이 버터 쿠키, 내가 만들었지만 정말 맛있어요."

입 안에서 사르르 녹는 버터 쿠키 하나를 더 입으로 가져가면서 엘리샤가 말했다.

"아니야. 난 당신 먹는 것만 바라보아도 배부른 사람인 거 알잖소."

그냥 그렇게 넘기고 말았는데, 엘리샤가 평소와 달라진 건 그뿐만이 아니었다.

황성에서 의뢰를 받아 온 엘리샤가 그만 몸살이 나고 말았던 것이다. 그간 지켜보면서 잔병치레 하나 없을 만큼 건강하던 그녀였다.

"아무래도 몸살에 걸렸나 봐. 너무 춥고 졸려요."

핏기 하나 없는 얼굴로 돌아온 엘리샤는 누가 봐도 환자가 되어 있었다.

이마를 짚어 보니 열이 상당했고, 몸은 오들오들 떨렸다. 루자크는 곧장 사용인을 시켜 벽난로에 불을 피우고는 엘리샤를 침대에 눕게끔 했다.

"의뢰부터 정리해야 하는데."

엘리샤가 걱정스럽게 중얼거렸지만 루자크는 단호하게 말했다.

"당신, 지금 무척이나 안 좋은 상태야. 일을 하더라도 일단은 안정을 취하고 난 후야."

"그래요, 당신 말이 맞아요."

루자크는 엘리샤의 뺨을 매만지면서 이불을 덮어 주고는 그녀의 방문을 나섰다.

대기하고 있던 리나에게 루자크가 말했다.

"마님이 아무래도 몸살에 걸리신 것 같군."

"아, 큰일이네요. 제가 오늘 내내 마님의 곁에서 간호를 하겠습니다."

"아니 그보다 다른 일부터 처리해 주게. 지금 당장 여성의 몸에 능통한 사제를 본성으로 부르도록 해. 기왕이면 여사제로."

"예, 알겠습니다. 각하."

엘리샤의 최근 상태를 보건대 분명 단순한 감기 몸살은 아닌 듯했다. 혹시나 하는 마음으로 전전긍긍하기보다는 진찰을 확실히 받아 보는 게 좋을 거라는 게 그의 생각이었다.

두어 시간 후, 에니카라는 여사제가 본성으로 찾아왔다. 약간 무뚝뚝한 인상이었지만 그런 치들이 오히려 실력은 확실했기에 느낌은 나쁘지 않았다.

"먼저 마님의 상태가 어떠하신지 한번 진찰을 해 보겠습니다."

"그럼 잘 부탁하겠네."

침대에 누워 있는 엘리샤의 손을 꼭 잡아 준 루자크는 사제와 엘리샤만을 남겨 두고는 방을 나갔다. 리나도 그 뒤를 따랐다.

"부인, 불편하신 증상을 말씀해 주시겠습니까?"

엘리샤를 편안하게 해 주려는 듯, 사제 에니카는 한결 표정을 풀었다. 그래 봤자 입가에 희미한 미소를 띠는 정도였지만 그것만으로 엘리샤는 살짝 긴장을 풀었다.

"찬바람을 쐰 것도 아닌데, 열도 나고 몸에 기운이 없어요. 몸살이 난 것처럼 피곤하고요."

"그러시군요."

"푹 자고 나면 괜찮아질까요?"

"일반적인 몸살이라면 그렇겠지만, 일단 진찰을 해 보도록 하겠습니다."

가볍게 맥을 짚어 보고 진찰한 사제가 약간 의아한 표정으로 말했다.

"실례지만 마님께 몇 가지 질문을 드리겠습니다. 월경은 매월 같은 날짜에 꼬박꼬박하고 계신가요?"

"……네, 정상적으로 하고 있어요."

그 외에도 잠자리 횟수나, 평소 자주 먹는 음식, 운동량, 수면 시간, 복용하고 있는 약 등에 대해서도 질문이 있었다.

예니카는 수면 시간이 길어졌다는 엘리샤의 대답에 주목했다.

"그렇군요. 최근 들어서 수면 시간이 9시간 이상으로 길어지셨다는 말씀이시죠. 그럼 좀 더 자세히 진찰을 하겠습니다. 일어나서 앉아 주시겠어요?"

"아, 네."

얇은 실크 드레스 차림이라 진찰은 옷 위로도 가능한 모양이었다.

"가만히 눈을 감고 숨을 천천히 내쉬도록 하세요."

곧 사제가 엘리샤의 가슴 위로 손을 얹었다.

차앗!

하얗게 빛나는 원이 테두리를 그리면서, 퍼져 나갔다.

예니카의 손바닥이 엘리샤의 몸 위 허공을 짚듯이 움직였다. 그럴 때마다 하얀빛의 원이 따라서 움직였다.

예니카는 그걸 손으로 감지하듯이 기운을 읽었다. 가슴 부위부터 하체에 이르기까지 진찰을 한 후에, 예니카가 손을 내리곤 엘리샤의 눈을 보면서 말했다.

그녀가 방에 들어온 뒤로 가장 환한 표정이었다.

"몸살은 아니로군요. 우선 진찰이 끝났으니, 각하와 함께 말씀드리겠습니다."

엘리샤는 가볍게 고개를 끄덕였다. 몸살이 아닌 것은 다행인데, 중요하게 말할 것이 있는 모양이었다.

"진찰이 모두 끝났습니다."

잠시 후 예니카가 문을 열자마자, 기다렸다는 듯 루자크가 곧장 들어왔다. 서재로 가지 않고, 줄곧 복도에서 기다린 듯했다.

"그래, 그녀의 몸 상태는 어떠한가?"

루자크는 곧장 물었다. 예니카가 대답했다.

"공작 부인께서는 감기 몸살은 아니십니다."

예상한 결과였다는 듯 루자크가 진중한 얼굴로 물었다.

"그렇다면 무엇이지? 그녀의 몸 상태는 정상인가?"

"예, 각하. 부인께서는 아주 건강하십니다. 걱정하지 않으셔도 됩니다. 무엇보다도 축하드릴 소식입니다. 부인께서는 현재 임신 중이시랍니다."

예니카가 루자크와 엘리샤를 번갈아 바라보면서 온화한 미소를 지으면서 말했다.

엘리샤는 생각도 못 했다는 듯 제 입을 막고는, 루자크를 올려다보았다.

"세상에! ……제가 엄마가 된다고요?"

"그게 정말인가?"

놀란 두 사람에게 고개를 끄덕이면서 예니카가 말했다.

"그렇습니다."

루자크도 이번만큼은 푸른 눈 가득히 떨림을 담은 채 엘리샤를 품 안으로 당겨 꼭 끌어안았다.

"엘리샤, 너무 고마워. 이게 꿈은 아니겠지?"

그가 연신 엘리샤의 이마에 입을 맞추었다.

"정말 꿈같아요. 내가 아이를 가졌다는 게 쉬이 믿기지가 않아요."

"나 역시 그러해."

엘리샤가 황궁에서 돌아온 후로 서로 아이를 갖기 위해 노력하긴 했지만, 그 결실이 이렇게나 빠를 줄은 미처 몰랐다.

두 사람 모두 진심으로 원했기에 그 기쁨은 크게 다가왔다.

루자크는 예니카에게 질문했다.

"지금 아이가 생긴 지는 얼마나 된 것이지?"

"……이제 약 보름이 지나신 것으로 추측됩니다. 두 달 후에는 마법 파동기를 이용해 아기의 심장박동까지 느끼실 수 있답니다."

"그렇군. 앞으로 정기적으로 본성에 방문하여 그녀의 상태를 돌보아 주면 좋겠군."

"물론입니다, 각하."

"내가 그녀와 아이를 위해서 유의할 점이 있을까?"

루자크가 적극적으로 물었다.

"마님께서 아기를 가지셨으니, 평소보다 감정 기복이 있으실 수 있습니다. 항상 즐거운 생각만 하시고 주변에서도 환경을 만들어 주시면 좋을 것 같습니다."

"그렇군. 몸을 움직이는 것도 조심해야 하는가? 가령 운동이라거나?"

"임신 초기이시니, 아기집이 완전히 자리 잡을 때까지 승마와 같은 격렬한 운동은 피하셔야 한답니다. 드시고 싶으신 음식은 몇몇 주의할 음식을 제외하고는 가능한 드셔도 좋아요. 음식 섭취에 관련된 주의하실 점은 체임버러 양에게 따로 일러두겠습니다."

"알겠네."

사제 예니카가 물러가자, 이제 방 안에는 오롯이 두 사람만이 남았다. 루자크는 지그시 엘리샤를 바라보았다.

"루자크."

엘리샤가 웃었고, 루자크는 그녀를 품 안에 넣으면서 말했다.

"엘리샤, 오늘은 그 어느 때보다 기쁜 날이야. 사랑하고 고맙고, 지금 내 마음을 뭐라고 표현할 수 없을 정도로 감격스럽군."

엘리샤가 고개를 끄덕였다.

"나도 무슨 말을 해야 할지 모르겠어요. 어떤 아이가 태어날까요? 당신을 닮은 아들일까요?"

"나보다는 당신을 닮은 어여쁜 천사면 좋겠는데."

그가 싱긋 웃으면서 말했다.

"엘리샤. 우리 아이들은 딸이든 아들이든 똑같이 사랑해 주도록 하자. 그런 것들로 상처 주고 싶지 않아. 내 딸아이가 검을 잡고 싶다고 해도 그 애가 좋다면 난 허락을 할 거야."

"물론 저도 같은 생각이에요."

엘리샤가 제 배를 신기한 듯 어루만졌다. 아직은 아무렇지도 않아 보이는데 아기가 생겼다니 정말 믿을 수가 없었다.

그런 엘리샤 앞에 다가온 루자크가 말했다.

"당신은 너무 말라서 만삭이 되어서야 티가 날 것 같군. 만삭의 엘리샤라, 한 번도 상상해 본 적 없는 일이 나에게 일어나고 있어. 누군가의 아빠가 된다는 거, 적어도 내게는 영원히 없을 거라 다짐하던 때도 있었는데. 당신이, 나의 모든 걸 변화시켰고, 나의 전부가 되었어. 이제는 나와 당신을 닮은 아이가 우리에게 오려고 하는군. 무사히 도착하길 기도하자."

루자크의 말을 귀담아들으면서 엘리샤가 고개를 주억거렸다.

"응, 이제 무사히 건강한 모습으로 우리에게 와 주기를 빌게요. 그래도 아까 사제 말로는 내가 무척 건강하다고 했어요."

"그래, 그건 다행이지만 혹시 모르니까 매사에 조심해야지. 황실에도 알리고, 잠깐 휴직하면 어떨까 싶은데…….”

“응, 나도 아이를 위해서 그러는 게 좋을 것 같아요.”

“그래, 당신 그동안 너무 황실을 위해서만 일했어. 이럴 때라도 쉬어야지.”

“……조만간 황실에 전갈을 보내야겠어요.”

“아니야, 내가 직접 보내도록 하지. 차라리 내 이름으로 보내는 것이 더 효과가 있을지도 몰라.”

“좋아요. 하지만 이번에 받아온 의뢰까지는 내가 책임을 지고 해내야 할 거예요. 테일러 키트의 힘을 빌려야겠어요.”

“좋은 생각이군. 임신 초기가 지나면, 태교 여행을 가자. 오롯이 우리 아이들을 맞이할 시간을 가질 수 있도록. 어때?”

루자크의 제안에 엘리샤의 보랏빛 눈동자가 커졌다.

“태교 여행이라고요?”

“그래, 전부터 세레스 섬으로 여행 가자고 해 놓고 아직까지 가지를 못했지. 이러다가 분명 평생 가지 못할 거야.”

“상황이 될까 모르겠어요.”

“되게끔 무조건 만들 테니 걱정 마.”

“알았어요. 벌써부터 기대돼요.”

엘리샤가 웃으면서 루자크의 어깨에 살포시 머리를 기댔다.

심장이 연신 쿵쾅거리고 들뜨는 기분이 되었다. 정말로 이상했다. 아이가 생기기 전까지는 엄마가 된다는 건 조금은 무섭다는 생각도 들었는데, 전혀 그렇지 않았다.

따뜻하고 몽실몽실한 생각만 쑥쑥 커져 갔다.

루자크와 자신을 꼭 닮은 둘만의 아이.

그 아이는 분명 두 사람의 새로운 세상이 될 터였다. 그 아이의 울타리가 되어 줄 생각에 가슴이 벅차기도 했다.

엘리샤는 어느샌가 커다란 눈동자 가득히 눈물이 고인 채 마음속 깊이 생각했다.

'아가야, 엄마도 아빠도 널 손꼽아 기다리고 있어. 무럭무럭 자라서 와 주렴.'

* * *

"마님, 이쪽으로 앉으시면 됩니다."

"고마워요, 랜디어스 경. 오늘은 무슨 공연인가요?"

"바이올린과 피아노협주곡 연주입니다, 마님."

"아, 요즘 연주를 듣는 게 너무 좋아요. 경 덕분에 귀가 늘 풍요로워요."

"과찬이십니다."

엘리샤가 푹신한 소파에 편안하게 자리를 잡고 앉자, 연주단원들이 연주를 시작했다.

아름다운 선율이 울려 퍼지자, 평온해졌다. 일주일에 두 번 이상은 이 연주단의 연주를 들을 수 있었다. 엘리샤가 마음에 들어 했던 터였다.

펜블렌가의 2세를 위한 태교를 위해서 연구하던 공작과 공작가의 사람들은 매일 부단한 노력을 보여 주고 있었다.

이렇게 음악 연주단을 본성으로 직접 초대한다거나, 초상화가를 초청해 엘리샤의 초상화를 수도 없이 그렸고, 인형극단이나 무용단을 초청한 적도 있었다.

엘리샤와 펜블렌 2세를 위해서라는 명목으로 본성에서는 이런 공연들이 매주 끊이지 않았다.

기사단에서 검무를 선보이겠다고 안돌프가 호기롭게 의견을 내놓았지만, 엘리샤나 아이가 놀랄 수 있다는 공작의 반대로 인해서 무산되고 말았다.

그 밖에도 도서관 사서는 일주일마다 추천 도서를 날라왔다. 엘리샤와 루자크는 잠이 들기 전 배 속의 아이를 위해서 책을 읽어 주었다.

게다가 엘리샤의 뭐가 먹고 싶다, 소리가 나올 때까지 요리 주문 담당 시종이 항시 그녀의 곁에 서서 귀를 기울였다.

특히, 마님이 매일 드신 음식 및 선호 음식 리스트까지 작성되어 각하에게로 모조리 보고되었다.

그렇게 하루하루 바쁘고 정신없는 나날을 보내던 중, 엘리샤는 어느덧 임신 12주 차에 접어들었다.

사제 예니카는 진찰하고 나서 그들 부부에게 또 한 번의 깜짝 놀랄 만한 소식을 전해 주었다.

엘리샤가 임신한 아기가 하나가 아니고 둘이라는 것이었다.

이 소식을 처음 들은 엘리샤는 두 아이를 무사히 낳을 수 있을지 걱정스러웠지만 루자크는 크게 기뻐했다.

"한 번에 보물이 둘이나 찾아오다니, 우리가 참 복이 많군. 하지만 쌍둥이라서 나도 당신의 건강이 염려되기는 해. 상태는 어떻소? 우리가 여행을 계획 중인데, 가도 괜찮을지 모르겠군."

"다행히 아기집도 자리를 예쁘게 잡았고, 공작 부인의 몸 상태도 무척 건강하십니다. 크게 무리하는 일정이 아니라면 여행을 다녀오셔도 좋겠습니다. 그러나 사제를 바로 부를 수 있는 지역으로 가시는 게 좋을 듯합니다."

예니카의 말에 루자크가 말했다.

"시간이 괜찮다면 자네가 같이 갔음 하는데."

"아, 그렇다면 저로서도 걱정이 줄어들 것 같습니다. 일정을 알려 주시면 채비를 하겠습니다."

"체임버러 양을 통해서 전달하겠네. 잘됐군. 그렇지, 엘리샤?"

"네, 저도 그녀가 함께해 준다면 걱정이 없을 것 같아요."

엘리샤도 한시름 놓았다 싶은 얼굴이었다. 사실 낯선 사제에게 알몸을 보이고 진찰을 받는 것보다는 이쪽이 훨씬 몸도, 마음도 편했다.

예니카가 물러가고 나서 엘리샤가 그에게 말했다.

"세심한 것까지 하나하나 챙겨 주고 늘 고마워요, 루자크."

"모처럼 여행 가는데 이것저것 신경 쓰이게 하고 싶지 않았어. 엘리샤는 예쁘고 좋은 것만 보고, 듣도록 해. 배 속의 아이들에게 엄마가 하는 생각 그대로 전해질 테니까."

"그러려고 노력 중이에요."

엘리샤가 보스스 웃었다. 루자크의 푸른 눈이 일순 반짝였다. 일자로 그려진 입매가 말아 올라갔다. 말도 없이 다가오는 그의 입술이 따뜻했다.

엘리샤도 눈을 감고 그를 가득 느꼈다. 몸을 웅크린 것처럼 둥글게 어루만지는 감촉.

그러나 부드러운 키스는 곧 격렬한 것으로 진화하고 있었다. 그의 혀가 더욱 깊게 들어와 엘리샤를 송두리째 흔들어 놓고 있던 터였다.

"여행 준비 이전에, 우리 오늘 밤부터 준비하는 건 어떤가?"

야릇한 시선을 보내는 그를 저지하며 엘리샤가 말했다.

"당신은 못 말리겠어요, 정말."

"이런 건 아기에게도 좋아. 엄마 아빠 궁합이 환상이라는 거."

루자크의 엉큼한 말에 엘리샤가 웃음을 흘렸다.

"그렇게 어필하지 않아도 잘 알고 있지요."

엘리샤 역시 루자크의 말에 화답하듯 그를 뜨겁게 응시했다. 루자크는 싱긋 미소 지으면서 엘리샤를 양팔로 안아 들었다.

누가 이 여린 아가씨를 두고 만삭이라 할까. 자신의 근력이 과해서일까. 엘리샤는 평소보다 아주 약간 무거워졌어도 여전히 깃털 한 줌만치 느껴졌다.

침대까지로 가는 발걸음이 경쾌하기만 했다. 이윽고 다다른 푹신한 침대 위로 그는 엘리샤를 혹여 다칠세라 조심스레 올려놓았다.

임신한 뒤로 침실 위에서의 루자크는 누구보다 따스하고 다정했으며, 격정적이었다. 섹시하고 거칠었던 그의 면모가 사라졌지만, 지금도 만족스러웠다.

그가 엘리샤의 발등부터 무릎에 이를 때까지 입술을 새겼다. 간지러우면서도 촉촉한 감촉에 눈동자를 장난스럽게 굴리던 엘리샤가 중얼거렸다.

"예전에 당신은 짐승에 가까웠는데…… 지금은 매우 신사적이네요."

그녀의 말에 루자크는 고개를 비뚜름히 했다.

침실에서 신사적이라는 언사는 이전의 그였다면 매우 모욕적인 언사로 여겼을 터였다. 그러나 지금은 아니었다.

임신한 그녀를 배려해서 최대한 부드럽게 사랑을 나눌 것을 스스로 다짐했다.

"지금도 내 안에는 짐승이 있지만, 참는 거야. 엘리샤."

"그렇지만 나는 부드러운 당신도 좋아요."

"무사히 우리 아이들이 태어나면 그때 두고 보자고, 레이디."

"읏, 미리 경고하는 건가요?"

"농담이야, 농담. 아이를 낳아도 엘리샤 몸이 회복될 때까지는 건드리지 않을 거야. 그때가 내 인생 최대 위기가 될지 모르겠지만."

루자크가 웃으면서 엘리샤에게 말했다.

"맞아요. 그러니 지금을 누리자고요."

엘리샤가 천천히 루자크에게로 다가갔다. 그의 입술을 벌리고 들어간 엘리샤는 더욱 파고들었다.

엘리샤치고는 찐득한 키스였다. 마주 닿는 곳에 온몸의 촉각이 곤두설 정도로 감미롭고도 달콤하다. 루자크의 손이 익숙하게 엘리샤의 등에 있는 리본을 끌렀다. 실크 소재의 슈미즈 드레스는 스르륵 거침없이 흘러내렸고, 그녀의 상반신까지 드러났다.

"당신은 역시 알몸이 훨씬 더 예쁘군."

새하얀 피부는 윤이 났다. 임신한 엘리샤의 몸은 여전히 아름다웠다. 둥글게 부푼 사랑스러운 배에 루자크는 입을 맞추고 귀를 기울였다.

"뭐가 들려요?"

"응. 우리 아이들이 뭐라고 하는데."

"뭐라고요?"

"분위기 그만 잡고, 얼른 하시라고 하는데?"

"풉! 말도 안 돼요."

엘리샤가 웃음이 터지자마자, 루자크는 그녀의 배를 따뜻한 손으로 쓸어 주었다. 엘리샤는 가벼운 흥분감이 솟았다. 이내 루자크는 그녀의 목덜미에 입을 맞추면서 점차 내려갔다.

엘리샤의 말캉한 속살을 보드랍게 매만졌고, 이내 분홍빛 정점을 입 안에 머금었다. 생크림이 발라지는 것처럼 부드러운 느낌에 엘리샤는 눈을 감았다.

파르르 떨리는 미세한 그녀의 몸의 변화에 루자크는 만족스러운 표정으로 멈추지 않았다.

가슴을 살짝 베어 물자, 살짝 놀란 듯 엘리샤가 고개를 들었다. 루자크 자신도 모르게 본능적으로 그리한 모양이었다. 실제로 그는 무척이나 참는 중이었다.

더욱 거칠게, 뜨겁게 하고 싶은 것이 본능이지만 지금 그랬다가는 그야말로 짐승이 되어 버리는 건 한순간이다. 이성의 끈을 놓치지 않도록 노력해야 한다.

그녀를 위해서, 아이들을 위해서.

루자크는 자신의 욕구 대신 최대한 엘리샤를 위해서 움직일 심산이었다.

그의 손길이 엘리샤의 매끈한 허벅지를 타고 내려갔다. 다리 사이에 이르러 그녀의 속살을 마주했다. 민망함에 자꾸만 오므려지는 다리를 붙잡았다.

조심스레 시작한 연주는 하프를 튕기기에 이르렀다. 엘리샤는 돌아오는 짜릿한 느낌에 몸을 떨면서 그의 목을 끌어안았다.

엘리샤가 고개를 흔들며 그만하길 원했지만, 그건 거짓말이라는 것을 루자크는 알고 있었다. 루자크는 한참 동안 손길을 멈추지 않았다.

이내 그녀가 충분히 만족한 표정을 짓자, 루자크는 엘리샤의 두 다리를 들어 올렸다.

부드럽게 몰아치며 두 사람이 몸을 겹쳤다. 모닥불처럼 따뜻함이 온몸으로 젖어 드는 감각이었다.

루자크는 뜨거운 숨과 함께 엘리샤에게 키스하면서 말했다.

"사랑해, 엘리샤. 지금처럼만 항상 행복했으면 좋겠군. 딱 더도 덜도 말고."

"응, 나도 사랑해. 우리 항상 지금처럼 살아요."

짙어지는 키스만치 두 사람의 사랑도 짙어졌다.

*　　*　　*

차를 끓이는 남자의 뒷모습을 감상하면서 턱을 괴고 있던 리나가 말했다.

“모든 것이 순조로워서 정말 다행이에요. 그렇죠?”

그가 가볍게 고개를 끄덕였다. 그가 부산스럽게 움직이는 동안, 깊은 차향이 우러난다.

걷어 올린 소매 아래로 드러난 힘줄이 불거진 팔뚝.

반듯하게 선 훤칠한 키와 적당히 마른 몸매.

웨이스트 조끼와 브리치즈가 군더더기 없이 딱 떨어져 내렸다.

늘 깔끔함 그 자체인 그는 뒷모습마저 한 점 티가 없었다. 슬쩍 셔츠 위로 드러난 목덜미는 잘 구워진 호밀 빵처럼 누런빛이 돌았다.

차 끓이는 남자가 이렇게 섹시한 줄을 누가 알았을까.

리나는 사실 차에 대해서는 별 감흥이 없었지만, 이거 하나만은 인정했다.

그가 한 잔의 차를 자신에게 대접하려고 움직이는 그 시간만큼은 오롯이 자신을 위해서 집중하고 있다는 것이 왠지 모를 쾌감을 느끼게 만들었다.

이윽고, 반트가 몸을 돌렸다. 빛나는 금테 안경 너머에는 날카로운 눈동자가 자신을 바라보았다.

리나가 윽, 하고 소리를 내었다. 맞다. 저 안경도 섹시 포인트였다.

"오늘은 새콤한 차이니까 입맛에 잘 맞을 겁니다, 체임버러양."

언뜻 들으면 무뚝뚝하고 차가운 목소리지만 그 안에는 배려가 가득 담겨 있었다.

"그래요?"

새하얀 도자기 찻잔에 들어 있는 분홍빛 찻물을 한 모금 마신 리나는 잔을 다시 내려놓았다.

"어떻소?"

"음…… 맛있네요."

리나가 활짝 웃으면서 대답했다. 사실 그녀 입맛으로는 훨씬 더 달달해야 할 것 같았다.

"다행이군요."

약혼까지 한 상대치고는 그들 사이는 여전히 진전이 없었다. 스킨십의 단계에서 보자면 말이다. 키스를 나눈 것이 고작 두 번.

그것도 누가 볼세라 짧은 키스만을 나누었을 뿐이었다. 리나는 자신이 먼저 그의 입술은 물론, 몸까지 덮쳐 버릴 생각을 한 게 한두 번이 아니었다.

적은 나이도 아니건만, 이 남자는 어째서 이렇게 진중한 건지 살짝 답답해지려 하고 있었다.

본성에서 일하면서 시간이 남으면, 이렇게 차를 마시거나 산책을 하는 게 데이트의 전부였으니 안타까울 따름이었다.

게다가 약혼을 하긴 했으나, 대체 결혼은 언제 할 건지 기미조차 없었다. 이 남자와 만나다 보면 끝없는 기다림의 고난 길이 펼쳐질 것만 같았다.

1분이라는 짧은 시간 동안, 많은 생각이 거친 리나가 입술을 열었다.

“랜디어스 경.”

“예.”

“오늘 밤에 제 방으로 와 주시겠어요?”

“…….”

쨍그랑.

리나의 발언에 몹시 충격을 받은 것인지, 그는 그만 들고 있던 찻잔을 놓치고 말았다.

“어머나, 괜찮아요?”

리나가 놀라면서 다가오자, 반트가 제지했다.

“아, 괜찮아요. 내가 치우겠소.”

그가 깨진 조각을 얼른 치우자, 리나는 입술이 바짝 타들어 가는 것 같았다.

‘……그렇게 충격적인 말이었나?’

“미안해요, 에고. 괜한 말을 했네요, 랜디어스 경.”

그러나 그녀를 돌아보면서 그가 차분하게 말했다.

“아닙니다. 이따 몇 시에 가면 되겠소?”

그 말에 놀란 리나가 묘한 웃음을 지으면서 손가락 열 개를 펴

보였다.

이윽고 밤이 찾아왔다. 9시 58분.

방 안에서 초조하게 그를 기다리고 있던 리나는 옷매무시를 점검했다. 마님이 추천해 준 섹시한 보라색 슈미즈 드레스를 입은 리나는 드러난 어깨와 목선 덕분에 몹시 매혹적이었다.

벌써 거울을 몇 번이나 보는지 모르겠다.

똑똑, 10시 정각이 되자 귀신처럼 문을 두드리는 소리가 들려왔다.

문을 열자, 간편한 셔츠 차림의 반트가 긴장이 역력한 얼굴로 서 있었다.

이 남자 성격에 아마도 10시 전부터 와서 기다렸던 것 같기도 하다.

"들어오세요."

"……예에, 잠깐 실례하겠소."

조심스럽게 그녀의 방을 이리저리 둘러보면서 반트가 걸음을 내디뎠다. 리나는 그를 빤히 바라보면서 말했다.

"여기까지 왔는데 그냥 가면 천하의 바보 멍청이라고 부를 거예요."

그녀의 도발적인 눈빛에 반트는 당황하면서도 침을 꼴깍 삼키고는 리나에게 엉거주춤 다가왔다. 그러고는 냅다 입을 맞추었다.

입술을 헤집고 들어가 이어진 격렬한 키스. 생각보다 화끈한 키스에 리나도 내심 놀랐다.

"오늘부터 천재라고 부르죠."

"기대에 부응하도록 하겠소."

이어서 반트가 다시 급히 달려들었다. 벽장에 리나의 등이 부딪치면서 키스가 격해지고, 보라색 슈미즈가 벗겨져 내려갔다.

리나 역시 그의 셔츠를 푸느라 여념이 없었다.

아울러 침대로 직행한 두 사람은 말없이 서로를 탐닉하기 시작했다.

"이제야 완벽해진 것 같아요."

그녀의 위로 올라가서 키스를 한껏 퍼붓고 난 반트가 리나의 손가락에 무언가를 끼워 주었다.

"응? 이게 뭐죠?"

"나와 결혼해 주시오, 리나."

"네? 지금 뭐라고……."

손가락에 끼워진 반지와 코앞으로 다가온 진지한 얼굴의 반트를 보고는 리나가 중얼거렸다.

"청혼하는 거요."

그의 답에 리나가 웃으면서 반트의 목을 끌어안고는 물었다.

"식은 언제 할까요?"

"언제가 좋겠소?"

"다음 달 어떨까요."

"알겠소. 하던 것부터 마저 합시다."

반트는 숫제 안경을 벗고는 키스하기 시작했다. 뜨거운 혀는 거침없이 그녀를 송두리째 삼켜 버릴 것만 같았다.

이렇게 불처럼 뜨거운 남자인 줄 몰랐다. 어쩌면 리나가 그 안에 잠자고 있던 불꽃을 일깨워 낸 것일지도 몰랐다. 리나는 행복함에 빠져들었다.

*　*　*

새파랗고 청명한 하늘 아래, 에메랄드빛 바다의 잔물결이 반짝거렸다. 살랑 불어오는 바람이 기분을 좋게 만들었다.

세레스 섬은 테본과 아를렌보다 더 따스한 기후를 가진 곳이었다.

엘리샤는 루자크와 함께 하얀 모래사장 위에 나란히 앉아서 휴식을 즐기고 있었다.

한참 동안 쪽빛 바다에서 가볍게 다리를 적시며 놀고 나자, 옆에서는 시종이 시원한 열대 과일의 즙으로 만든 주스를 가져다 주었다. 그야말로 천국이 따로 없었다.

루자크가 슬쩍 고개를 돌리곤 엘리샤를 살폈다. 그녀의 기분이 어떤지 알고 싶은 모양이었다.

엘리샤는 세레스 섬에 도착해서 내내 기분이 좋았으므로 연신 생글거렸다.

"정말 좋은가 보군."

엘리샤는 배시시 웃으면서 고개를 끄덕였다.

"너무 좋아요. 여행이라는 건 정말 좋은 거군요? 여긴 공기조차 달콤한 것 같아요."

정말이었다. 그저 아무것도 하지 않고, 저 아름다운 바다를 바라보고 햇살을 느끼는 것만으로도 행복감이 가득 채워지는 것 같았다.

"데려온 보람이 있군."

"당신도 이렇게 쉬어 보는 건 오랜만이죠? 늘 정무에 시달렸잖아요."

"맞아. 느긋하게 쉬는 건 아마도 처음인 것 같군."

어린 나이부터 정무를 시작해서, 지금에 이르기까지 테본의 군주라는 무거운 짐을 지고 왔던 그였다.

하루도 제대로 쉴 수 없었겠지. 엘리샤는 그가 대단하면서도 한편으로는 안타까웠다.

자신이 알고 있는 루자크는 언제나 완벽함을 추구하는 남자였다. 빈틈도, 쉴 틈조차 없는.

지금도 마찬가지로 그는 자신에게 더 없이 모든 위로와 배려와 안배를 주는 남편이었다.

이제 그가 두 아이의 아버지가 된다면, 그는 더욱 자신을 바짝 조일 것만 같은 생각도 들었다.

그러니 지금 여기서는 모든 것을 내려놓고 그가 푹 쉬었으면 했다. 오로지 엘리샤를 사랑하고, 엘리샤가 사랑하는 평범한 남자로.

"루자크. 이번 여행에서만큼은 아무 생각 말고 푹 쉬다가 가요. 당신 늘 너무 달려왔어."

엘리샤의 손이 그의 뺨을 슬쩍 쓸었다.

"그러지. 아이들은 좋아하는 것 같아?"

루자크가 고개를 숙여 엘리샤의 배 위에 키스했다.

그러자 엘리샤가 아기 목소리를 내면서 장난스레 말했다.

"응, 완전 좋아요! 엄마 아빠 사랑해."

엘리샤의 애교에 사르르 녹아 버린 루자크가 웃음을 크게 터트렸다.

평소에도 행동 하나하나 애교가 어리긴 했지만, 그녀가 이렇게 대놓고 아기 흉내를 낸 건 처음 본지라 신선한 충격이었다. 너무 귀여워서 어떻게 해 버리고 싶었다.

"……당신 이런 건 어디서 배웠어? 반칙이야."

엘리샤를 바라보는 그의 푸른 눈동자에서 달콤한 시럽이 줄줄 흘러내렸다. 이윽고 돌아온 건 그의 뽀뽀 세례.

"귀여워, 우리 딸. 아빠도 사랑해."

엘리샤의 이마며, 코, 볼과 입술 가리지 않고 그가 몇 번이고 뽀뽀를 해 댔다.

그런 그의 입술을 막아 내면서 엘리샤가 까르르 웃었다.

"꺄, 그만해요. 간지러워!"

자지러지는 그녀를 좀 더 괴롭혀 주고 싶었지만, 그건 침실에서 마저 하기로 하고 루자크는 화제를 돌렸다. 눈 앞에 펼쳐진 바다는 보고 또 봐도 질리지 않았다.

"그나저나 오기 전부터 물놀이 노래를 하더니, 생각보다는 얼마 놀지 않는군."

"마음은 굴뚝같지만 보다시피 내가 몸이 무거워져서 말이죠."

엘리샤가 웃으면서 일어나 말했다.

"그럼 좀 걸을까?"

"좋아요."

나풀거리는 하늘색 시폰 원피스와 흰색의 챙 모자를 눌러쓴 엘리샤가 먼저 경쾌하게 걸음을 옮겼다. 루자크는 긴 다리로 금세 그녀의 옆으로 따라오며, 모래사장에 끌리는 드레스의 긴 트레인을 붙잡아 주었다.

"아, 그냥 내버려 둬요, 루자크. 그거보단 그냥 내 손 잡아 줘요."

"명령대로 하지요."

루자크는 엘리샤의 말대로 고분고분 행동했다. 손을 꼭 마주 잡은 채 바닷가를 거니는 그들의 그림자가 아름다웠다.

얼마쯤 사박사박 걸어갔을까.

커다란 활엽수 나무 두 그루에 매달아 놓은 그물 하나가 보였다. 그런 것을 본 적이 없었던 엘리샤의 눈동자가 커다래졌다.

"어머. 루자크. 이것 좀 봐요. 이게 뭘까요?"

"해먹이로군. 야외용 침대 같은 거야. 누워 볼래?"

"아니에요. 그냥 신기해서."

"한번 누워 봐. 생각보다 편안하니까. 내가 올려 줄게."

결국 루자크의 권유에 엘리샤는 해먹에 한번 누워 보았다.

"기분이 되게 이상해, 나무에 누워 있는 것 같아. 그치만 정말 편안해요. 신기하다."

눈을 감고 아이처럼 재잘거리는 엘리샤의 모습이 사랑스러웠다. 루자크가 그녀에게 다가가 숨결을 얽고 입을 맞췄다. 끝없이 퐁퐁 샘솟는 애정은 마르지가 않았다.

실크처럼 보드라운 입술이 마주 닿을 때면, 그대로 시간이 정지하는 것 같았다. 오로지 이 시간에는 눈앞의 이 사람과 자신, 둘밖에 없다.

나긋하게 감겨 오는 속살을 꼭 붙잡아 가두어 빙글빙글 돌리고, 휘어잡았다. 혹여나 놓칠세라 부지런히 움직였다.

눈을 뜨고 입술을 떼자, 세상 그 누구보다 눈부시게 예쁜 제 아내가 자신을 바라보고 있었다.

어쩌면 이렇게 갈수록 사랑할 수 있는 건지 신기했다.

어느새 땅거미가 어둑하게 깔리고 해 질 녘이었다. 아름다운 주홍빛을 넋 놓고 바라보던 두 사람은 한참 동안 다시 입을 맞췄다. 노을보다 그들이 더 붉게 타올랐다.

둘만이 있다는 생각에서일까. 입맞춤에서 그치지 않고, 그의 손길이 엘리샤의 드레스 앞섶 리본까지 풀고, 들어왔다. 달콤한 감각에 도무지 멈출 수가 없었다.

둘만 있다고 해도, 엄연히 바깥 공간이었기에 불쑥 드는 긴장감이 더욱 묘한 흥분감을 일으켰다.

엘리샤는 바지런히 고개를 돌려 살피면서도 루자크가 선사하는 감촉에 눈가가 촉촉해졌다.

루자크는 아쉬운 얼굴로 하늘을 보면서 말했다.

"조금 더 있고 싶지만 시간이 늦었군. 이만 숙소로 돌아갈까?"

달뜬 얼굴로 엘리샤가 고개를 끄덕였다. 옷을 여미고, 루자크의 도움을 받아서 내려왔다.

"어서 가자, 엘리샤. 저녁 식사를 예약해 두었어."

그들 부부가 머무르는 숙소는 해변과 인공으로 만든 수영장의 물이 만나는 곳으로, 과거 어느 귀족이 아내를 위해서 만들었다는 일화가 있는 호화로운 궁전이었다.

그러나 일반적인 성과는 다르게 사방이 탁 트여 내부가 훤히 보이는 건축양식이었다.

저녁인데도 아를렌의 대낮만큼이나 따뜻하고 약간은 후덥지근하기까지 했다.

물속에 식탁을 차려 놓은 수중 식당과 해안선까지 보이는 드넓은 수영장, 아름다운 조각상과 분수가 이국적인 풍경을 자아냈다.

이 세레스 궁전의 수중 식당은 다리를 물에 담근 채, 식사를 즐길 수 있어서 왕족이나 귀족들에게 인기가 높았다.

애피타이저 요리부터 나오기 시작하자, 한쪽에서는 전통 음악이 연주되었다.

"출장 요리사를 따로 불렀어. 세레스 섬에서 유명한 자라더군."

"정말요? 기대되는 만찬이에요."

"미식가, 아니 대식가인 엘리샤를 위해서 준비했지."

"대식가라니, 난 지금 세 명 몫을 먹는 중이라고요."

엘리샤는 식욕이 확 당기는 듯했다. 먼저 나온 애피타이저는 달콤한 열대 과일과 해산물의 풍미가 어우러진 요리였고, 보는 재미와 먹는 재미 둘 다 있었다.

식사를 마치니 어느덧 어둑해진 시각이었다.

그들은 홀린 것처럼 사위에 깔린 어둠 위로 빛나는 밤하늘의 별들을 바라보았다.

"이렇게 별이 많은 건 처음 봐요."

엘리샤가 감탄하자, 루자크가 말했다.

"내게 좋은 생각이 났어."

루자크는 엘리샤의 손을 잡고, 인공 수영장 앞에 놓인 기다란 나무 의자를 가리켰다.

"여기 누워서 보자."

그의 말대로 누워서 밤하늘을 바라보자, 빛나던 별들이 제게로 쏟아져 내릴 것만 같은 착각이 들었다.

"별들이 내리는 것 같아요. 예쁘다."

엘리샤 곁에 누운 루자크가 좋아하는 소녀를 바라보는 소년처럼 눈을 빛냈다.

"그렇군. 지금 이 순간을 잊지 못할 것 같아."

"나도 영원히 기억할게요."

* * *

세레스 섬에서의 나머지 일정은 순조로웠다.

매일 아침 일어나서 수영을 하고, 이국적인 음식을 먹으며 곧 태어날 아이들 생각과 함께 잠이 들었다.

행복감에 젖은 엘리샤는 이따금 배를 타고, 고기를 잡으러 가기도 하고 모래사장에서 조약돌을 실컷 주워 왔다.

이번 여행에서만큼 그들은 공작과 공작 부인이 아닌, 평범한 남자와 여자가 되어 있었다.

그러다가 비가 오면, 숙소로 돌아와서 따뜻한 물에 몸을 녹였다.

단순하고, 평화로운 나날들의 연속이었다. 그렇게 일주일이 지나고 어느덧 여행의 마지막 날이었다.

"벌써 세레스 섬도 안녕이네요."

엘리샤가 배에 오르면서 아쉬운 듯 말했다.

"정말 순식간에 지나가 버렸어."

루자크 역시 조금 더 지내고 싶었지만, 시간은 한정되어 있었다. 곧 그들을 실은 배가 출항했다.

멀어지는 세레스 섬을 바라보면서 엘리샤는 루자크의 어깨에 기댔다. 일생의 보석 같은 여행이었다.

본성으로 돌아오자마자, 그들을 가장 먼저 반겨 준 것은 집사 반트와 리나였다.

"각하와 마님. 세레스 섬 여행은 즐거우셨습니까."

"두 분 낯이 밝으신 걸 보니, 기분 좋은 여행이셨던 것 같네요. 돌아오셔서 기뻐요."

두 사람이 나란히 서서 그들을 맞이한 적은 없었기에 엘리샤는 무척 보기가 좋다고 생각했다.

"근사한 여행이었지."

루자크가 짧게 대답한 반면에, 엘리샤는 아직도 세레스 섬에 있는 양 황홀한 얼굴이었다.

“세레스 섬은 풍경도, 음식도 모두 너무 환상적으로 좋았어요. 두 사람은 별일 없었나요? 그렇게 나란히 서 있으니 정말 보기 좋은 한 쌍이에요.”

엘리샤의 말에 리나와 반트가 서로의 얼굴을 바라보았다. 무언가 할 말이 있는 듯한 눈치였다.

루자크가 낌새를 알아채고 직접적으로 물었다.

“두 사람 할 말이라도 있나?”

“여독이 풀리시면 보고하겠습니다, 각하.”

반트가 냉큼 대꾸하자, 루자크가 고개를 저었다.

엘리샤도 두 사람이 약간 수상하다는 생각을 했다.

“중대 사항이라도 발표하려는 건가?”

“……주, 중대 사항이랄 것까지는 아니고.”

리나가 말을 얼버무리자, 엘리샤가 그녀의 손을 덥석 잡았다. 뭔지 알 것 같았다.

“두 사람. 드디어……?”

엘리샤가 슬쩍 던진 말에도 반트는 흔들림이 없었지만 리나가 포실포실 삐져나오는 웃음을 참지 못하고 고개를 끄덕거렸다.

“실은 맞아요. 마님, 저희 드디어 결혼하려고요.”

“체임버러 양, 여기서 이렇게 밝혀 버리면…….”

반트가 당황하자, 리나가 그의 팔뚝을 툭 치면서 말했다.

"어차피 말씀드리려고 했잖아요."

"와아, 두 사람 너무 축하해요. 돌아오자마자 이런 기쁜 소식을 알려 주다니!"

"반트 랜디어스라면, 한 십 년 후에나 운을 뗄 것 같은데 예상보다 이르군. 축하하네."

루자크의 말에 리나가 깊게 공감하면서 말했다.

"맞아요. 이 사람 믿고 있다가는 진도라곤 나갈 수가 없었답니다."

"어머, 역시 리나는 멋진 사람이에요. 두 사람도 환상적인 시간을 보냈네요."

엘리샤가 그녀의 팔을 붙잡으며 쿡쿡 웃었다.

리나가 부끄러우면서도 좋은지 엘리샤에게 고개를 끄덕여 주었지만, 반트는 공작 부부 내외에게 놀림당하는 이 상황이 익숙지도 않고 퍽 민망한 모양이었다.

"저어…… 각하와 마님, 일단 쉬셔야 하지 않겠습니까?"

"자네가 그리 눈치를 주니 그리하지."

"좋아요. 오늘은 쉬고, 내일부터 두 사람 결혼식 준비를 어떻게 할 건지 이야기해요."

두 사람의 결혼 소식에 엘리샤는 유달리 신이 난 얼굴이었다. 서로의 마음을 확인하고 교제하는 데까지도 오랜 시간이 걸렸던 두 사람이니만큼 어서 둘이 함께 행복한 시간을 보냈으면 하는 바람이었다.

특히 친자매 이상으로 정이 쌓인 리나의 결혼식은 엘리샤에게도 의미가 컸다.

리나에게는 두 번 정도 옷을 만들어 주었지만, 여자에게는 웨딩드레스만큼 커다란 의미를 갖는 옷이란 드물었다.

그래서 엘리샤는 틈틈이 리나의 웨딩드레스를 만들어 두었다. 옷장을 열어, 새하얀 드레스를 확인한 엘리샤는 중얼거렸다.

"리나가 마음에 들어 하면 좋겠는데……."

엘리샤가 그리 웃음 짓고 있을 때였다.

루자크가 뒤에서 그녀의 허리를 끌어안고는, 목에 입을 맞추며 말했다.

"웨딩드레스군."

"리나를 위해서 만들어 둔 것이에요."

"정말 기뻐할 거요. 반트 녀석, 절대로 결혼 따위 하지 않을 것 같은 녀석인데 체임버러 양은 대단한 여자야."

"맞아요. 정말 사랑하는 사람을 만난 거죠. 바로 당신처럼."

엘리샤가 그리 말하면서 그의 입술에 쪽 키스를 했다.

"변명할 여지가 없군."

* * *

목선이 깊게 파인 새하얀 드레스는 늘씬한 리나의 몸매를 더욱 돋보이게 만들어 주고 있었다. 엘리샤는 시선을 떼지 못한 채 말했다.

"리나, 너무 아름다워요."

“몇 번이나 감사 인사를 드려도 모자라네요. 마님의 이번 드레스 선물은 평생 잊지 못할 거예요.”

엘리샤는 리나의 손을 꼭 잡았다. 오늘만은 용감한 그녀도 떨리는 모양이었다.

“나도 잊지 못할 거예요. 리나, 너무 긴장하지 말고요.”

“그럼요. 잘 해낼게요. 아니, 잘할 자신 있어요. 오히려 그 사람이 걱정된다고요.”

새 신부가 된 리나는 씩씩하게 웃으며 대답을 했다.

곧 잔잔한 피아노 반주가 성당 앞 야외 결혼식장 내에 흘렀다.

청명한 하늘이 두 사람의 행복을 축복하듯 푸르기만 했다.

루자크가 결혼 비용은 물론 신혼 여행비까지 지원할 테니, 마음에 드는 방향으로 준비하라고 했지만 리나와 반트는 조용하고 소박한 결혼식을 꿈꾼 모양이었다.

작지만 결혼식은 한없이 행복해 보였다.

테본의 주군이자, 반트의 친우인 루자크가 직접 축하의 말을 준비해서 읊기도 했다.

“두 사람이 함께하는 앞날에 축복이 있기를…….”

사제의 축복에 이어서 사람들의 박수 소리, 긴장했지만 무척이나 행복해 보이는 신랑 신부의 서약과 키스가 이어졌다.

두 사람은 신혼여행 대신에 둘만의 보금자리에서 보름 동안의 휴가를 보내기로 했다. 루자크의 곁을 언제나 보필하던 반트가 본성에서 나가 따로 지내는 것은 처음 있는 일이었다.

결혼식 피로연이 정신없이 지나간 후, 반트가 루자크에게 말했다.

"이제 우리 각하를 수시로 돌보지 못해서 아쉽게 되었군."

"무슨 소리야. 자네는 여전히 본성의 집사라고. 일찍 출근하고, 늦게 퇴근하도록 하시게."

싱긋 웃는 루자크를 반트가 가자미눈으로 흘겼다.

"이제 막 결혼한 새신랑에게 자비가 없으시군요, 각하."

"그래, 아내와 달콤한 시간을 보내고 싶으니 자비를 달라고 애원해 봐."

"망할 자식."

그리 욕설을 내뱉고 등을 돌린 반트가 1분 후쯤 힐끔 다시 돌아보면서 말했다. 아마도 혼자서 리나에게 혼날 생각을 한 모양이었다.

"……자비를 주십시오, 각하."

짐짓 모른 척하던 루자크가 기어이 끅끅 소리를 내면서 웃고 말았다.

"아, 천하의 목석남 반트 랜디어스가 이리도 변하다니! 믿을 수가 없군. 농담일세, 반트. 설마 내가 자네의 신혼을 방해할 악마로 보이나?"

루자크의 말에 반트는 안심한 얼굴이 되었다.

"그럴 리가 있겠습니까, 처음부터 저는 각하를 믿고 있었습니다."

"그럼 욕한 것은 취소해야지?"

"이미 뱉을 것을 취소할 수는 없는 노릇이고, 미안하네. 나의 친우 루자크. 내가 잠시 이성을 잃었다네."

"자네의 이성은 그리 쉽게 무너지는 모양이군."

"……이제 무의미한 대화는 그만하지."

반트의 정색에 루자크가 그제야 장난기를 거두고, 진실한 푸른 눈으로 돌아왔다.

"반트, 진심으로 결혼을 축하하네. 자네도 사랑하는 이로 하여금 나와 같은 감정을 가질 수 있게 된 것을 축복이라 여기게."

"……그건 인정하겠네. 하마터면 영원히 모를 수도 있었지."

반트가 고개를 주억거리며 대답했고, 루자크가 그의 어깨를 두드리며 웃었다.

*　　*　　*

손 하나 까딱할 기운조차 남아 있지 않았다. 하체에 느껴지는 격심한 통증은 난생처음 느껴 보는 그것이었다. 차라리 까무러치고 싶을 정도로 아팠다.

그러나 포기할 수는 없었다. 자신과 루자크의 사랑의 결실, 얼마나 기다려 온 아기인데 포기할 수는 없었다.

엘리샤가 신음과 비명을 토할 때마다 루자크가 곁에서 함께 울고 그녀를 붙잡아 주었다.

힘겨운 시간이었다. 한 아이가 나오고, 두 번째 아이까지 모두 나오자 사제 예니카가 말했다.

"너무 잘해 주셨어요, 마님. 두 아이는 모두 건강합니다."

엘리샤의 눈동자에는 커다란 눈물이 맺혔다. 얼마나 힘을 주고, 소리를 쳤는지 연신 흘린 땀으로 걸치고 있던 가운은 흥건했다. 희미하고 갈라진 목소리로 엘리샤가 말했다.

"우리 아기들, 한번 안아 보고 싶어요."

엘리샤가 억지로 몸을 일으키자, 루자크가 엘리샤의 이마에 입을 맞추고 끌어안았다. 루자크는 등불처럼 꺼져 버릴 듯한 엘리샤의 상태에 걱정스럽게 물었다.

"이런, 아직 움직이면 안 될 텐데. 에니카, 엘리샤의 상태는 어떻지?"

"아기님들만 살짝 보여드리고, 안정을 취하시는 게 좋을 것 같습니다. 당장 지혈은 마쳤지만 생각보다 하혈을 많이 하셔서……."

말끝을 흐리는 사제의 말을 들으면서도 엘리샤는 정신이 멍해진 상태에서도 아기 생각뿐이었고, 루자크는 엘리샤 걱정에 속이 타들어 갔다.

"보고 싶어요, 우리 아기들."

에니카가 다른 여시종과 함께 나란히 두 아기를 보여 주었다.

"첫째는 잘생긴 아드님이시고, 둘째는 예쁜 따님이세요."

눈코입이 오밀조밀하게 들어찬 아기들은 각각 루자크와 자신을 닮았다. 엘리샤는 피식 웃었다. 아기들을 보는 그 순간만큼은 통증이 사라지는 것 같았다.

"루자크와 나를 골고루 닮았네요. 엄마야. 네가 앨런이구나.

네가 로즈니아고."

엘리샤는 감격한 얼굴로 아들 앨런과 딸 로즈니아의 모습을 눈에 담았다.

"정말로 예쁘고 감동적이라 뭐라고 말을 이을 수가 없군……."

아기들을 바라보는 루자크의 표정은 처음 보는 것이었다. 엘리샤는 고개를 주억거렸다.

"맞아요. 이런 기분을 뭐라고 해야 할지 모르겠어요. 하늘에서 온 천사를 만난 것 같아요."

"적절한 표현이군. 하지만 엘리샤, 일단 당신은 안정을 취해야 해. 지금 쓰러지기 직전이잖아."

루자크가 예니카를 향해서 눈치를 주었다.

"일단은 몸이 회복되는 것부터 먼저야. 당신이 조금이라도 다치는 것은 보고 싶지 않아. 오늘도 상상 못 할 고통을 참고 잘해 주어서 고맙고 또 고마워. 사랑해, 엄마가 된 걸 축하해. 엘리샤."

쪽, 뺨에 그의 입술이 다가와 부딪쳤다.

"응, 당신도 아버지가 된 거 축하해요. 아까 아기들 보는데 표정 되게 흐뭇했던 거 알아요?"

엘리샤가 문득 다시 생각났는지 쿡 웃음을 터뜨렸다. 그러나 웃을 수 없는 상태였던지라, 다시 느껴지는 통증에 얼굴이 일그러졌다.

"이제 마님께서는 홀로 안정을 취하셔야 해요."

"알겠네."

루자크가 고개를 끄덕이면서도 차마 시선을 떼지 못하는지 엘리샤에게 눈빛을 보내면서 나갔다.

예니카가 치료를 위해서, 누워 있는 엘리샤에게 수면 마법을 걸기 시작했다.

소녀처럼 작고 가냘픈 체구로 감당하기 힘들었을 쌍둥이 출산이었는데 대견하게 잘하셨노라고 사제 예니카가 엘리샤의 곁에 대기하고 있던 리나와 마린에게 말했다.

스르륵, 엘리샤는 까무룩 그대로 잠이 들었다. 어찌나 질끈 깨물었는지 입술은 메마르고 갈라져 있었다.

그러나 표정만은 무척 행복해 보여서 지켜보는 사람도 미소를 짓게 만들었다.

"마님, 정말 수고하셨어요."

엘리샤의 가슴까지 이불을 끌어 올려 주면서 리나가 중얼거렸다.

유모였던 마린은 마치 제 친딸이 아이를 낳은 것처럼 감격스러운 얼굴로 엘리샤의 손을 몇 번이고 쓰다듬었다.

"우리 엘리샤 아가씨, 정말 잘해 내셨어요."

* * *

쌍둥이들은 하루가 다르게 무럭무럭 자라났다. 처음에는 배밀이도 겨우 하는가 싶었는데, 어느새 올망졸망하고 포동포동한 팔과 다리를 짚으면서 기어 다니기 시작한 것이다.

오빠라서일까? 모든 게 월등히 빠른 앨런과는 다르게 로즈니아는 모든 게 늦된 편이었다. 대신에 잘 먹고, 잘 잤기에 앨런보다 더 돌보기에는 쉬운 아이였다.

앨런은 무척이나 신경이 예민해서 시도 때도 없이 잠을 깨곤 했다.

"오구, 잘 먹네. 우리 로지."

로즈니아에게 젖을 물리면서 엘리샤는 딸의 얼굴을 들여다보았다.

그러자 로즈니아도 자신에게 젖을 주는 사람이 누구인지, 엄마의 얼굴을 확인하듯이 푸른 눈동자로 바라보았다.

자그맣고 앙증맞은 입술로는 열심히 젖을 빨았고, 그것도 모자라 더 나오라고 자그만 손바닥을 꾹꾹 누르면서 말이다.

"맘마가 그렇게 맛있어요?"

볼 가득 미어지게 먹으면서도 초롱초롱한 푸른 눈이 엄마에게 눈인사를 했다.

"아이, 예뻐라!"

솜사탕처럼 사르르 녹을 것 같은 분홍색 곱슬머리와 커다란 푸른 눈동자, 인형처럼 예쁜 이목구비를 가진 로즈니아는 영락없이 자신과 루자크를 반반씩 닮은 것 같았다.

아니, 두 사람보다도 더 비현실적으로 예뻤다. 로즈니아가 웃을 때면 마치 작은 해님처럼 온 세상이 밝아지는 기분이었다.

물론 그건 엄마의 눈으로 보았기 때문이겠지만.

"로지야, 이제 트림하자."

엘리샤는 어느새 맘마를 다 먹은 로지를 안아서 등을 쓰다듬어 트림을 시킨 후, 침대에 눕혔다.

다음은 입맛이 까다로운 앨런 차례였다. 사실 아까 전 로지보다 먼저 먹이려고 했지만, 앨런이 고개를 돌려 거부를 하는 통에 로지에게 먼저 순서가 돌아갔다.

엘리샤는 조심스럽게 아들의 상태를 살폈다. 보랏빛 도는 청명한 눈동자는 어김없이 자신을 닮았지만 서늘한 눈빛과 표정은 제 아빠를 꼭 닮았다. 푸른빛이 도는 검은 머리카락과 샐쭉한 표정은 꼭 화가 난 루자크의 판박이 아기 같았다.

"우리 꼬마 루자크, 왜에? 아직도 기분이 영 별로에요?"

엘리샤가 조심스레 침대에 다가가서 물었다. 조그만 갓난아기가 어찌나 쿨한지 엄마가 이렇게 달라붙어도 애교 한번 보여주지 않았다. 아니 애교는커녕, 젖 한번 먹어 달라고 사정을 해도 여전히 새침한 얼굴 그대로였다.

로즈니아는 어느새 코, 하고 강아지처럼 잠들어 있었다.

"앨런, 배 안 고파? 로지처럼 어서 맘마 먹고 코하자."

엘리샤가 양팔을 활짝 벌리자, 내내 힐끔거리기만 하던 앨런도 식욕이 동했는지 슬그머니 쳐다보았다. 저도 배가 고프긴 고팠던 모양이었다.

엘리샤는 입가에 가득 고이는 웃음기를 참고는 앨런을 안아 들었다.

"이리 와요."

엘리샤가 젖을 물리자, 이번에는 얌전히 고분고분 잘 먹기 시작했다.

'귀여운 것, 진작 이러면 좀 좋니?'

꿀꺽, 꿀꺽 소리가 들릴 정도로 오늘은 평소보다 잘 받아먹었다.

아이치고 벌써부터 또렷한 이목구비와 특유의 뚱한 분위기가 자라면 루자크의 어린 시절처럼 차가운 사람이 될까 봐 우려가 되었지만 잘 때 보면 또 영락없이 천사 같았다. 물론 그 자는 시간이 현저하게 짧아서 문제였지만.

앨런도 젖을 다 먹이고 트림까지 억지로 시켰지만 어쩐지 눈이 말똥말똥한 게 도무지 잠을 잘 기미가 보이지 않았다.

품에 안아 어르고, 자장자장 토닥여도 봤지만 소용이 없었다.

이럴 때는 최후의 수단밖에 없었다.

남편 루자크를 부르는 것.

앨런은 이상하게도 루자크의 목소리나 손길이 닿으면, 얌전히 잠들고는 했다.

엘리샤는 끈을 당겨 시종을 불렀다. 그러나 공교롭게도 곧 시종이 아닌 남편의 얼굴을 마주할 수 있었다.

"루자크! 마침 잘 왔어요."

구원자라도 내려온 양 엘리샤가 반짝이는 눈길을 보냈다. 루자크는 익숙한 이 상황에 눈치를 챘다.

"이런, 우리 아드님께서 또 잠을 안 주무시는군. 이리 줘."

"맞아요. 앨런을 재우는 건 아무래도 내 능력 밖의 일인 것 같아요. 내가 엄마인데 어떻게 이럴 수 있지?"

"이 녀석이 별난 거야. 당신은 잘하고 있어요."

엘리샤의 말에, 루자크가 그녀에게서 앨런을 받으면서 그녀의 뺨에 입술을 쪽 부딪쳤다.

주먹보다도 자그만 머리통에 들어찬 자신을 닮은 2세는 봐도 봐도 신비로웠지만, 지금 녀석의 미모에 감탄할 때가 아니었다.

온종일 시달린 엘리샤를 이 귀여운 꼬마 악마로부터 해방시켜 주어야 했다.

한 손으로도 충분히 들 수 있었지만, 아기들은 조심조심 다루어야 했기에 루자크는 신경을 쓰면서 리틀 루자크를 품에 안았다가 눈을 마주쳤다.

엘리샤와 같은 눈동자지만, 자신과 같은 부류의 눈동자. 갓난 아기라고는 믿을 수 없을 정도로 뭔가가 뿜어져 나왔다. 마치 날 건드리지 마! 라고 이야기하는 것 같았다. 뾰족하게 날이 선 어린 맹수 같다고나 할까?

루자크가 특유의 저음으로 조용히 제 아들의 풀 네임을 불렀다.

"앨런 드 펜블렌."

그러자 앨런의 눈동자가 커지더니 고개를 갸웃거렸다. 물음표를 가진 표정이었다.

맹수라면 본능적으로 자신보다 강한 존재에 절로 고개를 수그리는 법.

루자크는 가만히 제 아들을 응시하면서 말했다.

"아빠다."

앨런의 눈동자가 갸름해지면서 코를 살짝 벌름거렸다. 분명 엄마인 엘리샤에게 보이는 반응과는 다른 것이었다. 여전히 심통 난 것처럼 부푼 볼은 그대로였지만 사나운 눈빛은 한결 풀어져 있었다.

아빠의 기선 제압에 앨런은 시선을 다른 데로 돌려 엄마를 바라보았다. 그건 마치 구해 달라는 구조 요청 같았지만, 루자크는 엘리샤에게 슬쩍 나가 달라는 눈치를 보냈다. 아들 녀석과의 눈싸움이 조금 길어질 것 같았기에.

달칵, 소리가 들리면서 엘리샤가 빙그레 웃으면서 나갔다.

"끼잉."

그러자 구석에 몰린 강아지 같은 소리가 앨런의 입술에서 흘러나왔다.

"응? 왜 그러지, 앨런?"

그러더니 앨런의 입술이 점점 세모꼴이 되었다. 그 모습을 루자크가 느른하게 바라보았다. 금방 울음이라도 터트릴 줄 알았는데, 다행히 울지는 않았다.

"슬슬 잠이 오지 않아?"

거의 반강제로 앨런을 침대에 눕히고, 배를 토닥거려주자 앨런은 슬슬 눈을 감았다. 엄마 엘리샤 앞이였다면 상상도 못 했을 일이었다.

"코오 자자. 착하지."

루자크가 속살거리면서 토닥임을 계속하자, 어느새 앨런이 일정한 간격으로 숨을 고르면서 새근새근 잠이 들었다.

그러곤 입가에 앉은 미소. 잘 때에만 볼 수 있는 미소였다.

'겨우 잠들었군.'

천사처럼 잠든 아이들의 얼굴을 연신 훔쳐보던 루자크는 한참 후에야 방에서 나왔다.

그사이 식사를 하고 온 엘리샤가 다가오자, 루자크가 손가락을 입술에 댔다.

"쉬이, 이제 막 잠들었어."

'정말요?'

엘리샤가 제 남편을 향해 존경스럽다는 눈빛을 보내면서 입 모양으로 말했다. 두 사람은 엘리샤의 공방으로 자리를 옮겼다.

"정말로 신기해. 어떻게 앨런은 당신과 있으면 그렇게 금세 잠들죠?"

"나랑 있으면 불편하니까 차라리 자 버리는 것 같아. 녀석 표정을 보면 편안해서 잠이 오는 게 아니거든."

"으응? 설마요."

"아빠를 무서워하는 거지."

"아직 아기인데 벌써? 난 우리 앨런이 편안하게 잠들기를 바라요."

"상냥한 사람이 있으면 무서운 사람도 있어야지. 앨런은 강한 사내로 기를 거야."

"루자크. 그 애는 아직 태어난 지 일 년도 안 됐다구요."

엘리샤가 못 말린다는 고개를 설레 저었지만 루자크는 그런 직감이 들었다. 앨런은 자신보다도 훨씬 더 강한 남자가 될 거라는 느낌.

"두고 봐, 앨런은 누구보다 강한 아이로 자랄 테니. 예사 눈빛이 아니야."

"당신을 많이 닮긴 했어요."

"나도 놀랄 만큼 닮았지. 그건 그렇고, 엘리샤 그 일은 좀 생각해 봤어?"

'그 일'이라는 단어에 엘리샤는 어색하게 미소를 지었다.

"글쎄요. 오랜 꿈이지만, 지금 아이들이 너무 어린걸요."

"아이들을 돌봐 줄 유모와 다른 사용인들이 있잖소. 나도 있고."

"그래도 아이들에게 소홀하고 싶지 않아요."

엘리샤의 오랜 꿈, 자신만의 가게를 내는 것이었다. 분명 아이를 갖기 전에 이룰 거라 생각했는데 황궁 드레스메이커로 활동하느라 바빴고, 임신을 하고 나서는 완전히 묻어 놓았던 일이었다.

그랬던 것을 루자크가 다시 상기시켜 주었다. 가슴이 두근거릴 정도로 염원하던 일이었지만 지금의 엘리샤에게는 아이들이 우선이었다.

"적어도 아이들이 조금 자랄 때까지는 기다릴 거예요."

계절마다, 아니 매월 유행이 달라지는 이 분야에서 그렇게 오랜 시간 일을 쉰다는 건 그동안 쌓아 올린 명성이 잊힌 상태에서 사실상 반쯤은 다시 시작한다는 뜻이기도 했다.

지금은 아이들을 위해서 잠시 웅크렸지만, 엘리샤는 결코 꿈을 포기할 마음은 없었다.

“그래, 언제든 당신이 시작하고 싶을 때 말해 줘. 무엇이든 도울 테니.”

“말만 들어도 기운이 나네요.”

엘리샤가 말갛게 웃으면서 루자크의 어깨에 머리를 기댔다. 루자크가 그런 엘리샤의 머릿결을 손가락으로 빗겨 내렸다. 예전 같았으면 한참 내려갔을 감촉이 금세 끊겼다.

아이들을 낳은 후, 거추장스럽다는 이유로 불현듯 허리까지 오던 긴 머리카락을 어깨 위로 싹둑 자른 터였다. 스스로 자랑거리라고 말하던 소중한 머리카락을 단번에 자를 정도로 엘리샤는 이제는 진짜 엄마가 되어 있었다.

여전히 그의 눈에는 소녀처럼 사랑스러웠지만, 시간이 흘러서일까. 아이들의 엄마가 되어서일까.

그녀는 어딘가 모르게 어른스러워졌다.

나이가 더 들어 보인다는 뜻이 아니라, 한층 여유롭고 온화한 사람이 되었다. 그리고 루자크는 점점 더 그녀가 좋아졌다. 시간이 지날수록, 함께하는 시간이 늘어 갈수록.

달라지는 점들도, 한결같은 점들도 모두 품에 안고 갈 만큼 이 사람이 좋았다.

*　　*　　*

어깨 위로 굽실거리는 초콜릿색 머리카락에 호박색 눈동자, 귀여운 미소가 돋보이는 여자는 버릇처럼 마카롱 가게로 들어섰다.

"초콜릿 맛 한 상자 주세요."

어느새 세이딘만큼이나 초콜릿을 좋아하는 입맛이 된 죠엘이었다. 그 녀석의 장난기 가득한 커다란 미소가 아직도 눈에 선했다. 제 머리칼을 한껏 흩뜨려 놓던 그 따뜻하고 커다란 손도…….

"나쁜 자식, 돌아가더니 편지 한 장 없잖아."

죠엘은 입술을 샐쭉하게 내밀고는 중얼거렸다. 그러나 눈빛만은 그리움이 가득 담겨 있었다.

이건 불공평했다. 분명히 제게 먼저 고백한 것도, 자신을 더 좋아했던 것도 세이딘 그였다.

그런데 어째서 지금은 자기가 먼저 더 안달이 나 있을까?

콜린 폴드의 오트쿠튀르 테본 지점. 그곳에서 디자이너로 함께 일하던 세이딘은 별안간 칼리온으로 돌아가 버렸다.

연애를 시작한 지 고작 6개월 만의 일이었다. 이제 그가 떠난 지도 1년이 다 되어 갔다.

—반드시 널 데리러 올게.

기약 없는 그 말 한 마디만 남겨 두고서.

"바보 세이딘. 대체 언제 온다는 건데? 누가 계속 기다린댔나

뭐.”

와그작.

마카롱을 거칠게 씹어 삼키던 죠엘은 잔업을 위해서 오트쿠튀르 건물로 돌아갔다. 저녁이 그다지 먹고 싶지는 않아서 잠시 산책이나 할까 했는데 자신도 모르게 세이딘과 함께 들르던 마카롱 상점으로 들어와 버리고 만 것이었다.

“벌써 일 년이나 되었잖아…… 이제 그만 잊자.”

몇 번이나 그렇게 스스로를 다그쳤었다. 아버지의 권유로 내로라하는 가문들의 자제와도 몇 번 만남을 가졌지만 거기에서 그쳤다.

누군가의 아내로 평범하게 사는 건 싫었다. 그럴 바에 그냥 혼자 살 것이다. 드레스메이커 선발제에 출전한 이후로는 더욱 그런 생각이 굳어졌다. 평생 결혼 안 하고 옷만 만들 거라고.

그런데 불현듯 친구로만 생각했던 세이딘이 다가왔다. 처음엔 거절했고, 두 번째에는 받아 주었다. 세이딘 녀석이라면 죠엘 버베나를 있는 그대로 좋아해 줄 것만 같았다.

무심코 들어선 오트쿠튀르 안. 커다란 덩치의 누군가가 점원들과 인사를 나누고 있었다. 죠엘의 호박색 눈동자가 일순 커다래졌다.

그을린 갈색 피부에 모래색 머리칼, 장난기 가득한 인상의 남자.

세이딘 랑 알리카스였다. 그는 터번에 전통 의상 대신, 스트라이프 슈트를 입고 있었다. 그 모습이 꽤나 잘 어울렸지만 일 년

만에 만난, 자신을 버리고 떠난 줄 알았던 연인에게 죠엘은 아무 말도 할 수가 없었다.

"……"

세이딘이 자리에서 일어나 다가올 때까지도.

그는 웃으면서 말을 걸었다. 마치 어제 만난 것처럼.

"안녕, 죠엘?"

시선을 맞추려고 무릎을 살짝 굽힌 세이딘의 눈빛이 느껴졌다.

"……뭐야. 일 년 만에 나타나서는 고작 안녕이라고?"

"……"

"나 말야, 널 기다린 적 없으니까 그만 가 줘. 해야 할 일이 많거든."

자신이 무척 독한 말을 했다고 굳게 믿으면서 죠엘은 겨우 말을 마쳤다.

그러나 세이딘의 시선은 마카롱 상자에게 가 있었다.

"이거 내가 좋아하는 초콜릿 맛이잖아."

"어쩌다 산 것뿐이야. 착각……"

와락.

말을 마치기도 전에 세이딘의 품이 느껴졌다. 따뜻하고, 아늑했다.

"죠엘, 나에게 말할 기회를 한 번만 주지 않을래?"

철없는 어린애처럼 굴던 세이딘이 그런 얼굴로 바라본 건 처음이었다.

죠엘은 대답을 하지 않았지만, 어느새 그를 따라서 가게 밖 골목까지 다다라 있었다.

"뭔데. 빨리 말해."

죠엘이 퉁명스레 묻자, 세이딘이 말했다.

"한 번도 네 생각하지 않은 날이 없어. 고향으로 돌아가서 고민 많이 했어. 어떻게 하면 죠엘하고 쭉 함께 있을지."

"그런 고민을 하는 애가 그렇게 훌쩍 가서 연락 한 번도 없었다고? 말도 안 돼."

"……미안해. 오랫동안 준비했어. 죠엘에게 어울리는 사람이 되려고."

"나에게 어울리는 사람?"

"사실은 너에게 청혼하려고 했었는데 버베나 남작가가 부자라는 이야기를 들었어. 그리고 나를 되돌아보니까 내가 너무 초라했어. 그래서 돈 벌려고 일 년 동안 연락 못 했어. 정말 미안해."

세이딘의 말을 듣고는 죠엘이 놀라 말했다.

"바보야, 그게 무슨 상관인데? 난 그냥 세이딘이면 되는데."

"나는 상관있어. 이제 나 집도 살 만큼 돈 모았어."

"어떻게?"

"칼루스에서는 나보다 재단 잘하는 사람이 없었으니까. 가자, 죠엘."

"응? 가다니 어딜?"

"결혼하러 가자."

"뭐야, 갑자기. 잠깐, 그전에 누가 너랑 결혼한댔니?"

세이딘이 씩 웃으며 말했다.

"네가 방금 그랬잖아. 그냥 세이딘이면 된다며. 나도 그냥 죠엘이면 돼."

생글거리는 세이딘이 손을 내밀었고, 죠엘은 마지못해 그 손을 잡았다. 단단하게 잡힌 손, 가슴이 세차게 뛰었다. 이번에는 죠엘이 더욱 굳게 붙잡았다.

"이제 나 혼자만 두고 어디 가면 안 돼."

"응, 절대로."

"세이딘, 테본 떠나기 전에 엘리샤가 낳은 애기들 보러 가자. 쌍둥이들인데 얼마나 귀여운지 몰라."

"맙소사, 우리도 질 수 없다. 우리는 네 쌍둥이 낳을까?"

"바보야, 나 죽어!"

죠엘이 세이딘의 가슴을 퍽 쳤지만, 세이딘은 그저 바보처럼 헤실헤실 웃을 뿐이었다.

*　　*　　*

목욕을 마치고, 꼬물거리는 앨런의 몸 곳곳을 보송한 수건으로 닦아 주던 마린이 귀여워 죽겠다는 얼굴로 말했다.

"아이구, 앨런 도련님. 시원하시죠?"

"엘리샤 아가씨를 제 손으로 키웠던 게 엊그제 같은데 이제 제가 아가씨의 아기들을 돌보고 있다니 믿을 수가 없어요."

"그러게, 마린. 세월이 참 빠르네. 그래도 마린은 여전히 내 유모인걸. 우리 아이들의 유모이기도 하고."

로즈니아의 옷을 입혀 주면서 엘리샤가 마린을 향해 웃었다.

"아가씨도 참. 그러기엔 제 나이가 너무 많이 들었답니다. 새로 온 유모도 있구요. 하지만 아기들 목욕 시키는 일은 제가 더 노련하니 쭉 맡겨 주세요."

"맞아, 마린이 해 주면 나도 마음이 한결 든든해."

젊은 유모를 따로 들이기는 했지만, 엘리샤는 마린이 정말 엄마처럼 편안했다. 특히 목욕을 하기 싫어하는 앨런은 자주 버둥거려서 마린처럼 노련함이 없으면 힘들었다.

"꺄우!"

옷을 다 입혀 주자 침대에 누워 있던 로즈니아가 양팔을 파닥거리면서 소리를 냈다.

"로지, 기분 좋구나? 목욕해서 시원한가 봐."

엘리샤의 말에 앨런의 옷도 다 입힌 마린이 로즈니아를 바라보면서 까꿍을 해 주었다.

"아유, 예뻐라. 로지 아가씨는 엘리샤 아가씨 어릴 적이랑 정말 똑같아요. 이렇게 활달하고 밝고 잘 웃는 것도요."

"그래?"

마린이 고개를 끄덕였다.

"그럼요."

"아이들이란 정말 신기하다."

"아기가 아기를 낳아 기르니, 그게 더 신기하지요."

마린이 엘리샤의 손을 잡으며 말했다.

"마린도 참. 오늘도 덕분에 아이들 목욕시켰네. 고생했어, 잘 자요. 아이들 재우는 건 알아서 할게."

"예, 아가씨 아니, 마님. 자꾸 아가씨 소리가 버릇이 들었네요. 그럼 좋은 밤 되세요."

마린이 나가자, 엘리샤는 양손으로 두 아이의 침대를 살짝 흔들어 주었다. 그러나 곧 그것도 힘에 부쳤는지 엘리샤는 밖으로 나가서 주변을 살피고는 방문을 완전히 잠갔다. 마법의 힘을 잠시 빌릴 생각이었다.

아기들이니, 마법을 써도 기억하지 못할 터였다. 그런 마음으로 엘리샤가 뒤를 돌았을 때였다.

"꺄아웅!"

"어?"

침대 위에서 버둥거리고 있어야 할 로즈니아가 공중에 둥실 떠올라 있었다.

"로지!"

심장이 쿵 내려앉을 정도로 놀란 엘리샤가 재빨리 다가왔지만, 로즈니아는 내려올 생각이 없는지 아예 방을 둥둥 떠다녔다.

"세상에…… 너도 마법을 할 줄 아는구나."

"꺄우아우!"

엄마가 놀라는 것도 모른 채 로즈니아는 신이 나서 함박 입을 벌리고 바둥거리며 놀고 있었다.

혹여나 로즈니아가 둥실 떠다니다가 다치기라도 하면 큰일이었다.

"로지야, 이리 온. 내려오자."

손을 뻗어 로지를 붙잡아 품에 넣자, 다행히도 로지는 울지 않고 그대로 엄마 품에 안겼다.

엘리샤는 로지의 뺨에 뽀뽀를 하고 등을 토닥였다.

"엄마의 마법 실력까지 닮은 줄은 몰랐네?"

로즈니아가 마법을 부린 것이 기쁘면서도 한편으로는 걱정스러웠다. 조금 더 자라면 마법을 하는 것에 대해서 정확한 인식과 주의를 주어야 했다.

아무 곳에서나 마법을 해서는 안 되니까. 엘리샤는 로지를 토닥이면서 앨런을 바라보았다.

"혹시 앨런도……?"

그러나 앨런은 아무 관심도 없다는 얼굴로 누워 있었다. 로즈니아가 허공을 날아다닐 때도 그 상태였다. 하긴, 마녀가 가진 마법의 힘은 대대로 여자에게만 전해진다는 이야기가 있었다.

'로지가 마법을 한다는 건 루자크와 상의를 해야겠어.'

* * *

그날 밤 엘리샤는 루자크에게 로즈니아의 일을 알렸다. 루자크는 놀라워하면서도 상당히 좋아하는 눈치였다.

"하하, 그 점까지도 당신을 쏙 빼닮았군그래."

그러나 엘리샤는 여전히 걱정이 반이었다. 로즈니아 역시 자신의 어머니와 자신이 그래 왔던 것처럼, 마녀라는 것을 들키지 않으려고 살얼음판을 걸으며 살아야 할 것이다.

"너무 걱정하지 마. 마법이 있어서 당신은 더 행복했잖아. 우리 로지도 그럴 거요. 내가 반드시 그렇게 만들 거야."

엘리샤를 감싸 안는 손길은 단단하고 따스했다.

"응, 마법 능력을 타고난 것도 그 애의 운명이니 받아들여야죠. 나도 우리 딸이 행복해진다면 무슨 일이든 할 거예요."

"그래, 그러면 돼. 차라리 마법 아카데미에 보내는 건 어때? 마음껏 마법을 쓸 수 있잖아."

"그건 로지의 의사를 존중해서 선택하도록 해요."

"그래, 하지만 앨런은 무조건 검이야. 녀석의 눈빛은 검을 잡는 자의 그것과 닮아 있지. 강자와 약자를 구별할 줄 아는 눈이라고."

"당신도 참. 앨런의 의사를 존중해야 해요."

"뭐 그 녀석이 똑똑하다면야 다른 것을 생각해 보겠지만. 어쨌든 내 후계는 두 사람 모두에게 공평하게 기회를 줄 생각이야."

엘리샤는 자못 놀랐다. 일반적으로는 장자에게 작위를 물려주었기 때문이었다. 물론 앨런은 고작 2, 3분 먼저 태어났을 뿐이었지만 그래도 오빠였고, 여자아이는 시집을 가면 끝이라는 바탕이 그래도 사회에 아직 깔려 있었다.

"당신의 의견에 동의해요. 두 아이가 어떻게 자랄지 알 수는 없지만, 테본을 이끌어 갈 지도자의 자질을 갖춘 아이가 당신의 자리를 물려받는 게 맞아요."

"그래, 나도 꽤나 기대가 되는군. 물론, 내가 자리를 물려주려면 한참이나 시간이 흘러야겠지만."

루자크 드 펜블렌, 그였기에 테본을 제대로 이끌어 왔다. 그 자리에 있을 다른 누군가를 생각하기가 어려울 정도로.

"테본의 주인은 언제나 각하이신걸요. 존경하고 있어요."

"엘리샤에게 듣고 싶은 말은 아니로군. 내 부하들에게 이미 지긋지긋하게 듣고 있으니까."

"알았어요, 알았어."

엘리샤가 웃으면서 그의 팔을 붙잡고는 귓가에 속삭였다.

"내가 해줄 말은 이거지. 사랑해."

"나도 사랑해. 당신이 나를 사랑하는 것보다 곱절은 더 사랑할 거야."

"재 보지도 않고 단언 말아요."

"어떻게 해야 레이디께서 제 마음을 알아주실까?"

사람을 홀릴 듯 빠져들게 하는 깊고 푸른 눈동자가 시선을 옭아매고, 단단한 그의 품이 그녀의 몸을 붙들었다.

부드럽지만 벗어날 수 없는 남자다.

단숨에 의지력을 무장해제 시키는 키스가 오래도록 이어졌다. 끝없이 곤두박질치는 기분이 들 정도로 몸이 뒤로 미끄러졌다.

안달이 난 것도, 곱절을 사랑한다고 외친 것도 분명 그인데, 어째서 제 가슴이 보다 세게 쿵쾅거리는 것일까.

엘리샤는 제 입 안으로 감겨 오는 그의 촉감을 느끼면서 생각했다.

수치로 잴 수 없을 만큼 자신 역시 그를 사랑한다고…….

* * *

프티 로즈궁에 가득히 핀 싱그러운 장미 내음을 느끼며 엘리샤는 로즈니아와 앨런에게 속삭였다.

"이게 다 뭘까? 장미라는 꽃이야. 너무 예쁘지?"

제 말을 이해하려면 아직 한참 멀었지만 엘리샤는 끊임없이 아이들에게 대화를 시도했다. 자주 그렇게 했더니 이제 아이들이 엄마 목소리에 귀를 기울이는 것 같았다.

"우우아—!"

언제나 새침데기 같은 앨런과는 다르게 로즈니아에게는 역시 반응이 있었다. 장미에서 로즈니아의 이름을 따온 보람이 있는지도 몰랐다.

"로지야, 왜애?"

엄마가 바라보자, 로지가 팔을 버둥거렸다. 안아 달라는 뜻이었다.

마차 장인이 특수 제작해 준 쌍둥이용 유모차에 갇혀 있기 싫은 모양이었다.

"답답하구나. 그럼 잠깐만 장미꽃을 가까이에서 둘러볼까요? 읏차차!"

로즈니아를 안아 든 엘리샤가 기다리고 있던 유모에게 앨런을 봐 달라는 눈빛을 보냈다.

"예, 마님."

엘리샤는 로즈니아를 데리고, 겹겹으로 피어난 장미 정원 사이로 걸어갔다.

"끼야우, 빠아—!"

정확히 무슨 내용인지는 모르겠지만, 로즈니아의 눈동자가 동그랗게 커지고, 무거운 고개를 들어 휘휘 둘러보는 걸 보니 처음으로 가까이에서 본 장미꽃들이 신기한 모양이었다.

오동통한 손가락들이 움찔거리며 장미를 향해 뻗쳤다. 엘리샤는 조심스럽게 장미꽃 하나를 만질 수 있게 해 주었다.

그러자 꺄르륵 로지가 숨이 넘어갈 듯 해맑게 웃으면서 좋아했다.

"부들부들하지? 그치만 뾰족한 가시는 조심해야 해요."

그리 말한 엘리샤는 장미 꽃잎보다도 더 보드라운 로즈니아의 뺨을 손가락으로 톡 건드렸다.

그렇게 모녀가 오붓한 시간을 보내고 있는데, 갑자기 반가운 목소리가 울려 퍼졌다.

"엘리샤!"

"어?"

제 이름을 이렇게 정답게 부를 사람은 단 한 명뿐이다. 엘리샤가 고개를 들어, 프티로즈궁의 입구를 바라보았다.

안내한 시녀가 고하기도 전에 손을 흔들고 있는 자그마한 제 친구와 불쑥 튀어나온 큰 키의 남자가 보였다.

"죠엘! 웬일이야? 어, 너는 세이딘이잖아? 네가 왜 여기 있어?"

"엘리샤아! 하윽, 아. 우리 로지 요정님."

죠엘이 폴짝 달려와서 안기려다가 엘리샤의 품에 있던 로즈니아를 보곤 귀여워 죽으려고 했다.

"세상에, 눈 크고 맑은 것 좀 봐. 정말 인형인지 사람인지 분간이 안 가는걸."

죠엘이 발을 콩콩 구르면서까지 안달이 나 있자, 세이딘은 느릿하게 다가오더니 로즈니아를 들여다보곤 말했다.

"진짜 쪼끄맣고 귀엽잖아. 엘리샤랑 닮은 건 머리 색뿐인가?"

"……뭐라구? 세이딘, 오랜만에 만나서 혼나 볼래?"

엘리샤의 눈썹이 일그러지자, 죠엘이 세이딘의 등짝을 대신 때렸다.

"말도 안 돼. 눈코입 어디 하나 엘리샤와 안 닮은 곳이 없는걸?"

"아냐, 엘리샤를 닮았으면 이렇게 예쁠 리가 없…… 이쯤 하자. 항복!"

싸움은 싱겁게 끝이 났다.

잠시 후, 세 사람을 위한 달콤한 티 테이블이 차려졌고, 샌드위치를 비롯해 타르트와 케이크, 파이, 마카롱이 한껏 차려져 있던 은빛 삼단 테이블은 통째로 비워졌다.

죠엘과 세이딘이 부른 배를 붙잡으면서 말했다.

"아, 잘 먹었다. 너무 맛있었어."

"왠지 티타임이 아니라, 풀코스 식사를 한 것 같은 착각이 들지만……."

"응. 착각 맞아, 세이딘. 저녁도 먹고 가야지."

엘리샤가 방긋 웃으면서 말했다.

"……윽. 엘리샤, 점점 더 많이 먹는구나? 노, 농담이야."

죠엘과 엘리샤가 찌릿하고 동시에 째려보았다.

"그나저나, 너 이제 완전히 돌아온 거야? 세이딘은 정말 혼쭐나야 해. 죠엘이 그동안 얼마나 힘들었는지 알아?"

엘리샤가 마음 약한 죠엘을 대신해서 으르릉거렸다.

"괜찮아, 엘리샤. 내가 많이 혼냈어."

세이딘이 그동안의 자초지종을 털어놓았다. 늘 철부지 개구쟁이 같던 세이딘이 의젓한 남자의 모습을 하고 있는 걸 보자, 엘리샤의 눈가에도 눈물이 그렁그렁 맺혔다.

"죠엘, 세이딘 두 사람 이제 함께할 날만 남았구나. 이제 어떻게 할 거야?"

"세이딘의 고향으로 가서 살려고 해."

"칼리온에?"

"응."

"기후도 다르고, 문화도 달라서 많이 힘들겠지만 그래도 세이딘이랑 함께하고 싶어. 칼리온에서 세이딘이 유명한 재단사가 되었어."

"그렇구나. 하지만 죠엘은 지금 콜린의 오트쿠튀르에서 일하고 있잖아."

"나도 세이딘이랑 함께 옷을 만드는 일을 하려고 해. 아를렌도, 테본도 나에게는 새로운 곳이었지만 칼리온은 더욱 그럴 거야."

그 말을 하는 죠엘은 어쩐지 신난 기색이었다.

"응, 죠엘의 드레스 시안을 유명 상점에 보냈는데 반응이 제법 좋더라고."

"그렇구나. 죠엘의 드레스는 정말 로맨틱하고 매력적이니까 성공할 거야."

엘리샤가 고개를 주억거리면서 죠엘의 재능을 칭찬하자, 그녀가 주섬주섬 뭔가를 꺼냈다.

"엘리샤, 작지만 우리가 준비한 아기들 선물이야. 이건 로즈니아의 모자고, 이거는 앨런의 크라바트."

앙증맞은 사이즈의 레이스 리본 보닛과 체크무늬 크라바트였다. 각각 레몬색과 하늘색이라 아기자기하고 귀여웠다.

엘리샤는 감격스러운 얼굴로 인사했다.

"너무 고마워, 죠엘 그리고 세이딘. 어디 애들한테 직접 씌워 볼까?"

보닛을 쓴 로즈니아는 마치 꽃받침을 단 것처럼 모자 둘레가 레이스 러플로 빙 둘러 있었다.

죠엘이 심장을 잡으면서 귀여움을 호소했다. 앨런에게도 크라바트를 채워 주자, 의젓해 보였다.

"흑, 너네 정말 예쁘고 귀엽고 다 한다. 세이딘, 나도 쌍둥이 생각 좀 해 볼까?"

세이딘과 죠엘은 정말 진지하게 쌍둥이에 대한 토론을 나누었고, 엘리샤는 멀리서 둘의 모습을 보며 웃음을 터뜨렸다.

"저기요, 쌍둥이는 신께서 정해 주시는 거라고요."

이후 두 연인은 그날 내내 엘리샤에게 신의 축복을 받았다면서 부러워하기를 반복하고 돌아갔다.

* * *

계절이 여덟 바퀴쯤 돌았다. 날이 갈수록 시간이 성큼성큼 저만치씩 달음질치는 것 같았다.

단장을 모두 마치고 화장대의 거울을 들여다본 엘리샤는 가볍게 웃어 보였다. 서른을 앞둔 엘리샤는 한결 물오른 미모가 이제는 활짝 만개한 붉은 장미 같았다.

나이를 먹으면서 젖살이 빠져, 더욱 도드라진 이목구비는 이지적이고도 아름다웠다. 작고 마른 체구는 여전해서 귀여웠지만, 풍기는 이미지는 이제 완전히 소녀티를 벗어났다.

그래서인지 그녀는 한결 차분한 표정을 지을 줄 알게 되었다.

그렇다고 발랄함을 잊어버린 건 아니었다. 엘리샤 특유의 밝고 화사한 기운은 여전했다. 그런 점은 아이들에게 친구 같은 어머니를 만들어 주었다.

어깨선이 푹 파인 베이지색 드레스 위로 한쪽으로 넘겨 땋아 내린 분홍 머리카락이 탐스러웠다.

이윽고 엘리샤의 방으로 들어온 리나가 말했다.

"마님, 마차가 이제 준비되었다고 합니다."

"고마워요. 리나. 인사만 마치고 바로 내려갈게요."

엘리샤는 드레스 자락을 붙잡고는, 곧장 딸 로즈니아의 방부터 찾았다.

똑똑, 문을 두드리면서 엘리샤가 물었다.

"로지, 일어났니?"

그러자 달칵하고 로지가 얼굴을 쏙 내밀었다.

"엄마!"

로지가 엄마의 품에 와락 안겼고, 엘리샤는 딸아이의 통통한 양 볼에 뽀뽀를 했다. 그러자 답례의 뽀뽀가 두 배로 돌아왔다.

로즈니아는 애교가 많고 밝은 만큼, 애정이 넘치는 아이였다.

"엄마, 엄마. 오늘 어디 가요?"

엘리샤가 고개를 주억거리면서 대답했다.

"응, 오늘도 엄마는 일하러 오트쿠튀르에 나가야지."

"그치만 연회장에 가는 것처럼 예쁜걸. 로지도 따라가고 싶어요."

로즈니아가 물먹은 눈동자로 바라보자, 마음이 흔들렸지만 엘리샤는 고개를 저었다.

"아직은 안 돼요. 다음에 조금 더 한가한 날에 초대장 드릴게요, 우리 귀여운 아가씨. 그럼 다녀와서 보자. 오늘도 리사 선생님 말씀 잘 듣고, 리나와 일리아에게 보채지 말고."

"응, 엄마. 아, 맞다! 리나가 양 갈래로 머리 땋아 준다고 했는걸. 쿠키도 같이 굽기로 했어요."

"그래? 재밌겠다."

"응, 너무 기대돼. 엄마도 다음에 같이 만들어요. 아니다, 엄마 시간 나면 같이 옷 만들 거야. 아, 엄마, 엄마! 이거 로지가 만든 거예요."

로즈니아가 말을 하다 말고, 투다다 달려가더니 서랍장에서 인형을 가지고 왔다.

인형이 입고 있던 드레스는 바느질이 고르지 않았지만 아이의 솜씨라기엔 훌륭했다.

엘리샤가 놀라며 로즈니아의 머리를 쓰다듬었다. 바느질을 가르쳐 준 건 고작 한 번뿐이었는데 언제 이렇게 연습했을까?

"어머? 예쁘다. 잘 만들었잖아. 이거 정말 로지가 만든 거야?"

"네. 엄마가 만드는 거 옆에서 눈으로 봐 뒀어."

엄마의 칭찬에 로지의 얼굴에 화색이 돌았다. 엘리샤가 로지를 무릎 위에 올려놓고는 말했다.

"좋아, 로즈니아. 내일은 엄마가 바쁘지만 특별히 가게 견학을 허락하겠어요. 그러려면 과제도 다 해 놓고, 준비해 두어야 해, 알겠지?"

그러자 로즈니아의 눈동자가 초롱초롱해지고 입은 커다랗게 벌어졌다.

"와아아, 정말이에요?"

로지는 너무 기쁜 나머지 그대로 잠옷을 입은 채 강아지처럼 빙글빙글 돌았다.

"그럼, 그럼. 단, 놀러 가는 거 아니야. 어디까지나 견학."

"엄마 사랑해."

로즈니아가 가느다란 팔로 엘리샤를 와락 안았다. 자신의 어릴 적 모습이 떠올랐다.

"나도 사랑해, 로지. 다녀와서 보자."

엄마에게 열심히 손을 흔드는 로즈니아를 뒤로한 채, 엘리샤는 복도의 가장 끝 방으로 향했다. 앨런의 방이었다.

"앨런, 안에 있니?"

대답은 들려오지 않았다. 혹시 아직 깨지 않았나 싶었지만 앨런이 이 시간까지 깨지 않은 적은 단 한 번도 없었다.

"……어머니."

뒤에서 자신을 부르는 목소리에 엘리샤는 얼른 뒤를 돌았다. 하얀 얼굴과 오뚝한 콧날, 맑은 눈망울을 가진 소년이 서 있었다.

"앨런."

여덟 살치고는 키가 큰 앨런은 풍기는 분위기조차 어른스럽고 성숙했다. 미리 나이를 알려 주지 않으면, 로즈니아와 동갑이라는 사실을 아무도 믿지 않을 정도였다.

겉모습만 어른스러운 것이 아니라, 말투와 태도, 생각, 그리고 지적 능력이나 이해력 같은 것까지도 십 대는 훌쩍 넘긴 듯했다.

앨런이 엄마인 엘리샤를 닮은 것은 오직 한 가지, 자수정빛 눈동자뿐이었다.

'앨런은 정말 나보다는 그이를 닮았어.'

엘리샤는 그런 앨런도 사랑스러웠다. 앨런을 보고 있노라면 루자크의 어린 시절을 엿보는 것 같은 기분이 들었기 때문이었다. 걸음걸이조차 예법에 맞게 차분한 아들에게 엘리샤가 물었다.

"앨런, 어딜 다녀왔니?"

엘리샤의 물음에 앨런이 말했다.

"아버지 서재에 다녀오는 중이에요."

어리광을 부릴 법도 한데, 엄마인 자신에게도 꼬박꼬박 경어를 붙이는 앨런은 예법을 담당하는 가정교사에게서도 칭찬을 듣곤 했다.

"그랬구나."

엘리샤는 대화 내용이 궁금했지만, 구태여 캐묻지 않았다.

"근데, 어머니. 저를 만나러 오신 이유가……."

보랏빛 눈동자를 동그랗게 뜨고 앨런이 말끝을 흐렸다. 엘리샤는 방긋 웃으면서 말했다.

"그냥 오트쿠튀르에 다녀오기 전에 아침 인사하려고 들른 거란다. 앨런, 오늘도 수업 잘 듣고 힘찬 하루 보내렴."

"어머니도요. 조심히 다녀오세요."

그렇게 완벽한 앨런에게도 물론 없는 것이 있었다.

로즈니아처럼 애교 넘치는 것까진 아니어도 조금만 더 엄마에게 살갑게 굴어도 좋을 텐데, 앨런은 정말 루자크의 어렸을 적 차갑고 냉정한 모습조차 닮아서 가끔은 섭섭하게 만들었다.

물론 아들을 구속할 생각은 없었지만, 그 시기가 조금 이르다는 생각은 들었다. 앨런은 아직 어린 나이에 비해 너무 일찍 어튼이 되어 버린 것이다.

"앨런."

"네?"

엘리샤는 아이를 향해 양팔을 벌렸다.

"오랜만에 우리 아들 한번 안아 볼까?"

"……."

"응? 어서 이리 와."

한참을 머뭇거리던 앨런이 슬며시 다가왔다. 그러자 엘리샤가 앨런의 몸을 끌어당겨 폭 파묻히도록 안아 주었다. 벌써 엘리샤의 어깨만치 오는 키였지만, 체구는 아직 말랐다.

"조금 살이 빠진 것 같은데? 더 많이 먹어야겠다. 아직도 채소를 먹지 않니?"

앨런이 슬쩍 눈치를 보곤 고개를 주억거렸다. 엘리샤가 살포시 웃고는 앨런의 등을 쓰다듬으면서 말했다.

"그래, 앨런. 의젓한 모습도 좋지만, 엄마는 네가 조금 더 아이답게 솔직해도 좋을 것 같아. 사랑한다."

엘리샤가 앨런의 뺨에 다정하게 뽀뽀를 쪽, 했다. 그러나 앨런은 그대로 굳어 버리고 말았다. 작년 이후로는 아기 때나 하던 친근한 스킨십은 피해 왔었다.

아버지가 공작 작위를 물려받은 나이가 제 나이와 비슷한 시기였다고 들었다. 그 이야기에 충격을 받은 앨런은 더 이상 스스로 어린애가 되고 싶지 않았다.

"이제 이런 건 안 하기로 했잖아요."

새쭉하게 토라진 얼굴로 앨런이 중얼거리자, 엘리샤가 가볍게 달랬다.

"미안, 앨런. 정말 마지막 뽀뽀였어."

순간 여덟 살짜리 꼬맹이가 자신을 철없이 바라보는 시선이 느껴졌다. 그렇지만 엘리샤에게는 사랑해 마지않는 귀여운 아들이었다.

"오우, 알았다. 엄마는 이제 정말 갈 거야."

엘리샤가 그리 말하면서 등을 돌렸을 때였다. 물끄러미 엘리샤를 바라보던 앨런이 쭈뼛거리더니 엄마의 등에 가서 폭 끌어안았다.

"진짜 마지막이에요."

기대도 안 했는데 뜻밖의 애정 표현에 엘리샤가 싱긋 웃었다.

"그래."

어린애들이나 하는 행동의 창피함을 감수하고서 엄마에게 안긴 앨런이 못내 귀여웠다. 마음 같아서는 또다시 볼 뽀뽀를 해주고 싶지만, 그랬다가는 도망갈 것 같았다.

엘리샤가 가장 마지막으로 들른 곳은 남편 루자크의 서재였다. 루자크는 엘리샤가 들어오자마자, 자리에서 일어서면서 그녀에게 다가왔다.

물론 입가에 번지는 미소를 가득 담고서.

"나날이 아름다워지십니다, 마이 레이디."

루자크가 그리 말하면서 엘리샤와 눈을 맞추었다. 불과 몇 시간 전까지 침실에서도 내내 붙어 있었으면서 이렇게 또 얼굴을 마주하니 저절로 몸이 찰싹 달라붙는 두 사람이었다.

"어머나, 각하께서도 너무 눈부셔서 눈을 뜰 수가 없는걸요."

부부는 닮아 간다더니, 엘리샤도 이제 루자크식 달콤한 대화법을 구사하기 시작했다.

엘리샤의 말이 만족스러웠는지 루자크는 다가와 뺨을 비비고, 버드키스를 나누었다. 사실 엘리샤가 아이들에게 스킨십이 진해진 것은 루자크의 영향도 매우 컸다.

엘리샤가 물었다.

"앨런이 다녀갔다면서요?"

"그랬지."

"둘이 무슨 대화를 했어요?"

"앨런이 검을 제대로 배워 보고 싶다고 하더군."

"벌써요? 아직 너무 이른데. 게다가 다른 수업도 너무 많은데, 다 소화해 낼 수 있을지……."

"이미 허락했어."

남편의 말에 엘리샤는 깜짝 놀랐다.

"……뭐라고요? 그 애는 고작 여덟 살이에요. 최소한 나와 상의는 했어야 해요."

"엘리샤, 앨런은 내 아들이라서가 아니라 그럴 능력을 가지고 있는 아이야. 천재는 못 되어도 수재에 가깝지. 나 역시 앨런보다 어릴 적부터 검술의 기본기는 배웠어. 당신도 그 애보다 어릴 적부터 바늘을 잡았잖소. 결코, 이른 나이는 아니라는 거야."

루자크의 말을 잠자코 듣던 엘리샤는 그의 품에 안겨 잠시 생각에 잠겼다. 눈동자는 잔뜩 흔들린 채였다.

"……당신 말대로 앨런은 다방면으로 뛰어난 부분이 많은 아이에요. 굳이 검술을 배우지 않더라도……."

"앨런, 본인이 원하고 있어. 당신이 무슨 생각인지 잘 알아. 그 애가 다칠까 봐 그럴 테지. 하지만 애지중지 키운다면 강한 사내로 자랄 수 없어. 검은 앨런 본인을 지키는 가장 좋은 방법이 될 거야. 내가 장담하지."

엘리샤는 남편의 말에 귀를 기울였다. 그동안 자신이 앨런을 너무 아이라는 잣대로만 바라본 건 아닐까, 하는 생각도 들었다.

로즈니아와 앨런은 다른 아이인데, 똑같은 방식으로 대하고 있었던 모양이었다.

"당신 말이 맞아요. 내가 너무 아이라는 틀에 가둔 채 바라봤나 봐요. 앨런의 생각을 더 이해하고, 존중해 주어야겠어요. 하지만 아직 아이인 만큼 안전하게 가르쳤으면 해요. 가이시 경에게 맡길 건가요?"

루자크가 고개를 저었다.

"아니. 시간이 날 때마다 내가 직접 가르칠 거니까 걱정 마. 앨런이 쓸 만한 작은 목검도 만들어 줄 거고. 경량 가죽 갑옷도 따로 제작할 거야."

"그렇다면 안심이 좀 되네요. 너무 거칠게 다루진 말아요."

"날 믿고 걱정 마. 그러고 보니, 엘리샤. 이제 그만 오트쿠튀르로 나가 봐야 하는 것 아닌가?"

"응, 그래야겠어요. 다녀와서 봐요, 내 사랑."

"저녁이 되기만을 고대할 거야."

엘리샤는 서둘러 루자크의 품에서 빠져나갔다. 루자크는 삼층 창문에서 엘리샤가 마차에 오르는 모습을 흐뭇하게 지켜보았다.

확실히 일을 시작한 그녀는 활기에 차 있었다.

1년 전 처음으로 자신의 의상 부티크를 내던 날, 엘리샤는 너무 기뻐서 눈물을 터트렸었다. 처음에는 직원도 한 명뿐이었고, 아무런 홍보도 하지 않은 채 초심으로 돌아가서 모든 것을 처음부터 시작하자는 마음이었었다.

엘리샤는 굳이 펜블렌 공작 부인이라는 사실을 드러내지 않았고, 몇 년간 사교 활동도 없었기에 자신을 알아볼 사람이 드물 거라 예측했다.

그러나 막상 의상 부티크를 오픈하자, 자그만 부티크 앞에는 가게 문을 열기도 전에 백여 명에 달하는 사람들이 줄을 서 있었다.

"공작 부인의 드레스를 사기 위해서 기다렸어요."

"돌아오셔서 기쁩니다."

테본의 유행을 선도하고, 황실 드레스메이커라는 자리에 오른 펜블렌 공작 부인을 생각보다 많은 사람들이 기억하고 응원하고 있었다. 물론 카일리 후작 부인이 입소문을 내 준 효과도 컸지만.

많은 이들이 공작 부인의 사교계 활동을 기다렸지만, 엘리샤는 그저 묵묵히 옷을 만들었고, 들어오는 의뢰를 최선을 다해서 마쳤다.

아이들을 키우면서도 하루도 빠짐없이 부티크에 나와 일했다. 그렇게 일 년하고도 육 개월이 흘렀다.

부티크 건물은 증축시켜 어엿한 삼 층짜리 오트쿠튀르로 발전했다.

마차는 곧 시내 광장에 접어들었다. 콜린의 오트쿠튀르인 건물과 마주 보고 있는 연분홍색 건물이 바로, 엘리샤의 오트쿠튀르였다.

간판에는 필기체로 〈프티 로즈〉라고 적혀 있었고, 꽃집처럼 보일 정도로 장미꽃 장식과 화분들이 여기저기 놓여 있었다. 프티 로즈궁에서 이름을 따오기도 했고, 전체적인 느낌도 비슷하게 정원풍으로 꾸민 터였다.

새롭게 단장한 가게는 규모가 늘어난 만큼 직원 수도 늘렸다.

"공작 부인, 오셨습니까아."

"좋은 아침, 테드."

직원 테드가 무척이나 활발한 어조로 엘리샤를 보자마자 인사했다. 그는 〈프티 로즈〉 내에서 유일한 남성이었지만 여자보다 더 섬세한 청년이라, 드레스 연출은 그에게 자주 맡기는 편이었다.

"마네킹이 들고 있는 꽃바구니를 상큼하게 노란색 장미로 바꿔 봤습니다."

"안 그래도 들어오는 데 시선을 끌었어. 분위기가 아주 밝고 좋은걸."

"하핫, 그렇다면 성공이네요. 감사합니다."

가게 안으로 들어선 엘리샤에게 그레이스 부인이 다가왔다. 엘리샤가 부티크를 운영하면서, 심각한 인력 부족에 힘들어하자 고맙게도 그녀가 먼저 연락을 해 왔다.

그레이스는 엘리샤 밑에서 보조 디자이너로 일하고 있었다.

"오늘따라 공작 부인의 미모가 더 화사한 건 제 착각일까요?"

"과찬이세요. 그레이스 부인의 우아함에는 언제나 제 고개가 숙여진답니다."

서로 한 마디씩 칭찬을 주고받고는 두 사람은 작업 이야기로 바로 넘어갔다.

"이번에도 우리 가게의 컬렉션 중에서 가장 인기가 많은 의상들이 바로 피치 로즈 라인이더라고요."

엘리샤의 오트쿠튀르에서는 콘셉트나 스타일에 따라서 라인별로 이름을 따로 붙였다.

그중에 피치 로즈는 20~30대의 젊은 부인들이나 영애들을 대상으로 만든 라인으로, 파스텔 색감과 화사하면서도 단정한 풍의 의상이 주를 이루고 있었다.

"그래서 이번 계절에는 다른 라인의 의상을 제작하는 건 한 템포 쉬어 가는 대신에 피치 라인에 주력하면 어떨까 싶어요."

"네, 맞아요. 우리 오트쿠튀르에 방문하는 손님들만 봐도 전부 그렇지요. 저도 같은 생각이랍니다."

그레이스 부인 역시 엘리샤의 의견에 동의했다.

"네, 당분간은 피치 로즈 스타일의 의상으로 옷본을 함께 생각해 보도록 해요. 물론, 다른 영감이 떠오르는 의상이 있다면 자유롭게 작업하셔도 되고요."

"물론이지요. 그럼 힘내 보도록 할게요."

"예, 천천히 작업하셔도 된답니다."

그레이스 부인이 웃으면서 자신의 작업 공방이 있는 방으로 올라갔다.

프티 로즈의 내부는 사실 콜린의 오트쿠튀르에 비하면 작은 크기였지만, 그마저도 1층만 진열대와 손님들을 위한 공간으로 이루어졌고 나머지 지하와 2~3층은 모두 내부 작업 공간으로 이루어져 있었다.

엘리샤는 가장 높은 삼 층에 있는 자신의 방으로 올라갔다. 그러자, 안경을 낀 직원 릴리가 기다리고 있었다.

"오셨어요, 공작 부인? 제라드 길드마스터가 오후 두 시에 방문한다고 했어요. 세 시에는 아를렌의 베르디 자작가에서 직접 드레스를 받으러 오신답니다. 네 시 반에는 또……."

그녀가 불러 준 하루 일정을 머릿속에 입력한 엘리샤가 대답했다.

"좋아요, 릴리. 부자재 공장에 추가 건은 요청해 놓았나요?"

"물론입니다."

"신식 재봉기 구매 건은요?"

"오늘 테드와 다녀올 예정입니다."

"이번 주 중으로는 도착했으면 좋겠어요. 수고하고, 그럼 난 12시까지 작업에 집중할게요. 아, 혹시 손님이 찾아오시면, 들여

보내 주세요. 차 한잔할 여유 정도는 되니까."

매번 엘리샤의 가게에 들러 차를 마시고 가는 손님들은 대부분 단골 고객이었기에 소홀히 할 수가 없었다. 그리고 그런 고객들을 상대하는 것도 주요 업무 중 하나였다.

엘리샤는 방문객을 위해서 자그마한 티룸도 만들었다.

"그렇게 하겠습니다."

엘리샤가 자리에 앉아, 겉에 입은 가벼운 코트를 벗고는 소매를 살짝 걷어 올렸다.

일을 시작하는 이 순간은 항상 설레고, 기분이 좋았다. 그레이스 부인과 함께 고민하기로 한 피치 로즈라인의 드레스를 구상하기 위해, 엘리샤는 도구를 펼쳤다.

피치 로즈는 복숭아처럼 싱그럽고 홍조 가득한 젊은 여성에게 어필하는 라인으로, 엘리샤가 처음으로 시도한 것이었다. 그녀가 가장 좋아하는 스타일이기도 해 더욱 애착이 갔지만, 그럼에도 엘리샤가 추구하는 스타일은 조금씩 변하고 있었다.

예전에는 로즈라는 이름에 걸맞게 장미나 꽃과 관련된 드레스를 주로 만들었는데, 이제 훨씬 폭넓고 다양한 디자인을 추구했다.

최근에 엘리샤가 꽂힌 건 체크무늬였다.

선과 면들이 이루어 낸 단순한 무늬였지만, 배색을 어떻게 하느냐, 선이 몇 개가 되느냐에 따라서 무궁무진한 무늬가 만들어질 수 있었다.

그 점이 엘리샤의 마음을 사로잡았고, 남성복에서 더욱 자주

사용되던 체크무늬를 여성복으로 옮겨 오자, 새롭고 진취적인 느낌에 고객들에게도 인기가 많았다.

때문에 최근 엘리샤가 만들어 내는 거의 모든 옷들에는 체크무늬가 쓰이곤 했다.

어젯밤부터 엘리샤의 머릿속을 부유하던 디자인이 있었는데, 사실 요즘 엘리샤에게는 작은 버릇이 생겼다. 새로운 옷을 구상할 적에, 자신과 딸 로즈니아가 함께 입은 모습을 상상하면서 작업하는 것이었다.

"이건 우리 로지만 한 아이들이 입으면 정말로 예쁠 디자인이네."

슥슥, 목탄 연필로 곧장 스케치를 그려 낸 엘리샤는 그것을 보며 입가에 미소를 띠었다.

둥근 넥 카라가 달린 A라인의 드레스. 청록과 노랑, 주황이 배합된 체크무늬의 면직물 드레스로 주름과 프릴을 덧대면 한결 단정한 느낌이 들 것 같았다.

엘리샤의 머리에 문득 새로운 아이디어가 스쳤다.

"피치 라인을 구입하는 연령대에는 나처럼 아이가 있는 엄마들이 많아. 이참에 아이들 옷도 함께 만들어서 제작해 보는 건……?"

엘리샤는 로즈니아와 자신이 같은 디자인의 드레스를 입은 상상을 했다. 분명 귀여울 터였다.

엄마와 아이가 같이 입는다면 두 배는 더 행복해질 것 같은 기분이 마구 들었다.

"로즈니아에게 의견을 꼭 물어봐야겠어."

이번 아이디어는 전적으로 딸아이의 마음에 달려 있었다.

* * *

가신들과의 회의를 마친 루자크는 빠른 걸음으로 어디론가 향했다. 서른 후반이 되었음에도 그의 얼굴은 갈수록 매끈하고 생기가 넘쳤다.

과거 누구보다도 치열하고 혹독하게 살았던 시절에 드리워진 그림자는 이제 그의 얼굴에서 찾아볼 수 없었다.

뒷짐을 진 채로 루자크가 본성의 곳곳을 지나다닐 적마다 고개를 숙이는 사용인들은 하나같이 입을 모아 말했다.

주군께서는 갈수록 빛이 나신다고. 그리고 그 이유는 사랑하는 사람 때문이라고들 했다.

공작 부부 내외의 사이가 좋다는 건 이미 테본 전역에 늘어난 장미만 봐도 알 수 있었다.

루자크는 유연하고 기다란 사지를 놀려 회랑을 지나쳤다. 단단하게 벌어진 어깨에는 펜블렌가의 수장임을 대외적으로 나타내는 견장 장식이 흔들리고 있었다.

미동조차 없던 반듯한 입술이 이내 호를 그렸다.

와인색 방문 앞에 다다른 그는 짐짓 목기침을 큼큼하고 나서, 문을 열었다.

두 쌍의 눈동자가 일제히 그에게로 쏠렸다.

아이들의 눈동자를 본 루자크는 아내인 엘리샤가 외출한 이후로 가장 부드러운 미소를 지었다. 제 엄마를 닮아서일까, 아이들의 초롱초롱한 눈동자는 밤하늘에 반짝이는 별빛 같았다.

"엇…… 아버지?"

리사 선생님 대신 루자크가 등장하자, 두 아이가 동시에 뜻밖이라는 듯 동시에 시선을 주고받았다.

"오늘 수업은 없단다. 리사 선생이 사정이 생겨서 오실 수가 없다더군."

"정말이에요?"

"과제도 다 해 두었는데 유감이네요."

양갈래 머리를 한 로즈니아는 놀 생각에 신이 나서 물었고, 앨런은 약간 아쉬운 모양이었다.

"그래, 오늘은 수업 대신에 이 아빠와 오랜만에 함께 시간을 보내자꾸나."

싱긋 웃는 아버지의 잘생긴 얼굴에 로즈니아는 자리에서 일어나 곧장 그의 품에 안겼다. 수업을 듣지 않는 것만으로도 기분이 좋은데, 늘 업무로 바쁘시던 아버지와 시간을 보내다니 기쁘지 않을 수가 없었다.

"너무 좋아요, 아버지!"

"저런, 오늘은 아버지라고 부르는 거니?"

로즈니아가 늘 친근하게 '아빠'라고 부르며 달려오면 세상 부러울 것이 없었는데, 지금은 '아버지'라고 불리니 사뭇 거리감이 느껴졌다.

로즈니아가 혀를 쏙 내밀면서 말했다.

"그치만 앨런 오라버니를 본받아야 한다고 리사 선생님께서 말씀하셨거든요."

그랬지만 엘리샤에게는 오늘도 엄마라고 부른 로즈니아였다. 로즈니아의 말에 루자크가 새쭉한 표정이 되고 말았다.

"예법과 격식을 차리는 것도 좋지만, 아빠 아직은 우리 로지랑 더 가깝게 지내고 싶은데."

늘 강아지처럼 자신을 쫄쫄 따라다니면서 빠빠, 거리던 로지의 어릴 적 모습이 아직도 눈에 선했다.

루자크가 로즈니아를 안아 올렸다.

앨런이 어른스럽고, 발육이 빠르다면 로즈니아는 정반대였다. 여덟 살인데도 아직 여섯 살처럼 보일 정도로 자그맣고 아기 같았다. 잘 때는 토끼 인형 로니를 꼭 끌어안아야만 잠들 정도였다.

"알았어요, 아빠."

귀엽게 웃으면서 로즈니아가 원하는 답을 해 주자, 루자크는 끄덕끄덕하면서 광대 가득히 차오르는 미소를 참고는 말했다.

"로지, 뽀뽀는?"

루자크가 제 볼을 손가락으로 가리켰다. 꺄르륵 하고 웃으면서 로지가 아빠의 볼에 뽀뽀를 쪽 했다.

"우리 천사. 어쩜 이렇게 예쁠 수가 있나?"

차마 눈을 뗄 수조차 없다는 듯, 루자크가 로지의 말랑한 볼을 쓰다듬었다.

그 모습을 보는 것조차 지겨운지 앨런은 슥 고개를 돌려 버리곤 역사책을 읽기 시작했다.

루자크는 로즈니아를 다시 품에서 내려놓고는 제 아들을 향해서 시선을 보냈다.

"앨런 드 펜블렌."

로즈니아를 부를 때와는 사뭇 다른 온도였지만, 앨런 역시 이것을 원했다. 앨런에게도 그랬다면 징그럽다고 도망갈 게 뻔했다.

아빠의 눈빛이 뭘 이야기하는지 알아차린 앨런이 곧장 책을 덮고 자리에서 일어나자, 루자크가 석양처럼 따스한 눈길로 바꾸었다.

"자, 이제 나가서 숲을 좀 걷자. 단풍이 벌써 물들었단다."

루자크가 아이들을 데리고 방문을 나설 때였다. 복도 끝에서 방해꾼이 등장했다.

"각하, 어디 가십니까."

부집사 라드를 족친 후, 할 일을 찾고 있던 반트였다. 그의 안경 너머의 눈빛이 순간 사냥감을 포착한 매처럼 보인 것은 루자크의 착각이 아니었다.

"……굳이 자네에게 말할 필요가 있을까."

'보면 몰라? 내 새끼들이랑 오붓한 시간을 보내러 가고 있지 않나? 귀찮게 굴지 마.'

루자크는 그런 속뜻을 내포하고 있는 눈빛까지 더불어 보냈다.

그러나 반트는 쉬이 물러날 기색이 아니었다.

"도련님과 아가씨도 함께이시군요."

"네. 랜디어스 경, 아빠랑…… 아니, 아버지랑 단풍을 보러 가는 길이에요. 솔방울도 따 달라고 할 거예요."

아무것도 모르는 순진한 로즈니아가 낱낱이 사실을 알려 주자, 루자크는 슥 친우의 얼굴을 살폈다.

"……단풍 말입니까? 아아, 그럴 시기가 되었군요. 테본의 단풍은 참으로 아름답지요."

반트가 큭, 하고 웃음을 겨우 참았다. 단풍놀이라, 이것 때문에 아이들의 가정교사에게 오늘 휴가를 내렸던 것인가.

루자크는 매년 지겹도록 물들고 돌멩이보다도 더 치이고 쌓이는 것이 단풍 따위가 아니냐는 망언을 과거에 한 적도 있었다.

또 놀림거리가 생겼다는 소식에 반트는 싱글벙글이었다. 게다가 수업을 취소한 건 분명히 마님 몰래 진행한 일일 터. 이건 두고두고 우려먹을 수 있을 만한 일이었다.

그런 친우의 속내를 파악한 모양인지, 루자크의 얼굴은 온통 잿빛이었다.

"마님께서도 단풍 보는 것을 무척 즐기실 텐데 말입니다."

마님 이야기가 나오자, 루자크가 방어를 쳤다.

"그녀는 매우 바쁜 것 알고 있지 않은가. 그럼 나중에 이야기하게나."

차마 아이들 앞이라 거친 언사는 삼갔지만, 반트를 향한 눈빛이 몹시 사나웠다.

무사히 아이들을 데리고 나온 그가 잔디가 깔린 정원을 지나자, 사철나무 사이사이로 울긋불긋하게 물든 단풍나무가 깔린 산책로가 나왔다.

"저기로군."

"우와아, 예뻐요. 별이다, 별. 빨간 별."

펌프스를 신었는데도 달음박질이 제법 빨랐다. 단풍잎이 잔뜩 쌓인 나무 아래로 달려간 로즈니아가 열심히 그것들을 들여다보았다.

고민스럽게 한참을 보더니, 그중 가장 선명한 붉은색의 단풍잎을 집어 들었다. 빙글 돌려서 보기도 하고, 햇빛에 비쳐 보기도 했다. 그때 선선하게 불어오는 바람에 팽그르르, 단풍잎이 떨어져 내렸다.

로즈니아는 그것을 붙잡으려고 안간힘을 다 쓰며 제 자리에서 점프하고, 팔을 마구 휘저어 보았지만 역부족이었다.

"으잇? 다 놓쳐 버렸어!"

그걸 본 앨런이 여동생에게 성큼 다가가더니 나뭇잎이 떨어지기를 유심히 지켜보았다가 얼른 붙잡았다.

"봐, 가만히 있어야 더 잘 잡아. 여기."

"응? 로지 주는 거야? 고마워, 앨런 오빠. 책갈피로 쓸 거야."

"이런 걸 좋아하는 애는 너밖에 없을걸."

앨런이 무심하게 말했지만, 로즈니아는 아랑곳하지 않고 환하게 웃었다. 그런 아이들의 뒤를 찬찬히 따라온 루자크가 손가락으로 나무 하나를 가리켰다.

"저기 뭔가 있다."

루자크의 말에 로즈니아가 귀를 쫑긋 세웠다.

"정말요?"

눈을 동그랗게 뜨고 열심히 아빠가 가리킨 나무 위를 바라보던 로즈니아가 조심스럽게 다가갔다. 정말 나무 위에 작은 무언가가 쪼르르 빠르게 움직였다.

둥글게 말린 꼬리가 달린 올망졸망하게 생긴 갈색의 작은 짐승이었다.

"응? 저 털 뭉치는 뭘까? 엄청 귀여워요."

나무 열매를 앞니로 까먹는 다람쥐를 처음 본 모양이었다.

"저건 다람쥐잖아."

앨런은 책에서 다람쥐를 본 적이 있었지만, 실제로 본 게 처음이긴 마찬가지였다. 둘은 나무 위를 오르락내리락하는 다람쥐에게서 시선을 떼지 못했다.

"너희 둘 다 다람쥐를 처음 보는 모양이구나."

루자크가 두 아이의 머리칼을 헝클어뜨리면서 웃었다. 그가 주머니에서 호두와 아몬드, 땅콩 따위를 꺼내서 로즈니아와 앨런에게 각각 주었다.

"먹이를 주면 다가올 거다."

"네!"

나무 아래로 두 아이들이 견과류를 던지기 시작하자, 어느새 다람쥐 한 마리가 쪼로로 내려왔다.

"왔어요!"

바로 앞까지 다가온 다람쥐의 귀여운 모습에 로즈니아와 앨런도 넋을 놓고 바라보았다. 그러나 먹을 것을 다 먹은 다람쥐는 이내 다시 나무로 돌아가 버렸다.

아빠의 허리만치 오는 로즈니아가 커다란 눈망울로 올려다보면서 말했다.

"아빠, 로지 다람쥐…… 키우고 싶어요."

"으응? 다람쥐를……?"

"네! 너무 귀여워요. 잘 돌볼 자신 있어요."

딸의 말에 루자크의 동공이 잠시 흔들렸다. 차라리 커다란 인형이라면 무슨 일이 있어도 사다 줄 텐데. 머릿속으로 순간 기사단에게 다람쥐를 잡아 오라는 명령을 내려야 할지 갈등에 휩싸였다. 곁에 있던 앨런이 말했다.

"바보, 로로가 잡아먹을지도 몰라. 고양이는 쥐를 먹으니까. 그걸 보고 싶은 건 아니겠지?"

앨런이 진실을 말해 주자, 로즈니아가 울상으로 루자크에게 말했다.

"아빠, 그게 사실이에요? 로로가 얼마나 착한데요."

"……착해도 동물의 본성이라는 게 있는 법이지. 일반적으로 고양이는 그렇지만, 같이 두지 않으면 괜찮을 거다."

"아, 다행이다."

"다람쥐를 키우는 건 조금 더 생각해 보자. 다람쥐에게는 이 나무가 집이니까. 로지도 갑자기 집을 떠난다고 생각해 봐."

아빠의 말에 귀를 기울이던 로지가 고개를 저으면서 말했다.

"엄마 아빠와도 헤어지고? 그건 싫어요. 다람쥐야, 미안해."

로지가 아쉬우면서도 진지하게 사과하자, 루자크가 딸의 머리를 쓰다듬었다.

"그냥 가끔 이렇게 셋이 와서 구경하는 거야. 잘 살고 있는지."

"좋아요."

앨런도, 로즈니아도 고개를 주억거렸다.

산들산들 불어오는 바람을 느끼면서 루자크는 두 아이를 바라보면서 너그러이 웃었다.

* * *

이튿날, 로즈니아는 드디어 소원을 풀었다. 드디어 엄마가 일하는 오트쿠튀르에 가게 되다니!

밤새 예쁜 옷들이 떠올라서 엄마의 어깨너머 배운 옷본이라는 것도 그렸다. 그것도 모자라 엄마의 작업 공방을 드나들면서 하나둘씩 모아 온 자투리 천으로 바느질 연습도 해 두었다.

"모든 게 완벽해. 그렇지, 로니?"

로즈니아는 침대에서 로니를 끌어안으면서 외쳤다. 로즈니아의 생각대로 그날은 완벽한 하루였다.

눈앞에 펼쳐진 색색의 아름다운 드레스의 향연에 어린 로즈니아는 입을 벌린 채 아무 말도 하지 못했다. 이건 동화 속 공주님이 되는 것보다 더 멋진 일인 것 같았다.

옷들이 탄생되는 작업 공방에서는 바느질 도구들을 이용해 직접 옷을 만드는 것을 볼 수 있었다.

엘리샤가 두 겹의 원단을 능숙하게 꿰매는 모습을 보여 주자, 로즈니아가 처음으로 한 마디 했다.

“나도 만져 봐도 돼요?”

“응? 물론이지. 대신 바늘 조심해.”

“알고 있어요.”

엘리샤가 내어 준 도구를 하나하나 손으로 만져 보고 들어 본 로즈니아는 배시시 미소를 지었다. 어제 연습한 바느질은 아무것도 아닐 정도로 이곳의 모든 것들은 진짜 전문적인 곳이었다.

고운 원단들, 부드러운 실크 리본을 손으로 쓸어 보고 엄마가 마네킹에 입혀 둔 가봉한 옷들도 유심히 지켜보았다.

어쩐지 평소 같지 않은 딸의 태도에 엘리샤가 티룸에 데려가 쿠키를 주면서 물었다.

“로즈니아, 오늘따라 얌전한걸?”

그러자 로즈니아가 엘리샤의 품에 가만히 안겨 왔다.

“엄마…….”

“응? 오트쿠튀르에 와 본 감상이 어때?”

“엄마가 자랑스러워요. 상상도 못 할 정도로 최고에요!”

마냥 좋다고 춤을 출 것만 같던 로지가 눈을 반짝이면서 가슴 벅찬 얼굴로 말했다.

“나도 배우고 싶어요. 여기 들어온 순간 가슴 깊은 곳에서부터 뭔가가 막 차올랐어. 되게 이상해서, 너무 이상해서 아무 말도 못 하고 있었어요.”

"그렇구나, 감동받았나 봐. 오늘 그 기분을 잘 기억해 둬. 네가 나중에 이 일을 하면서 힘들게 되었을 때 꺼내 볼 수 있게. 아직 네가 오트쿠튀르에서 뭔가를 배우기엔 너무 이르니까, 엄마가 집에서 조금씩 가르쳐 줄게."

"네. 아직은 저도 해야 할 일이 많아요. 예법 공부도 해야 하고요."

"그래, 잘 알고 있네?"

"가끔은 구경 와도 돼요?"

"물론이지요."

엘리샤가 로즈니아와 눈을 맞추면서 웃고 있자, 누군가 티룸으로 들어왔다. 오늘은 느지막이 출근한 그레이스 부인이었다.

"어머나, 이게 누군가요? 어여쁜 꼬마 아가씨가 계셨군요?"

"어서 오세요, 그레이스 부인. 처음 뵙는 거지요? 제 딸 로즈니아랍니다. 로지, 엄마가 존경하는 그레이스 부인이시란다. 정말 우아하시지?"

그러자 로즈니아가 자리에서 일어나, 자그만 손으로 드레스 자락을 붙잡고는 예의 바르게 인사를 했다.

"만나 뵙게 되어서 영광이에요. 로즈니아 드 펜블렌이에요, 그레이스 부인."

발음은 부정확하고 표정은 어색하게 웃은 상태였지만 제법 칭찬해 줄 만한 예법을 갖춘 인사였다.

"어머나, 영특하고 예쁘기도 하여라. 반가워요, 로즈니아. 공작 부인, 따님을 참 잘 가르치셨네요."

"감사해요, 집에서는 응석 많은 아이인데, 오늘 부인 앞이라 더욱 잘하는 것 같은걸요?"

솔직히 말하면 엘리샤도 약간 놀란 눈치였다. 오빠인 앨런과 다르게 노는 걸 좋아하는 아이라고 생각했는데, 오늘 보니 의젓한 구석도 있었다.

그날 밤, 본성으로 돌아간 엘리샤는 로즈니아의 방문을 두드렸다.

"자고 있니?"

"아뇨, 아직 안 자요."

로즈니아는 오트쿠튀르에 다녀온 뒤로도 한참 동안 제 방에서 무언가를 하고 있는 모양이었다. 안에서 바스락거리는 소리가 들렸던 터였다.

"엄마가 들어가도 될까?"

"……네."

엘리샤가 들어가자마자, 로즈니아는 걸렸다는 듯 헤헤헤, 하고 웃어 보였다.

"들켰다."

천연덕스러운 얼굴로 로즈니아가 말했다.

"로지야, 뭘 하고 있었어?"

책상에는 삐뚤빼뚤한 선이었지만 옷본임이 분명한 것이 여러 장 놓여 있었고, 로니에게는 원피스를 입혀 놓았다. 심지어 원피스가 벗겨질 게 걱정되었는지, 실수를 한 건지 원피스는 인형과 아예 바느질로 붙박이 되어 있었다.

아무리 인형이라지만, 로즈니아에게는 제대로 가르쳐 주어야 한다는 생각이 들었다.

"앗, 로즈니아. 옷은 너무 예쁘게 잘 만들었는데, 이렇게 로니의 피부에 바느질을 하면 아프단다. 이 바느질은 풀자."

"아, 그거. 로니한테 옷이 너무 커서요."

"그래도 이건 풀어 줘. 로니가 피부 아프대요."

엘리샤가 로니의 얼굴을 로즈니아의 귀 가까이 가져다 대더니, 몰래 목소리를 냈다.

"으앙, 로니 너무 아파! 살에다가 꿰매면 아파."

"……응?"

그제야 로즈니아는 충격을 받았는지 얼른 실을 풀어 주었다. 그러고 나서도 놀랐는지 펑펑 울기 시작했다.

"몰랐어. 미안해, 로니야! 엉엉."

로즈니아의 볼을 타고 눈물이 흐를 때였다.

퐁! 퐁퐁!

어디서 나타난 건지 방 안으로 온통 비눗방울들이 가득히 채워졌다. 터진 울음만큼이나 방 안을 가득히 떠도는 비눗방울들을 보면서 로즈니아가 울음을 겨우 삼켰다.

"히잉…… 참으려고 했는데 나와 버렸어요."

"괜찮아. 괜찮아."

엘리샤는 눈이 시뻘게지도록 울고 있는 딸의 등을 토닥여 주었다.

로즈니아는 종종 감정이 과잉되면 마법이 튀어나오곤 했다.

특히, 울거나 화가 났을 때가 심했다. 그것마저도 엘리샤를 쏙 빼닮은 모양이었다.

그래서 엘리샤는 시간이 날 적마다 마법을 컨트롤하는 방법, 주문 같은 것들을 따로 가르치고 있었다. 로즈니아는 어릴 때보다 점점 마법의 힘이 희미해지고 있었는데, 엘리샤는 차라리 그게 다행이란 생각이 들었다.

"로지야, 그만 울고 오늘은 푹 자자. 울음 뚝!"

"이제 안 울어요."

눈물을 쓱 훔치고 난 로즈니아가 씩씩하게 말했다.

"그래, 우리 로지는 착하고 밝은 아이잖아. 오늘은 오랜만에 엄마랑 같이 잘까?"

끄덕끄덕.

"아빠는요?"

"아빠는 오늘 혼자 주무시라고 하자."

로즈니아는 언제 울었냐는 듯, 이제 방긋 웃으면서 엄마의 품에 안겨 누웠다. 조그만 손으로 다가와 제 품에 뺨을 비비는 딸아이가 더없이 사랑스러워서, 엘리샤는 쉬지 않고 등을 토닥여 주었다.

"엄마는 왜 이렇게 포근해?"

"글쎄 엄마니까? 엄마도 어릴 때는 돌아가신 할머니 품이 너무 포근했거든. 엄마들 품은 다 그런 게 아닐까?"

"로지도 나중에 엄마 되면 그렇게 되겠죠?"

"물론이지. 로지야, 이만 잘 준비하자."

"응!"

엘리샤가 나지막이 주문을 외우자, 천장 가득히 빛의 구들이 채워졌다.

"예쁘다. 역시 엄마 마법은 최고야. 매일 밤 이렇게 해 주면 나 혼자 자도 하나도 안 무서울 거 같아."

"그럴까?"

"응, 부탁해요."

"좋아. 이제 정말 자요, 꼬마 아가씨."

"안녕히 주무세요."

그리 말하면서 로즈니아가 꼬물거리며 엘리샤의 품으로 더 파고들었다. 모녀는 서로를 꼭 끌어안은 채 달콤한 잠의 세계로 빠져들었다.

그날 밤 혼자 잠든 루자크가 몹시도 토라졌다는 건 엘리샤도 예상한 일이었다.

*　　*　　*

블랙 윈터 본성의 아침은 언제나 그랬지만, 오늘은 유달리 더 분주했다. 연달아 마차가 들락거리면서 물건들을 날랐고, 사용인들은 발을 동동 구르며 뛰어다녔다.

주방장 민스첼은 커다란 오븐을 들여다보면서 졸린 눈으로 시간을 재고 있었다.

대집사인 반트와, 시녀장 리나 부부가 나란히 출근을 하자, 그제야 사용인들은 줄줄이 고하기 시작했다.

파티 준비가 아직 절반도 되지 않았다는 부집사 라드의 보고에 반트가 이맛살을 찌푸렸다.

"뭐 하나 제대로 돌아가는 게 없군. 이러니, 내가 번번이 어떻게 휴가를 다녀오겠나?"

"죄송합니다. 얼른 준비하겠습니다."

"파티 시작은 4시야. 2시까지 완료해야만 하네."

"예!"

처음으로 크게 열리는 앨런과 로즈니아 남매의 생일 파티였다. 사교파티까지는 아니지만, 그래도 남매의 생일을 축하하기 위해서 많은 손님이 올 것을 감안하면 사교파티나 다름없이 준비를 해야 했다.

그러니 아무리 각하와 마님이 휴가를 다녀오라고 했어도, 거절하는 게 맞았다.

분명 다녀오기 전에 꼼꼼하게 다 챙겨 주었고, 지시를 다 내리고 갔었는데. 시키는 대로만 했다면 어제 다 끝났어야 하는 게 정상이었다. 그런데 이렇게까지 준비를 미흡하게 했을 줄은…… 반트는 사용인들 한 명 한 명을 쏘아보았다.

"파티에 조금이라도 미진함이 생긴다면, 자네들의 불찰에 대해서 각하께 낱낱이 보고할 생각이네."

"……여, 열심히 하겠습니다. 대집사님."

그렇게 기선 제압을 해서일까. 파티 준비는 오후 2시 반쯤에 순조롭게 마무리가 되었다.

네 시 정각이 되자, 파티의 시작을 알리는 연주가 흘렀다. 어디까지나 이번 파티는 어른들의 파티가 아닌, 아이들의 생일 파티였기에 리나는 기획 단계부터 꼼꼼하게 신경을 썼다.

초대된 손님들도 친분이 두터운 지인들과 어린 자녀를 둔 귀족들로 한정을 했다. 그러지 않으면 청춘 남녀들이 모이는 뜨거운 현장이 될지도 모르니까.

리나의 예상대로 남자들은 아이 어른 할 것 없이 체스판과 각종 게임들이 있는 곳으로 모여들었고, 귀부인들은 꽃과 향수를 놓은 안락한 의자에 앉아 담소를 나누었다.

여자아이들은 삼삼오오 모여 달콤한 디저트를 먹으면서 인형놀이에 심취했다.

"리나, 정말 완벽하고 사랑스러운 파티인걸요. 랜디어스 경과 모두에게도 고생 많았다고 전해 주세요."

"나도 같은 생각일세."

엘리샤와 루자크가 리나를 만나 칭찬했다.

"별말씀을요, 마님. 무사히 파티가 시작되니 그이도, 저도 마음이 놓이네요."

곧 루자크와 엘리샤는 이제 막 방문하기 시작하는 손님들을 맞이하기 위해, 연회장의 입구로 향했다.

엘리샤는 카나리아색의 풍성한 드레스를, 루자크는 푸른색의 슈트를 입었다.

루자크는 제 아내를 멀찍이서 바라보았다.

"봄의 여신이 질투하겠군."

"여긴 테본이라서 봄의 여신은 없다고요."

엘리샤가 화사한 미소로 답하자, 루자크가 물었다.

"그나저나 앨런과 로즈니아는 아직인가?"

"곧 같이 내려올 거예요. 왈츠는 포기했대요."

"둘 다 몸치로군. 그건 당신을 좀 닮은 것 같은데……."

"어머? 당신 오늘 파티 끝나고 부부 싸움 하고 싶은 건 아니겠죠?"

"잘못했어. 미리 항복."

"치, 그럴 거면서 왜 사람을 긁어요?"

"그러게."

두 사람이 손님을 기다리면서 몰래 도란도란 이야기를 나누고 있을 때였다.

우아한 두 노부인이 들어섰다.

"공작 각하, 펜블렌 공작 부인! 저희 왔답니다."

카일리 후작 부인과 그레이스 부인이었다.

"잘 오셨습니다."

"와 주셔서 너무 기뻐요."

루자크는 반듯하게 인사했고, 엘리샤는 두 사람의 손을 꼭 잡았다.

"각하, 저는 두 분을 자리로 안내해드리고 올게요."

전보다 살짝 여윈 엘리노어의 얼굴을 본 엘리샤는 마음이 안 좋았다.

"선생님, 왜 이렇게 마르셨어요? 식사는 잘 챙겨 드시고 있는 거지요?"

"내 시녀들이 몇 명인데, 그런 걱정을…… 그나저나 우리 귀염둥이들은?"

"곧 내려올 거예요. 여기 푹신한 자리로 앉으세요. 그레이스 부인도요."

엘리샤는 두 사람을 아늑하고 한적한 자리로 안내했다. 그러고 나서는 차가운 와인 대신 따뜻한 차를 가져오도록 명했다.

금세, 매끄러운 피아노 연주에 맞춰서 쌍둥이 남매가 모습을 드러냈다. 앨런은 연녹색 슈트, 로즈니아는 분홍색의 프릴 드레스를 입고 있었다. 앨런이 로즈니아를 에스코트하면서 내려오자 일부 영식들은 로즈니아에게, 영애들은 앨런에게 시선이 쏠렸다.

둘은 예법 수업에서 배운 대로 기품 있게 모두에게 인사를 했다. 그러자 참석한 사람들은 박수를 쳐 주었다.

특히 앨런은 또래 아이들보다 훨씬 성숙해서인지, 10대 영애들까지 힐끔거렸다.

"어쩜 저렇게 예쁜 아이들을 낳았지요? 공작 부부 내외의 미모를 쏙 빼닮았군요."

엘리노어가 흐뭇한 얼굴로 손주 보듯이 말하자, 엘리샤가 쑥스러워했다.

"감사해요. 아, 아이들을 잠시 이리로 부를게요."

엘리샤가 일어나서 앨런과 로즈니아를 향해 손짓했다.

"카일리 후작 부인과 그레이스 부인께 인사드려야지."

"오랜만에 뵙습니다, 부인."

"잘 지내셨어요?"

귀여운 두 남매의 인사에 두 노부인의 입은 한없이 늘어졌다.

"아구, 예뻐라. 어릴 적에도 봤는데 정말 잘 자랐어요. 앨런 영식, 로즈니아 영애. 올해 몇 살이지요?"

"여덟 살이에요."

"영식은 벌써부터 이렇게 듬직하고, 영애는 이렇게 사랑스러우니 펜블렌 공작 부인이 참으로 기쁘겠어요. 두 사람 생일 축하해요."

아이들에게 시선을 떼지 못한 채 카일리 후작 부인이 말하자, 앨런과 로즈니아는 다시 한 번 감사의 인사를 전했다.

"이렇게 와 주셔서 기쁩니다."

"너무너무 감사드려요. 아, 보내 주신 선물도 감사하게 쓸게요."

"마음에는 들었어요?"

로즈니아가 고개를 끄덕였다. 카일리 후작 부인은 두 아이를 품에 안아 보며 소원을 이룬 얼굴을 했다.

엘리샤는 아이들을 데리고, 다시 연회장 입구로 돌아왔다.

"황가에서 마차가 도착했습니다."

라드가 얼른 달려와, 루자크에게 고했다.

"감사하게도 선물을 보내신 모양이군."

그런 줄만 알았는데, 그런 것치곤 황가의 마차 행렬이 약간 길었다. 갑작스러운 황실 마차 출현에 파티를 즐기던 사람들도 밖을 보며 구경하는 눈치였다. 그들은 분명 엄청난 선물 보따리일 거라고 예측도 하고 있었다.

호위 기사와 함께 모습을 드러낸 건 귀한 옷을 입고 있는 청년이었다. 루자크가 그를 알아보았다.

"……티온 2황자님?"

"오랜만에 뵙습니다! 펜블렌 공작, 그리고 공작 부인."

말갛게 웃는 모습이 아직 어릴 적의 앳되고 장난스러운 인상이 남아 있었다.

엘리샤 역시 어린 황자로만 알고 있던 티온을 오랜만에 마주하니 감회가 새로웠다. 드레스메이커 선발제에서 마주쳤을 때만 해도, 그는 앨런보다 한 살 위인 꼬마였다.

그런데 이제는 스물을 바라보는 청년으로 훌쩍 자라 있었다. 언젠가 앨런과 로즈니아도 이렇게 금방 어른이 될 터였다.

"티온 황자님, 오랜만에 뵙습니다. 정말 멋지게 성장하셨습니다. 황후 전하께서 든든하실 것 같아요."

"공작 부인께서도 변함없이 아름다우시네요. 아, 물론 각하께서도 멋지십니다."

"정말이지 세월이 빠르군요."

루자크가 티온과 엘리샤를 번갈아 보면서 말했다. 모두 긍정의 뜻으로 고개를 끄덕였다. 엘리샤가 말했다.

"황제 폐하와 황후 전하, 황태자 전하께서는 별고 없으시지요?"

"예, 황실에도 아기가 태어나니 다들 완전히 달라지셨습니다.”

황태자 라이몬드는 얌전하고 미모가 빼어나기로 소문난 베르디 자작가의 셀레이스를 비로 맞아들여 나라가 떠들썩했었다.

“그야말로 황실의 축복이네요.”

“그렇지요. 펜블렌 공작가는 축복이 두 배이지 않습니까. 어렸을 적보다 더 두 분을 닮아 가는 것 같군요.”

그리 말하면서 티온의 시선이 남매에게 닿았다. 루자크가 말했다.

“티온 데 바르체스 제2황자님께 예를 올리렴.”

그의 말에 앨런과 로즈니아가 나란히 황실의 예법으로 인사를 올렸다.

“티온 황자님을 뵙습니다.”

귀엽게 울리는 목소리에 티온이 생긋 웃으며, 두 꼬마의 시선에 맞춰 잠시 다리를 구부리고 앉아서 다정한 목소리로 말했다.

“펜블렌 영식과 영애, 잘 지냈느냐?”

“예, 저하.”

앨런은 짧고 무뚝뚝하게 대답했다. 로즈니아는 낯설고 잘생긴 금발의 황자님이 제게 말을 걸자, 어쩐지 쑥스러운 기색이었다.

“……네.”

“너희들 정말 귀엽구나. 이름이 뭐니?”

티온이 앨런과 로즈니아의 머리를 쓰다듬었다.

“앨런 드 펜블렌입니다.”

"로…… 로즈니아요."

로즈니아가 그리 말하며 엄마의 드레스 자락에 슥 몸을 숨겼다. 엘리샤는 딸의 처음 보는 행동에 그저 웃음이 났다.

"어머, 얘 좀 봐. 로지가 오늘따라 부끄럼을 다 타네."

"하하, 평소에는 그렇지 않은가 봅니다."

"네, 얼마나 밝고 씩씩한 아이인걸요. 로즈니아, 티온 황자님 직접 뵈니 멋지지?"

"……."

로즈니아가 대답 대신 배시시 웃으면서 고개를 끄덕거렸다. 그 모습에 루자크가 슬쩍 토라진 기색이었다.

"로즈니아, 아빠가 세상에서 제일 멋지다고 하지 않았니?"

"물론 아, 아빠가 세상에서 제일 멋져요!"

로즈니아가 귀엽게 소리치자, 루자크가 만족하면서 말했다.

"역시 우리 딸이 최고입니다, 저하."

내심 자랑하듯 흐뭇한 얼굴로 루자크가 말하자, 티온이 물었다.

"부럽습니다. 로즈니아, 그럼 나는 몇 번째일까?"

"……티온 황자님은요…… 오늘 첨 봤으니까 두 번째?"

"푸하하! 아유우, 로즈니아 왜 이리 귀여운 거니?"

티온이 웃음을 터트리면서 로즈니아의 포동한 볼을 쓰다듬었다. 로즈니아가 팔을 벌렸다. 안아 달라는 뜻이었다.

"응? 그래. 안아 주마."

로즈니아를 품에 안아 든 티온을 본 루자크가 찌릿 시선을 보냈다.

"……우리 딸을 빼앗긴 기분이 드네."

루자크가 그렇게 중얼거렸지만, 엘리샤가 그의 옆구리를 쿡 찔렀다.

"당신이 참아요."

티온은 루자크의 그런 기색을 모른 척하며 땀을 삐질 흘렸다.

황가에서 보낸 쌍둥이의 생일 선물을 풀어 볼 때까지도 루자크는 내내 티온과 함께 있는 로즈니아를 힐끗거렸다.

앨런에게는 엘노아 최고 장인이 만든 가벼운 목검과 가죽 장갑이, 로즈니아에게는 황실 인장이 새겨진 황금 깃펜과 자수정 목걸이가 선물로 주어졌다.

"뜻깊고 귀한 선물에 몸 둘 바를 모르겠어요."

엘리샤의 말에 아이들도 고개를 꾸벅 숙이면서 감사합니다, 하고 인사했다.

앨런은 목검을 손에 잡아 보고는, 가볍게 휘둘러 보면서 기쁜 낯을 보였다. 마음에 드는 눈치였다.

"앨런, 너에게 꼭 필요한 선물이구나. 내일은 새 목검으로 연습을 해 보자."

"예, 아버지."

루자크의 말에 앨런이 눈을 반짝였다.

로즈니아는 이미 티온이 걸어 준 자수정 목걸이를 차고, 헤실헤실 웃고 있었다. 루자크는 왠지 모를 서운함이 느껴졌다.

아직 엄마, 아빠가 준비한 선물은 주지 않았으니 만회할 기회는 남아 있었다.

'기다려라, 얘들아.'

커다란 삼단 케이크 커팅식과 덕담이 오고 가면서 생일 파티가 무르익었다. 귀족가의 부인들은 엘리샤에게 다가와 자신의 딸을 인사시켰다.

"오호호, 영식께서 어린 나이인데도 듬직하여 장차 미래가 기대되네요. 우리 딸이랍니다. 영식보다는 쪼끔 더 나이가 많지만 참으로 예쁘지요? 얘, 세라야. 펜블렌 영식에게도 인사하렴. 호홋, 어머어머. 둘이 잘 어울리네요."

"아잇, 좀 비켜 보세요. 저희도 좀 인사를……."

나중에는 앞다투어 서로 앨런을 데려가 인사하려는 사람들이 신체 접촉까지 시도했다. 앨런의 손을 함부로 잡는가 하면, 잘생겼다면서 얼굴을 만지려 했다.

앨런은 대놓고 짜증이 난 얼굴로 만지지 말라고 했다. 엘리샤는 웃으면서 아들에게 눈치를 주었다.

"부인, 이렇게 와 주셔서 기쁩니다. 참, 앨런. 피곤해 보이는구나. 위로 올라가서 잠깐만 쉬고 오렴."

"……예, 어머니."

엘리샤의 말에 앨런은 후다닥 연회장을 빠져나갔다. 정말이지 파티나 여자애한테는 관심이 눈곱만큼도 없었다. 시종 하나가 그의 뒤를 따라왔다.

"도련님, 방으로 올라가서 잠시 쉬시겠어요?"

"아니요. 테라스에 있을게요."

앨런은 바깥 공기를 마실 수 있는 곳이 가고 싶었다. 시종은 고개를 끄덕이고는 테라스 앞에서 대기했다.

"조금만 쉬고 돌아가셔야 할 겁니다."

"알아요."

그 정도는 자신도 알고 있었다. 연회가 완전히 끝난 것은 아니었으니까 얼마 지나지 않아 바로 돌아가야 했다.

어서 내일이 와서 아버지나 가이시 경에게 검술 훈련을 받고 싶다는 생각이 들었다.

지난달부터 시작했지만 이제 겨우 목검을 쥘 수 있었다. 검을 쥐기 전까지 앨런이 그나마 가장 좋아하는 건 뭔가를 새로 배울 수 있는 수업 시간이었는데, 이제는 아니었다.

아버지와 가이시 경의 검술 대결을 우연히 본 순간, 앨런의 심장이 거세게 뛰었다. 자그만 몸이 송두리째 흔들리는 느낌이었다. 그때부터 종종 검술을 배우고 싶다고 말했고, 이제야 아버지와 어머니의 허락이 떨어진 것이다.

앨런은 허리춤에 차고 있던 목검을 다시 한 번 꺼내 보았다. 길이는 앨런의 팔 길이 정도 되었고, 단단한 나뭇결은 두드리자 둔탁한 소리가 들렸다.

"하압!"

휘익!

제법 날랜 동작으로 바람을 갈랐다고 생각했지만 그건 스스로의 생각일 뿐이었다. 몇 번이나 더 기합을 외치면서 찌르기와 베기를 해 보았다.

하지만 초보자 혼자서 해 보았자, 봐 주는 이가 없으니 의미가 없었다.

"풋!"

방금 누군가의 웃음소리가 들려온 것 같은데. 앨런은 바깥을 이리저리 살펴보았다. 그러나 아무것도 보이지 않았다.

"누구냐!"

앨런이 고개를 잔뜩 빼고 힘주어 말했지만, 웃음소리의 주인공은 나타나지 않았다. 그러나 다시 검을 휘두르려 하자, 아까의 그 소리가 다시 들렸다.

앨런은 동작을 멈췄다. 그러곤, 아이라고는 믿을 수 없을 정도의 카리스마가 담긴 눈으로 날카롭게 다시금 주위를 살폈다.

그러나 이번에도 개미 새끼 한 마리 없었다. 하지만 누군가 숨어 있는 게 틀림없었다. 앨런은 보랏빛 눈을 가늘게 뜨며 차갑게 말했다.

"감히 누가 숨어 있는 것이냐? 이곳은 펜블렌 공작가의 본성이다. 당장 나오지 않으면 목숨이 달아날 거다!"

나직하지만 경고의 뜻이 분명한 앨런의 말에 위에서 시커먼 그림자 하나가 드리워졌다.

'귀신?'

"……우아아악!"

산발한 귀신같은 것이 갑자기 테라스 지붕에서 거꾸로 스윽 고개를 들이밀자, 앨런이 냅다 소리를 질렀다.

"도, 도련님! 무슨 일이신가요?"

"저, 저기에 귀신이 있어요. 방금 시커먼 게 나타났는데……!"

"예에?"

두 사람이 대화를 하는 동안 정체불명의 것이 지붕에서 폴짝 하고 뛰어내렸다. 잿빛 머리카락과 동그란 초록빛 눈동자를 가진 사내아이인지 계집아이인지 알 수 없는 어린아이였다.

"도련님, ……저 아이인가요? 아니, 너는 기사단에서 일하던 녀석 아니냐?"

시종이 아이의 얼굴을 보며 고개를 갸웃거리자, 아이는 대수롭지 않은 얼굴로 말했다.

"귀신 아니거든요?"

"타냐, 타냐!"

헐레벌떡 달려오는 사내를 본 앨런과 아이가 동시에 외쳤다.

"가이시 경?"

"헉, 삼촌?"

"이 녀석 거기서 뭐하는 거야, 어서 내려와. 으앗. 애…… 앨런 도련님?"

자초지종을 들은 안돌프는 테라스로 올라오자마자, 조카 녀석의 머리를 억지로 숙이게 하고는 자신도 함께 숙였다.

"도련님, 이 녀석의 무지와 결례를 용서하시고, 저를 벌해 주십시오."

"가이시 경, 이 아이가 경의 조카에요? 왜 여기서 지내는 거지?"

"예. 제 조카인데, 사정이 생겨서 기사단에서 잔심부름을 시키면서 데리고 있기로 했습니다. 공작 각하와 마님께서는 알고 계십니다."

"그렇군요."

앨런이 타냐라는 아이를 빤히 바라보았다. 지붕 위에서 뛰어내릴 정도면 겁도 없고, 천방지축임에 틀림이 없었다.

"한 번만 더 이런 일이 생기면, 제 손으로 녀석을 쫓아내겠습니다. 내가 본성에는 얼씬거리지 말라고 몇 번을 말하냐? 그런데 몰래 숨어 들어와서 감히 도련님을 놀라게 해? 넌 오늘 죽었어."

"……그냥 잠깐 구경한 거야."

"네가 도둑놈이야? 지붕에서 몰래 구경이라니."

"쳇, 삼촌은 만날 잔소리야. 그러니까 장가를 못 갔지."

"뭐야, 인마? 도련님, 죄송합니다. 이 녀석이 자꾸 기어올라서. 그럼 저희는 물러가겠습니다."

안돌프가 타냐의 옷깃을 잡고는 억지로 끌고 내려갔다.

"잠깐만, 너. 하나 묻자."

앨런이 두 사람을 멈추게 했다. 타냐가 뒤를 돌았다. 안돌프가 대답하라며 타냐를 쥐어박자 겨우 대답했다.

"예, 도련님."

"아까 왜 웃었어? 내가 검을 휘두른 걸 보고 웃은 거지?"

안돌프의 이마에 빠직하고 힘줄이 돋는 것을 슬쩍 본 타샤가 말했다.

"……아니요. 바람이 불어서 기분 좋아서 웃었어요."

"몸놀림이 민첩하던데, 검은 쓸 줄 알아?"

타냐가 고개를 끄덕였다.

"그렇군. 다음에 내 검술 상대를 해 줘."

안돌프의 얼굴에 곤혹스러움이 떠올랐지만, 타냐는 흔쾌히 대답했다.

"그러지요."

"아니 저, 도련님? 그것은 아직 이른 게 아니실지……."

"아버지께는 내가 말씀드리겠어요."

"예, 알겠습니다. 도련님."

타샤도, 앨런도 서로를 처음 보았지만 왠지 모르게 잘 통할 것만 같은 기분이 들었다.

훗날 두 소년은 둘도 없는 친구가 될 수 있었다.

* * *

"아이들도 태어났는데, 이 칙칙한 검은 성은 전혀 개선이 되지 않았군…… 하긴 검지 않으면 블랙 윈터 본성이라는 이름이 성립되지 않겠어."

블랙 윈터 본성의 입구에 다다른 콜린은 마차에서 내리면서 감상적으로 혼자 중얼거렸다.

지나간 세월 때문일까. 그는 여전히 미남이었지만, 한결 인상이 부드러워졌다. 신경질적으로 느껴지던 찢어진 눈매는 잘 웃는 눈처럼 보이기도 했다.

그건 온전히 제 아내 이슈터 덕분이었다. 매사에 화를 잘 냈던 그의 성격조차 슬슬 바뀌고 있었다.

이슈터는 자신이 화를 낼 수 없게 만드는 재주를 가지고 있었다. 어떻게 보면 고단수랄지, 타고났다고 해야 할지 모르겠다.

그는 마차에서 내리고 난 후, 안에 있는 제 부인에게 손길을 내밀었다.

"조심, 또 조심. 천천히 내리십시오, 부인."

"네."

콜린은 결혼을 하고 나서도, 이슈터에게 꼬박꼬박 극존칭을 했다. 조금 더 다정스럽게 굴어도 좋겠지만, 그녀의 얼굴을 보면 자연스레 그렇게 말이 나갔다.

이제는 그것이 굳어져서 이쪽이 더 편했다. 이슈터도 그렇게 느끼는 것 같았다.

그들 부부가 나란히 들어서자, 펜블렌 공작 부부와 쌍둥이들이 맞이해 주었다.

"이게 누구신가, 자작, 그리고 부인도 어서 오시오."

"맙소사, 정말 오랜만이에요. 두 사람이 와 주어서 정말로 기뻐요."

공작의 담백한 인사와는 다르게 엘리샤는 감성에 젖은 목소리로 말했다.

"두 분 보러 온 게 아닙니다."

"귀여운 펜블렌가의 쌍둥이를 보러 왔어요."

콜린이 짧게 대꾸했고, 이슈터는 옅은 미소를 지으면서 말했다.

"어머? 알고 있지만 너무 직접적인 언사라 서운한데요?"

엘리샤의 말에 이슈터가 슬며시 웃으면서 손을 꼭 잡았다.

"자작께선 본심을 반대로 표현하는 버릇이 있어요."

"맞아요, 이슈터. 그걸 깜빡했네요."

엘리샤가 맞장구를 치자, 콜린은 헛기침을 했다. 이슈터 앞이라서인지, 왠지 할 말을 못 하고 있는 표정이었다. 예전 같았으면 벌써 몇 번이나 쏘아붙였을 그였다.

"두 사람 정말로 행복해 보여요. 이제 배 속의 아기가 태어나면 더 그렇겠지만요."

"공작 부인, 적당히 끝나셨으면 이제 우리 귀여운 아이들 하고 인사 좀 나누겠습니다."

콜린이 그리 말하면서, 쌍둥이들에게 다가갔다. 아이를 좋아하지 않는 그였지만, 펜블렌가의 쌍둥이들은 제법 귀여웠다.

어쩌면 그것이 자신이 이슈터와 결혼을 하고, 또 아이를 가진 이유가 되기도 했다. 현재 이슈터는 임신 육 개월 차에 접어들었다.

"앨런과 로즈니아, 여덟 번째 생일 축하해."

"생일 축하해요. 하루하루 다르게 자라는군요."

"폴드 자작님과 자작 부인, 감사합니다."

앨런의 어른스러운 인사에 다소 당황스러웠지만 콜린은 다음에 이어진 해맑게 웃는 로즈니아의 모습에 녹고 말았다.

"콜린 삼촌, 이슈터 숙모! 보고 싶었어요. 분명 둘 다 예쁘니까 곧 나올 아기도 예쁠 거예요."

로즈니아가 두 팔을 벌리며 두 사람에게 안겼다. 2년 전 장난처럼 삼촌이라고 부르라고 했던 걸 아직도 기억하고 있는 모양이었다.

"하하. 아기 태어나면, 삼촌 딸로 올래? 그럼 로즈니아 동생이 생기는데."

"동생?"

통통한 볼살을 매만지면서 콜린이 모종의 음모를 속삭였고, 루자크가 경고하듯 말했다.

"어엿하게 우리가 있는데, 그 무슨 망발인가?"

"농인 거 아시지 않습니까."

"꿈에서라도 그런 생각은 말도록."

"아빠, 우리는 동생 언제 만들어 주실 거예요?"

"아고, 로지야."

엘리샤가 민망한 말을 하는 로즈니아의 머리를 폭 감싸 안았고, 모두는 웃음이 터졌다. 이어서 공작의 '올해 안에 만들겠다.'는 말에 더욱 큰 웃음이 흘렀고, 로지는 만세를 불렀다.

아이들이 또래 친구들에게 놀러 간 사이, 콜린이 말했다.

"사실 테본에 온 목적이 있습니다. 이제 테본에서 오트쿠튀르는 정리할까 합니다."

"……정말이에요? 하지만 더 확장할 거라 생각했는데 의외로군요."

뜻밖의 소식에 엘리샤는 놀라서 물었다.

"다른 지역은 다 자신 있지만, 테본만은 안 되겠습니다. 부인의 프티 로즈에 밀려서 말입니다."

"……나에게 일부러 죄책감을 심어 주기 위해 하는 말 같아서 못 믿겠는데요."

엘리샤는 이슈터를 바라보면서 말했다.

"이슈터, 정말이에요?"

이슈터는 그럴 리가 없다는 얼굴로 고개를 저었다.

"아를렌에 주력하고, 대신 리마 공국에 돌아가서 약간 쉬려고 해요. 아기가 태어날 적에는 그곳에 있을 거예요. 어머니가 많이 걱정하고 계셔서."

엘리샤가 고개를 끄덕였다.

"그럼요. 이슈터가 가장 편안한 마음으로 지낼 수 있는 곳에서 쉬면서 출산하는 게 맞아요."

먼저 아기를 낳은 선배로서 엘리샤는 이슈터를 격려하듯 손을 꼭 잡아 주었다.

"쵸엘과 세이딘은 칼리온으로 떠났는데, 이슈터와 콜린도 리마로 떠나는군요. 보고 싶을 거예요."

"아주 가는 게 아니니까 언제든 다시 만날 수 있어요, 엘리샤."

"다시 돌아와서 테본을 다시 넘볼지도 모르니까 긴장해두십시오."

"알겠어요. 콜린, 이슈터에게 정말 잘해 주셔야 해요."

"걱정 마십시오. 최선을 다하고 있으니까."

그 말을 하면서 이슈터를 바라보는 콜린의 눈동자에는 깊은 애정이 담겨 있었다. 정말로 다행이었다. 평생 혼자 살 줄 알았는데, 콜린에게도 이렇게 자신을 변화시킬 만큼 사랑하는 사람이 생겨서…….

"다음에는 둘 말고 셋으로 보겠군요."

"다음에는 넷 말고 다섯으로 뵙기를."

콜린 역시 엘리샤가 진정 행복하기를 바랐다. 아이들을 낳은 후에야, 그녀는 비로소 완전한 삶을 찾은 것처럼 보였다.

* * *

파티가 끝나고 모든 손님이 돌아갔을 때, 네 가족은 응접실에 모여 앉았다.

"생일 축하한다. 앨런, 로즈니아. 이건 우리가 준비한 선물."

로즈니아에게는 복숭앗빛 드레스와 구두를, 앨런에게는 훈련용 가죽 갑옷과 투구를 선물로 준비했다.

특히, 드레스와 갑옷에는 비밀이 있었는데 바로 요정의 염료가 각각 한 방울씩 들어갔다.

로즈니아의 드레스에서는 복숭아 꽃잎이 흩날렸고, 앨런의 갑옷에서는 시원한 바람이 느껴지면서 일반 갑옷보다도 훨씬 무게가 가벼웠다.

로즈니아는 드레스를 벗지 않은 채 빙글빙글 돌았고, 앨런은 투구와 가죽 갑옷을 한번 입더니 벗고 싶지 않은 모양이었다.

"이런 드레스는 처음 봐요. 꽃이 흩날리는 특별한 드레스."

"……너무 가벼워서 안 입은 것 같아요."

"마음에 드는 모양이다."

크게 만족감을 드러내는 두 아이의 모습에 부부는 나란히 소파에 앉아, 머리를 맞댔다. 아이들 생일 파티에 어른들이 더 분주했던 탓일까. 눈이 반쯤 감겨 있었다.

"……우리 앨런은 검도 갑옷도 생겼으니, 이제 영웅이 되는 일만 남았군."

"로즈니아도 날 닮아서 드레스에 재능이 있어요. 본인이 엄청 좋아하는걸요."

루자크와 엘리샤는 두 아이들을 나른한 얼굴로 바라보면서 조그맣게 중얼거렸다. 쏟아지는 잠을 결국 이기지 못한 두 사람은 잠시 후, 소파에서 나란히 잠이 들고 말았다.

사용인들도 오늘은 일찍 일을 마치고 퇴근했거나, 최소한의 인원만이 남아 있었다.

그때까지 힘차게 놀던 앨런이 로즈니아에게 말했다.

"두 분 주무시는걸."

"흐아암, 나도 졸려. 그치만 여기서 주무시면 감기 걸리는데."

"깨워드리자."

그러자 로지가 고개를 흔들었다.

"안 돼, 앨런 오빠."

"왜?"

"봐, 너무 곤하게 잠드셨는걸."

정말이었다. 엄마, 아빠는 온종일 피곤했는지 숨소리까지 고르게 내며 깊게 잠들어 있었다.

"여기 있어 봐. 내가 이불을 가져올게."

"오빠 혼자 할 수 없을 거야. 같이 가."

두 남매가 한참을 낑낑대면서 응접실까지 이불을 옮겼다. 마침 지나가는 시종이나 시녀 한 사람도 없던 터라, 계단을 겨우 내려왔다.

가져온 이불을 함께 붙잡고 엄마 아빠의 몸이 폭 싸이도록 덮어 주었다. 그러곤 두 아이도 강아지처럼 남은 이불 안으로 파고들었다. 로즈니아가 무심코 중얼거렸다.

"이제 끝난다, 우리 생일."

"……응."

"엄마 아빠, 낳아 주셔서 고마워요."

로즈니아가 웅얼거리듯 말했고, 앨런은 여동생의 말을 잠자코 들으면서 눈을 감았다. 조금 피곤하지만, 최고의 생일이었다. 네 가족은 그렇게 오랜만에 모두 한자리에 모여서 잠이 들었다.

〈외전 End〉

완결 후기.

안녕하세요, 여러분.

드디어 길고 길었던 공작님을 재단하는 우아한 방법의 준비한 이야기가 모두 끝이 났습니다.

전작 〈감로화〉가 무거운 느낌이라, 이번에는 굉장히 가볍고 유쾌한 이야기를 쓰고 싶었는데 생각보다 긴 이야기가 되었어요. (웃음)

이번 글에서는 중세의 성, 드레스, 무도회 등등 저의 오랜 욕망(?)이 좀 반영되었어요.

엘리샤가 만드는 드레스를 마음껏 상상하면서, 또 두 사람의 사랑 이야기를 그리면서

저도 달달한 기분을 대리만족하면서 참 행복하게 썼는데요.

그럼에도 부족한 부분들도 있어서 아쉽기도 했지만, 이야기의 끝을 낸 지금은 마냥 시원섭섭하고 행복한 마음이 크게 다가오네요.

이 글을 보시는 동안 독자 여러분도 그런 감정이셨기를 바라면서 감사하다는 인사 전하고 싶습니다.

언제나 응원의 댓글로 저를 행복하게 해 주신 독자분들.

마지막까지 읽어 주신 모든 독자분들.

모두 모두 감사하고 사랑합니다.

언제나 힘이 되어 주는 가족과 친구들.

빛나는 아이디어와 용기를 주는 JK.

마감 때마다 서로 자극을 주는 동료 작가님들.

이야기의 흐름을 바로 잡도록 노력해 주신 P담당자님과 출판사 편집부에도 감사드립니다.

많은 분들 덕분에 이렇게 또 하나의 이야기를 마칠 수 있었습니다.

저는 또 새로운 이야기를 가지고 돌아오겠습니다. 그때까지 몸 건강하시고, 언제 어디서든 또 뵈어요.

감사합니다.

나르얀 올림